AtV

PHILLIP MARGOLIN ist einer der erfolgreichsten Thriller-Autoren in den USA mit Veröffentlichungen in 24 Ländern. Er war Anwalt und lebt in Portland.

Zuletzt erschienen von ihm »Auf ewig unvergessen« und »Der letzte Unschuldige«.

Ashley wächst wohlbehütet auf. Alle bescheinigen ihr eine große Zukunft als Sportstar an einer der besten Universitäten. Bis eine furchtbare Katastrophe über ihre Familie hereinbricht. Zuerst tötet ein Einbrecher ihren Vater und ihre beste Freundin. Dann wird auch noch ihre Mutter ermordet. Obschon der angebliche Täter bald gefaßt wird, vergehen für Ashley die Schrecken nicht. Doch erst ein Buch, das über die Mordfälle erscheint, gibt ihr die Kraft, sich mit der Wahrheit zu konfrontieren, die hinter den Morden liegt. Ihre Familie war gar nicht so heil, wie sie schien, und der inhaftierte Verdächtige muß keineswegs der Mörder sein.

Phillip Margolin

Die schöne Schläferin

Thriller

Aus dem Amerikanischen
von Thomas Haufschild

Aufbau Taschenbuch Verlag

Die Originalausgabe mit dem Titel »Sleeping Beauty«
erschien 2004 bei HarperCollins, New York.

ISBN 3-7466-2120-8

1. Auflage 2005

Umschlaggestaltung MediaBureau Di Stefano, Berlin
unter Verwendung eines Fotos von Corbis
Satz LVD GmbH, Berlin
Druck und Binden Druckerei C. H. Beck, Nördlingen
Printed in Germany

www.aufbau-taschenbuch.de

Für Joseph und Eleonore Margolin.
Ich könnte mir keine besseren Eltern wünschen.

Lesereise

*

Gegenwart

Der Angestellte, den Claire Rolvag suchte, stand neben dem Kasten mit den Autoschlüsseln jener Gäste, die ihre Fahrzeuge in der Hotelgarage geparkt hatten. Claire bog in die lange kreisförmige Auffahrt ein, fuhr an einem Taxi vorbei und hielt mit dem funkelnden neuen Lexus genau vor dem Mann.

»Carlos?« fragte sie, als er zur Fahrertür kam.

»Ja, der bin ich.«

»Ich heiße Claire. Ich springe heute abend für Barbara Bridger ein.«

»Sie hat mir Ihren Wagen angekündigt«, sagte Carlos und öffnete ihr die Tür. Claire nahm das Buch vom Beifahrersitz und stieg aus.

»Ich stelle ihn dort drüben ab«, sagte er und wies auf das Ende der Auffahrt.

Claire bedankte sich und reichte ihm einen gefalteten Geldschein, den er sogleich einsteckte. Dann fuhr er den Lexus zu der bezeichneten Stelle, während Claire von einem livrierten Portier im Newbury willkommen geheißen wurde, einem der vornehmsten Hotels von Seattle.

In der Stadt fand derzeit ein Kongreß statt, und das Newbury war voller lachender und angeregt plaudernder Leute. Claire bahnte sich einen Weg durch die Menge und sah sich in der Lobby um. Er war nicht da. Ein Glockensignal meldete das Eintreffen des Aufzugs. Beunruhigt warf Claire einen Blick auf die Uhr und konzentrierte sich dann auf die Kongreßteilnehmer, die aus der Kabine strömten. Im ersten

Moment bemerkte Claire ihn nicht. Dann stand Miles Van Meter plötzlich vor den Aufzügen. Auf dem Farbfoto, das den hinteren Buchumschlag von *Die schöne Schläferin* zierte, hatte man sein rotblondes Haar und die blauen Augen ein wenig retuschiert, um die ersten grauen Strähnen zu verbergen, und er war etwas kleiner, als Claire ihn sich vorgestellt hatte, aber davon abgesehen, wirkte er genauso stattlich wie im Fernsehen.

Der Autor und Anwalt war Mitte Vierzig, einen Meter achtundsiebzig groß, breitschultrig und durchtrainiert. Er trug einen maßgeschneiderten grauen Nadelstreifenanzug mit weißem Hemd und geschmackvoller Armani-Krawatte. Van Meters elegante Erscheinung war durchaus ungewöhnlich, denn die meisten Schriftsteller trugen auf ihren Lesereisen allenfalls Sportsakkos, und kaum einer brachte Krawatten mit. Wer wochenlang in immer wieder neuen Hotels übernachtete und jeden Tag im Morgengrauen aufstand, um rechtzeitig den nächsten kurzen Flug in die nächste fremde Stadt zu erwischen, reiste normalerweise mit leichtem Gepäck und legte Wert auf Bequemlichkeit. Miles Van Meter hingegen, ein Wirtschaftsanwalt und Mitarbeiter einer großen Kanzlei, war es gewohnt, erster Klasse zu reisen und sich teuer zu klei-den.

Er entdeckte Claire sofort, denn sie hielt ein Exemplar seines Bestsellers in der Hand. Van Meter schätzte die attraktive Brünette auf Mitte Dreißig und vermutete, daß sie ebenso forsch und tüchtig sein würde wie die meisten Autorenbetreuer, die ihn an jedem Tag seiner strapaziösen sechswöchigen Lesereise durch die zumeist unbekannten Städte zu seinen Auftritten lotsten.

Mit gespielter Reue hob Miles beide Hände. »Bitte verzeihen Sie, ich weiß, es ist höchste Zeit. Mein Flug aus Cleveland hatte Verspätung.«

»Kein Problem«, versicherte Claire. »Ich bin selbst gerade erst angekommen, und die Buchhandlung liegt nur zwanzig Minuten von hier entfernt.«

Miles setzte zu einer Erwiderung an. Dann hielt er inne und nahm Claire genauer in Augenschein.

»Wir hatten noch nicht das Vergnügen, oder? Beim letzten Mal war jemand anders da.«

»Sie meinen Barbara Bridger. Ihr gehört der Betreuungsservice. Ich bin ihre Vertretung. Ihr Sohn liegt mit Grippe im Bett, und Dave – ihr Mann – ist geschäftlich unterwegs.«

»Alles klar. Da habe ich mich also doch nicht getäuscht. Machen Sie das häufig?«

»Genaugenommen ist heute das erste Mal«, sagte Claire, während sie die Lobby verließen und zu ihrem Wagen gingen. »Barbara und ich sind gute Freundinnen, und ich hatte ihr angeboten, notfalls für sie einzuspringen. Daher ...« Sie zuckte die Achseln.

Carlos sah die beiden aus dem Hotel kommen und lief los, um für Miles die Beifahrertür zu öffnen. Er wußte Bescheid. Claire war die Aushilfe, Miles Van Meter der Star.

Als Claire auf die Straße einbog, war es kurz vor neunzehn Uhr. Es regnete, so daß sie die Scheibenwischer einschaltete.

»Letztes Mal waren Sie nicht bei *Murder for Fun,* nicht wahr?« fragte Claire.

»Nein. Ich glaube nicht. Ich bin mir nicht mehr sicher. Nach ein paar Tagen verschwimmt alles.«

»Der Laden wird Ihnen gefallen. Er ist klein, doch Jill Lane, die Eigentümerin, sorgt stets für eine beachtliche Zuschauerschar.«

»Prima«, sagte Miles, aber Claire spürte, daß die Begeisterung nicht echt war. Sie wußte, daß der Autor sich nun seit dreieinhalb Wochen auf Lesereise befand, was bedeutete, daß er vermutlich an Schlafmangel litt und erschöpft war.

»Gefällt Ihnen Ihr Zimmer?«

»Ich habe eine Suite mit prachtvollem Ausblick. Leider kann ich den kaum genießen. Morgen früh um Viertel vor sieben geht mein Flug nach Boston. Dann folgt Des Moines, dann Omaha, und den Rest der Route habe ich schon wieder vergessen.«

Claire lachte. »Sie halten sich ziemlich gut. Barb sagt, daß die meisten ihrer Autoren nach drei Wochen kaum noch wissen, wo sie am Vortag gewesen sind.« Sie sah auf die Uhr. »Auf der Rückbank steht eine Kühltasche mit Saft, Limonade und Mineralwasser. Möchten Sie etwas trinken?«

»Nein, danke.«

»Haben Sie schon gegessen?«

»Im Flugzeug.«

Miles machte die Augen zu und lehnte sich zurück. Claire beschloß, ihm für den Rest der Fahrt etwas Ruhe zu gönnen.

Die auf Kriminalliteratur spezialisierte Buchhandlung *Murder for Fun* lag in einem Einkaufszentrum am Stadtrand. Claire parkte auf der Rückseite neben dem Lieferanteneingang. Einige Minuten zuvor hatte sie ihr Kommen telefonisch angekündigt, und Jill Lane öffnete beim ersten Klopfen die Hintertür. Jill war eine freundliche Frau von stämmiger Statur. Sie trug ein schlichtes Kleid, eine silberne Indianerhalskette mit Türkisen sowie passende Ohrringe. Nach einer erfolgreichen Karriere als Immobilienmaklerin hatte Jill, die seit jeher leidenschaftlich gern Krimis las, kurzerhand die Buchhandlung gekauft, als der frühere Besitzer aus Gesundheitsgründen nach Arizona übersiedeln mußte.

»Ich kann Ihnen gar nicht genug für Ihren Besuch danken, Mr. Van Meter«, sagte Jill und führte Claire und Miles hinein. »Es wird Ihnen hier gefallen. Alle Sitzplätze sind belegt, und einige Besucher stehen sogar in den Gängen zwischen den Regalen.«

Miles mußte unwillkürlich lächeln. »Ich fühle mich geschmeichelt.«

»Oh, das Buch ist einfach großartig. Joshua Maxfields Berufungsverhandlung hat den Fall außerdem zurück auf die Titelseiten gebracht. Wußten Sie, daß Maxfields zwei Romane neu aufgelegt worden sind? Sie stehen wieder auf den Bestsellerlisten.«

Van Meters Lächeln verschwand schlagartig.

»Es tut mir leid«, entschuldigte Jill sich sofort. »Das war taktlos von mir.«

»Nein, schon in Ordnung.« Miles schüttelte den Kopf. »Ich muß bloß immer an Casey denken, sobald Maxfields Name fällt.«

Vom Hintereingang gelangte man in einen Lagerraum, der zugleich als Büro diente. An einer Wand stand ein Schreibtisch voller Papiere, an einer anderen stapelten sich Kartons mit Neuerscheinungen. Überall waren Bücher aufgetürmt. Mitten im Raum stand ein Tisch, auf dem mehrere Exemplare von *Die schöne Schläferin* lagen. Jill deutete darauf.

»Würden Sie die vielleicht signieren, bevor Sie nachher aufbrechen? Einige Kunden, die heute abend nicht kommen können, haben mich darum gebeten, und auch über unsere Internetseite sind etliche Bestellungen eingegangen.«

»Sehr gern.«

Jill warf einen Blick zur Bürotür hinaus und den kurzen Korridor entlang, der in den vorderen Teil der Buchhandlung führte. Miles und Claire hörten leises Stimmengewirr.

»Benötigen Sie noch etwas?« fragte Jill. »Auf dem Podium steht eine Flasche Wasser bereit. Und wir haben ein Mikrofon aufgebaut. Ich schätze, Sie werden es benutzen müssen.«

Miles lächelte. »Also los.«

Jill ging voran. *Murder for Fun* war dunkel, verstaubt und mit raumhohen Regalen vollgestellt, zwischen denen nur schmale Gänge blieben. Handgeschriebene Schilder an den Regalen bezeichneten die verschiedenen Kategorien der dort präsentierten Bücher – darunter *Neuerscheinungen*, *Polizeiromane* oder *True Crime*, die Nacherzählungen echter Kriminalfälle – und verliehen dem Laden eine behagliche Atmosphäre. In einer Ecke stand ein Podium und davor mehrere Reihen Klappstühle. Alle Plätze waren besetzt, und viele der Kunden hielten ein Exemplar von *Die schöne Schläferin* in Händen, das sie sich von Miles signieren lassen wollten.

Als Jill in Sicht kam, brandete Applaus auf. Sie ging mit

Miles zum Podium. Claire schob sich am Rand des Publikums entlang bis zu einem Regal, in dem Kriminalromane mit exotischen Schauplätzen standen.

»Vielen Dank, daß Sie sich an diesem dunklen und stürmischen Abend vor die Tür getraut haben«, sagte Jill, was ihr vereinzelte Lacher einbrachte. »Ich glaube, Sie werden es nicht bereuen. Wir dürfen heute Miles Van Meter bei uns begrüßen, den Autor von *Die schöne Schläferin*, einem der packendsten True-Crime-Titel, die ich je gelesen habe.

Mr. Van Meter wurde in Portland, Oregon, geboren und ist der Sohn des verstorbenen Henry Van Meter, einst ein führender Vertreter der Holzindustrie. Henry hatte das Familiengeschäft von seinem Vater übernommen, sich daneben aber noch zahlreichen weiteren Gebieten gewidmet, unter anderem dem Bildungswesen. Er war der Gründer der Oregon Academy, jener privaten Eliteschule, an der sich viele der schrecklichen Ereignisse zugetragen haben, von denen in *Die schöne Schläferin* berichtet wird. Auch Miles und seine Zwillingsschwester, Casey Van Meter, sind an der Academy zur Schule gegangen. Im Anschluß an die High School ging Miles dann zur Stanford University, die Alma mater seines Vaters, und dort an die juristische Fakultät. Er praktiziert auch weiterhin als Wirtschaftsanwalt in Portland.

Wie viele von Ihnen wissen, kam *Die schöne Schläferin* bereits vor einigen Jahren auf den Markt. Die aktuelle Neuauflage wurde um einige Kapitel ergänzt, in denen auf die bestürzenden Vorkommnisse seit der Erstveröffentlichung eingegangen wird. Mr. Van Meter wird heute abend aus *Die schöne Schläferin* vorlesen und danach so freundlich sein, Ihre Fragen zu beantworten. Heißen Sie nun Miles Van Meter herzlich bei uns willkommen.«

Der Beifall war laut und aufrichtig. Jill trat beiseite, und Miles nahm auf dem Podium Platz. Er trank einen Schluck Wasser und ordnete seine Unterlagen, bis der Applaus sich gelegt hatte.

»Vielen Dank. Nachdem Joshua Maxfield sich so brutal an

meiner geliebten Schwester Casey vergangen hatte, haben Abende wie dieser mir während der nachfolgenden finsteren Jahre immer wieder neuen Halt gegeben. Wie Sie sich vorstellen können, ist es nicht leicht für mich, über Caseys Schicksal zu reden. Um ehrlich zu sein, auch die Arbeit an diesem Buch ist mir schwergefallen. Dennoch habe ich mich zu dem Projekt durchgerungen, denn ich empfand eine Art Verpflichtung, auf diese Weise an Casey zu erinnern. Indem ich die furchtbaren Geschehnisse abermals an die Öffentlichkeit brachte, wollte ich außerdem die Behörden – die Polizei, das FBI – dazu drängen, Maxfield das Handwerk zu legen und ihn vor Gericht zu stellen – nicht nur wegen der abscheulichen Verbrechen, die er an meiner und der Familie von Ashley Spencer begangen hat, sondern auch im Namen all der anderen Menschen, die durch seine barbarischen Morde und Mißhandlungen ins Unglück gestürzt wurden.

Also habe ich *Die schöne Schläferin* geschrieben und bin damit durch das ganze Land gereist. Anfangs war ich völlig deprimiert, denn es sah schlecht für Casey aus, und Joshua Maxfield befand sich noch immer auf freiem Fuß. Doch wohin ich auch kam, überall erzählten mir Leute wie Sie, wie echt und wahrhaftig Casey dank meines Buches für sie geworden sei und daß sie meine Schwester in ihre Gebete eingeschlossen hätten. Das hat mir in meinen dunkelsten Stunden Mut verliehen, und dafür möchte ich mich bei Ihnen bedanken.«

Das Publikum brach erneut in Beifall aus. Miles senkte den Blick, um sich zu sammeln. Dann verstummte der Applaus, und Miles nahm ein Exemplar seines Buches, auf dem in goldener Prägeschrift ERWEITERTE FASSUNG stand.

»Ich lese nun das erste Kapitel von *Die schöne Schläferin*. Danach stehe ich für Ihre Fragen zur Verfügung und werde gern Ihre Signierwünsche erfüllen.«

Miles klappte das Buch auf, trank einen Schluck Wasser und fing an vorzulesen.

Warum fürchten wir Serienmörder so viel mehr als andere Mörder? Ich glaube, wir fürchten sie, weil für uns nicht nachvollziehbar ist, aus welchem Grund sie hilflose Menschen foltern und töten, gegen die sie nicht den geringsten rational erklärlichen Groll hegen können. Wir wissen, weshalb wütende Ehepartner einander umbringen. Wir begreifen Ursache und Wirkung, wenn eine Verbrecherbande einen Konkurrenten aus dem Weg räumt. Wir fühlen uns sicher bei dem Gedanken, daß kein Mörder es auf uns abgesehen hat. Aber wenn jemand wie Joshua Maxfield sein Unwesen treibt, fühlen wir uns bedroht, denn kein vernünftiger Mensch kann ergründen, was ihn dazu bewogen hat, in einer kalten Märznacht ins Haus der Familie Spencer einzudringen und ein schreckliches Verbrechen an der damals sechzehnjährigen Ashley Spencer zu verüben.

Ashley war Schülerin der Eisenhower-High-School *in Portland, Oregon – ein hübsches, fröhliches Mädchen mit strahlend blauen Augen und glattem blonden Haar, das sie meistens zu einem Pferdeschwanz zusammenband. Sie wirkte drahtig und kräftig, denn sie hatte jahrelang hart dafür trainiert, eine erstklassige Fußballspielerin zu werden. Das Training zahlte sich aus. Im vergangenen Herbst war sie zur Topspielerin ihres Schulteams erkoren und sogar in die Landesauswahl berufen worden. Seit dem Ende der* High School-*Saison spielte Ashley in einer der besten Vereinsmannschaften. An jenem Tag im März hatte der FC West Hills das hart umkämpfte Match gegen einen engen Rivalen gewonnen, woraufhin der Trainer die ganze Mannschaft zum Pizzaessen einlud.*

Wo hat Joshua Maxfield sein späteres Opfer zum erstenmal gesehen? In der Pizzeria? Als Zuschauer des Fußballspiels? Die Polizei hat die privaten Videoaufnahmen des Spiels und der Pizzaparty untersucht, aber Maxfield taucht darin nicht auf. Vielleicht sind die beiden sich zufällig auf der Straße oder in einem Einkaufszentrum über den Weg gelaufen. Die Umstände ihres Zusammentreffens erscheinen mir auch weniger wichtig als die furchtbaren Konsequenzen, die sich daraus für die Familie Spencer und für meine eigene Familie ergeben sollten.

Irgendwann gegen zwei Uhr morgens drang Maxfield auf der Rückseite des Hauses durch eine Schiebetür bei den Spencers ein und schlich sich in den ersten Stock. Im Schlafzimmer der Eltern lag nur Norman Spencer, denn Terri Spencer, Ashleys Mutter und Reporterin bei Portlands größter Tageszeitung, hielt sich beruflich im Osten Oregons auf. Zum Zeitpunkt seines Todes war Norman 37 Jahre alt. Er hatte als Lehrer an der High School *unterrichtet und wurde von allen, die ihn kannten, sehr gemocht.*

Maxfield griff zunächst den schlafenden Norman Spencer an und stach mehrmals auf ihn ein. Dann ging er weiter den Flur entlang. Ashley hatte in dieser Nacht einen Gast namens Tanya Jones, eine schlanke Afroamerikanerin, die zu den landesweit besten Schülerinnen zählte. Tanya war nicht nur Ashleys Mannschaftskameradin, sondern auch ihre beste Freundin. Sie hatten an jenem Tag beide ein Tor erzielt, und Tanyas Mutter war einverstanden gewesen, daß ihre Tochter bei Ashley übernachtete. Wenn man Ashleys Zimmertür öffnete, quietschten leise die Angeln. Wir können nur mutmaßen, daß Tanya durch dieses Geräusch geweckt wurde. Als Ashley die Augen aufschlug, sah sie ihre Freundin aufrecht im Bett sitzen und registrierte in der Türöffnung die Silhouette eines Mannes. Dann zuckte Tanya zurück und kippte seitlich auf den Boden. Ashley konnte sich nicht erklären, was mit ihrer Freundin geschehen war, bis sie selbst aus dem Bett sprang und von Maxfields Elektroschocker getroffen wurde.

Maxfield war sofort über ihr. Noch bevor sie wußte, wie ihr geschah, verschnürte er ihr auch schon Hände und Füße. Dann trug er Tanya Jones ins benachbarte Gästezimmer. Ashley zerrte an ihren Fesseln, konnte sich aber nicht befreien. Von nebenan erklang ein qualvolles Stöhnen. Das plötzliche Geräusch ließ Ashley erstarren.

Der Autopsiebericht führt detailliert auf, welche Greuel Tanya Jones durch Maxfield erdulden mußte. Für Ashley schien Tanyas Martyrium endlos lange zu dauern, aber wahrscheinlich mußte ihre Freundin nicht mehr als fünfzehn Minuten leiden. Die

Gerichtsmedizinerin kam zu dem Schluß, daß Tanya erst geschlagen und gewürgt, dann vergewaltigt und schließlich von zahlreichen heftigen Messerstichen getötet wurde. Der Täter stach auch dann noch wie rasend auf sie ein, als sie bereits tot war.

Ashley lag auf dem Bett und wartete auf ihre Ermordung. Dann schloß sich die Tür des Gästezimmers, und Maxfield – schwarz gekleidet, mit Skimaske und Handschuhen – kehrte zu ihr zurück. Ashley glaubte, er wolle nun auch über sie herfallen, aber statt dessen beobachtete er sie für einige Sekunden, flüsterte dann »Bis später« und ging nach unten. Kurz darauf hörte Ashley, wie jemand den Kühlschrank öffnete.

Wir können wohl davon ausgehen, daß Joshua Maxfield sein zweites Opfer vorläufig verschont hat, weil er nach der Vergewaltigung und Ermordung von Tanya Jones erschöpft und hungrig war. Das würde erklären, weshalb er bei seinem entsetzlichen Tun eine Pause einlegte, um in die Küche der Spencers zu gehen und dort ein Glas Milch zu trinken sowie ein Stück Schokoladenkuchen zu essen. Diese kleine Mahlzeit sollte Maxfield in die Todeszelle bringen. Und darüber zu schreiben, sollte eine weitere Tragödie heraufbeschwören.

ERSTER TEIL

Ein nächtlicher Imbiß

*

Sieben Jahre zuvor

Erstes Kapitel

Ashley Spencers Kindheit endete in der Nacht, in der ihr Vater starb; der Moment kurz vor dem Einschlafen war das letzte Mal, daß sie echte Freude verspürte. Ashley und ihre Freundin, Tanya Jones, waren noch immer ganz aufgeregt, weil sie zwei zu eins gegen den FC Oswego gewonnen hatten, einen der stärksten Fußballvereine des Landes. Jedes der beiden Mädchen hatte einen Treffer erzielt. Der Sieg würde sie dicht an die Tabellenspitze bringen. Sie hatten sich ein Video angeschaut, waren zu Bett gegangen und hatten dann noch bis kurz nach ein Uhr im Dunkeln miteinander geredet. Als Tanya einschlief, schloß Ashley die Augen und ließ das Kopfballtor noch einmal an sich vorüberziehen. Die gegnerische Torhüterin hatte keine Chance gehabt. Lächelnd schlief auch Ashley ein.

Sie hatte keine Ahnung, wieviel Zeit vergangen war, als eine plötzliche Bewegung auf Tanyas Seite des Betts sie aufwachen ließ. Ihre Freundin saß aufrecht da und starrte zur offenen Tür. Ashley war benommen und noch im Halbschlaf, glaubte aber, jemanden auf Tanya zugehen zu sehen. Sie wollte gerade etwas sagen, als Tanya ächzend zusammenzuckte und zu Boden fiel. Als Ashley aus dem Bett sprang, wandte der Mann sich mit ausgestrecktem Arm zu ihr um. Ein Elektroschock schoß durch ihre Muskeln und ließ sie verkrampfen. Sie kippte seitlich auf das Bett, war völlig verwirrt und hatte ihren Körper nicht mehr unter Kontrolle. Dann krachte eine Faust gegen ihren Kiefer, so daß sie beinahe das Bewußtsein verlor.

Auf der anderen Seite des Betts hob Tanya den Kopf. Der Eindringling stürzte sich sofort auf sie. Ashley sah Fäuste und Beine fliegen. Ihre Freundin fiel wieder zu Boden und verschwand aus ihrem Sichtfeld. Der Mann holte eine Rolle graues Isolierband hervor, riß mehrere Streifen ab und kniete sich neben Tanya. Dann kam er um das Bett herum. Sein Gesicht wurde durch eine schwarze Skimaske verhüllt. Er trug Handschuhe und dunkle Kleidung.

Eine Hand schloß sich wie ein Schraubstock um Ashleys Hals, die andere riß ihr das Pyjamaoberteil auf. Sie wollte sich wehren, konnte aber immer noch keinen Finger rühren. Eine lederbedeckte Hand quetschte ihre Brust, bis sie schrie. Der Mann schlug einmal fest zu, verschloß ihr den Mund mit einem Stück Klebeband, rollte sie dann auf den Bauch und fesselte ihr Handgelenke und Knöchel. Sein Gesicht kam ihrem sehr nah, sein Atem und Körpergeruch stiegen ihr in die Nase.

Sobald sie verschnürt war, schob der Mann ihr eine Hand in die Hose und streichelte ihr Gesäß. Ashley bäumte sich auf und erhielt dafür einen weiteren Faustschlag. Sie wollte die Beine zusammenpressen, gab den Versuch jedoch auf, als der Mann ihr Ohr nahm und es verdrehte. Ein Finger glitt in sie hinein, tastete umher, rieb hier und da. Ihr Körper wurde erneut von heftigem Zittern erfaßt. Dann zog der Mann seine Hand zurück und stand auf. Ashley wandte den Kopf und sah, wie Tanya nach nebenan ins Gästezimmer gezerrt wurde.

Ashley lauschte angestrengt. Bettfedern quietschten. Tanyas Mund war ebenfalls mit Isolierband verschlossen, doch Ashley konnte die gedämpften Schreie ihrer Freundin trotzdem hören. Sie empfand eine Angst wie noch niemals zuvor. Es war, als hätte sich ein stickiger grauer Schleier über sie gelegt, der ihr den Atem raubte und die Glieder lähmte.

Tanya stöhnte und schrie auch weiterhin, doch der Mann, der in ihr Heim eingebrochen war, gab keinen Laut von sich. Ashleys Herz hämmerte wie wild, und sie bekam durch die

Nase nicht genug Luft. Sie versuchte, nicht daran zu denken, was soeben mit ihrer besten Freundin geschah, und bemühte sich, irgendwie die Fesseln abzustreifen. Es war unmöglich. Sie fragte sich, ob ihr Vater tot war, und der Gedanke versetzte ihr einen Schock. Falls Norman tot war, konnte sie nicht mit Hilfe rechnen. Sie würde sich selbst retten müssen.

Im Nebenraum entrang sich der Kehle des Mannes ein viehischer Schrei der Erleichterung, und Ashley erschauderte. Er hatte Tanya vergewaltigt, und nun würde sie an die Reihe kommen. Einen Augenblick lang hörte sie nur noch Tanyas leises Wimmern. Dann vernahm Ashley ein Knurren wie von einem Tier und das Geräusch einer Klinge, die mit Wucht in Fleisch eindrang. Tanya röchelte einmal laut auf und verstummte. Das Messer stach weiter zu. Ashley war sich sicher, daß ihre Freundin nicht mehr lebte.

Die Tür des Gästezimmers schlug zu, und der Eindringling tauchte wie ein Geist aus der Dunkelheit auf. Die Skimaske ließ nur seine Augen und den Mund frei. Ashley stockte der Atem. Der Mann kostete ihr Entsetzen aus. Dann flüsterte er »Bis später« und ging nach unten.

Im ersten Moment war Ashley grenzenlos erleichtert, aber das Gefühl hielt nicht lange an. »Bis später« bedeutete, daß der Mann zurückkommen und sie umbringen würde. Sie richtete sich mühsam auf und hielt im Zimmer nach einem Gegenstand Ausschau, mit dem sich ihre Fesseln durchtrennen lassen würden. Im Erdgeschoß öffnete sich die Tür des Kühlschranks. Der Gedanke, daß dieser Kerl etwas essen wollte, entsetzte Ashley. Wie konnte er nur, nach allem, was er getan hatte? Was für eine Kreatur war er? Die Kühlschranktür wurde geschlossen. Ashley geriet in Panik. Falls ihr nicht irgend etwas einfiel, würde auch sie vergewaltigt und ermordet werden.

Ein Geräusch ließ sie herumfahren. Eine blutüberströmte Gestalt schob sich bäuchlings ins Zimmer. Mit äußerster Anstrengung hob die Person den Kopf, und Ashley wurde vor Schreck fast ohnmächtig.

Norman Spencer kroch auf seine Tochter zu. Sein blutbeflecktes Gesicht war unrasiert, das Haar zerzaust. In der rechten Faust hielt er sein Schweizer Armeemesser und hatte bereits die lange Klinge ausgeklappt. Ashley kämpfte gegen die Benommenheit und das Grauen an, die sie beinahe übermannt hätten, und rollte sich auf den Boden. Sie wandte ihrem Vater den Rücken zu und hielt ihm die gefesselten Handgelenke entgegen. Norman war nahezu völlig erschöpft und sprach kein Wort, während er mit kraftlosen Bewegungen das Klebeband durchtrennte. Ashley weinte. Sie wußte, daß sie ihrem Vater nicht helfen konnte und er sein letztes bißchen Lebenskraft aufbrauchte, um sie zu retten.

Das Isolierband gab nach. Ashley nahm das Messer und zerschnitt die Fußfesseln. Dann riß sie sich den Klebestreifen vom Mund und wollte etwas sagen, aber Norman schüttelte den Kopf und deutete matt in Richtung des Flurs, um sie zu warnen, der Eindringling könne sie hören. In seinem Blick hätte Furcht liegen müssen, doch statt dessen lag Triumph darin. Er strich seiner Tochter sanft über die Wange. Ashleys Leib erbebte unter stummen Schluchzern, und sie schlang die Arme um ihren Vater. »Ich liebe dich«, flüsterte Norman. Schon diese kleine Anstrengung war zuviel. Er hustete Blut, und ein Schauder durchfuhr ihn.

»Daddy«, stöhnte Ashley. Sie fühlte sich völlig hilflos.

Ein Teller wurde mit vernehmlichem Klappern auf den Küchentisch gestellt. »Geh«, hauchte Norman kaum hörbar. Ashley wußte, daß sie fliehen mußte oder sterben würde. Weinend küßte sie ihren Vater auf die Wange. Er schloß zitternd die Augen und hörte auf zu atmen.

Ein weiteres Geräusch aus der Küche ließ Ashley aufspringen. Falls sie ermordet wurde, hätte ihr Vater sich völlig sinnlos geopfert. Sie schob das Zimmerfenster hoch. Holz quietschte auf Holz. In ihren Ohren klang es wie das Heulen einer Alarmsirene.

Schritte kamen die Treppe herauf. Bis zum Boden waren es mehrere Meter, aber Ashley hatte keine Wahl. Sie stieg in die eisige Nacht hinaus und hängte sich an das Sims. Die Höhe machte ihr angst. Ein gebrochener Knöchel würde sie komplett außer Gefecht setzen. Das eigene Gewicht zerrte an ihren Armen. Dann hörte sie einen wütenden Schrei aus ihrem Zimmer und ließ los.

Der Aufprall ging ihr durch Mark und Bein. Ashley lag auf dem Rücken im nassen Gras. Ein maskiertes Gesicht blickte aus dem Fenster ihres Zimmers zu ihr nach unten. Einen Moment lang sahen Ashley und der Mörder sich genau in die Augen. Dann stand sie auf und rannte los, keuchend, mit fliegenden Beinen, so schnell wie noch niemals zuvor – sie lief um ihr Leben.

Ashley saß in Barbara McCluskeys warmer Küche und kauerte sich trotz des geborgten Trainingsanzugs zusammen, als sei ihr furchtbar kalt. Die vom Weinen geröteten Augen starrten ausdruckslos auf die Tischplatte. Ein Sanitäter hatte ihre Blutergüsse und Schrammen versorgt, doch Ashley spürte nichts. Von Zeit zu Zeit hob sie einen Becher heißen Tee an die Lippen. Jeder Schluck nahm ihre ganze Kraft in Anspruch.

Auf ihrer Flucht war Ashley planlos durch die Nachbarschaft gerannt und schließlich im Garten der McCluskeys gelandet. Dann hatten die Kälte und der Regen sie veranlaßt, das Versteck im Gebüsch zu verlassen und lautstark an die Hintertür zu klopfen. Die ganze Zeit hatte Ashley überlegt, was sie wohl hätte tun können, um ihrem Vater und ihrer besten Freundin dieses grausige Schicksal zu ersparen, doch sie kam immer nur zu dem gleichen Schluß: Falls sie geblieben wäre, wäre auch sie gestorben. Dennoch fühlte sie sich schuldig, weil sie weggelaufen war.

Neben Ashley saß eine Polizistin. Außer ihr hielten sich noch mehrere andere uniformierte Beamte im Haus der McCluskeys auf. Ashley konnte sich leicht ausrechnen, daß der Mann, der ihren Vater und ihre beste Freundin ermordet hatte, längst geflohen war. Und sie wußte jetzt schon, daß sie seine Rückkehr fürchten würde, solange er sich auf freiem Fuß befand – jede Minute, jeden Tag.

Die Polizei hatte das Grundstück der Spencers abgesperrt, um die Nachbarn und Reporter zurückzuhalten, die nun hinter den Barrikaden standen und die Beamten beobachteten, während diese im Garten Spuren sicherten oder im Haus ein und aus gingen. Hin und wieder ertönte ein kurzes, abgehacktes Sirenensignal, mit dem ein weiteres Einsatzfahrzeug sich einen Weg durch die Menge bahnte. Ashley achtete nicht darauf, was draußen vor sich ging. Sie hatte genug mit den Bildern in ihrem Kopf zu tun.

Die Polizistin stand auf. Ashley nahm die Bewegung aus dem Augenwinkel wahr und zuckte zusammen. Aus dem Becher in ihrer Hand schwappte Tee auf die Tischdecke. Ein Mann stand vor ihr. Ashley hatte gar nicht bemerkt, daß er in die Küche gekommen war.

»Kein Grund zur Beunruhigung, Miss Spencer. Ich bin von der Kriminalpolizei«, sagte er und zeigte ihr seinen Dienstausweis. Die Stimme des Detectives war ruhig. Er hatte ein freundliches Gesicht und trug ein braunes Tweedjackett, eine graue Hose und eine gestreifte Krawatte. Bisher hatte Ashley noch nie einen Polizisten in Zivil kennengelernt, und er entsprach so gar nicht dem Klischee, das sie aus dem Fernsehen gewohnt war. Er sah weder ausgesprochen gut noch verwegen aus, sondern vielmehr ganz normal, wie einer ihrer Lehrer oder die Väter von Ashleys Freunden.

»Darf ich mich setzen?«

Ashley nickte, und der Detective nahm auf dem Stuhl Platz, von dem die uniformierte Beamtin aufgestanden war.

»Ich heiße Larry Birch. Ich arbeite bei der Mordkommission und werde die Ermittlungen der ... der Vorfälle der heutigen Nacht leiten.«

Ashley war froh, daß der Mann sich so rücksichtsvoll verhielt.

»Wir haben Ihre Mutter verständigt. Sie ist auf dem Weg hierher und wird vermutlich bei Tagesanbruch eintreffen.«

Ashley mußte unwillkürlich daran denken, wie das zukünftige Leben ihrer Mutter wohl aussehen mochte, und wurde von tiefem Kummer übermannt. Ihre Eltern waren noch immer verliebt ineinander und führten sich manchmal wie Teenager auf, was Ashley vor ihren Freunden schon oft in Verlegenheit gebracht hatte.

Birch sah, daß Ashley gegen die Tränen ankämpfte. Er legte ihr sanft eine Hand auf die Schulter, ging dann zum Spülbecken und holte ihr ein Glas Wasser. Ashley nahm es dankbar entgegen.

»Ich würde mit Ihnen nun gern über die Ereignisse sprechen«, sagte Birch nach einem Moment. »Ich weiß, es wird Ihnen schwerfallen. Falls Sie nicht möchten, kann ich das verstehen, aber je mehr ich weiß, desto schneller wird es uns möglich sein, den Täter zu fassen. Je länger ich auf die Informationen warten muß, desto größer ist die Chance, daß dieser Kerl davonkommt.«

Ashley wurde schlecht. Bis zu diesem Zeitpunkt hatte noch niemand von ihr verlangt, sämtliche Einzelheiten zu schildern. Sie wollte nicht an ihren blutüberströmten Vater oder an Tanyas Schreie denken. Sie wollte vergessen, wie schauderhaft der Eindringling bei seinem Höhepunkt gebrüllt und mit welchem Blick er sie von der Tür ihres Zimmers aus beäugt hatte. Doch sie war es Tanya und ihrem Vater schuldig, der Polizei zu helfen. Und sie wollte sich wieder sicher fühlen können, was nur möglich sein würde, wenn Detective Birch das Scheusal erwischte, das ihre Familie zerstört hatte.

»Was möchten Sie wissen?«

»Alles, woran Sie sich erinnern. Zum Beispiel, wer sich außer Ihnen im Haus aufgehalten hat.«

»Mein Vater und Tanya. Tanya Jones. Ist sie ...?« Ashley hoffte plötzlich wider jede Vernunft, ihre Freundin könne irgendwie überlebt haben.

Birch schüttelte den Kopf. Ashley fing erneut an zu weinen.

»Sie war meine beste Freundin«, sagte sie so voller Verzweiflung, daß der Detective um seine eigene Fassung ringen mußte. »Wir haben in derselben Mannschaft gespielt.«

»Welche Sportart?« fragte Birch, um sie abzulenken.

»Fußball. Erst im Team unserer High School und seit einer Weile für einen Verein. Unsere Mannschaft ist ziemlich erfolgreich. Mit etwas Glück schaffen wir es bis zum Ausscheidungsturnier auf Hawaii. Tanya ist noch nie auf Hawaii gewesen. Sie war ganz aufgeregt.«

»War sie gut?«

Ashley nickte. »Sie hat heute den Siegtreffer erzielt. Ihre Mutter hat erlaubt, daß sie bei uns übernachtet. Und deshalb ... deshalb ist sie jetzt tot.« Ihre Schultern zuckten, aber sie drängte die Tränen zurück. »Wir sind eingeschlafen«, fuhr sie kurz darauf fort. »Es war so gegen ein Uhr, das weiß ich noch. Dann bin ich aufgewacht, und er war im Zimmer.«

»Wie hat er ausgesehen?« fragte Birch.

»Keine Ahnung. Es war dunkel, und er hat nie das Licht eingeschaltet. Er trug dunkle Kleidung, eine Skimaske und Handschuhe.«

»Konnten Sie erkennen, ob es ein Weißer, ein Afroamerikaner oder ein Asiat war?«

»Das weiß ich wirklich nicht.«

»Auf wie groß schätzen Sie ihn?«

Ashley überlegte. Sie hatte den Mann meistens aus liegender Position gesehen, und von dort aus hatte er wie ein Riese gewirkt. Andererseits wußte sie, daß dieser Eindruck trog. Dann fiel ihr wieder ein, daß sie aufgestanden war, bevor er ihr den Elektroschock verpaßt hatte. Sie schloß die Augen und ließ die Szene noch einmal an sich vorüberziehen.

»Ich glaube, er war nicht besonders groß, jedenfalls nicht so wie ein Basketballspieler. Ich bin ein Meter siebzig. Ich würde sagen, er war noch ein Stück größer.«

»Sehr gut. Damit läßt sich schon was anfangen.«

Birch notierte sich etwas auf dem kleinen Spiralblock, den er aufgeklappt hatte.

»Können Sie mir seine Augenfarbe verraten?« fragte er dann.

Ashley dachte angestrengt nach. »Ich hab sie gesehen, aber es war dunkel und ...« Sie schüttelte den Kopf. »Tut mir leid, ich kann mich nicht erinnern.«

»Kein Problem. Sie machen das prima. Erzählen Sie mir, was passiert ist, nachdem der Mann Ihr Zimmer betreten hatte.«

Ashley schilderte, wie der Mörder seinen Elektroschocker benutzt hatte, um sie und Tanya auszuschalten, und wie er sie dann geschlagen und gefesselt hatte, bevor er mit ihrer Freundin im Gästezimmer verschwunden war. Dann beschrieb sie die Geräusche, die ihr verraten hatten, daß Tanya vergewaltigt und ermordet wurde.

»Hat er Ihnen danach noch etwas angetan?« fragte Birch ruhig.

»Nein. Ich habe fest damit gerechnet, aber das hat er nicht. Noch nicht. Er wollte es später. Das weiß ich. Aber er ... er ...«

Ashley erschauderte.

»Was, Ashley? Was hat er gemacht?«

»Er ist nach unten in die Küche gegangen. Ich konnte es nicht fassen. Gerade eben noch hat er Tanya vergewaltigt und ermordet. Ich habe es selbst gehört. Und dann holt er sich etwas zu essen. Wie kann das sein?«

»Woher wissen Sie, daß er etwas gegessen hat?« fragte Birch und konnte seine Aufregung kaum verbergen.

»Ich habe die Kühlschranktür gehört. Etwas später hat er dann einen Teller auf den Tisch gestellt.«

»Okay, Ashley. Das könnte wirklich wichtig sein. Sie wissen, was DNS ist, nicht wahr?«

Ashley nickte. Sie kannte die einschlägigen Fernsehserien und las gern Krimis. Außerdem war das Thema Genetik im Biologieunterricht schon an der Reihe gewesen.

»Wir können anhand von Körperflüssigkeiten wie Speichel die DNS einer Person bestimmen. Falls der Mann in Ihrer

Küche tatsächlich etwas gegessen hat, finden sich an einer Gabel oder einem Glas eventuell entsprechende Spuren. Hat sich gestern abend zu irgendeinem Zeitpunkt außer Ihrer Freundin und Ihrem Vater noch jemand im Haus aufgehalten?«

»Nein.«

»Haben Sie zu Hause zu Abend gegessen?«

»Nein. Wir haben unseren Sieg in einer Pizzeria gefeiert. Mein Vater hat sich das Spiel angeschaut, ist mit uns essen gegangen und hat Tanya und mich dann im Wagen mitgenommen.«

»Haben Sie, Tanya oder Ihr Vater im Haus noch etwas gegessen?«

»Mein Vater nicht. Er ist auf Diät. Meine Mutter wäre ganz schön sauer, wenn sie wüßte, daß er drei Stücke ...«

Ashley verstummte abrupt. Es war zuviel. Ihre Mutter regte sich immer auf, sobald ihr Vater sich heimlich einen Keks oder ein Eis nahm. Jetzt war ihr Vater tot, und niemand würde ihn mehr wegen seiner Diät aufziehen.

»Ich weiß, daß ich sehr viel von Ihnen verlange«, sagte Birch nach einer Weile, »aber ich möchte Sie bitten, mich in Ihr Haus zu begleiten.«

Ashley blickte erschrocken auf.

»Sie brauchen nicht in die obere Etage zu gehen, nur in die Küche. Ich muß wissen, ob Sie erkennen können, was der Mann gegessen und ob er ein Glas oder irgendein Gerät benutzt hat. Falls ja, bringt uns das vielleicht auf seine Fährte. Fühlen Sie sich der Sache gewachsen?«

Ashley nickte. So konnte sie immerhin etwas tun. Die Polizistin hatte ungefähr ihre Statur. Detective Birch bat sie, Ashley ihren Mantel zu leihen und mit einem Streifenwagen rückwärts in die Auffahrt der McCluskeys zu fahren. Er wollte Ashley vor dem Wetter und der Presse schützen.

Als das Fahrzeug so dicht wie möglich vor dem Haus stand, führte Birch das Mädchen durch eine Seitentür nach draußen. Ein paar Reporter bemerkten die beiden, aber noch bevor sie etwas unternehmen konnten, saß Ashley auch schon im Wagen. Die Beamtin schaltete die Signalleuchten ein und bahnte sich mit Hupe und Sirene einen Weg zum Haus der Spencers.

Es regnete immer noch, und Birch hielt schützend einen Schirm über Ashleys Kopf.

»Ich muß mir nicht die Leichen ansehen, oder?«

»Wir gehen nur in die Küche«, versicherte er.

Birch war zuvor bereits im Haus gewesen und kannte den Weg. Die Küche lag neben der Treppe ins Obergeschoß. Ein Fotograf lichtete soeben den Raum ab. Birch bat ihn, draußen zu warten.

»Nehmen Sie sich Zeit«, sagte der Detective. »Schauen Sie sich ruhig überall um.«

Ashley stellte sich in die Mitte des Raums und drehte sich langsam um die eigene Achse. Dann ging sie zum Küchentisch, auf dem zwei gefaltete Papierservietten lagen. Jemand hatte ein wenig Milch verschüttet. Sie ging zum Ausguß und öffnete den Geschirrspüler.

»Hier stimmt was nicht«, sagte Ashley.

»Was denn?«

»Als wir nach Hause gekommen sind, hat mein Vater die Spülmaschine ausgeräumt. Meine Mutter war nicht da, und er wollte, daß alles sauber ist, wenn sie zurückkommt, daher hat er den Geschirrspüler eingeschaltet, bevor er zu unserem Spiel gefahren ist. Abends hat er dann das Geschirr und die Gläser in den Schrank gestellt.«

»Alles klar.«

»Tanya und ich hatten uns einen Videofilm ausgeliehen. Beim Fernsehen haben wir Schokoladenkuchen gegessen und Milch getrunken. Meine Mutter hatte den Kuchen gebacken. Unser schmutziges Geschirr ist in der Spülmaschine. Wir haben es eingeräumt, nachdem Dad zu Bett gegangen war. Aber weder im Ausguß noch sonstwo steht ein zusätzlicher Teller, ein Glas oder eine Gabel, und ich weiß mit Sicherheit, daß er etwas gegessen hat.«

»Womöglich hat er weder Teller noch Gabel benutzt, sondern mit den Fingern gegessen«, sagte Birch.

»Nein«, widersprach Ashley. »Ich habe gehört, wie er einen Teller auf den Tisch gestellt hat. Nur deshalb habe ich doch meinen Vater zurückgelassen. Ich wußte, daß er hier unten fertig war und wieder nach oben kommen würde. Also, wo ist der Teller?«

Birch sah sich im Raum um und registrierte, daß die Schranktür unter dem Spülbecken nur angelehnt war. Der Detective trug zwar Latexhandschuhe, benutzte aber trotzdem einen Bleistift, um die Tür zu öffnen. Ein Karton Müllbeutel lag auf der Seite, und der Zipfel eines frischen Beutels ragte daraus hervor. Birch hockte sich vor den Schrank und überlegte. Dann stand er wieder auf.

»Sind Sie sicher, daß Sie die Kühlschranktür gehört haben?«

Ashley nickte. Birch öffnete den Kühlschrank. »Schauen Sie nach«, sagte er. »Vielleicht können Sie feststellen, was er gegessen hat.«

Ashley blickte hinein. Vorn stand eine Milchflasche aus durchsichtigem Kunststoff. Sie nahm die Flasche genau in Augenschein. Dann suchte sie die einzelnen Fächer nach etwas ab.

»Der Kuchen ist weg. Er hat ihn mitgenommen, und zwar mit dem Teller, auf dem er lag. Und ich bin sicher, daß er sich aus dieser Flasche Milch eingeschenkt hat. Vorhin war sie noch dreiviertel voll. Außerdem ist da auf dem Tisch ein wenig Milch. Ich habe den Tisch abgewischt, nachdem Tanya und ich gegessen hatten.«

»Sehr gut. Das war erstklassige Arbeit«, lobte Birch. Ashley lächelte zum erstenmal seit dem Beginn ihrer Tortur. »Ich wette, unser Täter hat den Teller, den Kuchen und alles andere, das uns eventuell einen DNS-Beweis liefern könnte, in eine dieser Mülltüten gesteckt und mitgenommen.«

Ashleys Lächeln verschwand. »Heißt das, Sie werden ihn nicht aufspüren können?«

»Nein. Es macht unseren Job lediglich etwas schwieriger.«

Zweites Kapitel

Der März war ungewöhnlich kalt gewesen. Der April wog die verregneten grauen Tage mit kraftvollem Grün und einer verschwenderischen Fülle bunter Blumen auf, die im hellen Sonnenschein beinahe unnatürlich wirkte. Ashley nahm den Wechsel der Jahreszeiten kaum zur Kenntnis. Sie hatte ihren Vater geliebt, und die Tatsache, daß er sein Leben geopfert hatte, um ihres zu retten, machte ihr schwer zu schaffen. Die grauenhaften Umstände von Tanyas Tod trugen nur noch mehr zu ihrem Kummer bei.

Unmittelbar nach den Morden waren die Trainer der Fußballmannschaft, einige der Teamgefährtinnen und mehrere von ihren Freunden zu Besuch gekommen oder hatten angerufen, doch die Gespräche waren allesamt unangenehm und schmerzlich verlaufen. Die Leute meinten es gut, aber außer »Es tut mir leid«, »Wir haben dich lieb« oder »Wie geht es dir?« wußte kaum jemand etwas zu sagen. Schon bald wollte Ashley niemanden mehr sehen oder sprechen. Ein paar Freunde blieben eine Weile hartnäckig, zogen sich dann aber ebenfalls zurück.

Die Reaktion von Todd Franklin, ihrem Freund, erwies sich als besonders schwierig für sie. Todd war der Kapitän der Jungenfußballmannschaft, die sich nicht annähernd so erfolgreich schlug wie das Mädchenteam. Ashley hatte mitunter den Eindruck, daß Todd sich darüber ärgerte, wieviel Anerkennung sie erhielt. Sie waren seit Anfang des Jahres ein Paar. Nun wußte Ashley nicht mehr, ob sie auch weiterhin mit ihm zusammenbleiben wollte.

Meistens gingen sie gemeinsam mit anderen Freunden aus, doch auf Partys hatte sich schon öfter die Gelegenheit zu trauter Zweisamkeit ergeben – und ein paarmal auch bei Ashley zu Hause, nachdem ihre Eltern zu Bett gegangen waren. Es gefiel ihr, Todd ganz nah zu sein. Er war zärtlich und brachte sie zum Lachen, aber er konnte auch sauer werden, weil sie nicht mehr als ein paar Zärtlichkeiten wollte. Ashley war einfach noch nicht soweit, mit jemandem zu schlafen. Sie wollte warten, bis der Richtige kam. Und das würde nicht Todd sein.

Einige Tage nach dem Überfall kam Todd zu Besuch. Das Treffen verlief vom ersten Moment an merkwürdig. Aus den Medien war allgemein bekannt, daß Tanya vor ihrer Ermordung vergewaltigt worden war, doch über Ashleys Schicksal hatten die Berichte keinerlei Einzelheiten mitgeteilt.

Terri ließ Todd und ihre Tochter in Ashleys Zimmer allein. Die beiden setzten sich auf die Couch, auf der sie sich schon so manches Mal nähergekommen waren. Für gewöhnlich ging Todd auf Tuchfühlung, sobald die Tür sich schloß. Diesmal jedoch hatte er eine deutliche Lücke zwischen sich und Ashley gelassen und machte keine Anstalten, seine Freundin zu berühren. Er sah sie kaum länger als eine Sekunde direkt an und blieb auffallend einsilbig. Sie kam sich wie eine Aussätzige vor und gelangte zu dem Schluß, daß Todd diesen Besuch offenbar als eine Art Verpflichtung empfand und am liebsten woanders gewesen wäre. Nicht, daß sie berührt werden wollte. Jeder Gedanke an Sex rief sofort Erinnerungen an den tastenden Finger und den säuerlichen Geruch des Mörders wach. Dennoch wäre es nett gewesen, wenn Todd irgendwie seine Zuneigung zum Ausdruck gebracht hätte, anstatt starr wie ein verschrecktes Kaninchen neben ihr zu sitzen. Nach diesem Treffen ließ Todd nichts mehr von sich hören.

Seit der Tragödie weigerte Ashley sich, zur Schule zu gehen. Sie blieb in ihrem Zimmer oder sah sich belanglose Fernsehsendungen an. Terri Spencer versicherte ihrer Tochter, daß niemand ihr die Schuld an Tanyas Tod gab, doch Ashley war überzeugt, daß ihre Klassenkameraden sie fragen würden, warum sie noch lebte und Tanya tot war.

Am zweiten Freitag im April kehrte Terri um sechzehn Uhr von einem Gespräch mit dem Direktor der Eisenhower-High-School zurück. Ashleys Mutter maß einen Meter sechzig, mit großen braunen Augen, dunklem Teint und einer glatten schwarzen Kurzhaarfrisur. Als Studentin hatte sie Leichtathletik betrieben und besaß noch immer die schlanke, drahtige Figur einer Langstreckenläuferin. Im Wohnzimmer lief das Fernsehgerät. Terri blieb an der Tür stehen und musterte einige Sekunden lang ihre Tochter. Sie war sich sicher, daß Ashley die Talkshow als eine Art Betäubungsmittel benutzte und vom Inhalt der Sendung nicht das geringste mitbekam.

Ashleys selbst auferlegtes Exil war für Terri entmutigend und schmerzlich. Sie hatte ihre Tochter zu einer unabhängigen und zuversichtlichen jungen Frau erzogen, sah sich nun aber einem verunsicherten kleinen Mädchen gegenüber, das nachts vor lauter Alpträumen kaum ein Auge zubekam und erschöpft den halben Tag verschlief. Terri hatte vorgeschlagen, einen Psychotherapeuten zu Rate zu ziehen, doch Ashley lehnte es ab, über die Morde zu sprechen. Auch Terri kam mit ihrem Kummer nur schwer zurecht, konnte es sich aber einfach nicht erlauben, jeglichen Kontakt zur Außenwelt abzubrechen. Immerhin mußte sie sich um ihre Tochter kümmern und ihren gemeinsamen Lebensunterhalt verdienen.

Ashley trug einen Jogginganzug und hatte sich nicht mal die Haare gekämmt. Terri riß sich zusammen, um sie nicht kurzerhand unter die Dusche zu zerren. Sie hoffte inständig, ihre Tochter nun endlich aufrütteln zu können. Um Ashleys Aufmerksamkeit zu erregen, schaltete sie den Fernseher aus.

»Ich habe zwei gute Neuigkeiten«, sagte Terri. Ihre Tochter beäugte sie mißtrauisch. »Gerade eben habe ich mit Mr. Paggett gesprochen. Er läßt dich das laufende Schuljahr beenden, ohne daß du in den Unterricht zurückkehren mußt.

Du brauchst nicht mal irgendwelche Prüfungen zu absolvieren. Er gibt dir die Zensuren, die du bislang erreicht hast. Du stehst ziemlich gut da, also ist das kein Problem.«

Ashley war sichtlich erleichtert, aber Terri ließ sich nichts anmerken. Ihre Tochter hatte sich stets ihren Ängsten gestellt; sie war stark, eine geborene Anführerin. Daß sie sich nun im Haus verstecken wollte, machte Terri traurig.

»Da ist noch etwas. Letzte Woche habe ich ein Schreiben der Oregon Academy erhalten. Ich wollte erst mit dir darüber reden, wenn ich mit Mr. Paggett und den Leuten von der Academy gesprochen hatte. Beide Treffen haben heute stattgefunden.«

Ashley setzte sich auf. Die Oregon Academy galt als beständige Größe im Frauenfußball. Auch im laufenden Jahr hatte die Privatschule zum wiederholten Mal die Landesmeisterschaft geholt und nahm nun an nationalen Turnieren teil. Zwar hatte die Eisenhower-High-School im Viertelfinale gegen die Mädchen der Academy verloren, doch Ashley hatte zwei Tore erzielen können.

»Die Academy möchte dich gern als neue Schülerin begrüßen«, sagte Terri und bemühte sich, möglichst neutral zu klingen, damit ihre Tochter nicht merkte, wie sehnlich sie hoffte, daß Ashley diese Gelegenheit beim Schopf packen würde. »Sie bieten dir ein umfassendes Stipendium. Wir haben nicht so viel Geld. Ich habe ihnen gesagt, ich könnte es mir finanziell nicht leisten, falls ich dafür aufkommen müßte. Aber die wollen dich wirklich haben. Du hast sie im Viertelfinale mächtig beeindruckt. Und für die Academy zu spielen, würde es dir erleichtern, im Anschluß auf eine der besten Universitäten zu wechseln. Die schulische Ausbildung dort ist erstklassig, und sobald du für eine Mannschaft auf nationaler Ebene gespielt hast, ergeben sich zahlreiche Möglichkeiten, an der Uni ein Sportstipendium zu bekommen.«

Zum erstenmal seit dem Unglück schien Ashley sich für etwas zu interessieren, das Terri ihr nahelegte.

»Es wäre ein Neuanfang, ein Tapetenwechsel. Du könntest sogar dort wohnen, falls du möchtest. Du wärst aus dem Haus und auf dich allein gestellt. Ein bißchen wie auf dem College.«

Terri hielt inne und wartete gespannt. Sie wußte, daß sie schrecklich einsam sein würde, falls Ashley in die Academy umzog, doch um ihrer Tochter zu helfen, war sie zu jedem Opfer bereit.

»Wann würde es losgehen?« fragte Ashley.

»Das Schuljahr fängt im September an, aber bereits im Sommer gibt es dort ein Fußballcamp. Einige der Mädchen helfen bei der Durchführung. Die Frau, mit der ich gesprochen habe, hat gesagt, du könntest ebenfalls mitmachen. Ich glaube, es werden sogar einige Spielerinnen der Olympiamannschaft dabeisein.«

Ashley beugte sich vor. Terri konnte sehen, daß sie angestrengt nachdachte.

»Du brauchst dich nicht sofort zu entscheiden. Wir könnten der Schule einen Besuch abstatten. Du würdest sehen, ob dir der Laden gefällt, und vielleicht mit einigen der Mädchen aus dem Team sprechen können. Es ist nur dreißig Minuten von hier. Was meinst du? Wir könnten morgen hinfahren. Das Wetter soll schön bleiben. Die Schule liegt auf dem Land. Es würde bestimmt Spaß machen.«

»Also gut«, sagte Ashley so leise, daß Terri nicht sicher war, ob sie richtig gehört hatte.

»Ich rufe gleich an und mache einen Termin aus.«

»Einverstanden.«

Terri nickte und wäre am liebsten vor Erleichterung in Tränen ausgebrochen. Ashley würde duschen, sich anziehen und das Haus verlassen. Nach allem, was geschehen war, war dies mehr, als Terri zu hoffen gewagt hatte.

Drittes Kapitel

Die Van Meters hatten Glen Oaks, ihr Anwesen, Ende des neunzehnten Jahrhunderts am Ufer des Willamette River errichtet und dafür mehrere Hektar Eichen, Ahorn und Douglastannen abgeholzt. Das Grundstück war von einer steinernen Mauer umgeben, hinter der die Straße zunächst durch ein kleines Waldstück verlief. Wenig später wichen die Bäume gepflegten Grünflächen und gestutzten Hecken, die mehrere Blumengärten säumten. Dann gabelte sich der Weg. Zur Linken erhob sich jenseits eines breiten Rasens ein elegantes Herrenhaus.

»Da wohnt Henry Van Meter«, sagte Terri, als sie auf die rechte Abzweigung einbog. »Er hat die Academy gegründet. Wir treffen uns mit seiner Tochter Casey. Sie leitet die Schule.«

Ein Junge und ein Mädchen fuhren auf Fahrrädern vorbei, und Ashley sah eine Gruppe Mädchen im Gras sitzen und lachen. Die Academy war ländlich und idyllisch, so wie Ashley sich die englischen Universitäten Oxford oder Cambridge vorstellte.

Einige der Schüler spielten Tennis. Hinter den Plätzen lag ein großes Schwimmbecken, gefolgt von einer modernen Sporthalle aus Stahl und Glas. Dann sahen sie das Fußballfeld. Die Mannschaft trainierte gerade. Ashley schaute sehnsüchtig zu den Mädchen hinüber.

Zu allen vier Seiten eines großen Rasenquadrats, das von in gleichmäßigem Abstand gepflanzten Ulmen beschattet wurde, ragten dreigeschossige Backsteinbauten mit weißen

Säulen und spitzen Dächern auf. Sie beherbergten die Unterrichtsräume der Academy. Schüler gingen zwischen den Gebäuden hin und her oder standen auf dem Rasen und unterhielten sich. Alle wirkten fröhlich und geschäftig.

Die Verwaltung war in einem weiteren Ziegelhaus am hinteren Ende des Quadrats untergebracht. Terri hielt auf dem kleinen angrenzenden Parkplatz. Die Anmeldung lag im Erdgeschoß, das Rektorat im ersten Stock. Oben nannte Terri der Sekretärin ihren Namen, während Ashley die Bilder musterte, die an der Wand des Wartezimmers hingen. Eines war die Schwarzweißaufnahme eines streng blickenden Mannes, der in seinem teuren Anzug kerzengerade mitten auf einer Baustelle stand.

»Das ist mein Vater, Henry Van Meter.«

Ashley drehte sich um. Eine hochgewachsene dünne Frau mit klaren blauen Augen, hohen Wangenknochen und breiter Stirn stand im Eingang des Büros der Schulleitung. Sie trug eine weiße Seidenbluse, ein blaues Nadelstreifenjackett und den dazugehörigen Rock. Ihr glattes blondes Haar fiel ihr bis auf die Schultern, und ihren schlanken Hals zierte eine Perlenkette.

»Mit diesem Gebäude hat er die Oregon Academy begründet.« Sie wies auf das Foto, das Ashley betrachtet hatte. »So sah es hier während der ersten Woche der Bauarbeiten aus.«

Die Frau streckte die Hand aus. »Ich bin Casey Van Meter. Sie müssen Ashley Spencer sein.«

Ashley zögerte und schüttelte dann die Hand der Rektorin.

Die Frau lächelte. »Ehrlich gesagt, wußte ich ganz genau, wer Sie sind. Ich habe gesehen, wie Sie im Viertelfinale die beiden Tore gegen uns erzielt haben. Die Spiele der Mädchenmannschaft lasse ich mir nie entgehen. Sie sind sehr gut – aber das wissen Sie ja.«

Ashley senkte verlegen den Blick. Die Rektorin lachte. »Und außerdem bescheiden. Das gefällt mir. Wir sehen es nicht so gern, wenn unsere Mädchen sich zu Primadonnen entwickeln.«

Casey wandte sich an Ashleys Mutter. »Guten Tag, Terri. Ich freue mich, daß Sie beide beschlossen haben, sich den Campus etwas genauer anzusehen.«

»Es war Ashleys Entscheidung.«

Casey nickte. Dann fixierte sie Ashley mit einem forschenden Blick, dem das Mädchen unmöglich ausweichen konnte.

»Wo sehen Sie sich selbst in fünf Jahren, nachdem Sie Ihren Universitätsabschluß in der Tasche haben?« fragte die Rektorin.

»Ich interessiere mich für Naturwissenschaften. Vielleicht werde ich Medizin studieren, aber da bin ich mir noch nicht sicher.«

Terri war ganz begeistert, ihre Tochter auf einmal über die Zukunft sprechen zu hören, und sie bewunderte Casey Van Meter dafür, wie mühelos sie Ashleys Aufmerksamkeit auf diesen Punkt gelenkt hatte.

»Unser naturwissenschaftlicher Fachbereich ist hervorragend ausgestattet. Er liegt in dem ersten Gebäude, an dem Sie vorbeigekommen sind. Von außen sieht es wie die anderen Häuser aus, aber die Labors sind auf dem neuesten technischen Stand. Würden Sie gern mal einen Blick darauf werfen?«

»Gern.«

»Gut. Ich habe keine Lust mehr, an einem solch schönen Tag im Büro zu sitzen. Wir können einen Rundgang über das Gelände machen und dann zur Sporthalle gehen. Falls Sie möchten, stelle ich Ihnen einige unserer Fußballspielerinnen vor.«

»Das wäre nicht schlecht«, entgegnete Ashley salopp, obwohl sie sichtlich begeistert von der Aussicht war, die Mädchen der Schulmannschaft kennenzulernen.

Casey hielt die Tür auf. »Wollen wir?«

Die Rektorin ging neben Ashley die Treppe hinunter und aus dem Gebäude. Terri folgte den beiden und hörte zu, wie

Casey von der Geschichte und den Grundsätzen der Academy erzählte. Sie schlugen den Weg quer über die Rasenfläche ein. Gelegentlich hielt die Rektorin in ihrer Schilderung inne, um im Vorbeigehen Schüler zu grüßen. Sie hatten fast schon die Straße erreicht, die das Rasenquadrat von den Schulgebäuden trennte, als ihnen ein Mann mit Tweedsakko und grauer Hose entgegenkam.

Joshua Maxfield trug das rötlichbraune Haar modisch lang und hatte smaragdgrüne Augen. Er war von schlanker Gestalt, etwa einen Meter achtzig groß und wirkte adrett und sportlich. Ashley hätte sich nicht gewundert zu erfahren, daß Maxfield auf dem College Tennis gespielt hatte oder regelmäßig joggte.

»Joshua!« sagte Casey mit strahlendem Lächeln. »Ich möchte Ihnen Terri und Ashley Spencer vorstellen. Ashley ist zur Zeit noch auf der Eisenhower-High-School und eine erstklassige Fußballspielerin. Wir hoffen, daß sie zum nächsten Schuljahr auf die Academy wechselt.«

»Terri, Ashley, das ist Joshua Maxfield. Er ist bei uns Gastdozent und unterrichtet kreatives Schreiben. Falls Sie den Kurs belegen, wird er Ihr Lehrer sein.«

»Joshua Maxfield«, sagte Terri halb in Gedanken. »Haben Sie nicht *Ein Tourist in Babylon* geschrieben?«

Maxfield lachte. »Schuldig, Euer Ehren.«

»Ich fand es ganz großartig. Ehrlich.«

»Nun, vielen Dank.«

»Ich kann mich noch sehr gut an das Buch erinnern. Als Marion an der Überdosis gestorben ist, sind mir die Tränen gekommen. Die Szene war so ergreifend, ich konnte gar nicht anders.«

»Das ist Musik in meinen Ohren, Mrs. Spencer. Ein Autor bemüht sich stets, bei seinen Lesern echte Gefühle zu wecken, erfährt aber nur selten, ob es ihm gelungen ist.«

»Ich jedenfalls habe geweint und schäme mich nicht, es zuzugeben. Es war ein sehr bewegendes Buch. Arbeiten Sie an einem neuen Manuskript?«

Für den Bruchteil einer Sekunde hatte Ashley den Eindruck, daß Maxfield unangenehm berührt war. Dann lächelte er höflich.

»Ja, tatsächlich.«

»Wovon handelt es?«

»Das möchte ich zu diesem Zeitpunkt lieber noch nicht sagen. Ich habe gerade erst damit angefangen. Es ist anders als meine früheren Bücher, soviel kann ich verraten.«

»Lassen Sie sich nicht drängen. Ich arbeite selbst an einem Roman und rede auch nicht gern darüber.«

Ashley versuchte, sich ihre Überraschung nicht anmerken zu lassen. Ihre sonst so sachliche Mutter wirkte auf einmal ähnlich verzückt wie Ashleys Freundinnen, wenn sie von irgendeinem Teenager-Idol schwärmten.

»Wie weit sind Sie?« fragte Maxfield.

»Ungefähr die Hälfte ist fertig. Ich bin Reporterin beim *Oregonian* und damit ziemlich ausgelastet. Nur hin und wieder kann ich ein paar Stunden erübrigen, um weiter an dem Text zu schreiben, meistens am Wochenende. Es muß toll sein, hauptberuflich als Schriftsteller zu arbeiten.«

»Ich bin wirklich vom Glück begünstigt. Da fällt mir ein, Sie könnten, falls Ihnen danach ist, Ihr Manuskript von mir begutachten lassen. Ich mache das bisweilen gegen eine kleine Gebühr.« Er verstummte und deutete mit ausgestrecktem Finger auf Terri. »Nein, ich weiß etwas Besseres. Diesen Sommer halte ich hier ein Schriftstellerseminar ab. Es richtet sich an ambitionierte Autoren, die zwar noch nichts veröffentlicht haben, aber zur Zeit an einem Projekt arbeiten.« Maxfield zog seine Brieftasche aus der Jacke und gab Terri eine Visitenkarte. »Das ist meine Nummer, falls Sie Interesse haben. Ich möchte die Gruppe klein halten. Bislang haben sich zwei Leute angemeldet, also warten Sie nicht zu lange mit Ihrer Entscheidung. Ich würde Ihnen nur ungern einen Korb geben müssen.«

»Danke«, sagte Terri und nahm die Karte entgegen.

»Joshua, haben Sie nicht neulich gesagt, Sie hätten eine

Frage an mich?« schaltete Casey sich ein. Ihr Tonfall kam Ashley ein wenig pikiert vor.

Maxfield lächelte die Rektorin an. »Das eilt nicht. Ich komme später noch auf Sie zu.« Er wandte sich an Terri. »Es hat mich gefreut, Sie kennenzulernen.« Dann richtete sein Blick sich auf Ashley. »Ich hoffe, Sie ziehen die Academy ernsthaft in Erwägung. Es ist eine hervorragende Schule.« Er hielt inne, und sein Lächeln wurde breiter. »Womöglich sehen wir uns in meinem Unterricht.«

Maxfield ging weiter, und Casey führte Terri und Ashley über die Straße zum naturwissenschaftlichen Fachbereich.

»Joshua Maxfield«, sagte Terri versonnen. »Haben Sie seine Bücher gelesen?« fragte sie Casey Van Meter.

»Aber natürlich.«

»*Ein Tourist in Babylon* war dermaßen gut.« Sie überlegte. »Wie lange ist das jetzt her, daß es veröffentlicht wurde?«

»Etwa zehn Jahre«, antwortete Casey.

»Ja, so habe ich das auch in Erinnerung. Und *Der Wunschbrunnen* kam ein Jahr später heraus. Ich würde gern wissen, wieso er sich mit dem dritten Buch so lange Zeit gelassen hat.«

»Sie können ihn ja fragen, falls Sie an seinem Seminar teilnehmen. Für jemanden, der an einem Roman arbeitet, ist es bestimmt nicht schlecht, den Ratschlag eines erfahrenen Autors einzuholen.« Casey wandte sich an Ashley. »Das war auch der Grund, aus dem wir Joshua zu uns eingeladen haben. Wir möchten unseren Schülern Gelegenheiten bieten, die sie auf einer staatlichen Schule nicht erhalten würden. Er wohnt auf dem Campus. Falls Sie sich ähnlich wie Ihre Mutter für das Schreiben interessieren, können Sie sich jederzeit an ihn wenden. Joshua ist sehr zugänglich. Er hat große Freude daran, mit unseren Schülern zu arbeiten.«

Viertes Kapitel

Terri Spencer fuhr auf den Besucherparkplatz der Oregon Academy. Es war Anfang Juni, und das sonnige Wetter paßte gut zu ihrer Stimmung. Ashley hatte sich entschieden, auf die Academy zu wechseln, und würde ab September am Unterricht teilnehmen. Mit diesem Entschluß hatte der Heilungsprozeß begonnen. Sie war bereits in das Wohnheim der Schule umgezogen und engagierte sich während des Sommers als Gruppenleiterin bei den Fußballkursen. Terri wollte nachher mit ihr zu Mittag essen, zuvor aber noch etwas Wichtiges erledigen.

Joshua Maxfields Schriftstellerseminar, zu dem Terri sich angemeldet hatte, würde in zwei Wochen beginnen. Jeder der Teilnehmer sollte eine Textprobe einreichen, die dann von Maxfield und der Gruppe kritisiert werden würde. Terri hatte ihr halbfertiges Manuskript mitgebracht. Sie konnte es immer noch kaum glauben, daß der Verfasser eines ihrer Lieblingsbücher ihr nun bei ihren eigenen schriftstellerischen Versuchen behilflich sein würde.

Die vier Unterrichtsgebäude der Academy waren nach dem Alter der Schüler aufgeteilt. Eines umfaßte die erste bis fünfte Klasse, eines die mittleren Jahrgänge, und die letzten beiden Bauten waren der High School gewidmet – getrennt nach Natur- und Geisteswissenschaften. Joshua Maxfields Büro lag im zweiten Stock des geisteswissenschaftlichen Gebäudes, ziemlich genau in der Mitte des Flurs. Die Tür war geschlossen. Terri klopfte an.

»Herein«, sagte Maxfield.

Terri hatte noch nie das Arbeitszimmer eines echten Schriftstellers betreten und war ungewohnt nervös. Sie öffnete die Tür und warf einen schnellen Blick in die Runde. Maxfields Büro erstaunte sie. Ein Becher Kaffee, ein angebissener Donut und ein ordentlich gestapeltes Manuskript waren die einzigen Gegenstände auf seinem Schreibtisch. Es gab darauf weder Familienfotos noch Literaturzeitschriften oder Bücher, nicht mal einen Aschenbecher.

Der ganze Raum sah nach einem Provisorium aus. In einer der Ecken verbarg sich ein leerer Kleiderständer, und daneben stand ein Bücherschrank, hinter dessen Glastür man ein paar vereinzelte Bände ausmachen konnte. Die vier Wände waren vollkommen schmucklos, abgesehen von den gerahmten Umschlägen von Joshuas zwei Romanen, einer positiven Rezension von *Ein Tourist in Babylon* aus der *New York Times* sowie den Urkunden mehrerer Preise, die das Buch gewonnen hatte. Außer Maxfields Schreibtisch, dem Bücherschrank und einigen Stühlen gab es im Zimmer nur noch ein einziges weiteres Möbelstück: einen kleinen Tisch, auf dem eine Kaffeekanne, ein paar Becher, Kaffeeweißer, Zucker und eine offene Schachtel Donuts standen.

Maxfield trug Jeans, Turnschuhe und ein enges schwarzes T-Shirt, das über der Brust spannte und seinen gut trainierten Bizeps vorteilhaft zur Geltung brachte. Er wirkte belustigt.

»Falls Sie nach den Insignien meiner Zunft Ausschau halten – dem Federkiel, dem Pergament und dem Tabakbeutel –, die sind in meinem Cottage. Dort erschaffe ich meine Meisterwerke. Hier würde ich sowieso nichts Vernünftiges auf die Reihe kriegen. Man wird zu oft unterbrochen und abgelenkt.«

Terri war die Situation peinlich.

»Keine Sorge. Diese Reaktion erlebe ich öfter. In einem Büro habe ich mich noch nie besonders wohl gefühlt. Ich komme mir darin wie ein Buchhalter vor. Mein Cottage würde Ihnen gefallen. Es liegt hier auf dem Schulgelände, unten am

Fluß. Bei mir an der Wand hängen zwar keine ausgestopften Jagdtrophäen à la Papa Hemingway, aber das Häuschen entspricht viel eher dem Klischee einer Schriftstellerbude, so vollgestopft und unordentlich. Vielleicht kann ich es Ihnen eines Tages mal zeigen.«

Das klang wie ein Annäherungsversuch, und Terri wollte sich ihre Verwunderung nicht anmerken lassen. Falls Maxfield etwas von ihrer Unsicherheit mitbekam, ließ er es zumindest nicht durchblicken. Statt dessen wies er auf den dicken braunen Umschlag, den Terri mit beiden Händen umklammert hielt.

»Ist das Ihr Opus Magnum?«

Terri errötete. »Ja.«

Maxfield streckte die Hand aus. »Her damit.«

Sie gab ihm den Umschlag. »Das fällt mir nicht leicht. Vor allem angesichts der Tatsache, daß fremde Leute den Text in Stücke reißen werden.«

»Niemand wird Ihr Baby in Stücke reißen. Meine Diskussionsrunden verlaufen überaus zivilisiert, und Sie sollten sich über Kritik freuen, sogar wenn sie negativ ausfällt. Eine der Grundregeln des Schreibens lautet, daß niemand perfekt ist. Aus diesem Grund gibt es Lektoren. Wenn sie gut sind, fischen sie unsere Fehler heraus, bevor das Publikum sie gedruckt zu sehen bekommt.« Er hielt inne. »Und nicht jeder dort wird Ihnen fremd sein.«

Terri sah ihn überrascht an. »Kenne ich denn einen der anderen Teilnehmer?«

»Ich habe mich selbst gemeint. Immerhin wurden wir einander in aller Form vorgestellt, und ich hoffe, Sie betrachten mich nicht länger als einen Fremden. Nehmen Sie Platz. Darf ich Ihnen einen Kaffee anbieten?«

»Gern«, sagte Terri und setzte sich auf einen der beiden Stühle, die vor Joshuas Schreibtisch standen. Maxfield ging zu der Kaffeekanne und schenkte Terri einen Becher ein.

»Milch, Zucker?« fragte er.

»Schwarz, bitte.«

»Kann ich Sie zu einem Donut verführen? Ich bin ganz versessen auf Süßes.«

»Danke, ich verzichte.«

Als Maxfield den Becher vor Terri hinstellte, schaute er zu ihr hinab und lächelte. Es war ein warmherziges Lächeln, aber seine Nähe ließ sie sich unbehaglich fühlen. Während ihrer Ehe hatten die Männer sie häufig freundlich angelächelt; seit Normans Tod war dies jedoch das erste Mal. Terri wußte nicht, wie sie reagieren sollte. Am liebsten hätte sie das Lächeln erwidert. Andererseits kam es ihr wie ein Betrug an Norman vor, auch nur das geringste Interesse an einem anderen Mann zu zeigen. Sie hatte Norman von ganzem Herzen geliebt und liebte ihn noch immer.

»Ihr Tochter ... Alice?« fragte Joshua, als er wieder auf seiner Seite des Schreibtisches saß.

»Ashley.«

»Richtig. Hat sie sich entschieden, auf die Academy zu wechseln?«

»Ja«, antwortete Terri und war erleichtert über das unverfängliche Thema. »Sie ist sogar schon hier. Als Gruppenleiterin während des Fußballcamps.«

»Mir war so, als hätte ich sie gesehen.«

»Sie hat ein Zimmer im Wohnheim. Natürlich fehlt sie mir, aber wir telefonieren oft. Sie erzählt pausenlos von den Olympiateilnehmerinnen, die sie getroffen hat, von den anderen Schülerinnen und den Kindern, denen sie etwas beibringen kann. Die Arbeit mit den Kleinen tut ihr sehr gut.«

»Das freut mich. Sie scheint eine nette junge Frau zu sein.«

»Das ist sie auch. Der Tod ihres Vaters hat sie furchtbar mitgenommen.« Terris Stimme stockte. Maxfield wirkte besorgt und überrascht.

»Ist das erst kürzlich geschehen?« fragte er.

Terri nickte, weil sie kein Wort über die Lippen bekam.

»Geht es Ihnen gut?«

»Es tut mir leid. Ich kann immer noch nicht ...« Sie verstummte und schüttelte den Kopf.

»Ich hoffe, Sie halten mich nicht für gefühllos. Ich hatte wirklich keine Ahnung.«

Maxfield griff in die Schublade und brachte ein Papiertaschentuch zum Vorschein.

»Es geht schon«, versicherte Terri.

»Ich bin froh, daß die Arbeit hier Ashley geholfen hat, mit ihrem Kummer besser zurechtzukommen«, sagte er. »Vielleicht belegt sie ja meinen Kurs, und ich lerne sie besser kennen.«

Das Mittagessen mit ihrer Mutter hatte Ashley großen Spaß gemacht. Terri war so aufgeregt gewesen, an Joshua Maxfields Seminar teilnehmen zu können. Es war schön, sie wieder fröhlich zu sehen. Seit Normans Tod hatte sie kaum jemals gelächelt, und Ashley wußte, daß ihre eigene Niedergeschlagenheit alles andere als hilfreich gewesen war. Sie machte sich Vorwürfe, ihrer Mutter das Leben zusätzlich erschwert zu haben. Terri erkundigte sich andauernd nach ihrem Befinden, um sicherzugehen, daß sie nicht erneut alle Hoffnung verlor.

Nach dem Essen leitete Ashley einen Grundkurs für acht- bis zehnjährige Mädchen. Die Arbeit gefiel ihr. Die Kinder waren eifrig bei der Sache, eines war niedlicher als das andere. Nach dem Kurs zogen sie und Sally Castle, ihre Zimmergefährtin und ebenfalls neu auf der Academy, ihre Badeanzüge an und gingen zum Schwimmbecken.

Sally war eine stämmige Brünette und hatte permanent gute Laune. Sie und Ashley hatten vor einigen Jahren im selben Verein gespielt und wurden inzwischen von vielen Universitäten umworben. Es war durchaus möglich, daß sie sich auch auf dem College in derselben Mannschaft wiederfinden würden.

Kurz nachdem die Mädchen zusammengezogen waren, hatte Sallys Familie sie zum Abendessen in ihr großes Haus in den West Hills eingeladen. Später im Wohnheim hatte Ashley sich dafür entschuldigt, den ganzen Abend so wortkarg geblieben zu sein, und Sally erzählt, wie schmerzlich es für sie gewesen war, eine glückliche Familie zu erleben. Das Lachen und die Behaglichkeit hatten sie an die Zeit vor dem Tod ihres Vaters und die vielen Abende mit ihren eigenen Eltern denken lassen. Sally hatte sehr verständnisvoll reagiert, und seitdem waren die beiden Mädchen unzertrennlich.

In einer Hälfte des Schwimmbeckens waren Wettkampfbahnen markiert, die andere Hälfte war zum Vergnügen da. Ashley und Sally sprangen hinein und kühlten sich ab. Es war den ganzen Nachmittag sehr heiß gewesen, und das Wasser fühlte sich herrlich an. Einige der Jungen aus dem Fußballcamp tauchten auf und begannen, sich im Becken auszutoben. Ashley und Sally wollten lieber ihre Ruhe haben und wichen in Richtung der Bahnschwimmer aus. In diesem Moment bemerkte Ashley, daß ein Mann sich an den Beckenrand hockte und Casey Van Meter soeben mit gleichmäßigen Zügen auf der mittleren Bahn genau auf ihn zuschwamm. Der Mann war tief gebräunt und hatte sein langes dunkles Haar zu einem Pferdeschwanz zusammengebunden. Sein schwarzes Seidenhemd und die enge Jeans wirkten irgendwie deplaziert, denn alle anderen hier trugen billige T-Shirts, ausgebeulte Shorts oder Badeanzüge.

»Oje«, sagte Sally.

»Was ist denn?«

»Siehst du diesen Kerl da am Beckenrand?«

Ashley nickte.

»Er heißt Randy Coleman und ist mit der Rektorin verheiratet.«

»Machst du Witze?«

»Das muß man sich mal vorstellen.« Sally senkte die Stimme. »Ich habe gehört, sie hat ihn letztes Jahr in Las Vegas kennengelernt. Angeblich haben die beiden eine wilde Affäre begonnen und sich in irgendeiner Elvis-Kapelle trauen lassen.«

»Rektorin Van Meter! O Mann, sie ist so … so kultiviert. Dieser Typ sieht echt schmierig aus.«

»Tja, ungefähr einen Monat später hat sie ihn abgesägt,

aber er ist ihr nach Portland gefolgt. Wir sind im gleichen Country Club wie die Van Meters, also bekommt meine Mutter brühwarm sämtlichen Klatsch mit. Sie sagt, dieser Coleman nervt die Rektorin, zu ihm zurückzukehren, weil Henry Van Meter einen schweren Schlaganfall erlitten hat. Falls er stirbt, werden die Rektorin und ihr Bruder stinkreich sein, und Coleman will sich ein Stück von dem Kuchen sichern. Und jetzt kommt's: Es heißt, dieser Coleman sei ein Berufsspieler mit Verbindungen zur Mafia.«

Casey erreichte das Ende des Beckens. Coleman tippte ihr auf die Schulter. Sie hielt mitten in der Wende inne und blickte nach oben.

»Was machst du denn hier?« hörte Ashley sie fragen. Casey klang verärgert, bei ihrem Training gestört zu werden.

»Wir müssen reden«, sagte Coleman.

Seine Stimme kam Ashley irgendwie bekannt vor, obwohl sie sicher war, den Mann noch nie zuvor gesehen zu haben.

»Da du die Scheidungspapiere erhalten hast, müßte dir eigentlich klar sein, daß es nichts mehr zu bereden gibt«, entgegnete Casey frostig.

»Ja, ich hab sie gekriegt, aber das ist doch Blödsinn. Wir gehören zusammen.«

Casey blickte sich kurz um. Mehrere der Schüler schauten ihnen zu.

»Ich lasse mich hier auf keine Diskussion ein, Randy. Falls du noch Fragen hast, soll dein Anwalt meinen Anwalt anrufen.«

Casey wandte Coleman den Rücken zu und wollte sich vom Beckenrand abstoßen. Als sie den Arm hob, packte Coleman sie am Handgelenk. Van Meter starrte ihn wütend an.

»Laß mich sofort los.«

»Ich sagte, wir müssen reden.«

Ashley nahm aus dem Augenwinkel eine Bewegung wahr. Joshua Maxfield schlenderte auf das Schwimmbecken zu.

»He, Randy, lassen Sie sie in Ruhe.« Maxfield klang freundlich, nicht aggressiv.

»Verpiß dich, Maxfield. Das hier geht nur mich und meine Frau was an.«

»Nimm deine Hände weg«, forderte die Rektorin zornig.

Coleman sah wieder zu ihr nach unten. »Jetzt hör mir gut zu, du Schlampe ...« Weiter kam er nicht, denn Casey Van Meter holte mit der freien Hand aus und verpaßte ihm eine schallende Ohrfeige. Coleman wollte zurückschlagen, doch Maxfield ging rechtzeitig dazwischen. Alles passierte sehr schnell. Einen Augenblick später lag Coleman am Boden, Maxfield hatte ihm einen Arm auf den Rücken gedreht.

»Das hilft doch niemandem weiter«, sagte Maxfield, noch immer ruhig und vollständig Herr der Lage. Er stand auf und zwang auch Randy auf die Beine.

»Das zahl ich dir heim, du Wichser«, keuchte Coleman und verdrehte vor Schmerz die Augen.

»Ich bin wirklich der letzte, mit dem Sie sich anlegen sollten, Randy. Ich habe bei den Rangers gelernt, wie man mit Sprengstoff umgeht. Falls Sie mich nervös machen, werden Sie niemals mehr ruhigen Gewissens Ihr Auto anlassen oder Ihre Wohnungstür öffnen können. Möchten Sie das? Also beruhigen Sie sich lieber und verschwinden von hier, solange bloß Ihr Handgelenk und Ihr Stolz verletzt sind.«

Coleman wirkte verunsichert. Maxfield schob Randys Arm weiter nach oben, bis der Mann gezwungen war, auf den Zehenspitzen zu stehen.

»Was meinen Sie, alter Kumpel?« fragte Maxfield. »Ich habe nichts gegen Sie, und hier sind überall Kinder. Die sollten so etwas nicht mit ansehen müssen.«

Coleman verzog schmerzerfüllt das Gesicht und nickte.

»Ich lasse Sie jetzt los. Okay? Keine hinterlistigen Tricks, versprochen?«

»Verdammt, nun mach schon«, keuchte Coleman. Maxfield ließ los. Randy warf Casey einen wütenden Blick zu.

»Wir sind noch nicht miteinander fertig«, drohte er, bevor er ging.

»Danke, Joshua«, sagte Casey und verfolgte, wie ihr Mann den Parkplatz ansteuerte.

»Kein Problem. Die Ehe kann Leuten ganz schön den Kopf verdrehen.«

Casey musterte ihn. Sie sah nicht mehr verärgert aus, nur noch neugierig.

»Wissen Sie tatsächlich, wie man eine Autobombe anbringt?«

Joshua legte den Kopf in den Nacken und lachte. »Nein, um Gottes willen. Vergessen Sie nicht, ich bin Schriftsteller. Ich verdiene mit Lügen mein Geld.«

Auf einmal wurden er und die Rektorin sich der gaffenden Teenager bewußt. Maxfield hob beide Hände.

»Die Vorstellung ist vorbei. Laßt euch nicht länger aufhalten.« Er wandte sich an Casey. »Gehen wir.«

»Hast du das gesehen?« fragte Sally verblüfft. »Ich wußte ja gar nicht, daß Maxfield dieses Jackie-Chan-Zeug draufhat. Das war so cool.« Nun erst bemerkte sie Ashleys bleiches Gesicht. »Alles in Ordnung?«

»Es geht mir gut«, log Ashley. Die Handgreiflichkeiten hatten sie wieder an den Überfall in ihrem Haus denken lassen. Und da war noch etwas. Aber was genau? Colemans Stimme vielleicht? Sie hatte im ersten Moment vertraut geklungen, aber nun war Ashley sich da nicht mehr so sicher. Coleman war ungefähr genauso groß wie der Mörder ihres Vaters. Nein, das war lächerlich. Viele Männer hatten eine ähnliche Statur wie der Täter. Zum Beispiel Mr. Maxfield, und der machte sie nicht nervös.

Fünftes Kapitel

Terri Spencer lief die Treppe in den ersten Stock des Schulgebäudes hinauf und ging dann langsam den Korridor entlang, um wieder zu Atem zu kommen. Das Schriftstellerseminar fand heute zum erstenmal statt, und sie war spät dran. Als sie das Zimmer betrat, deutete Joshua Maxfield auf den freien Stuhl rechts neben einem dicken bärtigen Mann, der in der Nähe der Tür an einem großen Tisch saß. Links von ihm hatte eine ältere Frau mit langem grauen Haar Platz genommen. Gegenüber saßen zwei Frauen mittleren Alters und ein junger Mann.

»Bitte verzeihen Sie die Verspätung«, entschuldigte Terri sich. »Der Verkehr war grauenhaft.«

»Kein Problem«, versicherte Maxfield ihr vom Kopfende des Tisches aus. »Wir wollten gerade erst anfangen. Bisher haben Sie lediglich den Kaffee und die Donuts verpaßt, und ich meine, wir sollten so großzügig sein, Sie diesen Teil nachholen zu lassen. Was sagt die Gruppe dazu?«

Alle lachten, auch Terri. »Ich möchte nichts, danke«, sagte sie zu Maxfield.

»Dann sollten wir einander zunächst kurz vorstellen. Ich fange am besten mit mir selbst an und erzähle Ihnen eine kleine Geschichte. Nachdem man mich aus der High School geworfen hatte, bin ich in Boston aufs College gegangen. *Ein Tourist in Babylon* basiert auf einem Aufsatz, den ich damals im Englischseminar verfaßt habe. Mein Professor hat mich ermutigt, einen Roman daraus zu machen. Ich hielt ihn für verrückt, denn ich war fest davon überzeugt, keinerlei Talent zu besitzen, aber dann beschloß ich, es einfach mal zu versuchen. Ich wechselte auf die Universität von Massachusetts, machte meinen Abschluß und beendete den Roman.

Der *Tourist* wurde von mehreren Verlagen abgelehnt, bis ein Lektor bei Pegasus Press verständig genug war, das Potential des Buches zu erkennen. Der Rest ist Geschichte, wie man so schön sagt. Mein erster Roman wurde zum Bestseller und für alle großen Literaturpreise nominiert. Daher weiß ich sowohl ein wenig über krassen Kommerz als auch über literarische Qualität Bescheid.

Der Wunschbrunnen erschien ungefähr ein Jahr darauf. Dann habe ich an einem College in Neuengland eine Weile Kurse für kreatives Schreiben erteilt und gelangte zu dem Entschluß, nach Westen zu ziehen und mit jüngeren Schülern zu arbeiten. Die zwei Jahre an der Oregon Academy haben mir ungeheuren Spaß gemacht, aber zum Ausgleich möchte ich mich auch mit den Texten älterer Autoren beschäftigen. Aus diesem Grund halte ich Seminare wie das unsere ab.

Nun aber genug von mir. Terri, verraten Sie uns doch mal, wer Sie sind, wo Sie arbeiten und warum Sie sich hier angemeldet haben.«

»Ich heiße Terri Spencer und bin Reporterin beim *Oregonian*. Wie Sie bestimmt wissen, erzählt man sich von allen Journalisten, sie würden in ihrer Freizeit an *dem* großen amerikanischen Roman schreiben. Es ist ein schreckliches Klischee, in meinem Fall trifft es allerdings zu. Zwar habe ich noch ein paar Zweifel, was das ›groß‹ angeht, aber mein Manuskript ist halb fertig, und ich wollte mir ein paar professionelle Ratschläge holen.«

»Harvey?« sagte Maxfield und nickte dem Bärtigen zu, der links neben Terri saß.

Harvey Cox erzählte der Gruppe, er sei Biotechnologe, habe bislang eine Science-fiction-Kurzgeschichte veröffentlicht und erhoffe sich Hilfe bei dem Science-fiction-Roman, an dem er schreibe. Lois Dean, die ältere Frau, hatte zufällig die Tagebücher eines ihrer Vorfahren entdeckt, der im neunzehnten Jahrhundert mit seinem Planwagen auf dem Oregon Trail nach Westen gezogen war. Sie wollte aus dem Material einen historischen Roman machen. Mindy Krauss und Lori Ryan waren Hausfrauen und Bridgepartnerinnen, die sich an einem Krimi versuchten. Brad Dorrigan war Computerprogrammierer mit einem Abschluß in englischer Literaturwissenschaft. Er berichtete ausführlich von dem Bildungsroman, an dem er seit mehreren Jahren arbeitete.

»Prima«, sagte Maxfield. »Das nenne ich eine interessante Bandbreite. Es bedeutet, daß wir verschiedene Ansichten zu hören bekommen, wenn wir unsere Arbeiten wechselseitig kritisieren. Und genau das werden wir hier unter anderem tun.

Lassen Sie mich kurz erläutern, wie ich mir das vorstelle. Ich werde jede Woche etwas vorlesen, das einer der Anwesenden verfaßt hat, und danach wird jeder von Ihnen vollkommen ehrlich seine Meinung dazu äußern. Das heißt nicht, daß Sie beleidigend oder gehässig sein werden. Ich erwarte hier nur eine Art von Äußerung, und zwar konstruktive Kritik. Es ist völlig in Ordnung, etwas nicht zu mögen, aber ich möchte, daß Sie dem Verfasser mitteilen, warum Sie nicht mögen, was er oder sie geschrieben hat, verbunden mit konkreten Verbesserungsvorschlägen. Also denken Sie bitte nach, bevor Sie etwas sagen.

Meine Aufgabe wird sein, dabei als Moderator zu fungieren, und außerdem werde ich Ihnen Tips geben, von denen Sie bei Ihrer Arbeit hoffentlich profitieren können. Zu Beginn jedes Treffens werde ich zunächst über die Entwicklung von Figuren, die Anfertigung eines Exposés und andere Aspekte der Schriftstellerei sprechen. Ich mache das nicht, weil ich mich selbst so gern reden höre, sondern setze voraus, daß Sie hier sind, um durch aktive Mitarbeit Ihre Fähigkeiten zu verbessern. Stellen Sie Fragen! Denken Sie daran, so etwas wie eine dumme Frage gibt es in dieser Gruppe nicht.

Ist soweit alles klar? Dann würde ich unsere erste Sitzung

jetzt gern mit einer kurzen Diskussion darüber beginnen, wie man am besten die Idee zu einer Geschichte entwickelt.«

Nach einer Stunde legten sie eine Pause ein, und Terri unterhielt sich mit den anderen Teilnehmern des Seminars. Abgesehen von Brad Dorrigan, der sich ein wenig zu ernst nahm, waren die angehenden Schriftsteller durchweg sympathische Leute.

»Zurück ans Werk«, sagte Joshua Maxfield, als fünfzehn Minuten verstrichen waren. Terri nahm eine Tasse Kaffee zu ihrem Platz mit. Während die anderen sich setzten, überflog sie die Notizen, die sie sich über die Ausarbeitung von Ideen gemacht hatte.

»Wie schon erwähnt, soll ein Teil jeder Sitzung der Kritik an einem Text gewidmet sein«, sagte Maxfield. »Heute abend werde ich Ihnen ein Kapitel aus einem noch unvollendeten Projekt vorlesen, und danach kann sich jeder von Ihnen dazu äußern.«

Terry fragte sich nervös, ob ausgerechnet ihr Manuskript zum Gegenstand der ersten Kritikerrunde werden würde. Die anderen Teilnehmer sahen genauso beunruhigt aus. Maxfield legte einen kleinen Papierstapel vor sich hin und nahm das erste Blatt.

Ich bin ein Gott. Nicht der *Gott. Ich gehöre einem niederen Pantheon an, bin aber gleichwohl ein Gott. Allerdings posaune ich diese Tatsache nicht ständig heraus, und wer zum Zeugen meiner Macht wird, berichtet nicht davon. An einem milden Frühlingsabend im Mai stattete ich in Sheldon, Massachusetts, der Familie Reardon einen Besuch ab.*

Ich hatte mich für die Reardons entschieden, weil sie so normal waren, genau die Art von Leuten, die während ihres Lebens einfach da sind und nach ihrem Tod niemandem fehlen. Unser Zusammentreffen würde die bei weitem aufregendste Erfahrung ihres langweiligen Daseins werden.

Bob, ein kleiner übergewichtiger Mann mit schütterem Haar, war Buchhalter. Margaret verkaufte Kosmetik in einem Warenhaus. Ich glaube, sie ist früher einmal sehr attraktiv gewesen. Sie bemühte sich immer noch nach Kräften, ihre Figur zu halten, aber ihre Haut bekam Falten, und ihre Beine waren von Zellulitis verunstaltet. Ihre siebzehnjährige Tochter Desiree war ein Einzelkind und ging auf die High School. Sie war durchschnittlich intelligent und keine Schönheit, aber ihr Körper konnte sich sehen lassen. Eines Tages besuchte sie ihre Mutter bei der Arbeit, und da fiel sie mir zum erstenmal auf. Die engen Shorts brachten den straffen Po und die langen festen Beine so richtig zur Geltung. Ihr T-Shirt gab den Blick auf den flachen gebräunten Bauch und den sinnlichen Nabel frei. O wie sehr ich mir wünschte, ihn zu lecken.

Nachdem durch Desirees Anblick mein Appetit geweckt war, legte ich mir einen Plan zurecht. Ins Haus der Reardons einzudringen war einfach. Sie hatten nicht viel Geld und konnten sich keine Alarmanlage leisten.

Das Schlafzimmer der Eltern lag auf derselben Etage wie Desirees Zimmer. Ich überwand Bob und Margaret mit Leichtigkeit, aber ich tötete sie nicht. Bob war mir egal, doch er sollte trotzdem wissen, wer ihm sämtlichen Lebensmut geraubt hatte. Manchmal müssen Götter ihre Identität preisgeben. Ich klebte Bob den Mund zu, fesselte ihn an Händen und Füßen und legte ihn auf die Seite, damit er verfolgen konnte, was ich mit seiner Frau tat. Nachdem auch Margaret gefesselt und geknebelt war, zog ich sie nackt aus. Dann überließ ich die beiden sich selbst, damit sie über ihr Schicksal nachdenken konnten, und ging in Desirees Zimmer.

Das Objekt meiner Begierde hatte sich nur halb mit einem dünnen Laken zugedeckt. Wegen der Hitze trug sie lediglich einen Slip und ein dünnes Baumwolloberteil, unter dem sich ihre strammen Brüste deutlich abzeichneten. Ich wollte, daß sie reines Entsetzen verspüren würde, was die angemessene Reaktion eines Sterblichen auf die Anwesenheit eines Gottes war. Leise schlich ich näher. Dann legte ich ihr meine Hand über den Mund. Sie riß die Augen auf und starrte mich voller Schrecken *an. Das war sehr zufriedenstellend. Ihr Leib hob sich sogar ein Stück von der Matratze, als habe sie einen Stromschlag erlitten. Ich fesselte sie zügig. Sie war klein und hatte meiner übermenschlichen Kraft nichts entgegenzusetzen. Ich war unverzüglich erregt, aber ich hielt mich zurück und versagte mir den sofortigen Genuß, damit unsere gemeinsame Erfahrung noch intensiver ausfallen würde.*

Nachdem ich einige Stellen ihres nackten Körpers liebkost hatte, ließ ich Desiree zurück und widmete mich erneut ihren Eltern. Bob durfte zusehen, wie ich in aller Ruhe seine Frau verstümmelte, und er hat sich unaufhörlich gegen die Fesseln gesträubt und geweint. Ich verstärkte ihre Schmerzen, und sie schrie. Es war herrlich und als Vorgeschmack auf das Hauptgericht überaus befriedigend. Als Margaret fast tot, aber noch bei Bewußtsein war, wandte ich mich Bob zu und erklärte ihm, daß er nun eine Reise zur nächsten Existenzebene antreten würde. Seine Augen weiteten sich. Ich legte dar, daß schon die Geburt von Schmerzen eingeleitet würde und der Schmerz daher auch ein notwendiger Teil des bevorstehenden Übergangs sein müsse.

Mein Messer war sehr scharf, und ich führte die Klinge langsam und präzise. Jeder Schnitt hätte sogar dem geschicktesten Chirurgen zur Ehre gereicht. Bob fiel auch dann nicht in Ohnmacht, als ich seine Bauchdecke öffnete, und schrie in einem fort, während ich anfing, seine inneren Organe zu entfernen. Erst als ich sein pulsierendes Herz in meiner Hand zerquetschte, wechselte er in das nächste Leben über.

Ich ging zu Margaret. Ihr Übergang verlief schneller und weniger befriedigend. Sie stahl sich einfach fort, nachdem ich ihr höchstens ein Viertel ihrer psychischen Energie entzogen hatte. In dem Raum stand ein Sessel, und ich nahm Platz, um mich zu sammeln. All meine Aufmerksamkeit hatte Bobs und Margarets Reise vom Leben zum Tod gegolten, doch nun meldete sich meine materielle Hülle. Nach den Strapazen war mein Leib erschöpft und hungrig. Ich wollte den aufregendsten Teil meines Abenteuers nicht in diesem Zustand beginnen. Dennoch ging ich den Flur entlang, um nach der süßen Desiree zu sehen. Bereits aus einiger Entfernung konnte ich sie vor Enttäuschung weinen hören. Wahrscheinlich hatte sie vergeblich versucht, sich von den Fesseln zu befreien. Als ich das Zimmer betrat, verstummte sie abrupt und wurde starr vor Angst. Ich betrachtete sie vom Eingang aus, erforschte mit meinem Röntgenblick die Kurven und Täler ihres Körpers. Dann strich ich ihr über die Stirn und sagte, ich würde bald zu ihr zurückkehren. Nachdem ich sie auf die Wange geküßt hatte, verließ ich den Raum und ging in die Küche. Ich war ausgehungert und hoffte inständig, daß die Reardons einen Imbiß für mich haben würden. Ich hatte Glück. Hinten im Kühlschrank entdeckte ich eine Flasche kalte Milch und ein Stück Apfelkuchen.

Beim Lesen warf Maxfield den Zuhörern gelegentlich kurze Blicke zu, um ihre Reaktion einzuschätzen. Einige der Gesichter spiegelten Faszination wider, andere Abscheu. Terri war leichenblaß geworden, und als Maxfield vorlas, wie der Mörder in der Küche seiner Opfer einen Imbiß zu sich nahm, hätte sie sich fast übergeben.

»Wer möchte anfangen?« fragte er die Gruppe, nachdem er geendet hatte. Terri versuchte sich zu beruhigen und war zu erschrocken, um ihre wahren Gefühle zu zeigen.

»Das war … ziemlich grausig«, sagte Harvey Cox stockend. »Ich meine, falls der Verfasser mich anekeln wollte, ist ihm das gelungen.«

»Warum *er*?« fragte Maxfield.

»Das muß ein Mann gewesen sein«, sagte Cox und schaute quer über den Tisch zu Brad Dorrigan. »Frauen schreiben so etwas nicht.«

»Das ist nicht wahr«, protestierte Lori Ryan. »Manche der heutigen Autorinnen verfassen überaus blutige Szenen.«

»Zurück zu Ihrem Kommentar, Harvey«, sagte Maxfield. »War das tatsächlich so grausig? Beschreibt der Verfasser seine Morde im Detail, oder überläßt er die Einzelheiten der Phantasie des Lesers.«

Lois Dean hob die Hand.

»Lois?«

»Bevor ich die Frage beantworte, sollte ich anmerken, daß ich solche Bücher nicht mag und nicht lese. Also bin ich voreingenommen. Ich verstehe allerdings, was Sie meinen. Es gibt ein paar drastische Stellen, aber der Großteil der Gewalt wird nicht genauer geschildert.«

»Ist das gut oder schlecht?« fragte Maxfield.

»Gut, würde ich sagen«, antwortete Mindy Krauss. »So wie in *Psycho*. Man sieht nicht wirklich, wie Norman Bates die Frau unter der Dusche ersticht, ist jedoch überzeugt, man hätte es gesehen. Hitchcock nutzt die Vorstellungskraft der Zuschauer.«

Maxfield nickte und sah Terri Spencer an.

»Was meinen Sie, Terri? Mehr oder weniger Details? Mögen Sie es lieber, wenn der Autor nichts der Phantasie überläßt, oder ziehen Sie es vor, Teil seiner Schöpfung zu werden?«

Terri mußte sich mit aller Macht zusammenreißen, um nicht aus dem Raum zu laufen, doch es gelang ihr irgendwie, auch den Rest der Sitzung zu überstehen und auf die zwei Fragen, die man ihr stellte, sogar intelligent zu antworten.

Während die Diskussion weiterlief, versuchte Terri zu begreifen, was da gerade eben passiert war. Sie redete sich ein, es müsse sich um einen Zufall handeln, und wußte doch gleichzeitig, daß das unmöglich war. Milch und Schokoladenkuchen. Milch und Apfelkuchen. Das war zu nah an der Wirklichkeit, aber es gab eine mögliche Erklärung. Manchmal griff ein Schriftsteller auf wahre Ereignisse zurück, um seine Geschichte authentischer wirken zu lassen. Vielleicht hatte der Verfasser dieser Szene von dem Imbiß des Mörders erfahren und den Vorfall benutzt, weil er so entsetzlich war. Terri verspürte einen Moment lang Erleichterung. Dann fielen ihr die Zeitungsartikel ein, die sie über die Tragödie ihrer eigenen Familie gelesen hatte. Soweit sie sich erinnern konnte, war der Imbiß in keinem der Berichte erwähnt worden. Hatte die Polizei diese Information zurückgehalten? Sie mußte es unbedingt in Erfahrung bringen.

Und wer war überhaupt der Urheber dieses Kapitels, das Maxfield vorgelesen hatte? Lois Dean schied wahrscheinlich aus. Sie arbeitete an einem historischen Roman, der auf den Tagebüchern ihres Vorfahren basierte, und sie hatte der Gruppe verraten, daß sie blutrünstige Mordgeschichten nicht mochte. Mindy Krauss und Lori Ryan schrieben an einem Kriminalroman, und Lori Ryan hatte sich von der abstoßenden Art der Szene nicht beeindrucken lassen. Sie kannte sogar Autorinnen, die derartige Bücher verfaßten. Dennoch vermutete Terri einen der Männer als Urheber. Aber welchen? Harvey Cox hatte gesagt, er schreibe Science fiction. Damit blieb Brad Dorrigan.

Nach dem Ende der Sitzung wartete Terri auf den Computerprogrammierer. Er trug eine Brille mit Metallgestell, und sein Haar war struppig und ungekämmt. Außerdem war er schmächtig und höchstens einen Meter siebzig groß – deutlich kleiner und weniger muskulös als der Täter, den Ashley beschrieben hatte.

»Interessanter Kurs«, sagte Terri.

»Ich habe mir mehr davon versprochen«, entgegnete Dorrigan geringschätzig. »Ich dachte, wir würden auf die theoretischen Grundlagen eingehen. Exposés und wo wir unsere Ideen herbekommen – banaler Quatsch. Vielleicht war Maxfield doch bloß eine literarische Eintagsfliege, wie die Kritiker behaupten.«

Terri wußte, daß Joshuas zweiter Roman, *Der Wunschbrunnen*, schlechte Rezensionen erhalten und sich nur sehr schleppend verkauft hatte. Sie selbst hielt das Buch für annehmbar, aber längst nicht so gut wie *Ein Tourist in Babylon*. Nach der Veröffentlichung des ersten Romans war Joshua Maxfield als eine neue Stimme seiner Generation gefeiert worden. Ein Jahr nach dem Erscheinen seines zweiten Buches hatte man ihn kaum noch irgendwo erwähnt.

»Wie hat Ihnen der Ausschnitt gefallen, den Mr. Maxfield vorgelesen hat?« fragte Terri.

»Das war totaler Mist. So ein Schund zerstört die Literatur. Die Verleger wollen gar keine Texte mit Tiefe und glaubwürdigen Figuren mehr lesen, sondern sind bloß noch an Profit interessiert. Zerstückele eine nackte Frau, und sie geben dir eine Million Dollar, aber wenn du über die Seele schreibst, die uns erst zum Menschen werden läßt ... keine Chance. Sie sollten mal manche der Ablehnungsbriefe lesen, die ich von diesen Schwachköpfen in New York erhalten habe. Glauben Sie, Camus, Sartre oder Stendhal würde heutzutage einen Buchvertrag erhalten?«

Terri rang sich ein Lachen ab. »Demnach sind Sie wohl kaum der Verfasser dieses Blutbads, oder?«

Dorrigan wirkte bestürzt. »Ich würde mir mit diesem Manuskript nicht mal den Hintern abwischen.«

Terri holte Lori Ryan und Mindy Krauss auf dem Parkplatz wieder ein. »Wie hat Ihnen der erste Tag gefallen?« fragte sie.

»Ich fand's toll«, antwortete Mindy. »Ich habe mir so viele Notizen gemacht, daß ich einen Krampf in der Hand bekommen habe.«

»Er ist ein so fantastischer Dozent«, schwärmte Lori.

»War das Ihr Krimi, aus dem er da vorgelesen hat?« fragte Terri.

Die Frauen lachten. »Unser Buch dreht sich um eine Bridgerunde«, erzählte Mindy.

»Jemand ermordet die Mitglieder und heftet eine Spielkarte an die Leichen«, sagte Lori.

»Die Auflösung des Rätsels ist echt raffiniert«, sagte Mindy. »Wenn man die Karten nämlich zu einer ...«

»Verrat nicht das Ende«, fiel Lori ihr ins Wort. »Du verdirbst ihr noch den ganzen Spaß.«

»Du hast recht«, seufzte Mindy. Sie war sichtlich enttäuscht, daß sie die so schlau ausgedachte Lösung für sich behalten mußte.

Terry verabschiedete sich von den beiden Frauen und stieg in ihren Wagen. Gerade als sie den Zündschlüssel drehte, kam Joshua Maxfield aus dem Gebäude. Er trug einen Aktenkoffer bei sich und schlenderte völlig unbekümmert auf sein Cottage zu. Terri fühlte sich furchtbar. Sie war sich ziemlich sicher, daß keiner der anderen Teilnehmer den fraglichen Text verfaßt hatte. Maxfield hatte zu ihr gesagt, er würde gegen Gebühr fremde Manuskripte begutachten. Vielleicht stammte das Kapitel aus einem dieser Texte, aber Maxfield hatte auch gesagt, er selbst arbeite an einem neuen Buch. Und er wohnte hier auf dem Schulgelände. Terri schaute zu Ashleys Wohnheim. Am liebsten wäre sie zu ihrer Tochter gelaufen und hätte sie sofort von hier weggebracht. Dagegen sprach, daß sich Ashley überaus prächtig entwickelte. Falls Terri sie nach Hause mitnahm, würde sie ihr eine Erklärung liefern müssen und damit die komplette bisherige Heilung gefährden. Nein, beschloß Terri, sie würde nichts unternehmen, bevor sie nicht weitere Nachforschungen angestellt hatte. Sie war Reporterin. Sie wußte, wie man gründlich recherchierte.

Sechstes Kapitel

Die Detective Division der Polizeibehörde von Portland nahm die halbe zwölfte Etage des Justice Center ein, eines modernen sechzehnstöckigen Hochhauses, das durch einen kleinen Park vom Gerichtsgebäude des Multnomah County getrennt war. Man hatte das Großraumbüro durch brusthohe Trennwände in einzelne Arbeitsbereiche unterteilt.

Als der Beamte am Empfang Larry Birch davon in Kenntnis setzte, daß Terri Spencer ihn sprechen wollte, kam der Detective nach vorn und holte sie ab.

»Bitte setzen Sie sich«, sagte Birch und wies auf einen Stuhl. Dann nahm er an einem dunkelgrauen Schreibtisch Platz, auf dem sich Akten, Briefe und interne Dienstanweisungen türmten. In einer Ecke stand ein Foto von Birch mit einer Frau und zwei kleinen Kindern.

»Wie geht es Ihnen, Mrs. Spencer?« fragte er.

»Ganz gut«, antwortete sie, aber Birch glaubte ihr nicht. Auf ihn wirkte sie verhärmt, blaß und sehr nervös.

»Und wie macht sich Ashley?«

»Sie geht auf eine neue Schule, die Oregon Academy. Ich dachte, die Veränderung – Sie wissen schon, der Neuanfang an einem anderen Ort – würde ihr helfen.«

»Das klingt wie eine gute Idee. Hat es funktioniert?«

»Der Unterricht fängt erst im Herbst an, aber zur Zeit ist Ashley dort als Gruppenleiterin in einem Fußballcamp tätig und gibt Kurse für Kinder. Es scheint ihr zu gefallen.«

»Sie ist eine erstklassige Spielerin, nicht wahr?«

»Sie gehört zur Landesauswahl. Mehrere Universitäten sind bereits an ihr interessiert.«

»Na, das ist doch großartig.«

Terri rutschte die ganze Zeit auf ihrem Stuhl hin und her. Birch wartete geduldig, daß sie ihm den Grund für ihren Besuch verraten würde.

»Ich habe mich gefragt, ob es irgendwelche neuen Erkenntnisse gibt. Ob Sie einen Hinweis darauf haben, wer ...« Terris Stimme erstarb. Der Gedanke an das Schicksal ihres Mannes war zuviel für sie.

»Ich möchte ganz aufrichtig sein. Wir haben ein paar Fortschritte gemacht, aber von einer möglichen Verhaftung kann keine Rede sein.«

»Was heißt das?«

»Wir haben das FBI hinzugezogen und von dort einige Anregungen erhalten.«

»Welche denn?«

Birch zögerte. Dann sah er Terri in die Augen. »Sie sind Reporterin, oder?«

»Nicht, wenn es um den Mord an meinem Mann geht.«

Birch nickte. »Okay. Aber Sie müssen mir versprechen, daß Sie absolut niemandem von dem Inhalt unserer Unterredung berichten.«

»Natürlich.«

»Das FBI glaubt, daß die Person, die Ihren Mann und Tanya Jones ermordet hat, auch für andere Verbrechen verantwortlich ist, die während der letzten Jahre in mehreren Bundesstaaten begangen wurden.«

»Ein Serienmörder?«

»So vermutet man. Es gibt jedoch keine Hinweise auf die Identität des Täters.«

»Warum glaubt man an einen Serientäter? Was haben die Fälle gemeinsam?«

»Die Opfer wurden mit Isolierband gefesselt anstatt mit einem Strick. Das FBI hat festgestellt, daß in allen Fällen dasselbe Fabrikat verwendet wurde, und bei zwei Taten in

Michigan und Arizona stammte es sogar von derselben Rolle. Diese Information wird aus verständlichen Gründen äußerst vertraulich behandelt.«

»Gibt es noch andere Einzelheiten, die nicht an die Öffentlichkeit gelangt sind?« fragte Terri und bemühte sich, möglichst neutral zu klingen.

»Warum interessiert Sie das?«

»Ich möchte nicht unabsichtlich etwas ausplaudern.«

»Wissen Sie noch, daß der Täter bei Ihnen ein Stück Schokoladenkuchen gegessen hat?«

Terri nickte.

»Bei einem Mord in Connecticut war es ein Stück Apfelkuchen.«

Terri spürte, wie sie erbleichte. Sie senkte den Blick. »Demnach wissen nur die Ermittlungsbeamten von dem Imbiß in unserem Haus? Das wurde nirgendwo veröffentlicht?«

»Genau.«

»Und der Imbiß in Connecticut wird ebenfalls geheimgehalten?«

Birch nickte.

»Wo wurden die anderen Morde verübt?«

»Angefangen hat es vor ungefähr fünf Jahren in Neuengland. Ein paar der Fälle stammen aus anderen Teilen der USA.« Birch zählte die Städte auf.

»Wie ... wie geht er vor?«

»Ähnlich wie bei Ihnen, Mrs. Spencer. Jedesmal gibt es eine Tochter im Teenageralter. Er ermordet die Erwachsenen und vergewaltigt die Tochter, bevor er auch sie tötet. Ashley hat sehr viel Glück gehabt. Außer ihr hat kein einziges seiner Opfer überlebt.«

Ashley blieb auch nach Ende des Fußballkurses noch in der Sporthalle und übte mit einem Mädchen aus der siebten Klasse das Paßspiel. Die Kleine war gut und würde noch besser werden, denn sie legte Wert auf eine gute Technik. Die Mutter des Mädchens hatte die zwanzigminütige Trainingseinheit geduldig abgewartet. Nun bedankte sie sich bei Ashley für die freundliche Unterstützung ihrer Tochter. Auf dem Weg nach draußen überlegte Ashley, ob womöglich Lehrerin oder Trainerin der richtige Beruf für sie sein könnte. Die Stimme eines Mannes riß sie aus ihrem Tagtraum.

»Ashley, nicht wahr?«

Sie blickte auf. Joshua Maxfield stand vor ihr. Er trug ein T-Shirt und eine kurze Sporthose und sah aus, als habe er soeben irgendein Training beendet.

»Ich hoffe, ich habe Sie nicht bei etwas Wichtigem gestört«, sagte der Lehrer. »Sie waren in Gedanken ganz woanders.«

»Schon in Ordnung«, murmelte sie.

»Ich bin Joshua Maxfield. Ich unterrichte kreatives Schreiben. Wir haben uns kennengelernt, als Rektorin Van Meter Ihnen und Ihrer Mutter das Schulgelände gezeigt hat.«

»Ja, ich erinnere mich.«

Maxfield lächelte freundlich. »Ihre Mutter nimmt an meinem Seminar teil. Sie hat erzählt, daß Sie sich entschieden haben, im Herbst auf der Academy anzufangen.«

Ashley nickte.

»Nun, das ist großartig. Ich hoffe, Sie ziehen in Erwägung, meinen Kurs zu belegen. Ihre Mutter ist sehr talentiert. Schreiben Sie ebenfalls?«

»Nicht wirklich. Ich meine, ich mußte hin und wieder Geschichten für die Schule schreiben, aber von selbst käme ich nicht auf die Idee. Ich bin praktisch das ganze Jahr mit Fußball beschäftigt.«

»Ja, sicher. Sie nehmen an dem Sommercamp teil, wie ich sehe. Unsere Mädchen haben eine gute Mannschaft, oder?«

»Ja. Sie haben zum zweitenmal in Folge die Landesmeisterschaft gewonnen.«

»Werden Sie in dem Team mitspielen?«

»Das weiß ich noch nicht. Ich hoffe es.«

»Ich bin mir sicher, Sie schaffen das«, sagte er lächelnd. »Und jetzt gehe ich unter die Dusche. Es hat mich gefreut, Sie wiederzusehen.«

Siebentes Kapitel

Um kurz nach sechzehn Uhr wurde Terri in Casey Van Meters Büro vorgelassen. Die Rektorin trug ein elegantes schwarzes Seidenkostüm und war perfekt geschminkt und frisiert.

»Nehmen Sie Platz, Terri. Schön, daß Sie vorbeigekommen sind. Ashley wird von allen nur in den höchsten Tönen gelobt.«

»Vielen Dank. Sie ist hier regelrecht aufgeblüht. Der Umzug ins Wohnheim, die anderen Mädchen und die Arbeit mit den Kindern haben sich als ein wahres Wundermittel erwiesen.«

»Das freut mich sehr. Was kann ich für Sie tun?«

»Ich möchte mit Ihnen über eine Ihrer Lehrkräfte sprechen, aber die betreffende Person soll nichts von meinen Nachforschungen erfahren.«

»Nachforschungen? Das klingt nach einer ernsten Angelegenheit.«

»Allerdings. Doch bevor ich mehr dazu sage, möchte ich sichergehen, daß Sie meine Anfrage vertraulich behandeln werden.«

»Das kann ich Ihnen nicht versprechen, solange ich nicht weiß, worum es überhaupt geht. Das Wohlergehen unserer Schüler steht für mich an erster Stelle.«

Terri war unschlüssig, wie sie sich verhalten sollte. Einerseits hatte sie Detective Birch zugesagt, die Ermittlungsergebnisse nicht preiszugeben, andererseits mußte sie mehr über Joshua Maxfield herausfinden, und Rektorin Van Meter verfügte vielleicht über entscheidende Informationen.

»Ich befinde mich in einer Zwickmühle«, erklärte Terri. »Ich hege hinsichtlich eines Lehrers einen bestimmten Verdacht, möchte Ihnen aber zu diesem Zeitpunkt noch keine Einzelheiten verraten, damit die Person keine Schwierigkeiten bekommt, falls ich mich irre.«

»Um wen geht es denn?«

»Um Joshua Maxfield. Ich möchte gern wissen, ob es in seiner Vergangenheit irgendwelche verdächtigen Vorfälle gegeben hat.«

Die Rektorin seufzte und wirkte sogar irgendwie erleichtert. »Sie würden es mit ein wenig Hartnäckigkeit ohnehin herausfinden, und ich möchte nicht, daß Sie den Eindruck erhalten, die Academy habe etwas zu verbergen. Joshua hat seine letzte Anstellung nicht freiwillig gekündigt, sondern wurde dazu gezwungen.«

»Was ist geschehen?«

»Sein erster Roman war ein großer Erfolg, aber das zweite Buch erwies sich sowohl bei der Kritik als auch an der Ladenkasse als großer Fehlschlag. Als Folge litt Joshua unter einer katastrophalen Schreibblockade. Er hatte bereits die Vorauszahlung für einen weiteren Roman erhalten, brachte aber nichts zu Papier. Sein ursprünglicher Verlag wurde von einem Konzern aufgekauft. Die neuen Eigentümer verlangten, daß Joshua entweder den vereinbarten Abgabetermin einhalten oder den Vorschuß zurückzahlen würde. Leider hatte er das Geld schon ausgegeben. Er suchte verzweifelt nach einem Job. Am Eton College in Massachusetts war eine Lehrstelle für kreatives Schreiben frei. Er bewarb sich. In akademischen Kreisen hatte sein Name auch weiterhin einen hervorragenden Ruf, aber Joshua war sich dessen nicht bewußt und traf daher eine verhängnisvolle Entscheidung.«

»Welche denn?«

»Er hat seinen Lebenslauf frisiert. Das war vollkommen unnötig, aber Joshua konnte kaum noch klar denken. Er behauptete, einen Abschluß des Iowa Writer's Workshop erworben zu haben, dabei hatte er nur ein knappes Semester dort verbracht.«

»Wie hat die Schule das herausgefunden?«

»Joshua stand unter enormem Druck, den Vorschuß zurückzuzahlen. Die Verleger drohten ihm mit einer Klage. Er fing an zu trinken und verhielt sich auffällig – er war depressiv, schrieb nichts, so was in der Art. Er erschien mehrfach nicht zum Unterricht. Dann gab es einen Zwischenfall mit einer Schülerin ...«

»Was genau?«

»Sie hat erklärt, er habe ihr gute Noten versprochen, sofern sie mit ihm ins Bett gehen würde. Im Verlauf der Untersuchung stieß die Schule auf die Unstimmigkeit in seinem Lebenslauf. Man stellte ihn vor die Wahl, entweder freiwillig zu gehen oder gefeuert zu werden.«

»Wenn Sie all das vorher wußten, wieso haben Sie ihn dann eingestellt?«

»Etwas mehr als ein Jahr, nachdem er Neuengland verlassen hatte, kam Joshua zu uns und räumte seine Probleme am Eton College freimütig ein. Er gestand, sich tatsächlich an die Schülerin herangemacht zu haben. Er sagte, er sei betrunken gewesen, weil er wieder einmal ein Anwaltsschreiben bezüglich der Vorauszahlung erhalten habe. Wir waren der Ansicht, es sei das Risiko wert, unserem Lehrkörper einen Schriftsteller von Joshuas Kaliber hinzufügen zu können. Unseres Wissens hat er unser Vertrauen nicht mißbraucht.«

»Ich mache mir nicht wegen eines geschönten Lebenslaufs Sorgen, sondern wegen einer weitaus ernsteren Angelegenheit.«

Casey wirkte verwirrt. »Etwas genauer, bitte.«

Terri zögerte. »Versprechen Sie mir, daß dieses Gespräch unter uns bleibt?«

»Also gut, aber nur, weil ich wissen muß, ob unsere Schüler in irgendeiner Form davon betroffen sein könnten.«

»Ich nehme an Joshuas Schriftstellerseminar teil. Jeder von

uns soll eine Textprobe einreichen. Während der Sitzungen liest er daraus vor, und im Anschluß soll die Gruppe ihre Kritik äußern.«

»Und?« fragte Casey ungeduldig.

»Bei unserem ersten Treffen hat er einen ziemlich beunruhigenden Text vorgelesen. Die Passage war in der ersten Person verfaßt, handelte von einem Serienmörder und schilderte ausführlich die Vergewaltigung und Zerstückelung eines Mädchens in Ashleys Alter und ihrer Eltern.«

»Ich kann nachvollziehen, daß Sie so etwas als beunruhigend empfinden, aber ...«

»Jeder, der so etwas schreibt, muß nicht ganz richtig im Kopf sein.«

»Joshua schreibt Romane, Terri. Auf allen Bestsellerlisten finden sich Bücher über Serienkiller. Halten Sie die Verfasser etwa für Mörder?«

»Sie verstehen nicht, was ich sagen will. Maxfield wußte Dinge, die beim Überfall auf Ashley in unserem Haus geschehen sind und von der Polizei nie an die Öffentlichkeit gegeben wurden.«

Casey sah halb schockiert und halb belustigt aus, als würde sie sich fragen, ob sie soeben zum Opfer eines schlechten Scherzes wurde. Terri verzog keine Miene.

»Meinen Sie das ernst?« fragte die Rektorin.

Terri erzählte Casey Van Meter von dem Imbiß. Die Rektorin hörte aufmerksam zu. Als Terri geendet hatte, schüttelte Casey den Kopf.

»Das überzeugt mich nicht. Woher wollen Sie wissen, daß Joshua aus einem eigenen Text vorgelesen hat?«

»Weil ich weiß, daß die Passage von keinem der anderen Teilnehmer verfaßt wurde. Ich habe mit allen gesprochen. Und er hat mir erzählt, daß er an einem neuen Buch arbeitet.«

»Ja, aber ...« Casey hielt inne und schüttelte den Kopf. »Ich kenne Joshua ...«

»Sie glauben, ihn zu kennen. Ich habe mich über die Pathologie von Serienkillern informiert. Die meisten Leute nehmen an, es sei relativ einfach, die Art von Person zu erkennen, die ... die meinen Mann ermorden und zwei hilflose Mädchen überfallen würde, aber man sieht es den Tätern keineswegs an. Ann Rule hat in Seattle bei der Hotline für Vergewaltigungsopfer Seite an Seite mit Ted Bundy gearbeitet. Zur selben Zeit hatte sie den Vertrag für ein Buch in der Tasche, das sich um die von ihm begangenen Morde drehen sollte, sobald man den Täter ermittelt hätte. Nie im Leben wäre sie auf die Idee gekommen, ihr guter Freund und Arbeitskollege könne die Hauptperson ihres ersten Bestsellers werden. Und denken Sie daran, wie die übliche Reaktion der Nachbarn aussieht, wenn sie erfahren, daß sie neben jemandem wie Jeffrey Dahmer wohnen. Sie können gar nicht glauben, daß der nette Kerl, mit dem sie über so profane Dinge wie ihren Garten oder das Fernsehprogramm geplaudert haben, in Wahrheit ein Ungeheuer ist.«

»Das mag stimmen, aber ich bin trotzdem sicher, daß sie sich im Hinblick auf Joshua irren.«

»Denken Sie an den Zwischenfall mit der Schülerin am Eton College.«

»Er hat sie nicht umgebracht, Terri, sondern sich ihr ungebührlich genähert. Das ist etwas völlig anderes.«

»Woher wußte er dann von dem Imbiß?«

Casey erinnerte sich daran, was Maxfield auf ihre Frage nach der Autobombe geantwortet hatte.

»Er schreibt Romane. Er ist sehr kreativ. Er verdient sein Geld damit, sich Szenen auszudenken, die uns niemals einfallen würden, weil wir nicht über seine Phantasie verfügen.«

»Nein, das reicht mir nicht als Erklärung. Derartige Zufälle gibt es nicht.«

Casey dachte nach. Sie wirkte ratlos. »Warum sind Sie zu mir gekommen, Terri? Mal angenommen, Sie haben recht, und Joshua ist ein Mörder. Was soll ich Ihrer Meinung nach tun?«

»Sie haben Zugang zu Maxfields Personalakte. Es wurden

noch weitere Morde verübt: in Neuengland, im Mittelwesten, in Montana und Idaho. Vielleicht findet sich etwas in seiner Akte.«

»Dieser Vorfall hat bei Ihnen dermaßen starke Gefühle freigesetzt, daß ich bezweifle, ob Sie Ihr Vorgehen gründlich durchdacht haben. Haben Sie der Polizei von Ihrem Verdacht erzählt?« fragte Casey besorgt.

»Nein.«

Casey atmete tief durch. »Gott sei Dank. Denken Sie nur daran, welchen Schaden Sie dem guten Ruf dieser Schule zufügen würden, falls Sie einen unserer Lehrer fälschlich eines Verbrechens bezichtigten, erst recht wenn der Vorwurf lautet, er sei ein Serienmörder, der über Kinder im Alter unserer Schüler herfalle.«

»Ich habe nicht vor, mit irgend jemandem über meinen Verdacht zu reden, solange ich mir nicht völlig sicher bin. Deshalb bin ja auch zu Ihnen gekommen. Lassen Sie mich einen Blick in Maxfields Akte werfen ...«

»Auf gar keinen Fall.«

»Dann schauen Sie selbst nach. Da Sie nun wissen, wonach ich suche, erscheinen bislang unwichtige Details womöglich in einem ganz anderen Licht.«

Casey zögerte kurz und traf dann eine Entscheidung.

»Also gut. Ich nehme mir seine Akte noch einmal vor. Falls ich etwas finde, gebe ich Ihnen Bescheid. Sie müssen mir allerdings versprechen, daß Sie erst dann weitere Schritte unternehmen, wenn Ihnen eindeutige Beweise vorliegen. Der Schaden für die Academy und Joshua wäre irreparabel.«

»Falls Joshua unschuldig ist, soll er nichts zu befürchten haben. Aber falls er meinen Mann ermordet hat, werde ich alles in meiner Macht Stehende tun, um ihn hinter Gitter zu bringen.«

Auf der Rückfahrt wurde Terri von starken Zweifeln heimgesucht. Zog sie aufgrund einer fiktiven Geschichte etwa voreilige Schlüsse? War es richtig, das Larry Birch gegebene

Versprechen zu brechen? Würde es sich nachteilig auf die Ermittlungen der Polizei auswirken, daß sie Casey Van Meter von dem Imbiß erzählt hatte? Sollte sie Ashley unverzüglich vom Schulgelände wegholen? Falls es sich bei Joshua Maxfield um einen Serienmörder handelte, schwebte ihre Tochter in akuter Gefahr.

Schon als Terri ihr Haus betrat, hörte sie das Telefon. Sie lief in die Küche und hob beim fünften Klingeln ab.

»Terri, zum Glück hab ich Sie erwischt«, sagte Casey Van Meter. Sie klang kurzatmig und sehr angespannt.

»Was ist los?«

»Ich muß mit Ihnen sprechen. Ich habe mir Joshuas Akte vorgenommen und bin auf etwas gestoßen.«

»Was denn?«

»Ich kann jetzt nicht reden. Können Sie heute abend herkommen?«

»Natürlich.«

»Wir treffen uns lieber nicht in meinem Büro. Wissen Sie, wo unser Bootshaus liegt?«

»Nein.«

»Vierhundert Meter hinter dem Tor zweigt ein Schotterweg ab und verläuft parallel zum Fluß. Er endet beim Bootshaus. Kommen Sie um zwanzig Uhr dorthin.«

Terri wollte noch etwas fragen, aber die Rektorin sagte, das sei gegenwärtig nicht möglich, und legte auf. Terri setzte sich an den Küchentisch. Sie war ganz aufgeregt. Falls Casey Van Meter einen stichhaltigen Beweis gefunden hatte, könnte Terri damit zu Larry Birch gehen. Maxfields Verhaftung würde Norman nicht wieder lebendig machen, doch wenigstens wäre Ashley dann in Sicherheit. Terri sah auf die Uhr. Es war kurz vor sechs. In zwei Stunden würde sie erfahren, ob sie bei der Suche nach dem Mörder ihres Mannes einen Schritt weitergekommen war.

Achtes Kapitel

Schon seit der Grundschule interessierte Ashley sich ernsthaft für Fußball und strengte sich stets ein wenig mehr als alle anderen an, um zu den Besten zu gehören. Aus diesem Grund legte sie nach den täglichen Übungseinheiten des Fußballcamps jeden Abend einen zusätzlichen Dauerlauf ein. Meistens wurde sie dabei von Sally Castle begleitet, doch ihre Freundin hatte sich den Magen verdorben und blieb diesmal auf dem Zimmer.

Ashley genoß es, den schattigen Waldpfaden des Schulgeländes zu folgen, denn das dichte Blätterdach sorgte auch an heißen Tagen für eine angenehme Kühle. An diesem Abend lief sie besonders beschwingt. Nach dem Morgentraining hatte der Trainer der Academy sie beiseite genommen und ihr gesagt, daß sie im Herbst aller Voraussicht nach einen Stammplatz in der Sturmspitze der Mannschaft erhalten würde. Ashley wußte, daß sie besser als die anderen Mittelstürmerinnen war. Dennoch war es schön, den Trainer sagen zu hören, daß die Position ihr gehörte, falls sie sich genügend ins Zeug legte. Doch als sie sich so richtig in Hochstimmung versetzt hatte, fiel ihr ein, daß ihr Vater sie dieses Jahr nicht spielen sehen würde.

Der Wechsel auf die Oregon Academy hatte sich für Ashley als Weg aus der Depression erwiesen. Seit sie in das Wohnheim eingezogen war und mit der Arbeit als Gruppenleiterin begonnen hatte, war sie zeitweise sogar richtig glücklich. Es gab jedoch auch dunkle Phasen; Momente, in denen sie an Tanyas gedämpfte Schreie oder den Tod ihres

Vaters denken mußte. Gelegentlich waren es mehr als bloße Erinnerungen, und Ashley durchlebte alles noch einmal von neuem, als würde es gerade erst geschehen. Dann beschleunigte sich ihr Herzschlag, sie fing an zu schwitzen, und ihr wurde schwindelig. Nur durch schiere Willenskraft konnte sie vermeiden, daß der Kummer sie vollständig lähmte.

Der Gedanke an Norman Spencer raubte ihr nun schlagartig die Energie und trieb ihr Tränen in die Augen. Sie wollte das nicht, und so rief sie sich ins Gedächtnis, wie glücklich ihr Vater gewesen wäre, wenn er von ihrer Berufung in eine der besten Mannschaften des Landes erfahren hätte. Sie hatte sich geschworen, ihr letztes Schuljahr seinem Andenken zu widmen.

Norman hatte versucht, bei jedem einzelnen ihrer Spiele anwesend zu sein, was ihm allerdings nicht immer gelungen war. Beim erstenmal ging Ashley noch in die zweite Klasse. Die Abwesenheit ihres Vaters brachte sie anfangs völlig aus der Fassung, bis Terri ihr sagte, daß Norman in Gedanken immer bei ihr sein würde, auch wenn er nicht am Spielfeld stand und sie anfeuerte. Im Verlauf des Spiels spürte sie ihn dann in ihrem Innern, wie er sie drängte, ihr Bestes zu geben, und an jenem Tag erzielte sie drei Tore.

Ashley lief über den Rasen und entlang der Straße zu dem großen Parkplatz, wo einer der Pfade anfing. Schatten tüpfelten den Waldboden, und eine leichte Brise strich über ihre Arme. Die Luft roch nach Kiefern und Wildblumen. Binnen weniger Minuten verfiel Ashley in einen lockeren und gleichmäßigen Trab.

Nach einer Weile bog der Pfad zum Fluß ab und folgte dem Ufer. Zwischen den Bäumen konnte Ashley das Wasser sehen. Der leichte Wind hatte sich gelegt, und die Stille wurde nur von dem vereinzelten Gezwitscher der Vögel unterbrochen. Am Rand von Ashleys Sichtfeld bewegte sich etwas. Sie wandte den Kopf und sah Joshua Maxfield in Richtung Bootshaus gehen. Dann wurde das Unterholz dichter, und sie verlor ihn aus den Augen. Die Anwesenheit des Lehrers überraschte sie nicht. Alle Mädchen wußten, daß er in einem Cottage in der Nähe des Flusses wohnte. Viele von ihnen schwärmten für den gutaussehenden Schriftsteller. Es gab Gerüchte, er habe schon mehr als eine Schülerin verführt, aber Ashley bezweifelte, daß sie der Wahrheit entsprachen.

Ihr fiel wieder ein, wie ihre Mutter sich verhalten hatte, als sie Maxfield bei dem Rundgang über den Campus begegnet waren. Terris Reaktion hatte Ashley gleichermaßen überrascht wie verwirrt. Sie wollte nicht, daß ihre Mutter so kurz nach dem Tod des Vaters Interesse für einen anderen Mann zeigte. Allerdings führten viele Leute sich in Gegenwart eines Prominenten bisweilen albern auf, und Mr. Maxfield war ein berühmter Schriftsteller.

Ein schriller Schrei zerriß die beschauliche Ruhe. Ashley erstarrte mitten im Lauf. Ein zweiter Schrei ließ sie sich umdrehen. Die Schreie glichen dem letzten Lichtstrahl bei Sonnenuntergang – in einer Sekunde fesselnd und intensiv, in der nächsten spurlos verschwunden. Abermals legte sich Stille über den Wald. Die Schreie waren irgendwo hinter Ashley ertönt, aus Richtung des Bootshauses. Sie lauschte angestrengt, hörte aber nichts, das ihr verraten hätte, was soeben geschehen war. Unschlüssig harrte sie aus. Sie war hin und her gerissen. Einerseits jagten die Schreie ihr Angst ein, andererseits mahnte ihr Gewissen sie, der Ursache auf den Grund zu gehen.

Ashley zwang sich, zum Bootshaus zu laufen. Dabei blieb sie äußerst vorsichtig und achtete auf jede Bewegung und das leiseste Geräusch. Als das rechteckige Holzgebäude zwischen den Bäumen in Sicht kam, verließ Ashley den Pfad und schlich durch den Wald. Am Ufer führte ein schmaler Weg zur Ostseite des Hauses. Im Süden lag der Fluß, und im Westen reichten die Bäume bis an die Wand heran. Nach Norden hin fiel aus einem der Fenster ein schwacher Lichtschein.

Ashley hörte eine hohe Stimme etwas rufen, gedämpft

durch die Wände des Bootshauses. Geduckt huschte sie zum nächstbesten Fenster und spähte vorsichtig hinein. Das Glas war von einer Staubschicht überzogen, der Innenraum weitgehend dunkel. Neben einem der Bootsgestelle rollte eine Taschenlampe über den Boden. Ihr bleicher Strahl fiel auf die Beine und den Rumpf einer Frau, die zusammengesackt an einem der dicken Eichenbalken lehnte, von denen das Dach gestützt wurde. Die Frau rührte sich nicht. Über ihr stand Joshua Maxfield.

Ashley keuchte unwillkürlich auf. Der Schriftsteller fuhr herum. Er hielt ein bluttriefendes Jagdmesser mit sägeförmig gezackter Klinge. Sein Blick bohrte sich durch das Glas und genau in Ashleys Augen. Sie richtete sich auf. Maxfield trat einen Schritt vor. An einer der Anlegestellen lag ein Motorboot vertäut.

Neben dem Boot lag eine weitere Frau.

Ashley rannte los. Sie hörte, wie die Tür des Bootshauses aufgestoßen wurde und gegen die Wand schlug. Maxfield war schnell, aber das traf auch auf Ashley zu. Sie mußte einfach in besserer Form sein. Immerhin trainierte sie jeden Tag.

Maxfield bahnte sich einen Weg durch das Dickicht. Zweige peitschten, und Äste brachen krachend unter seinen Schritten. Ashley kam zu dem Schluß, daß sie unbedingt das Wohnheim erreichen mußte. Dort waren die anderen, und dort gab es einen Wachmann. Das Tageslicht war immer mehr geschwunden. Gleich würde es dunkel sein. Verzweifelt hielt sie nach dem Pfad Ausschau, der zu den Gebäuden führte. Dann entdeckte sie ihn und stürmte aus dem Unterholz. Das Adrenalin verlieh ihr Flügel. Ashley folgte einer Wegbiegung und sah den Parkplatz vor sich. Sie biß die Zähne zusammen. Das Wohnheim war zum Greifen nah. Sie überquerte den Rasen und sah keine Menschenseele. Die Schule war leer. Außer den Gruppenleitern und den Teilnehmern des Fußballcamps hielt sich niemand hier auf.

Ashley bog um die Ecke des naturwissenschaftlichen Gebäudes. Das Wohnheim lag jenseits einer schmalen Parkfläche. Wenige Augenblicke später stürzte sie zur Tür herein und schrie um Hilfe. Der Wachmann sprang auf und lief zu ihr.

»Er ist hinter mir her. Er hat ein Messer.«

Der Mann packte Ashley an beiden Armen und schaute über ihre Schulter.

»Wer ist hinter Ihnen her?« fragte er.

Ashley drehte sich um. Da war niemand.

Sobald ihr bewußt wurde, daß sie Maxfield entkommen war, brach Ashley zusammen. Der Wachmann verständigte Laura Rice, eine Studentin, die während des Sommers das Wohnheim beaufsichtigte. Sally Castle und einige der anderen Bewohner wurden durch den Lärm in die Eingangshalle gelockt. Laura schickte sie wieder weg, aber Sally bestand darauf, bei ihrer Zimmergefährtin zu bleiben. Rice sah ein, daß eine Freundin für Ashley in dieser Situation hilfreich sein würde, und führte die beiden Mädchen in ihr Büro.

»Erzählen Sie mir, was passiert ist«, sagte Rice, als Ashley sich beruhigt hatte.

Ashley berichtete von den Schreien und schilderte, was sie durch das Fenster gesehen hatte.

»Sind Sie sicher, daß der Mann, der Sie verfolgt hat, Joshua Maxfield war?« fragte Rice und versuchte, der verängstigten Schülerin gegenüber nicht allzu ungläubig zu klingen.

»Er hat mir direkt ins Gesicht gesehen.«

»Aber es war dunkel«, wandte Rice ein. Sie konnte sich den charmanten Lehrer einfach nicht als Mörder vorstellen.

»Joshua Maxfield hat diese Frauen umgebracht.«

»Gut, vielleicht haben Sie ihn ja tatsächlich gesehen, aber …«

»Ich habe gesehen, wie er zum Bootshaus gegangen ist, und kurz darauf habe ich die Schreie gehört. Er hatte ein Messer in der Hand. Es war blutverschmiert. Er hat mich verfolgt.«

Ashley wurde wieder hysterisch. Rice hob eine Hand.

»Also gut, ich glaube Ihnen. Konnten Sie die Frauen erkennen?«

»Nein. Im Bootshaus war es sehr dunkel. Ich habe sie bloß ganz kurz gesehen. Das Licht der Taschenlampe reichte bei einer der Frauen nur bis zur Bluse. Die andere Frau lag verkrümmt auf der Seite und wandte mir den Rücken zu. Sie befand sich im Schatten.«

»Ich benötige Ihre Telefonnummer, Ashley.«

Rice wandte sich an den Wachmann.

»Arthur, rufen Sie die Polizei. Ich verständige Rektorin Van Meter und Ashleys Mutter.«

Rice rief die Rektorin an, doch es hob niemand ab. Sie hinterließ eine Nachricht auf dem Anrufbeantworter und versuchte es bei Terri Spencer. Auch dort ging niemand ans Telefon. Ashley hörte, wie Rice ihrer Mutter ebenfalls eine Nachricht auf Band sprach. Wo steckte Terri? Bei der Arbeit, vermutete Ashley.

»Ich gehe jetzt zum Eingang und warte auf die Polizei, es sei denn, Sie möchten, daß ich bei Ihnen bleibe«, sagte Rice.

»Nein, schon in Ordnung. Sally ist ja hier.«

Die Tür ging zu. Einen Moment lang herrschte betretenes Schweigen. Sally empfand es als ihre Pflicht, ihrer Freundin beizustehen, aber sie kannte einige der Fernsehberichte über die Morde im Haus der Spencers und hätte sich am liebsten irgendwo verkrochen. Sie starrte zum Fenster hinaus in die Nacht.

Wenige Minuten später traf der erste Streifenwagen ein. Ein uniformierter Beamter sprach kurz mit Ashley und ließ sich die Situation schildern. Dann kam Larry Birch hinzu, vergewisserte sich, daß es Ashley gutging, und machte sich auf den Weg zum Tatort.

Die Mädchen warteten in dem Büro. Die Polizei sicherte unterdessen die Spuren im Bootshaus und suchte das Gelände nach Joshua Maxfield ab. Ungefähr eine halbe Stunde nach

Birchs Ankunft öffnete sich die Tür. Ashley blickte erwartungsvoll auf und hoffte, es würde ihre Mutter sein. Statt dessen betrat erneut Detective Birch den Raum, zog sich einen Stuhl heran und setzte sich vor Ashley. Er schien unter enormer Anspannung zu stehen.

»Ich möchte Sie etwas fragen«, sagte der Detective.

»Na klar.«

»Ihre Mutter ist heute zu mir ins Justice Center gekommen. Sie war sehr aufgeregt. Wissen Sie, was der Anlaß dafür gewesen ist?«

»Nein. Ich wußte nicht mal, daß sie mit Ihnen gesprochen hat.«

Birch atmete tief durch. »Ich fürchte, ich habe schlechte Neuigkeiten.«

»Ist Mr. Maxfield entkommen?« fragte Ashley und wollte gar nicht erst über die andere Möglichkeit nachdenken, die ihr kurz in den Sinn gekommen war und die sie sofort wieder verdrängt hatte, um bei Verstand zu bleiben.

»Wir haben ihn nirgendwo auf dem Gelände entdecken können, und sein Wagen ist weg. Die Fahndung läuft bereits. Er wird nicht weit kommen.«

»Das ist gut.«

Birch nahm Ashleys Hände und sah ihr in die Augen. »Wir wissen inzwischen, wer sich mit Joshua Maxfield im Bootshaus aufgehalten hat.« Ashley erstarrte. »Eine der Frauen war Casey Van Meter.«

»Ist ... ist sie ...?«

»Nein, sie lebt, ist aber ohne Bewußtsein. Sie wurde ins Krankenhaus gebracht.«

»Wer war die andere Frau?« fragte Ashley. Ihre Stimme drang wie aus weiter Ferne an ihre Ohren, als würde jemand im Nebenzimmer die Frage stellen.

»Sie ist tot, Ashley.«

Ashley verstand kein Wort von dem, was Birch sagte. Plötzlich drehte sich alles um sie herum, und sie wurde ohnmächtig.

Birch hatte vorausgesehen, daß Ashley zusammenbrechen würde, und dafür gesorgt, daß ein Arzt bereitstand. Während der Mann sich nun um Ashley kümmerte, harrten die anderen vor dem Büro aus. Nachdem sie wieder zu sich gekommen war, konnte sie nur noch weinen. Der Arzt verabreichte ihr ein Beruhigungsmittel und half ihr auf ihr Zimmer. Birch folgte Ashley nach oben und wartete, bis sie im Bett lag. Armes Mädchen, dachte er. Niemand sollte durchmachen müssen, was sie zu ertragen hatte.

Er postierte eine Wache vor der Tür und ließ den Arzt mit Ashley allein. Terri Spencer war erstochen worden, genau wie ihr Mann und Tanya Jones. Birch glaubte nicht an derartige Zufälle. Falls Maxfield derselbe Mann war, der sich ins Haus der Spencers geschlichen hatte, war ihm außer Ashley nun die gesamte Familie zum Opfer gefallen. Birch konnte sich nicht erklären, aus welchem Grund jemand eine so schreckliche Tat begehen sollte – vielleicht gab es auch gar keine rationale Erklärung –, aber der Posten auf dem Flur würde verhindern, daß Ashleys Leben erneut in Gefahr geriet.

In der Eingangshalle erwartete ihn ein Polizist, der ihn zu Tony Marx bringen sollte, Birchs Partner. Der Beamte führte ihn einen Weg entlang, der hinunter zum Fluß führte. Die Scheinwerfer, die man rund um das Bootshaus aufgestellt hatte, machten die Nacht zum Tag. Birch hatte den grausigen Tatort bereits gesehen. Jemand war mit brutaler Gewalt über Ashleys Mutter hergefallen. Der Detective würde den Autopsiebericht abwarten müssen, um zu erfahren, wie oft der Täter auf Terri Spencer eingestochen hatte. Es waren zu viele Wunden gewesen, um sie zu zählen.

Casey Van Meter hatte keine einzige Stichverletzung davongetragen. Birch nahm an, daß sie Ashley ihr Leben verdankte. Jemand hatte ihr einen so kräftigen Kinnhaken versetzt, daß sie mit dem Hinterkopf gegen den Stützbalken geprallt war. Als Ashley auftauchte und Maxfield erst ablenkte und dann zur Flucht veranlaßte, hatte die Rektorin wahrscheinlich schon das Bewußtsein verloren. Da es vor Ort nicht gelungen war, sie wieder aufzuwecken, hatte man sie schnellstens ins Krankenhaus gebracht.

Birchs Begleiter führte ihn am Bootshaus vorbei. Eine Minute später erreichten sie ein steinernes Cottage. Der Fluß war ganz nah, und Birch konnte hinter dem Haus eine schmale Veranda erkennen. Es war ein idyllischer Ort. Der Detective stellte sich vor, wie er am Abend friedlich auf der Veranda Platz nahm, ein Glas Scotch trank und den Sonnenuntergang beobachtete. Maxfield würde dergleichen kaum noch genießen können, sobald sie ihn erwischt hatten.

Das Innere des Häuschens sah bewohnt, aber sauber aus. Im vorderen Raum gab es kein Fernsehgerät, dafür lagen überall Bücher. Birch musterte ein paar der Titel. Einige kannte er aus den Literaturkursen, die er früher auf dem College belegt hatte. Darüber hinaus entdeckte er mehrere Werke über kreatives Schreiben. Jemand rief nach ihm.

Tony Marx war ein rundlicher Afroamerikaner mit grau gesprenkeltem schwarzen Haar und zehn Jahre älter als Birch. Nach so langer Zeit im Polizeidienst war ihm eigentlich nichts mehr fremd, und Birch fragte sich, wieso sein Partner dennoch so aufgeregt wirkte.

»Larry, das mußt du dir anschauen«, sagte Marx, packte Birch am Arm und zog ihn in ein Zimmer, das am Ende eines schmalen Flurs lag. Dies war eindeutig der Ort, an dem Maxfield schrieb. In einer Ecke des Raums standen ein bequemer Lehnsessel, eine große Stehlampe und ein Beistelltisch, auf dem ein Kugelschreiber, gelbe Notizzettel, ein Stenoblock und ein Papierstapel lagen, offenbar ein Manuskript.

Vom Fenster aus sah man den Fluß. Vor dem Fenster stand ein Schreibtisch mit einem Computerbildschirm. Neben dem Monitor lag ein weiterer bedruckter Stapel Papier. Als Birchs Blick darauf fiel, lächelte Marx und reichte seinem Partner ein Paar Latexhandschuhe, wie auch er sie trug. Birch nahm die oberste Seite und las.

Als Martha schrie, lächelte ich. Ihr Schmerz klang für mich schöner als jede Beethoven-Symphonie. Ich hielt den Rand ihrer Ohrmuschel fest und schnitt ganz langsam weiter, um ihre Qualen zu verlängern ...

Birch blickte auf. »Was ist das, Tony?«

Marx grinste breit. »Ein Roman, an dem Maxfield gearbeitet hat. Er war so freundlich, seinen Namen in die Kopfzeile jeder Seite einzufügen, damit wir nicht irrtümlich annehmen würden, ein anderer Psychokiller habe das geschrieben. Er ist erst auf Seite hundertsiebzig angekommen, aber es reicht schon, um ihn festzunageln.« Marx wies über die Schulter auf das Manuskript, das neben dem Lehnsessel lag. »Das da ist so ähnlich. Vermutlich eine Art früher Entwurf, denn sein Name steht noch nicht darauf. Aber mir sind beim Durchblättern mehrere ähnliche Szenen aufgefallen.«

»Hast du nicht gerade gesagt, es sei ein Roman? Dann kann der Staatsanwalt nichts damit anfangen. Maxfields Verteidiger wird behaupten, es sei reine Fiktion.«

Marx grinste erneut. Er sah wie ein Kind aus, das soeben ein wirklich prächtiges Weihnachtsgeschenk bekommen hatte.

»Das Beste hab ich dir noch gar nicht verraten. Wirf mal einen Blick auf diese Szene.«

Birch nahm die neuen Seiten. Zunächst war ihm nicht klar, worauf sein Partner hinauswollte. Die Schilderung war ziemlich drastisch, doch es blieb eine Episode aus einem Roman. Als der Killer die Eltern und das halbwüchsige Mädchen mit Isolierband fesselte, verspürte Birch ein flaues Gefühl in der Magengegend. Dann kam er zu der Stelle, wo beschrieben wurde, wie der Serienmörder in die Küche ging. Als er sich dort ein Stück Kuchen und ein Glas Milch nahm, um seinen Hunger zu stillen, hörte Birch auf zu lesen.

»Wir haben ihn«, sagte er und verzog unwillkürlich die Lippen zu einem triumphierenden Lächeln. Dann fiel ihm Ashley Spencer wieder ein. Das Lächeln erstarb, und seine Züge verhärteten sich zu einem Ausdruck grimmiger Entschlossenheit.

Neuntes Kapitel

Ashley war wach, stand aber immer noch leicht unter dem Einfluß der Medikamente. Die Tür zu ihrem Zimmer öffnete sich. Detective Birch machte Platz, und ein alter Mann hinkte an Ashleys Bett. Er mußte sich auf einen robusten Spazierstock stützen, war annähernd einen Meter neunzig groß und hatte breite, hängende Schultern. Hinter ihm folgte ein Mann in zerknittertem Anzug und schiefer Krawatte. Die auffallende Ähnlichkeit mit Casey Van Meter war nicht zu übersehen.

»Ashley«, sagte der Detective, »das ist Henry Van Meter.«

Der alte Herr ließ sich nur noch selten in der Öffentlichkeit blicken, abgesehen von einigen offiziellen Anlässen oder gelegentlichen Spaziergängen auf dem Gelände der Academy, wenn das Wetter es erlaubte. Er war zeit seines Lebens ein vitaler Mann gewesen, bis ein Schlaganfall ihn fast das Leben gekostet hatte. Ashley hatte ihn einige Male aus der Entfernung gesehen, wie er mit seinem Stock langsam über den Campus geschlendert war.

Van Meters traurige blaue Augen musterten sie durch die dicken Gläser einer altmodischen Brille. Sein Haar war schneeweiß, seine Haut fahl und an den Wangen eingesunken. Er trug eine braune Kordhose und einen dicken Wollpullover, obwohl die Außentemperatur ungefähr dreißig Grad betrug.

»Und das«, sagte der Detective und wies auf den jüngeren Mann, »ist Miles Van Meter, Rektorin Van Meters Bruder. Er ist heute aus New York eingetroffen.«

Miles nickte. Er sah schlimm aus.

»Die beiden Herren haben die Rektorin im Krankenhaus besucht und sind direkt danach hergekommen«, sagte Birch. »Sie wollten Sie unbedingt sehen.«

Ashley reagierte nicht. Birch fühlte sich schrecklich. Der Arzt hatte ihm erzählt, die junge Frau habe geäußert, sie wolle nicht mehr weiterleben. Er hoffte inständig, daß es ihr gelingen würde, diese Phase zu überwinden, und er war wütend, daß ein so reizendes Mädchen wie Ashley ein solches Schicksal erleiden mußte.

»Wir möchten Sie wissen lassen, wie sehr uns diese Tragödie leid tut«, sagte Henry Van Meter. Infolge des Schlaganfalls sprach er vergleichsweise undeutlich.

Ashley wandte den Kopf ab, um ihre Tränen zu verbergen.

»Meine Schwester bedeutet mir alles, so wie auch Ihre Eltern Ihnen alles bedeutet haben. Casey ist nicht tot, aber es trennt sie nicht mehr viel davon.« Miles' Stimme klang heiser und beinahe schluchzend. »Die Ärzte sagen, daß sie vielleicht nie mehr aus dem Koma erwacht. Diese wahnsinnige Tat hat uns beide unserer Liebsten beraubt.«

Die Worte blieben ihm in der Kehle stecken. Miles verstummte abrupt.

»Wir werden für Sie tun, was wir können«, sagte Henry. »Bitte lassen Sie es uns wissen, falls Sie einen Wunsch haben und es irgend etwas gibt, das Ihren unendlich tiefen Schmerz lindern könnte.«

»Vielen Dank«, murmelte Ashley. Sie wußte, daß die Leute es gut mit ihr meinten, aber sie wollte lieber allein sein.

Birch bemerkte ihre Bedrängnis und berührte Henry Van Meter am Arm.

»Der Arzt hat gesagt, wir sollen sie nicht überanstrengen.«

»Ja«, pflichtete Henry ihm bei. »Wir lassen Sie nun in Ruhe. Aber wir meinen es aufrichtig. Wir möchten Ihnen helfen.«

»Gott segne Sie«, sagte Miles und folgte seinem Vater auf den Korridor.

Birch wartete, bis die Tür sich geschlossen hatte, und zog sich dann einen Stuhl neben Ashleys Bett.

»Dr. Boston hat mir gesagt, daß Sie von Selbstmord geredet haben.«

Ashley wich seinem Blick aus und erwiderte nichts.

»Ich arbeite bei der Mordkommission. Wissen Sie, was das Schlimmste an meinem Job ist?« Birch wartete einen Moment ab, ob sie antworten würde. »Weder die Toten noch die Verbrecher. Es ist der Umgang mit den Hinterbliebenen. Immer wieder empfinden diese Menschen so wie Sie, als gäbe es keinen Grund mehr, am Leben zu bleiben. Ich selbst habe noch nie eine derartige Verzweiflung verspürt, aber ich habe schon mit so vielen Betroffenen gesprochen, daß ich glaube, eine ungefähre Ahnung davon zu haben. Die Leute sagen, es sei, als wäre man ein lebender Toter – man atmet noch, aber empfindet nichts mehr. Sie sagen, es fühle sich an, als sei man leer und würde diese Leere nie mehr füllen können.« Ashley drehte den Kopf in seine Richtung. »Vor den Morden gab es all diese positiven Gefühle. Man hat geliebt und wurde geliebt. Dann ist die geliebte Person auf einmal nicht mehr da, und es ist, als würden die Gefühle aus einem herausgesogen. Und weder die Person noch die Gefühle lassen sich zurückholen. Ashley, falls Sie sich in diese Art von Hoffnungslosigkeit ergeben, belohnen Sie Maxfield. Er lebt, um Menschen ins Unglück zu stürzen, er weidet sich an ihrem Leid.«

»Joshua Maxfield ist mir egal«, flüsterte Ashley.

»Aber das sollte er nicht. Sie müssen ihn für seine Taten hassen. Sie müssen wieder etwas fühlen, irgend etwas. Sie dürfen sich nicht dem Kummer beugen. Sie sind ein viel zu guter Mensch, etwas ganz Besonderes. Sehen Sie doch nur, wieviel Sie schon erreicht haben. Ihre Erfolge beim Fußball, Ihre guten Noten in der Schule.«

»Das ist jetzt alles nicht mehr wichtig.«

Ashley fing an zu weinen. Ihr Körper erzitterte. Birch legte ihr eine Hand auf die Schulter.

»Sie sind eine wunderbare junge Frau. Ihre Eltern waren so stolz auf Sie. Tun Sie ihnen das nicht an. Enttäuschen Sie sie nicht.«

Sie weinte und weinte. Birch sah ihr dabei zu und wußte nicht, was er noch tun sollte. Er hatte sie aufmuntern wollen und dabei versagt. Zutiefst betrübt stand er auf.

»Wir erwischen Maxfield«, flüsterte er. »Ich werde ihn vor Gericht bringen.«

Ashley wandte ihr tränenüberströmtes Gesicht zu ihm um. »Was nützt das noch? Meine Eltern sind tot. Seine Verhaftung macht sie nicht wieder lebendig.«

Als Larry Birch aufbrach, fühlte er sich furchtbar. Er hatte selbst eine Tochter. Sie war viel jünger als Ashley Spencer, aber er konnte sich vorstellen, was es für sie bedeuten würde, auf so grauenhafte Weise kurz nacheinander beide Elternteile zu verlieren. Birch verdrängte das Gefühl der Ohnmacht, indem er es durch Wut ersetzte. Er wußte, daß es unprofessionell war, einen Fall persönlich zu nehmen, aber er haßte Maxfield und wollte ihn zur Strecke bringen. Der Detective mochte Ashley. In gewisser Weise hatte Maxfield auch sie getötet, er hatte Ashley das Herz herausgeschnitten und ihre Seele in den Staub getreten. Birch schwor sich, daß Maxfield dafür bezahlen würde.

Doch aus welchem Anlaß hatte er Tanya Jones und die Spencers umgebracht und Casey Van Meter ins Koma geprügelt? Birchs Partner, Tony Marx, entschied sich für die einfachste Erklärung. Er glaubte, daß keine vernünftige Begründung für Maxfields Verbrechen existierte, und betrachtete den Mann als Psychopathen, dessen Motive nur in seinem eigenen krankhaften Verstand einen Sinn ergaben.

Anfangs neigte Birch dazu, seinem Partner recht zu geben, doch kurz nach seiner Rückkehr ins Justice Center erhielt er einen Anruf, der ihn vermuten ließ, daß es zumindest für die Verbrechen im Bootshaus einen nachvollziehbaren Beweggrund gegeben hatte.

»Detective Birch.«

»Sind Sie derjenige, der den Überfall auf Rektorin Van Meter und Terri Spencer untersucht?« fragte eine Frau.

»Ganz recht.«

»Ich bin Cora Young, die Sekretärin von Casey Van Meter.«

»Was kann ich für Sie tun?«

»Ich weiß erst seit heute morgen, was passiert ist. Ich hätte früher angerufen, aber es war so ein Schock. Ich konnte nicht klar denken.«

»Verfügen Sie über Informationen, die sich als hilfreich für die Ermittlungen erweisen könnten?«

»Ich bin mir nicht sicher. Mrs. Spencer war gestern nachmittag hier in der Schule, so gegen sechzehn Uhr. Sie hat mit der Rektorin gesprochen.«

»Kennen Sie den Grund?«

»Nein, aber sie wirkte sehr angespannt, während sie hier gewartet hat. Ich dachte, das sollten Sie wissen.«

»Vielen Dank. Es könnte wichtig sein.«

»Da ist noch etwas. Joshua Maxfield hatte die Erlaubnis, einen unserer Unterrichtsräume für ein Schriftstellerseminar zu nutzen, das er geleitet hat. Die Teilnehmer kamen von außerhalb der Schule. Terri Spencer gehörte auch dazu. Die erste Sitzung fand vorgestern abend statt.«

Bingo! dachte Birch. Die Sekretärin hatte ihm soeben eine Verbindung aufgezeigt, die von Maxfield über Terri Spencer zu Rektorin Van Meter führte.

»Spreche ich mit Lori Ryan?« fragte Birch, nachdem er die erste Nummer der Teilnehmerliste des Seminars gewählt hatte, die ihm von Cora Young überlassen worden war.

»Ja?«

»Ich bin Detective Larry Birch und würde mit Ihnen gern über Terri Spencer reden.«

»Wie gut, daß Sie anrufen. Ansonsten hätte ich mich bei Ihnen gemeldet. Ich habe in der Morgenzeitung von dem

Mord an Terri gelesen. Glauben Sie, daß Joshua Maxfield der Täter ist?«

»Er gilt als verdächtig.«

»Ist er tatsächlich geflohen?«

»Ja, Ma'am.«

»Das ist ... na ja, unglaublich. Ich habe die beiden gekannt. Erst vorgestern haben wir noch im selben Raum gesessen.«

»Deshalb rufe ich an. Ich wollte ein wenig mehr über Joshua Maxfields Seminar in Erfahrung bringen. Was genau war der Zweck dieser Veranstaltung?«

»Einer Reihe von Nachwuchsautoren bei ihrer Arbeit zu helfen.«

»Und es gab insgesamt sechs Teilnehmer?«

»Ja. Jeder von uns schreibt an einem Buch. Mindy Krauss und ich haben uns gemeinsam angemeldet, weil wir an einem Krimi arbeiten. Worum es bei Terris Buch ging, weiß ich leider nicht.«

»Und Maxfield war Ihnen behilflich?«

»Ja. Wir haben ihm zuvor unsere Manuskripte eingereicht, und er wollte Auszüge daraus vorlesen. Dann sollten die Anwesenden die jeweiligen Texte kritisieren. Deswegen wollte ich mich bei Ihnen melden. Ich dachte mir, Sie sollten wissen, daß einige Teilnehmer, darunter auch Terri, mit dem Verlauf unserer ersten Sitzung nicht besonders glücklich gewesen sind.«

Ryan erzählte Birch von dem Kapitel, das Maxfield vorgelesen hatte. Der Detective erkannte es wieder. Es stammte aus Maxfields Manuskript, das in dem Cottage gelegen hatte.

»Ich saß gegenüber von Terri und habe ihr Gesicht gesehen, als Maxfield zu der Stelle mit der Folter kam. Sie sah schrecklich aus. Ich dachte, sie würde in Ohnmacht fallen. Als ich heute morgen den Artikel in der Zeitung gelesen habe, ergab alles einen Sinn. Die Szene ähnelte dem Überfall auf ihre Familie.

Während Mr. Maxfield vorgelesen hat, hat Terri ihn die ganze Zeit so komisch angeschaut. Nach der Sitzung hat sie dann Mindy und mich gefragt, ob wir den Text geschrieben hätten. Ich glaube, mit einem der beiden männlichen Teilnehmer hat sie auch darüber gesprochen. Inzwischen bin ich überzeugt, daß sie Maxfield verdächtigt hat, der Urheber dieses Textes zu sein, und sich bei uns anderen entsprechend vergewissern wollte. Und ich glaube, Sie hat vermutet, Maxfield schildere diese Taten aus eigener Erfahrung.«

Birch sprach noch etwas länger mit Lori Ryan und rief dann die nächste Person auf der Liste an. Er erreichte zwei der anderen Teilnehmer. Sie wußten auch nicht mehr, als Lori Ryan ihm bereits erzählt hatte, aber sie bestätigten, daß Terri Spencer durch den vorgelesenen Text sichtlich verstört worden sei.

Der Detective konnte sich nun zusammenreimen, was zwischen dem Seminar und dem Überfall im Bootshaus geschehen war. Maxfields Geschichte hatte bei Terri sämtliche Alarmglocken schrillen lassen. Daraufhin war sie zu ihm ins Justice Center gekommen, um in Erfahrung zu bringen, ob man die Information über den Imbiß des Täters jemals öffentlich bekanntgegeben hatte. Als sie erfuhr, daß dem nicht so war, lag es auf der Hand, daß sie weitere Nachforschungen über Maxfield anstellen würde. Terri war eine erfahrene Reporterin. Ein Gespräch mit Maxfields Arbeitgeber wäre ein absolut logischer Schritt. Laut den Aufzeichnungen der Telefongesellschaft hatte Casey Van Meter einige Zeit nach der Unterredung bei Mrs. Spencer zu Hause angerufen. Bei diesem Telefonat verabredeten die beiden sich zu einem Treffen im Bootshaus. Maxfield mußte von dem Anlaß für dieses Treffen erfahren haben. Er überfiel die beiden Frauen, damit sie die Polizei nicht von Terri Spencers Verdacht in Kenntnis setzen konnten.

»Larry.« Birch hob den Kopf und sah Tony Marx neben seinem Schreibtisch stehen.

Marx setzte sich. »Ich habe den ganzen Vormittag in Maxfields Buch gelesen und mir Notizen über die diversen Morde gemacht, die er beschreibt. Dann habe ich beim FBI angerufen und ihnen meine Aufzeichnungen vorgelesen. Wie du sicherlich noch weißt, unterscheidet sich der Mord, den ich dir gestern in dem Manuskript gezeigt habe, von den tatsächlichen Vorfällen im Haus der Spencers, aber der Imbiß und das Isolierband kommen darin vor.«

»Red weiter.«

»Nun, keiner der Morde in dem Buch stimmt mit irgendeinem der echten Morde überein, die das FBI diesem Täter zuschreibt, aber sie enthalten Einzelheiten der echten Verbrechen, die nie an die Öffentlichkeit gegeben wurden, so wie bei uns der Imbiß.«

Marx beugte sich vor. Birch konnte seine Augen vor Aufregung funkeln sehen. »Soll er doch ruhig behaupten, diese Details würden bloß zufällig übereinstimmen und er habe sich alles ausgedacht. Falls es nur zu einer einzigen Tat Parallelen gäbe, würde sein Anwalt vielleicht damit durchkommen. Aber wir haben drei Volltreffer, Larry. Wir werden ihn festnageln. Joshua Maxfield ist geliefert.«

Zehntes Kapitel

Das Sonnenlicht fiel zum Fenster des Wohnheims herein und weckte Ashley. Der Mord an ihrer Mutter lag nun drei Tage zurück. Sie hielt den Atem an und lauschte. Irgendwas war anders. Es gab keine Geräusche – kein morgendliches Kommen und Gehen wie während des Fußballcamps. Die Veranstaltung war vorbei. Alle Teilnehmer und Mitarbeiter hatten sich auf den Heimweg gemacht. Nur Ashley war immer noch hier, weil niemand wußte, wo sie bleiben sollte. Ihr Elternhaus kam nicht in Frage, denn Joshua Maxfield befand sich weiterhin auf freiem Fuß. Sie hätte sowieso nicht dahin gewollt. Es wäre schrecklich gewesen, dort ganz allein zu sein. Zu viele Gespenster, zu viele leere Zimmer.

Detective Birch hatte sich bei ihr nach Verwandten erkundigt, die sie eventuell aufnehmen könnten, aber Terri und Norman waren Einzelkinder gewesen und ihre Eltern mittlerweile alle verstorben. Dann hatte Detective Birch ein Pflegeheim erwähnt und Ashley damit in einen hysterischen Anfall getrieben. Schließlich schaltete sich Henry Van Meter ein und sagte, Ashley könne entweder im Wohnheim bleiben oder in sein Anwesen umziehen. In jedem Fall solle sie die Academy einstweilen als ihr Zuhause betrachten und später in aller Ruhe entscheiden, was sie zu tun gedenke.

Ashley setzte sich auf und rieb sich den Schlaf aus den Augen. Gegenüber an der Wand hing Sallys Poster von Brandi Chastain, wie sie sich nach dem Siegtor im Weltmeisterschaftsspiel gegen China das Trikot vom Leib riß. Außer diesem Poster hatte Sally noch eines von Mia Hamm zurückgelassen, Ashleys Lieblingsspielerin. Wenn es nach Sally gegangen wäre, wäre sie bei Ashley im Wohnheim geblieben, aber ihre Eltern hatten sie abgeholt. Nun rief Sally jeden Tag an; das war allerdings nicht dasselbe, wie ihre Freundin bei sich zu haben.

Ashley musterte das Poster von Brandi Chastain. Die Frau sah so kraftvoll, so unbezwingbar aus. Auch Ashley hatte sich gelegentlich so gefühlt. Sie erinnerte sich an das letztjährige Spiel gegen Wilson in der Schulliga von Portland. Es hatte unentschieden gestanden, bis Ashley eine Minute vor Ablauf der Spielzeit mit dem Ball nach vorn gestürmt war, um den Siegtreffer zu erzielen. Alles klappte perfekt, aber dann rutschte sie aus. Die gegnerische Torhüterin sah sie stürzen, rechnete nicht mehr mit einer Gefahr und richtete sich auf. Als Ashley spürte, daß sie das Gleichgewicht verlor, schoß sie den Ball in die Höhe. Ihr Rücken prallte auf den Boden, aber sie behielt den Kopf oben und sah den Ball fallen. Bis zum heutigen Tag konnte Ashley sich nicht erklären, woher sie die Geistesgegenwart besessen hatte, sich auf die Hüfte zu drehen und den unbeholfenen Schuß zu wagen, der an Wilsons verblüffter Torhüterin vorbeigerollt und im Netz gelandet war.

Nun saß sie in ihrem Zimmer im Wohnheim der Academy, empfand erneut dieses Gefühl reiner Freude und lächelte – zum erstenmal seit dem Tod ihrer Mutter. Ein Sekunde später war alles wieder vorbei, aber etwas in ihr hatte sich verändert. Sie war immer noch traurig, doch sie wußte jetzt, daß sie nicht sterben wollte, und sie wollte nicht länger in Selbstmitleid versinken, denn es gab eine Menge zu erledigen, angefangen mit der Beerdigung ihrer Mutter. Der Gedanke zerriß ihr das Herz. Sie wußte, daß sie wieder zusammenbrechen würde, falls sie nicht dagegen ankämpfte, also atmete sie tief durch. Der stechende Geruch von Schweiß stieg ihr in die Nase.

Ashley verzog das Gesicht. Bislang hatte sie der eigene Körpergeruch überhaupt nicht gestört. Sie wäre ohnehin weder willens noch in der Lage gewesen, ein Bad zu nehmen. Heute morgen jedoch widerte der Gestank sie an. Ashley betrachtete sich in dem Spiegel, der über ihrer Kommode hing. Sie sah abscheulich aus. Ihr Haar stand ungekämmt in alle Richtungen ab, sie hatte Gewicht verloren, und ihre Augen waren von dunklen Ringen umgeben.

Der Gemeinschaftswaschraum der Frauen lag in der Nähe der Treppe. Ashley dachte an den Polizisten vor ihrer Tür. Sie zog sich einen Trainingsanzug über, nahm ihr Waschzeug, wünschte dem Beamten einen guten Morgen und schlurfte den Flur hinunter.

Die heiße Dusche half. Ashley beeilte sich, denn sie wollte es sich nicht zu behaglich machen, nachdem ihre Mutter und ihr Vater nun beide tot waren. Die Schuldgefühle würden sie noch eine ganze Weile davon abhalten, etwas bewußt zu genießen. Andererseits konnte sie gar nicht anders, als sich angenehm sauber zu fühlen und sich über ihr glattes seidiges Haar zu freuen.

Ashley kehrte in ihr Zimmer zurück und hatte Shorts und ein frisches T-Shirt mit dem Aufdruck der Eisenhower-High-School angezogen, als der Polizist an die Tür klopfte. Es tat es nur sehr zögerlich. Alle faßten sie immer noch mit Samthandschuhen an.

»Miss Spencer?«

»Ja?«

Die Tür öffnete sich einen Spalt, und der Wachposten reckte den Kopf ins Zimmer. »Hier ist ein Mr. Philips und möchte Sie sprechen. Er sagt, er sei Ihr Anwalt.«

Ashley kannte niemanden namens Philips und wußte genau, daß sie keinen Anwalt hatte, aber sie freute sich über die Abwechslung. Der Polizist wich zurück, und ein junger Mann schob sich an ihm vorbei. Der Anwalt war ungefähr so groß wie Ashley, schlank, mit blaßblauen Augen und widerspenstigem hellbraunen Haar. Er trug einen Anzug samt weißem Hemd und Krawatte und wirkte ein wenig wie ein Oberschüler.

»Miss Spencer, ich heiße Jerry Philips. Ich bin Rechtsanwalt.«

Er hielt ihr eine Visitenkarte entgegen. Ashley zögerte kurz, bevor sie das Zimmer durchquerte, um sie zu nehmen. Der Anwalt deutete auf einen Stuhl. »Darf ich?«

»Ja, natürlich.«

Ashley setzte sich auf ihr Bett und las die Visitenkarte. Jerry Philips nahm Platz und legte sich den Aktenkoffer auf die Knie.

»Zuerst möchte ich Ihnen sagen, wie leid es mir tut, was Ihren Eltern zugestoßen ist.« Der junge Mann schaute zu Boden. »Meine Mutter ist seit einigen Jahren tot, und mein Vater verstarb, kurz bevor Ihr Vater … ums Leben kam. Ich kann nachfühlen, was Sie durchmachen.«

Nun war es Ashley, die sich unbehaglich fühlte. »Das tut mir leid«, murmelte sie.

Philips lächelte bekümmert. »Das scheint bei ziemlich vielen Leuten, die ich nach dem Tod meines Vaters getroffen habe, der erste Satz zu sein. Ich bin sicher, auch Sie haben ihn in letzter Zeit oft zu hören bekommen.« Er lachte verlegen. »Ich hab's selbst gerade zu Ihnen gesagt, nicht wahr?«

Ashley wurde allmählich ungeduldig. Dieser Anwalt schien ein netter Mensch zu sein, aber sie wollte weder den Tod ihrer Eltern erörtern noch von seinem persönlichen Schicksal erfahren.

»Mr. Philips, warum sind Sie hier?«

»Richtig. Ich sollte zur Sache kommen. Haben Ihre Eltern jemals meinen Vater erwähnt, Ken Philips?«

»Nicht, daß ich wüßte.«

»Er war ebenfalls Anwalt. Ihre Eltern gehörten zu seinen Klienten. Unter anderem hat er ihre Testamente verfaßt. Ich dachte mir, Sie würden bestimmt gern wissen, wie Sie finanziell dastehen.«

Ashley wurde auf einmal klar, daß sie keine Ahnung hatte, wie sie ihren Lebensunterhalt bestreiten sollte oder ob sie sich im Anschluß an die Academy eine Wohnung leisten konnte.

Als ihre Eltern noch am Leben gewesen waren, hatte sie einfach zur Schule gehen, Fußball spielen und sich amüsieren können, ohne jemals über Geld nachdenken zu müssen. All das war nun anders geworden.

»Noch etwas.« Philips sah wieder unangenehm berührt aus. »Ich habe mit Detective Birch gesprochen. Er sagt, Sie könnten Ihre Mutter nun beerdigen.« Philips verschwieg, daß es eine Autopsie gegeben hatte. Er wollte nicht, daß Ashley sich ihre Mutter auf einem kalten Stahltisch vorstellte, wo ein Fremder ihr den Leib aufschnitt und emotionslos den Befund über die Todesursache diktierte. »Ich kann alle notwendigen Formalitäten erledigen, falls Sie möchten.«

»Ja, das wäre wirklich nett«, sagte Ashley und war erleichtert, daß jemand ihr diese Last von den Schultern nahm.

Philips zückte einen gelben Schreibblock und machte sich eine Notiz. Dann nahm er einige Unterlagen hervor. »Wir brauchen uns heute nicht um die Einzelheiten zu kümmern. Das holen wir nach, sobald es Ihnen paßt. Ich kann Ihnen jedoch bereits mitteilen, daß Sie finanziell ausreichend versorgt sind, sofern Sie nicht über die Stränge schlagen. Sie werden etwas Geld erben, und Ihre Eltern hatten beide eine gute Lebensversicherung abgeschlossen. Die Mittel dürften eine Weile reichen, falls Sie sich vorsehen. Ich kann Ihnen einen Finanzberater empfehlen, wenn wir die Details regeln.«

Ashley wollte wissen, wieviel sie erben würde, aber sie traute sich nicht, danach zu fragen. Philips sollte sie nicht für gierig halten, und auch sie selbst scheute vor dem Gedanken zurück, in irgendeiner Weise vom Tod ihrer Eltern zu profitieren.

»Sie sollten außerdem in Erwägung ziehen, das Haus zu verkaufen«, fuhr Philips fort.

Ashley keuchte unwillkürlich auf.

»Das ist heftig, ich weiß. Ich habe das Haus meines Vaters verkauft, und es hat mir das Herz gebrochen. Immerhin bin ich dort aufgewachsen.«

»Mir ist klar, daß ich es aufgeben muß.«

»Der Markt sieht derzeit recht gut aus. Mit den Lebensversicherungen, dem Erlös aus dem Hausverkauf und dem Barvermögen dürften Sie vorerst sorgenfrei leben können.«

Ashley wischte sich eine Träne aus dem Augenwinkel. Philips stand auf und reichte ihr ein Taschentuch. Er sah ein Glas auf dem Nachttisch stehen.

»Möchten Sie etwas Wasser?«

»Danke, es geht schon.«

Philips senkte den Blick. »Wie dem auch sei«, fuhr er befangen fort, »ich kümmere mich erst mal um die Beisetzung. Möchten Sie gleich einen Termin ausmachen, damit wir uns um den Finanzkram kümmern können?«

»Mir ist jeder Termin recht«, sagte Ashley traurig. »Außer der Beerdigung hab ich nichts vor.«

»Haben Sie irgendwelche Fragen?«

»Nicht jetzt. Wegen des Treffens rufe ich Sie noch an. Und vielen Dank für Ihren Besuch.«

»Das ist mein Job«, erwiderte Philips mit freundlichem Lächeln und stand auf. »Bis bald.«

»Bis bald«, sagte sie.

Jerry Philips hatte kaum den Raum verlassen, als Ashley sich plötzlich bewußt wurde, wie hungrig sie war. Während der letzten Tage hatte sie so gut wie überhaupt nichts zu sich genommen. Man hatte ihr zwar regelmäßig Essen aufs Zimmer gebracht, denn die Schulcafeteria war für das Fußballcamp geöffnet geblieben, doch sie hatte lediglich darin herumgestochert und das meiste davon liegenlassen. Mit dem Ende des Camps waren auch Laura Rices Aufsichtspflichten im Wohnheim zu Ende gegangen. Nachdem die Studentin gepackt hatte, war sie zu Ashley gekommen, um sich zu verabschieden und ihr von Henry Van Meter auszurichten, sie sei herzlich eingeladen, von nun an ihre Mahlzeiten im Anwesen einzunehmen.

Ashley zog sich Turnschuhe an und machte sich quer über

den Campus auf den Weg zum Herrenhaus. Ihr Leibwächter folgte ihr in diskretem Abstand. Es war ein herrlicher Tag. Der strahlend blaue Himmel war mit flaumigen weißen Wölkchen verziert, die frische Luft roch nach Kiefern und Rosen, und von überall her ertönte Vogelgesang. Die makellose Schönheit des Morgens war für Ashley eine reine Qual. Jeder zwitschernde Vogel, jeder himmlische Duft und jede bunte Blüte ließ sie daran denken, was sie verloren hatte.

Sie hörte das Brummen eines Rasenmähers, als das Anwesen in Sicht kam. Eine Schar Gärtner mähte das Gras, stutzte die Büsche und kümmerte sich um die Blumengärten. Der Weg zur Küche führte Ashley zwischen einem Swimmingpool und einer großen gefliesten Terrasse entlang, auf der Liegestühle und Glastische im Schatten großer Sonnenschirme standen. Durch ein Bleiglasfenster erhaschte sie einen kurzen Blick in das Eßzimmer. Es war mit dunklem Holz vertäfelt, und über einem glänzenden Eichentisch, der groß genug für ihre ganze Fußballmannschaft gewesen wäre, hing ein kristallener Kronleuchter.

Ashley klopfte an die Küchentür, und eine Frau mit kurzärmeliger Karobluse, gelbbrauner Hose und Schürze öffnete ihr. Die Frau war Mitte Vierzig, und in ihrem braunen Haar schimmerten die ersten grauen Strähnen.

»Ich bin Mandy O'Connor. Ich koche für Mr. Van Meter. Sie müssen Ashley sein. Kommen Sie herein.«

»Vielen Dank.«

Die Küche war riesig und wurde von einer Kochinsel dominiert, über der Gestelle mit Kupfertöpfen, Pfannen und diversen Utensilien hingen. An einer Seite stand ein Tisch, auf dem bereits für zwei Personen gedeckt war.

»Setzen Sie sich, ich bereite Ihnen gleich etwas zu. Ich kann Ihnen Haferbrei, Pfannkuchen oder Eier mit Speck und Toast anbieten. Was darf es sein?«

Ashley war völlig ausgehungert, und schon die Aufzählung der Speisen ließ ihr das Wasser im Mund zusammenlaufen.

»Speck, Rührei und Toast klingt großartig.«

»Milch, Kaffee, Orangensaft, Tee?«

»Orangensaft und Milch, bitte.«

Ashley nahm am Tisch Platz und sah dort ein Exemplar der Morgenzeitung liegen. Die Titelseite war hauptsächlich einer Krise im Mittleren Osten gewidmet, doch auf der unteren Hälfte stand außerdem ein Bericht über die Großfahndung nach Joshua Maxfield. Ashley drehte die Zeitung um, damit sie den Text nicht sehen mußte, und suchte nach dem Sportteil. Weiter hinten stieß sie auf einen Artikel über ein Sommerturnier der Fußballiga. Letztes Jahr hatte sie noch zur Siegermannschaft dieses Turniers gehört. Nach nur wenigen Zeilen konnte sie nicht mehr weiterlesen.

Die Tür, durch die man ins Innere des Hauses gelangte, öffnete sich, und Henry Van Meter schlurfte in die Küche. Er hatte seinen Stock nicht dabei, und jeder Schritt schien ihm Schmerzen zu bereiten. Dann entdeckte er Ashley und lächelte.

»Miss Spencer, willkommen«, sagte er leicht undeutlich. »Leisten Sie mir beim Frühstück Gesellschaft?«

Ashley stand auf. »Das ist wirklich sehr nett von Ihnen, Mr. Van Meter. Vielen Dank, daß Sie an mich gedacht haben.«

»Während der letzten paar Tage habe ich ständig an Sie gedacht.«

Es schien eine Ewigkeit zu dauern, bis Henry sie erreicht hatte. Ashley rückte für ihn den Stuhl vom Tisch ab, und er ließ sich unter großer Anstrengung nieder.

»Das Übliche, Mandy«, sagte Van Meter. Dann warf er einen Blick auf den Sportteil, in dem Ashley gelesen hatte. »Normalerweise würden Sie heute spielen, nicht wahr?«

Ashley war überrascht, daß er davon wußte. Sie nickte. Er tätschelte ihr die Hand. Seine Haut war kalt.

»Sie werden wieder spielen. Sie sind jung, daher erscheint Ihnen diese Tragödie als allumfassend. Sie glauben, daß Sie für den Rest des Lebens so traurig bleiben werden wie jetzt, aber die Zeit wird den Schmerz vergehen lassen. Vertrauen Sie mir. Ich habe selbst einige Tragödien erlitten und den

Schmerz überstanden. Nietzsche hat gesagt, was uns nicht umbringe, mache uns stärker, und ich kann Ihnen aus eigener Erfahrung bestätigen, daß diese Behauptung zutrifft. Die Starken überleben – und Sie sind stark.«

»Wie können Sie sich da so sicher sein?« fragte sie.

»Es gibt eine unabänderliche Tatsache. Das Leben geht weiter, ob wir nun wollen oder nicht. Im Krieg wurde ich schwer am Bein verwundet. Die Ärzte haben es amputiert.«

Ashleys Mund öffnete sich ein Stück, und ihre Augen wurden groß. Henry lachte.

»Sie sind schockiert. Es ist das rechte Bein, unterhalb des Knies. Heutzutage gibt es wunderbare Prothesen. Aber damals ...« Henry schüttelte den Kopf. »Können Sie sich das vorstellen, zweiundzwanzig Jahre alt zu sein und ein Leben als Einbeiniger vor sich zu sehen? Welches Mädchen würde sich für mich interessieren? Ich würde ein Krüppel sein, ein Gegenstand des Mitleids. Doch eines Morgens wachte ich auf und akzeptierte die Tatsache, daß ich ein Mann mit nur einem Bein war. Manche Leute hatten schlechte Augen, andere waren ungeschickt oder dumm – ich hatte nur ein Bein. Dann sollte es eben so sein. Von diesem Zeitpunkt an ließ ich mich nie mehr vom Kummer überwältigen. Ich verwarf mein Selbstmitleid. Als ich heimkehrte, warb ich um die schönste und begabteste Frau aus Portlands besserer Gesellschaft und heiratete sie. Ich führte die von meinem Vater gegründete Firma zu neuen Erfolgen. Ich reiste in ferne, entlegene Länder, anstatt im Dunkeln vor mich hin zu grübeln.« Henry tippte sich an die Schläfe. »Es liegt an der Willenskraft. Man muß sich einen eisenharten Willen zulegen. Das Leben kann bisweilen sehr grausam sein, und nur so geht man als Sieger daraus hervor.«

Henrys Worte rüttelten Ashley auf. Sie erinnerte sich daran, was für einen Unterschied es für ihr Befinden bedeutet hatte, aus dem Bett aufzustehen, das ihr zum Versteck geworden war, und etwas so Simples zu tun, wie sich eine heiße Dusche zu gönnen.

Mrs. O'Connor stellte einen Teller mit knusprigem Speck,

dampfenden Eiern und heißem gebutterten Toast vor sie hin. Der Duft vertrieb alle Gedanken, die nichts mit dem Essen zu tun hatten. Henry bekam eine Schüssel Haferbrei. Ashley trank einen Schluck Orangensaft und legte los. Van Meter sah ihr lächelnd dabei zu.

»Haben Sie darüber nachgedacht, was Sie mit Ihrem Leben anfangen möchten?« fragte er.

»Ich wollte eigentlich aufs College gehen, falls ich es mir leisten kann«, antwortete Ashley. Trotz Jerry Philips' optimistischer Zusicherung schätzte sie ihre finanzielle Lage vorerst lieber zurückhaltend ein.

»Ach, das College. In dieser Hinsicht brauchen Sie sich nun wirklich keine Sorgen zu machen. Ich habe Ihre Noten gesehen, junge Dame. Und ich weiß von den Sportstipendien, die sich Ihnen bieten werden.«

Ashley sah ihn erstaunt an.

»Dies ist meine Schule. Meine Tochter mag zwar die Rektorin sein«, sagte er, als säße Casey weiterhin in ihrem Büro und würde hart arbeiten, »aber ich weiß dennoch über alles Bescheid, das vor sich geht. Also – Ihr Studium dürfte kein Problem darstellen. Ich rede von der Zeit danach. Was möchten Sie aus Ihrem Leben machen?«

Die tragischen Ereignisse hatten Ashley immer nur von einem Tag zum anderen denken lassen. Die Zukunft schien so weit weg zu liegen wie der afrikanische Dschungel.

»Keine Ahnung. Ich habe mich für Medizin interessiert. Und ich würde gern reisen«, sagte sie zögernd.

»Reisen! Das ist wichtig. Viel zu sehen und eigene Erfahrungen zu sammeln. Meinen Reisen verdanke ich einige meiner liebsten Erinnerungen.«

Ashley sah Pyramiden im Wüstensand und schneebedeckte Himalajagipfel vor sich.

»Wo waren Sie denn überall?«

Henry setzte zu einer Antwort an, aber ein Klopfen an der Küchentür unterbrach ihn. Detective Birch trat ein. Er sah sehr entschlossen aus.

»Mr. Van Meter, Ashley, ich habe gute Neuigkeiten. Wir haben ihn erwischt.«

»Joshua Maxfield?« fragte Henry.

Birch nickte. »Die überregionalen Nachrichtensendungen haben einen Bericht über den Fall gebracht. Die Polizei von Omaha bekam einen Hinweis aus der Bevölkerung und konnte Maxfield in einem Motel festnehmen. Morgen wird er in Nebraska dem Haftrichter vorgeführt. Falls nichts gegen seine Auslieferung spricht, haben wir ihn bis Ende der Woche hier in Oregon in Gewahrsam.«

Es hatte Ashley große Angst eingeflößt, daß Joshua Maxfield sich in Freiheit befand. Nun fühlte sie sich erleichtert, aber Freude verspürte sie nicht. Ihre Eltern waren tot, und nichts konnte sie zurückbringen, völlig egal, was die Behörden mit Joshua Maxfield anstellen würden.

Elftes Kapitel

Bevor Barry Weller den Eingangsbereich des Gefängnisses betrat, ging er im Justice Center auf die Toilette, um seine Nerven zu beruhigen. Während er sich die Hände wusch, betrachtete er sich im Spiegel. Der letzte Haarschnitt lag erst zwei Tage zurück, und sein rötlich brauner Schopf sah frisch und adrett aus. Der Anzug saß genau richtig an seiner schlanken Gestalt. Die grünen Augen hinter den Kontaktlinsen blickten energisch und entschieden drein. Als er die Toilette verließ, bot er nach eigener Ansicht das perfekte Abbild eines erfolgreichen und dynamischen Anwalts.

Auf dem Weg von der Kanzlei zum Justice Center, einem sechzehnstöckigen Beton- und Glasbau, der einen Block vom Gerichtsgebäude des Multnomah County entfernt lag, hatte Weller seine Nervosität kaum in den Griff bekommen können. Das Gefängnis nahm den dritten bis neunten Stock des Gebäudes ein, doch das Justice Center beherbergte außerdem das Präsidium des Portland Police Bureau, eine Zweigstelle der Staatsanwaltschaft, mehrere Gerichtssäle und gegenwärtig auch Joshua Maxfield, den berüchtigtsten Serienmörder des Landes.

Vor zwei Jahren hatte Weller seinen Job als allseits gerühmter Pflichtverteidiger an den Nagel gehängt, um nach einem halben Jahrzehnt im Dienst des Staates eine eigene Kanzlei zu eröffnen. Das erste Jahr war sehr schwierig gewesen, doch inzwischen liefen die Geschäfte gut. Tags zuvor hatte Weller sich mit einem seiner Mandanten im Gericht aufgehalten, als Maxfield dem Haftrichter vorgeführt worden war. Weller hatte vermutet, der berühmte Angeklagte würde einen von Portlands prominenten Strafverteidigern anheuern. Als seine Sekretärin ihm dann später mitgeteilt hatte, Joshua Maxfield sei am Apparat, war vor Wellers innerem Auge unwillkürlich ein nagelneuer Mercedes aufgeblitzt.

Barry zeigte dem Justizbeamten am Empfang des Gefängnisses seine Anwaltszulassung und ging durch den Metalldetektor. Der Aufzug brachte ihn in einen pastellgelb gestrichenen Betonflur. Er klingelte nach dem Wärter und wartete nervös vor einer dicken Stahltür. Der Aufseher ließ ihn in einen weiteren schmalen Durchgang vortreten und öffnete die Tür zu einem der Besuchszimmer, in denen die Verteidiger sich mit ihren eingesperrten Klienten trafen.

»Melden Sie sich, wenn Sie wieder raus wollen«, sagte der Wärter und wies auf den schwarzen Druckknopf einer Gegensprechanlage, die an der Wand hing. Dann schloß er hinter sich ab.

Weller setzte sich auf einen der beiden Plastikstühle, zwischen denen ein kleiner runder Tisch stand, den man mit Metallbolzen am Boden fixiert hatte. Er legte einen Notizblock bereit und sammelte seine Gedanken, als er hörte, wie die Stahltür des Zellenkorridors geöffnet wurde. Gleich darauf betrat Joshua Maxfield das Zimmer.

Maxfield war ungefähr so groß wie Weller und trug einen orangefarbenen Overall. Man hatte ihn gefesselt, aber das schien ihn nicht zu stören. Der Justizbeamte öffnete die Handschellen und ließ ihn auf dem freien Stuhl Platz nehmen.

»Danke, daß Sie gekommen sind, Mr. Weller«, sagte Maxfield, sobald die Tür sich hinter dem Wärter geschlossen hatte.

»Nennen Sie mich Barry«, entgegnete Weller mit einem Lächeln.

Maxfield lächelte zurück. »Nun denn, Barry. Ich muß Ihnen sagen, ich habe mich geschmeichelt gefühlt, daß Sie meinen Anruf angenommen haben. Jeder hier im Gefängnis lobt Sie in den höchsten Tönen, so daß ich schon fürchtete, Sie seien zu beschäftigt.«

Weller versuchte, sich nicht anmerken zu lassen, wie überrascht und erfreut er war. Er hatte zwar ein paar bescheidene Erfolge erzielt, wäre aber nie auf den Gedanken gekommen, sich dermaßen schnell einen guten Ruf verschaffen zu können.

»Ich bin nie zu beschäftigt, um einen Anruf aus dem Gefängnis entgegenzunehmen. Ich weiß, wie einsam man sich fühlt, wenn man eingesperrt wird.«

»Das ist wahr. Ich habe mich noch nie in einer solchen Situation befunden. Es ist überaus zermürbend, der Gnade anderer Leuten ausgeliefert zu sein.«

Weller dachte, daß Maxfield alles andere als zermürbt aussah. Für einen Häftling, dem fast mit Sicherheit die Todesstrafe drohte, wirkte er sogar bemerkenswert ruhig.

»Werden Sie schikaniert?«

»Es geht mir gut«, sagte Maxfield. »Als jemand, der schon jede Menge Kriminalfilme gesehen hat, war ich eigentlich eher enttäuscht, daß niemand mich mit einem Schlauch abspritzen wollte.«

Weller lachte. Gut, dachte er. Ein Mandant mit Humor.

»Wie ist die Festnahme verlaufen?«

»Die Polizisten sind schreiend und mit den Waffen im Anschlag auf mich zu gestürmt, haben sich aber wieder beruhigt, als ich sagte, ich würde keinen Widerstand leisten. Seitdem hat sich jeder wie ein perfekter Gentleman verhalten.«

»Wurden Sie von der Polizei verhört?«

»Ein wenig.«

Weller konnte schon gar nicht mehr zählen, wie viele seiner Klienten sich durch ein zu freimütiges Gespräch mit der Polizei selbst ans Messer geliefert hatten. Er hoffte, daß hier kein irreparabler Schaden angerichtet worden war.

»Wo hat das stattgefunden?«

»In Nebraska, nach meiner Verhaftung.«

»Wer hat Sie befragt?«

»Die beiden Detectives, die mich auf dem Flug nach Portland begleitet haben.«

»Was haben Sie denen erzählt?«

»Nicht viel. Sie wollten wissen, was im Bootshaus geschehen ist. Ich sagte ihnen, daß ich es nicht gewesen bin.«

»Wie lange hat dieses Gespräch mit den Detectives gedauert?«

»Nicht lange. Wir haben bloß etwas geplaudert. Dann kam mir der Verdacht, daß sie versuchen würden, mich zu einer belastenden Aussage zu verleiten. Ich habe um einen Anwalt gebeten, und sie haben die Befragung beendet.«

»Von nun an werden Sie mit niemandem mehr über Ihren Fall sprechen, verstanden?«

»Natürlich. Ich bin ja nicht dumm.«

»Man braucht nicht dumm zu sein, um sich selbst einen Strick zu drehen. Auch die argloseste Äußerung kann falsch ausgelegt werden.«

»In meinem Fall ist das undenkbar, Barry. Ich bin völlig unschuldig.«

Weller lächelte, aber das Lächeln war nicht echt. Bevor er hergekommen war, hatte er sich bei der Staatsanwaltschaft Einsicht in Maxfields Akte verschafft. Was dort zu lesen stand, gefiel ihm nicht. Doch bevor er die Einzelheiten des Falls zur Sprache brachte, mußte erst noch ein wichtiger Punkt geklärt werden.

»Ich möchte gleich zum Wesentlichen kommen, Mr. Maxfield ...«

»Wenn ich Sie Barry nennen darf, sollten Sie mich Joshua nennen.«

»Also gut, Joshua. Falls wir zusammenarbeiten, ist es förderlich, einander mit Vornamen anzureden. Aber bevor wir entscheiden, ob Sie durch mich vertreten werden möchten, sollten Sie erfahren, wieviel Sie das kosten wird.«

»Ah, der geschäftliche Teil. Bringen wir's hinter uns.«

»Ich regle so etwas immer zuerst, damit ich mich uneingeschränkt auf den Fall konzentrieren kann.«

»Prima.«

»Lassen Sie mich ganz offen sein. Die Staatsanwaltschaft wird die Todesstrafe beantragen. Und wir sprechen hier über mehr als eine einzelne Mordanklage sowie vermutlich mehr als ein Verbrechen.«

Maxfield wirkte verwirrt. »Als ich gestern vor dem Haftrichter stand, hat er bloß den Mord an Terri Spencer und den Angriff auf Casey Van Meter erwähnt. Was soll denn da sonst noch sein?«

»Die Staatsanwaltschaft geht davon aus, daß es sich bei Ihnen um einen Serienmörder handelt.«

»Das ist doch absurd.«

»Die Theorie stützt sich auf ein Geständnis, das in Ihrem Bungalow gefunden wurde.«

»Was für ein Geständnis?«

Maxfield ließ zum erstenmal seit dem Beginn des Gesprächs eine Gefühlsregung erkennen. Der jähe Ausbruch verriet Weller, daß die vermeintliche Lässigkeit nur eine mühsam aufrechterhaltene Fassade war.

»Einen Moment noch, Joshua«, sagte der Anwalt. »Wir müssen uns erst über das Honorar einig werden. Danach erörtern wir die Beweislage und unsere Strategie.«

Maxfield schien unbedingt mehr über das Geständnis wissen zu wollen, riß sich aber zusammen.

»Wieviel verlangen Sie?«

»Die Arbeit an einem Mordfall unterscheidet sich von der Arbeit an irgendeiner anderen Straftat, denn sobald die Todesstrafe ins Spiel kommt, finden zwei Verhandlungen statt. Bei sonstigen Tötungsdelikten gibt es nur einen Prozeß, nämlich den, in dessen Verlauf über Schuld oder Unschuld befunden wird. Falls es sich aber bei dem Verbrechen um vorsätzlichen Mord handelt und der Angeklagte für schuldig befunden wird, so daß ihm die Todesstrafe droht, beraumt man ein zweites Verfahren an, um über das Strafmaß zu entscheiden. Diese zusätzliche Phase setzt unmittelbar nach dem Schuldspruch ein, und daher kann ich nicht erst das Urteil abwarten und dann mit der Vorbereitung beginnen. Ich muß sofort damit anfangen, ganz egal, ob in der ersten Verhandlung womöglich berechtigte Hoffnung auf einen Freispruch besteht. Demnach sprechen wir hier also von zwei komplexen Prozessen, und im vorliegenden Fall muß ich vielleicht eine Reihe verschiedener Mordvorwürfe in Oregon und anderen Staaten untersuchen.«

»Machen wir Nägel mit Köpfen, Barry. Was wird mich die Sache kosten?«

Dem Anwalt war vor Aufregung fast schlecht. Er würde gleich einen Betrag nennen, der wesentlich höher als die Summe aller Honorare war, die er in den letzten beiden Jahren eingenommen hatte.

»Ich benötige eine sofortige Vorauszahlung von zweihundertfünfzigtausend Dollar, aber am Ende könnte es deutlich teurer werden.«

»Das dürfte kein Problem sein.«

»Na wunderbar«, sagte Weller und hoffte, man würde ihm die Verblüffung nicht ansehen.

»Sie dürfen sogar damit rechnen, weitaus mehr als eine Viertelmillion zu erhalten«, sagte Maxfield.

Weller war verwirrt. Maxfield grinste. »Ich schätze, letztendlich springt mindestens eine Million Dollar für Sie heraus. Zunächst ist allerdings noch ein wenig zusätzliche Arbeit erforderlich.«

»Ich kann Ihnen nicht folgen.«

»Ich habe gehört, daß ein guter Strafverteidiger ein Talent dafür haben muß, mit den Anklägern vorteilhafte Übereinkünfte zu treffen. Sind Sie ein geschickter Verhandlungsführer?«

»Ja, durchaus.«

»Hervorragend. Sie werden diese Begabung einsetzen müssen, um ein möglichst hohes Honorar für sich zu erzielen.«

»Wollen Sie sich etwa schuldig bekennen?«

»Keineswegs.« Maxfield verschränkte die Hände auf dem

Tisch und beugte sich vor. Er war nun äußerst konzentriert. »Was bin ich von Beruf, Barry?«

»Sie sind Autor.«

»*Bestseller*autor. Was glauben Sie, wieviel Geld wird mein Verlag wohl bezahlen, um von einem Bestsellerautor, der des mehrfachen Mordes beschuldigt wird, aus erster Hand einen Bericht über den Prozeß des Jahrhunderts zu erhalten?«

»Sie wollen über Ihren Fall ein Buch schreiben?«

»Sie schalten schnell«, sagte Maxfield mit breitem Grinsen. »Lassen Sie mich Ihnen erläutern, wie ein Autor bezahlt wird. Wenn man mit einem Verlag einen Buchvertrag abschließt, erhält man einen Vorschuß überwiesen. Es dürfte kinderleicht sein, für meine Geschichte eine Viertelmillion auszuhandeln. Falls Sie gut sind, können Sie auch eine Million oder mehr herausholen.

Aber das ist noch nicht alles. Der Vorschuß wird nämlich mit den Tantiemen verrechnet, und sobald diese den ursprünglichen Betrag übersteigen, fließt weiteres Geld. Mein Vertrag wird mir einen bestimmten Prozentsatz vom Ladenpreis jedes verkauften Buches zusichern. Nehmen wir an, die Tantieme liegt bei zehn Prozent, das Buch kostet fünfundzwanzig Dollar und verkauft eine Million Exemplare. Rechnen Sie selbst, Barry.«

»Das macht zweieinhalb Millionen Dollar.«

»Nur für die gebundene Ausgabe. Es gibt aber außerdem ein Taschenbuch, Auslandslizenzen, Filmrechte und Hörbücher, und Sie werden die Hälfte von allen meinen Einkünften erhalten, falls Sie meinen Fall übernehmen, ob wir nun gewinnen oder verlieren. Wie klingt das für Sie?«

Es verschlug Barry beinahe den Atem. »Sie wollen alles mit mir teilen?« stieß er hervor.

»Was bleibt mir übrig? Ich brauche Ihre Hilfe, und dies ist für mich die einzige Möglichkeit, Ihr Honorar aufzutreiben. Sind wir uns einig?«

»Darüber muß ich erst nachdenken«, sagte Weller, der allmählich wieder zu sich kam. »Ich habe noch nie eine solche Vereinbarung getroffen.«

»Damit wären wir schon zu zweit. Bevor Sie gehen, werde ich Ihnen erklären, wie der Vertrag aussehen muß. Und ich nenne Ihnen den Namen meines Lektors. Er ist in New York. Bei all der Publicity nimmt er vielleicht sogar von sich aus Kontakt zu Ihnen auf, falls er hört, daß Sie mich vertreten.

So, können Sie mir nun ruhigen Gewissens mitteilen, was Sie über meinen Fall herausgefunden haben, auch wenn es noch keine formelle Abmachung zwischen uns gibt?«

»Natürlich. Das meiste davon stand sowieso in der Zeitung. Die Anklage konzentriert sich auf den Mord an Terri Spencer und den tätlichen Angriff auf Casey Van Meter. Soweit ich erkennen kann, stützt die Staatsanwaltschaft sich dabei vor allem auf die Aussage von Ashley Spencer, Terris Tochter. Sie sagt, sie sei auf dem Gelände der Oregon Academy im Wald joggen gewesen und habe gesehen, wie Sie zum Bootshaus gegangen sind. Wenig später habe sie aus Richtung des Bootshauses zwei Schreie gehört. Als sie zum Fenster hineinsah, standen Sie über Casey Van Meter gebeugt, die ausgestreckt dalag und deren Kopf an einem Holzbalken lehnte. Sie hielten ein Messer mit blutiger Klinge in der Hand. Außerdem sah Ashley ihre Mutter am Boden liegen. Danach hätten Sie das Mädchen bemerkt und verfolgt.«

»Die Arme.« Maxfield schüttelte den Kopf. »Sie sagt die Wahrheit.«

»Sie haben Spencers Mutter getötet?« fragte Weller überrascht.

»Nein. Ich habe niemandem etwas getan«, sagte Maxfield. »Ich bin zwar im Bootshaus gewesen, doch da war Terri schon tot und Casey bewußtlos. Ich bin unschuldig, aber ich kann verstehen, wieso Ashley dachte, ich hätte Terri ermordet und die Rektorin niedergeschlagen.«

»Erzählen Sie mir, was passiert ist.«

»Ich mache abends oft einen Spaziergang über das Gelände. Deshalb war ich in der Nähe des Bootshauses. Es liegt auf dem Weg zu meinem Cottage. Ich habe dieselben Schreie gehört, die auch Ashley erschreckt haben. Wie ich schon sagte, als ich dort eintraf, war bereits alles vorbei.«

»Was ist mit dem Messer?«

»Es lag neben Terri auf dem Boden. Ich habe es aufgehoben, weil ich dachte, der Mörder würde sich vielleicht irgendwo im Bootshaus verstecken. Ich hatte Todesangst. Kaum hatte ich es in der Hand, schaute Ashley zum Fenster herein. Im ersten Moment glaubte ich, die Gestalt dort hinter der Scheibe sei der Täter, und ich habe vermutlich eine aggressive Bewegung in ihre Richtung gemacht, weil ich so erschrocken war. Dann erkannte ich sie. Sie muß genauso verängstigt gewesen sein wie ich, denn sie lief weg. Ich lief hinterher, um ihr zu erklären, daß ich nichts getan hatte, aber sie war zu schnell für mich. Dann wurde mir auf einmal klar, wonach die Situation aussah. Ich bin in Panik geraten und geflohen.«

Weller machte sich einige Notizen.

»Was hat es mit diesem Geständnis auf sich?« fragte Maxfield, als Weller aufblickte.

»Es ist kein Geständnis im wörtlichen Sinn, aber die Polizei betrachtet es als ein solches. Gemeint ist Ihr Roman über den Serienmörder. Sie haben ein Kapitel daraus in Ihrem Schriftstellerseminar vorgelesen.«

»Und?«

»Es wurden in verschiedenen Teilen des Landes Morde verübt, für die nach Ansicht der Polizei ein einzelner Serientäter verantwortlich ist. Die Behörden haben gewisse Details mancher dieser Fälle niemals öffentlich bekanntgegeben. In Ihrem Buch kommen Szenen vor, die genau diese Details enthalten. Als zum Beispiel Ashley Spencers Vater und ihre Freundin ermordet wurden, ist der Täter in die Küche der Spencers gegangen und hat ein Stück Schokoladenkuchen gegessen. An einem der anderen Tatorte war es ein Stück Apfelkuchen. In der Szene, die Sie in Ihrem Seminar vorgelesen haben, ißt der Mörder ebenfalls ein Stück Kuchen, bevor er sein Opfer vergewaltigt und umbringt.«

Maxfield sah ihn ungläubig an. Dann lachte er auf. »Das meinen Sie nicht im Ernst, oder?«

»Die Staatsanwaltschaft meint es sogar sehr ernst.«

»Das ist ein Roman. Ich habe mir alles nur ausgedacht.«

»Die Anklage vertritt die Position, daß dieser besagte Imbiß viel zu grotesk ist, um aus Zufall mit der Wirklichkeit übereinstimmen zu können.«

»Die irren sich. Das Leben imitiert andauernd die Kunst. Jules Verne hat Unterseeboote vorhergesehen, und bei Tom Clancy lassen Terroristen ein Flugzeug ins Weiße Haus stürzen.«

»Das stimmt, aber in diesen Fällen gab es erst die Fiktion und dann die reale Umsetzung – und nicht umgekehrt.«

»Was spielt das für eine Rolle?« Maxfield war außer sich. »Die können mir doch keinen Strick daraus drehen, daß ich über eine blühende Phantasie verfüge.«

»Man wird behaupten, Sie hätten sich überhaupt nichts von all dem ausgedacht, sondern aus Ihren eigenen Erfahrungen geschöpft. Ist es nicht genau das, was Sie in Ihrem Unterricht von den Schülern verlangen?«

Maxfield sah aus, als würde er jeden Augenblick in die Luft gehen. Dann jedoch beruhigte er sich ebenso schlagartig, wie er sich aufgeregt hatte.

»Beschreibe, was du kennst«, wiederholte er und lachte. »Beschreibe, was du kennst. Wäre es nicht geradezu absurd, falls mich dieses alte Klischee in die Todeszelle brächte?« Er starrte einen Moment lang ins Leere. Dann lächelte er Barry an.

»Dieser Fall wird für Sie gewiß jede Menge Arbeit bedeuten. Fühlen Sie sich der Aufgabe gewachsen?«

»Absolut«, antwortete Weller.

»Das Geld sollte Sie motivieren, Ihr Bestes zu geben. Lassen Sie mich Ihnen nun verraten, worauf es bei der Aushandlung eines Buchvertrags ankommt.«

Barry hatte eigentlich vorgehabt, ihn nach etwas zu fragen, das in den Polizeiberichten stand und noch der Klärung bedurfte, aber als Maxfield ihm nun beibrachte, wie man Literaturagent wurde, dachte er nicht mehr daran. Eine Million Dollar, zwei Millionen Dollar, drei Millionen Dollar. Der Gedanke an all das viele Geld machte es schwierig, sich auf etwas so Profanes wie einen Mord zu konzentrieren.

Zwölftes Kapitel

Die Staatsanwältin Delilah Wallace stammte aus der ärmsten Wohngegend von Portland und hatte sich mit einem Nebenjob als Putzfrau ihre Studiengebühren verdient. Als sie das Anwesen der Familie Van Meter betrat, verschlug es ihr unwillkürlich den Atem. Schon die Eingangshalle kam ihr so groß vor wie das Haus, in dem sie ihre Kindheit verlebt hatte. Die dunkel vertäfelten Wände waren mit Schilden, Streitkolben, Schwertern und Äxten sowie mit einem riesigen Wandteppich geschmückt, auf dem man Einhörner und mittelalterliche Hofdamen in einem Wäldchen herumtollen sah. Von der Decke hing ein gewaltiger schmiedeeiserner Leuchter, der ursprünglich für Kerzen gedacht, später aber auf elektrisches Licht umgerüstet worden war. Am Fuß der breiten Treppe, die in weitem Bogen hinauf ins Obergeschoß führte, stand links und rechts je eine Ritterrüstung.

Während der Hausdiener der Van Meters sie durch einen zugigen Korridor in die Bibliothek führte, wo bereits Miles und Henry Van Meter warteten, wandte Delilah sich an Jack Stamm, den Oberstaatsanwalt des Multnomah County.

»Hier sieht's ja aus, als hätte jemand den Buckingham Palast imitieren wollen«, flüsterte sie.

Stamm lachte, denn er hatte beim ersten Besuch dieses Anwesens genau den gleichen Eindruck gehabt. »Die Van Meters haben als bettelarme Waldarbeiter angefangen und durch den Handel mit Bauholz ein Imperium errichtet«, flüsterte er zurück. »Ich schätze, sie wollten sich danach eine wahrhaft königliche Behausung gönnen.«

Der Oberstaatsanwalt war ein spindeldürrer Junggeselle mit schütterem braunen Haar und blauen Augen. Bei seiner Mitarbeiterin handelte es sich um eine massige Afroamerikanerin, deren Armumfang dem eines Stahlarbeiters entsprach. Neben ihr sahen Stamm und Dr. Ralph Karpinski, ein adrett gekleideter älterer Herr, der hinter ihnen folgte, wie Zwerge aus. Delilah ließ ihren Blick bewundernd über die Gemälde und erlesenen Antiquitäten schweifen, die den Flur zierten. Auch die Bibliothek entsprach ihren Erwartungen: ein weiterer großer Raum mit einem mächtigen gemauerten Kamin, der üblichen Holzvertäfelung und raumhohen Bücherregalen. Henry Van Meter saß auf einem Lehnsessel am Feuer, das trotz des sommerlichen Wetters brannte. Miles Van Meter kam ihnen entgegen. Er trug einen marineblauen Nadelstreifenanzug, eine kastanienbraune Krawatte und ein weißes Seidenhemd mit goldenen Manschettenknöpfen. Miles reichte Stamm die Hand.

»Danke, daß Sie gekommen sind, Jack«, sagte er. Die Van Meters gehörten seit jeher zu den größten Geldgebern von Jack Stamms Wahlkampagnen, und so verstand es sich von selbst, daß er Miles' Bitte entsprechen und sie persönlich über den neuesten Stand im Fall Maxfield unterrichten würde.

»Das ist nicht der Rede wert, Miles. Ich kann nur ahnen, was für eine schwere Zeit Sie und Ihr Vater gegenwärtig durchmachen.« Stamm wandte sich zu seinen Begleitern um. »Dies ist Dr. Ralph Karpinski, ein Experte für Komapatienten. Wir haben ihn zu Rate gezogen, um unseren Prozeß vorzubereiten. Und das ist Delilah Wallace. Sie wird die Anklage gegen Joshua Maxfield vertreten.«

»Verfügen Sie über Erfahrungen mit Mordfällen?« fragte Henry Van Meter argwöhnisch. Die Frage war als Herausforderung gedacht, aber Delilah lächelte nur.

»Ja, Sir, allerdings. Als ich auf die High School ging, wurde mein Bruder aus einem vorbeifahrenden Auto erschossen, daher nehme ich jeden Mordfall persönlich. Sie sind mein Spezialgebiet, und ich habe noch keinen einzigen verloren. Außerdem vertrete ich eine eher harte Linie. Bislang habe ich fünfmal auf die Todesstrafe plädiert, und nun sitzen fünf Männer in der Todeszelle, weil ich die Geschworenen ersucht habe, sie dorthin zu schicken. Ich beabsichtige, Mr. Maxfield zur Nummer sechs zu machen.«

»Delilah wird Sie nicht enttäuschen, Henry«, versicherte Stamm. »Sie ist meine beste Mitarbeiterin und hat bereits viel Arbeit in den Fall investiert.«

Alle setzten sich, und Stamm fuhr fort. »Ich wollte, daß Dr. Karpinski Ihnen Caseys Zustand erläutert, damit Sie verstehen, warum wir ihren Fall als schwere Körperverletzung vor Gericht bringen, anstatt abzuwarten, ob sie verstirbt und wir Maxfield des Mordes anklagen können. Danach möchte Delilah Ihnen einige Fragen stellen.«

Karpinski hatte weißes Haar und eine aristokratische Ausstrahlung. Er war genauso elegant gekleidet wie Miles Van Meter. Der Arzt zupfte seine Manschetten zurecht und ergriff das Wort.

»Mr. Van Meter, Ihre Tochter liegt im Koma. Das bedeutet, sie ist am Leben, sich aber weder ihrer selbst noch ihrer Umgebung bewußt. Offen gesagt, ein Koma ist eine Art lebender Tod.«

Henry atmete tief ein und schloß kurz die Augen.

»Damit Sie Caseys Verfassung besser nachvollziehen können, lassen Sie mich erklären, warum ein Koma auftritt. Die Großhirnrinde ist in unserem Gehirn letztlich dafür zuständig, alle Sinneseindrücke zu verarbeiten, die motorischen Bewegungsabläufe zu regeln und die Impulse des Nervensystems zu koordinieren. Als Formatio reticularis bezeichnet man ein Geflecht aus Nervenfasern, das sich vom Hirnstamm bis ins Zwischenhirn erstreckt. Seine Aufgabe besteht unter anderem darin, die Aufnahmefähigkeit der Großhirnrinde zu steuern. Um es vereinfacht auszudrücken, die Formatio reticularis ist wie ein Wecker. Falls sie nicht klingelt, schläft die Großhirnrinde weiter, anstatt in vollem Umfang den Betrieb aufzunehmen, und der Patient bleibt ohne Bewußtsein.«

»Wird Casey jemals aus dem Koma erwachen?« fragte Miles.

»Schwer zu sagen. Es besteht eine geringe Aussicht. Wahrscheinlicher aber ist, daß sie mehrere Jahre in diesem Zustand verbleibt und vielleicht nie mehr zu sich kommt.«

»Doch es existiert immerhin eine Chance?« fragte Henry.

»Keine verläßliche. Ich will es Ihnen erläutern. Es gibt drei Arten von Koma. In der ersten Kategorie sind ausgedehnte Bereiche der Großhirnrinde geschädigt, beispielsweise durch massive Traumen, eine mehr als sieben- bis zehnminütige Durchblutungsstörung oder eine fortgeschrittene Meningitis. In der zweiten Kategorie führen Prozesse wie schwere Anfälle, Alkoholmißbrauch oder -entzugserscheinungen sowie Leber- und Nierenversagen zu einer Beeinträchtigung der Gehirnfunktionen. In der dritten Kategorie tritt eine Schädigung der Formatio reticularis ein, zumeist durch einen Tumor, einen Schlaganfall oder eine Läsion des Hirnstamms.

In den ersten beiden Kategorien ist eine nennenswerte Rückgewinnung der Nervenfunktionen nicht möglich. Bei Typ eins bleibt der Patient aufgrund der gravierenden Hirnschäden schwerbehindert, auch falls er wieder zu Bewußtsein kommt. Bei Typ zwei, wenn also zum Beispiel Leberversagen oder ein akuter Anfall vorliegt, stirbt der Patient, falls die metabolische Ursache des Komas nicht schnell behoben wird.

Casey hatte Glück im Unglück. Ihr Koma basiert auf einer traumatischen Schädigung der Formatio reticularis im Hirnstamm, hervorgerufen durch den heftigen Aufprall ihres Kopfes auf den Stützbalken im Bootshaus der Academy. Die betreffende Stelle befindet sich unten am Hinterkopf, direkt über dem Hals. Dort liegen der Hirnstamm und das Kleinhirn. Betroffen ist der Locus coeruleus, ein Teil der Formatio reticularis. Das Gute daran ist, daß Patienten mit dieser Art von Verletzung auch nach längerer Zeit noch spontan aus dem Koma erwachen können. Theoretisch ist auch eine pharmazeutische Lösung möglich, wenngleich sie noch nie in der Praxis erprobt wurde.«

»Wollen Sie damit sagen, es gibt ein Medikament, das meine Schwester aufwecken kann?« fragte Miles.

»Nein, aber die Forschung arbeitet daran. Im Prinzip müßte das schon seit Jahren bekannte Yohimbin sich dazu eignen. Leider führt es auch in relativ kleinen Mengen zu einer extremen Senkung des Blutdrucks. Es hat Versuche gegeben, eine Substanz zu entwickeln, die diese Nebenwirkung des Yohimbins blockiert. In dem Fall wäre es uns möglich, dem Locus coeruleus eine hohe Dosis zu verabreichen und das Koma zu beenden. Am vielversprechendsten erscheint bislang ein dem Parkinson-Mittel Carbidopa verwandter Hemmstoff, aber die Pharmakonzerne sind noch weit davon entfernt, ein entsprechendes Genehmigungsverfahren beantragen und mit Versuchsreihen an lebenden Patienten beginnen zu können.«

Miles rang sichtlich um seine Fassung.

»Falls ich Sie also richtig verstehe, Dr. Karpinski, könnte Casey nur entweder von selbst aufwachen oder durch ein noch nicht existierendes Wundermittel aus dem Koma geholt werden. Andernfalls wird sie für den Rest ihres Lebens dahinvegetieren. Und es gibt keine andere Möglichkeit.«

Karpinski nickte. »Nach dem gegenwärtigen Stand unseres Wissens sind das leider sämtliche Alternativen.«

»Deshalb klagen wir Maxfield wegen schwerer Körperverletzung an, Miles«, sagte Stamm. »Außerdem ziehen wir ihn für den Mord an Terri Spencer zur Rechenschaft, daher wird er die härteste Strafe erhalten, die das Gesetz vorsieht.«

Miles ballte die Fäuste und sah Jack Stamm wütend ins Gesicht. »Ich will, daß dieser Scheißkerl stirbt.«

»Wir werden ihn überführen, Miles. Und er wird dafür büßen«, versicherte Stamm.

»Mr. Van Meter«, wandte Delilah sich mit ruhiger Stimme an Miles, um seinen Wutausbruch zu mildern, »können Sie uns noch irgend etwas über Joshua Maxfield oder Ihre Schwester mitteilen, das für die Anklage hilfreich wäre?«

Miles atmete tief durch und fing sich wieder.

»Nicht, daß ich wüßte. Als Casey überfallen wurde, hielt

ich mich mit zwei Kollegen in New York City auf, um für einen unserer Mandanten ein Geschäft auszuhandeln.«

»Wie gut haben Sie Joshua Maxfield gekannt?«

»Fast gar nicht. Ich bin Anwalt bei Brucher, Platt und Heinecken und habe kaum etwas mit der Academy zu tun. Flüchtig kennengelernt habe ich Maxfield bei einer Feier zugunsten der Schule, und ich habe mit ihm zu Abend gegessen, als er eingestellt wurde. Casey wollte, daß ich mitkomme. Sie dachte, wir würden uns gut verstehen, aber wir hatten wirklich so gut wie nichts gemeinsam.«

Delilah wandte sich an Henry Van Meter. »Sir, standen Sie mit Joshua Maxfield in engerem Kontakt?«

Henry wirkte sehr müde. Er schüttelte mühsam den Kopf.

»Nein, bei mir ist es ähnlich wie bei meinem Sohn. Ich habe Maxfield anläßlich einiger Veranstaltungen gesehen, aber nie lange mit ihm geredet. Seit einigen Jahren geht es mir nicht mehr besonders gut. Um den alltäglichen Betrieb der Schule hat sich meine Tochter gekümmert.«

»Ich möchte heute nicht länger Ihre Zeit in Anspruch nehmen«, sagte Delilah, »aber es kann sein, daß ich einen von Ihnen oder sogar Sie beide bitten werde, in den Zeugenstand zu treten und über Casey auszusagen. Die Geschworenen müssen sie als menschliches Wesen sehen, und niemand kann ihnen diesen Eindruck besser vermitteln als die engsten Angehörigen. Wären Sie einverstanden, sich zu einem späteren Zeitpunkt mit mir über Casey zu unterhalten?«

»Natürlich«, sagte Miles und gab Delilah seine Visitenkarte. »Sie können mich jederzeit im Büro anrufen. Falls Sie nun keine Fragen mehr an meinen Vater haben, begleite ich Sie nach draußen.«

Sobald sie sich so weit von der Bibliothek entfernt hatten, daß Henry Van Meter sie nicht mehr hören konnte, wandte Miles sich an Jack Stamm und Dr. Karpinski.

»Vielen Dank, daß Sie zu uns ins Haus gekommen sind. Ich weiß, wie lästig die Fahrt hierher ist, aber meinem Vater geht es wirklich nicht gut.«

»Gern geschehen, Miles«, sagte Stamm. »Ich wünschte nur, es gäbe eine erfreulichere Prognose für Ihre Schwester.«

»Das liegt bei Gott und der Wissenschaft, Jack. Mein Vater und ich können nur beten.«

Miles sah Delilah an. »Sie haben meine Karte, Miss Wallace. Falls ich sonst noch etwas tun kann, um Maxfield in die Todeszelle zu schicken, brauchen Sie es bloß zu sagen.«

Dreizehntes Kapitel

Die Voruntersuchung im Fall *Der Staat Oregon gegen Joshua Maxfield* war für dreizehn Uhr angesetzt. Delilah Wallace saß bereits seit sieben Uhr morgens an ihrem Schreibtisch und bereitete sich darauf vor. Sie war wie üblich als erste zur Arbeit erschienen, hatte die Tür aufgeschlossen, das Licht eingeschaltet und war vorbei an den leeren Büros zu ihrem Platz gegangen.

Delilah war bei allem, was sie tat, stets die erste und beste gewesen – in der High School, auf dem College, in ihrem Jahrgang der juristischen Fakultät. Sie war intelligent, aber sie arbeitete auch härter als alle anderen; sie war es gar nicht anders gewohnt. An ein Leben ohne Arbeit konnte sie sich kaum mehr entsinnen. Ihr Vater hatte die Familie sitzenlassen, als Delilah geboren wurde, und ihre Mutter mußte sie und ihren Bruder mit schlecht bezahlten Jobs durchbringen, weil sie nie irgendeine Bildung genossen oder etwas Anständiges gelernt hatte, außer bis an den Rand der Erschöpfung zu schuften – und manchmal darüber hinaus. Das bedeutete, daß auch Delilah sich einen Job suchen mußte, sobald sie dazu in der Lage war, damit sie die Miete bezahlen konnten und genug zu essen hatten. Sie war erwachsen, lange bevor sie volljährig wurde.

Ihr Glaube und die Musik hatten Delilah gerettet. Ihre Statur mochte der eines Footballspielers ähneln, aber ihre Stimme war die einer Göttin. Der Kirchenchor hatte ihrem Dasein festen Halt und Stolz verliehen. Dank ihrer Stimme blieb sie auf der High School, während ihre Freunde die Schule abbrachen. Ihre Solos verschafften ihr Auftritte im Rampenlicht, und sie fand Geschmack daran, im Mittelpunkt zu stehen. Nicht zuletzt deswegen hatte sie sich für eine Laufbahn als Prozeßanwältin entschieden, und ihre Bühne war der Gerichtssaal. Niemand stand stärker im Mittelpunkt des Interesses der Medien und der Öffentlichkeit als eine Staatsanwältin, die ein Todesurteil beantragte.

Um acht Uhr klopfte jemand an den Türrahmen von Delilahs Büro. Sie blickte von einem Stapel Polizeiberichte auf und sah Tony Marx im Eingang stehen. Er lächelte, und er hatte einen kleinen Notizblock in der Hand.

»Was ist der Anlaß für Ihr selbstgefälliges Grinsen, Detective?«

»Meine erstklassige Spürnase. Haben Sie Zeit, sich anzuhören, was ich über Joshua Maxfield herausgefunden habe?«

Delilah sah auf die Uhr. »Das Vorbereitungsgespräch mit Ashley Spencer findet erst um elf Uhr statt, und ich kann ein paar Minuten erübrigen. Was gibt's Neues?«

Marx nahm auf einem Stuhl Platz. Wallaces Schreibtisch war unter all den juristischen Fachbüchern, Berichten, zerknitterten Papierfetzen und Schreibblöcken kaum zu erkennen.

»Wie, zum Teufel, finden Sie sich in dem Chaos zurecht?« fragte Marx und klappte seine Notizen auf.

Delilah tippte sich an die Schläfe. »Es ist alles hier drin. Also los, fangen Sie an.«

»Unser Freund ist eindeutig nicht, was er zu sein scheint. Zunächst mal wurde er nicht als Joshua Maxfield geboren, sondern als Joshua Peltz. Mr. und Mrs. Peltz gehörten in Massachusetts einer obskuren christlichen Sekte an, deren Erziehungsgrundsatz lautete, es bloß nicht an der nötigen körperlichen Züchtigung fehlen zu lassen. Als Joshua elf Jahre alt war, fehlte er eine Woche unentschuldigt im Unterricht. Eine Sozialarbeiterin fand ihn in einem Wandschrank angekettet. Er war abgemagert, dehydriert und mit Zigarettenbrandmalen übersät. Ich schätze, er hat eine wirklich beschissene Kindheit erleiden müssen. Der Staat war offenbar der gleichen Ansicht, denn er entzog den Eltern das Sorgerecht und gab Joshua in eine Pflegefamilie.«

»Ich habe kürzlich Maxfields erstes Buch gelesen, *Ein Tourist in Babylon*«, sagte Delilah. »Jetzt wird mir klar, warum er so realistisch über Kindesmißbrauch schreiben kann.«

»Obendrein kennt er sich recht gut mit Straftaten aus«, sagte Marx. »Als Jugendlicher hat er es zu einer stolzen Liste gebracht. Er hat im Haus seiner Pflegefamilie Feuer gelegt und kam wegen Brandstiftung in Haft; dann gab es in der Grund- und Mittelschule ein paar Körperverletzungen sowie eine stattliche Anzahl Schulverweise. Die einzige Konstante in seinem Leben war Judo. Einer seiner Pflegeväter dachte, die Disziplin würde ihm guttun, aber Joshua nutzte seine Kenntnisse nur dazu, andere Kinder zu tyrannisieren. Er wurde aus der High School geworfen, weil er einem anderen Jungen den Arm gebrochen hatte. Danach hat er erst mal ein Jahr lang herumgegammelt, ging dann aber wieder zur Schule.«

»Wann wurde Peltz zu Maxfield?« fragte Wallace.

»Seine letzte Pflegefamilie hieß Maxfield. Als er auf die Universität von Massachusetts wechselte, ließ er ganz offiziell seinen Namen ändern. Ich vermute mal, Maxfield klingt stilvoller als Peltz. Er hat herumerzählt, er stamme aus einer wohlhabenden Familie in Kalifornien.«

»Er hat seinen großen Bestseller auf dem College geschrieben, nicht wahr?«

»Ja, in seinem letzten Studienjahr war er damit fertig.« Marx blickte von den Notizen auf. »Über die Entstehungsgeschichte des Buches habe ich einiges in den Rezensionen sowie in den Interviews gefunden, die er gegeben hat, als *Ein Tourist in Babylon* groß herauskam. Es heißt, er habe in einem Englischseminar einen Aufsatz über seine Kindheit verfaßt, und der Professor habe ihm vorgeschlagen, mehr daraus zu machen. Es gab eine riesige Vorschußsumme, Literaturpreise, Bestsellerlisten, das volle Programm. Maxfield befand sich ganz oben, ein echter Wunderknabe. Das Problem war nur, daß er in seinem ersten Roman bereits sein ganzes Pulver verschossen hatte und keinen anständigen Nachfolger hinbekam. Sein zweites Buch war ein Flop, und seitdem hat er keines mehr geschrieben.«

»Abgesehen von seinem Serienmörder-Manuskript.«

»Stimmt.« Marx hielt inne. »Er hat doch nicht etwa gemordet, um Material für das Buch zu sammeln, oder?«

»Keine schlechte Idee.« Delilah starrte einen Moment lang ins Leere. »Darüber muß ich noch nachdenken.« Sie sah wieder den Detective an. »Haben Sie sonst noch etwas für mich, Tony?«

Marx berichtete ihr über Maxfields Zeit am Eton College und die Gründe für seine Kündigung.

»Kennen wir den Namen des Mädchens, an das er sich herangemacht hat?« fragte Delilah.

»Ich arbeite daran.«

»Läßt Maxfield sich mit den Morden in den anderen Staaten in Verbindung bringen?«

»Das FBI geht noch einmal sämtliche Spuren durch und meldet sich dann bei uns.«

»Okay, gute Arbeit. Und jetzt lassen Sie mich weitermachen, damit ich heute mittag keinen Mist baue.«

Seit Joshua Maxfields Verhaftung waren Ashleys Alpträume weniger intensiv, und ihr vorherrschendes Gefühl war nicht mehr Angst, sondern Langeweile. Sie fing wieder mit dem Training an, denn so hatte sie wenigstens etwas zu tun. Eines Nachmittags schnappte sie sich kurzerhand einen Ball, ging aufs Spielfeld und schoß ein paarmal aufs Tor. Am nächsten Tag übte sie erneut. Es war gut, wieder auf dem Platz zu stehen, wo es nur darauf ankam, den Ball ins Netz zu befördern. Am Samstag fuhr Sally Castle mit Ashley ins Kino und danach zum Pizzaessen. Als sie den Campus der Academy verließen, kam Ashley sich wie eine Gefangene vor, die aus der Einzelhaft entlassen wurde.

Die täglichen Mahlzeiten mit Henry Van Meter gefielen ihr. Sie mochte es, wenn der alte Herr von der Geschichte des Staates Oregon, seinen Reisen und den anderen interessanten Dingen erzählte, die ihm widerfahren waren. Im Vergleich dazu kam ihr das eigene Leben trostlos vor. Sie hatte bislang nur zweimal das Land verlassen, und zwar auf Urlaubsreisen mit ihren Eltern nach Mexiko und Aruba. Allerdings hatten sie beide Male in großen Hotelanlagen gewohnt, wo es jede Menge andere Amerikaner gab, und die Orte waren ihr längst nicht so ausländisch wie erwartet vorgekommen.

Manchmal nahm auch Miles an den Mahlzeiten teil. Er war genauso freundlich zu ihr wie sein Vater, und Ashley fühlte sich in ihrer Gesellschaft wohl. Die Van Meters bestärkten sie darin, über ihre Zukunft nachzudenken. Zunächst sträubte Ashley sich dagegen, aber sie versprachen ihr, sie könne die Academy völlig kostenfrei besuchen, und gelegentlich erwähnten sie das Fußballteam. Es war geplant, die Mädchen auf mehrere Reisen in andere Bundesstaaten zu schicken, wo sie sich mit den einheimischen spielstarken Mannschaften messen sollten.

Am Tag der Voruntersuchung erlitt Ashley einen Rückschlag. Sie wachte verängstigt und mit einem flauen Gefühl im Magen auf und ließ den morgendlichen Dauerlauf ausfallen, weil die nervliche Anspannung sie jeglicher Energie beraubte. Dann ging sie zum Frühstück ins Herrenhaus, bekam jedoch nur Tee und Toast herunter. Henry Van Meter versuchte wie üblich, sie mit seinen Reisegeschichten von ihren Sorgen abzulenken, aber Ashley hörte ihm nur mit einem Ohr zu und stellte sich immer wieder vor, wie es sein würde, Joshua Maxfield gegenüberzutreten.

Um neun Uhr holte Detective Birch sie am Wohnheim der Academy ab und fuhr mit ihr zum Gerichtsgebäude. Er erkundigte sich nach ihrem Befinden. Sie sagte, sie sei nervös, konnte sich aber nicht dazu durchringen, ihm zu gestehen, welch große Angst sie schon bei dem Gedanken verspürte, sich mit dem Mörder ihrer Eltern, dem auch sie fast zum Opfer gefallen wäre, im selben Raum zu befinden. Birch erwiderte, es sei ganz natürlich, sich unwohl zu fühlen, und versicherte ihr, daß Delilah Wallace eine nette Frau sei und die Angelegenheit so schmerzlos wie möglich über die Bühne bringen würde. Danach zog Ashley sich in ihr Schneckenhaus zurück, und während der restlichen Fahrt wurde kaum noch ein Wort gesprochen.

Als Ashley den Eingangsbereich der Staatsanwaltschaft betrat, saß dort Jerry Philips und las in einem Buch. Er lächelte und stand auf. Birch stellte sich ihm in den Weg.

»Kennen Sie diesen Herrn?« fragte er Ashley, ohne Philips aus den Augen zu lassen.

»Ja. Er war der Anwalt meiner Eltern.« Sie sah Jerry an. »Was machen Sie hier?«

»Ich bin auch *Ihr* Anwalt, Ashley. Ich bin hier, weil ich dachte, Sie brauchen vielleicht moralische Unterstützung. Mit Miss Wallace habe ich bereits gesprochen. Sie macht auf mich einen freundlichen Eindruck und möchte mit Ihnen am liebsten allein reden, aber falls Sie sich besser fühlen, wenn ich dabei bin, hat sie auch nichts dagegen.«

»Schon in Ordnung. Ich schaffe das.«

»Gut. Ich bin dann hier draußen, wenn Sie fertig sind.«

Am Anfang des Gesprächs war Ashley noch sehr angespannt, doch Delilah schaffte es, sie in weniger als fünf Minuten zu beruhigen. Die Staatsanwältin sagte, Ashley müsse nicht lange im Zeugenstand sitzen. Die Fragen würden einzig und allein die Vorfälle im Bootshaus betreffen. Maxfields Verteidiger hatte zwar Anrecht auf ein Kreuzverhör, aber Delilah rechnete nicht damit, daß er Ashley irgendwie in Verlegenheit bringen würde, und sie versprach, sofort Einspruch zu erheben, falls der gegnerische Anwalt über die Stränge schlug.

»Werde ich Mr. Maxfield sehen müssen?« fragte Ashley.

»Sie bleiben in meinem Büro, bis ich Sie aufrufe, daher werden Sie ihn erst während Ihrer Aussage sehen. Vom Zeugenstand aus betrachtet, wird er schräg rechts am Tisch der Verteidigung sitzen, aber es sind zusätzliche Sicherheitskräfte vor Ort, also machen Sie sich keine Sorgen. Ich habe meine kräftigsten Beamten zu Ihrem Schutz abgestellt. Falls Maxfield auch nur einen schiefen Blick in Ihre Richtung wirft, schlagen die Jungs ihn zu Brei«, sagte Delilah ernst. Dann lächelte sie. »Und wenn sie mit ihm fertig sind, setze ich mich auf den Mistkerl drauf und jage ihm einen heiligen Schrecken ein.«

Die Vorstellung, daß die massige Frau Maxfield mit ihrem enormen Körpergewicht zerquetschte, ließ Ashley unwillkürlich auflachen. Verlegen schlug sie sich eine Hand vor den Mund, aber auch Delilah fing an zu lachen, und einen Moment lang waren sie wie zwei kleine Mädchen, die über einen heimlichen Scherz kicherten.

Dann ging Delilah die Fragen durch, die sie Ashley stellen würde, und hörte sich ihre Antworten an. Hin und wieder gab sie einen Kommentar ab oder schlug eine andere Wortwahl vor, aber sie versuchte zu keinem Zeitpunkt, Ashley zu einer unwahren Aussage zu bewegen. Schließlich führte die Staatsanwältin ein gespieltes Kreuzverhör durch und riet Ashley, auf jeden Fall die Wahrheit zu sagen. Sie sollte nicht übereilt handeln, sondern sich jede Frage in Ruhe anhören und dann so knapp und präzise wie möglich beantworten.

»Falls Sie auf eine Frage keine Antwort wissen, dann sagen Sie das ruhig, und haben Sie keine Scheu zuzugeben, daß Sie sich einer Sache nicht sicher sind«, wies Delilah sie an.

Am Ende der Unterredung lobte die Staatsanwältin, Ashley habe sich ziemlich gut gehalten. Auch Ashley war nun weniger verängstigt und davon überzeugt, die Zerreißprobe durchstehen zu können.

Als Delilah sie zurück zum Eingangsbereich begleitete, wartete dort immer noch ihr Anwalt.

»Mr. Philips«, sagte die Staatsanwältin, »Ashley wird meine

zweite Zeugin sein, und ich hätte sie gern um dreizehn Uhr dreißig im Gerichtsgebäude.«

»Kein Problem. Ich besorge ihr etwas zu essen und bringe sie rechtzeitig wieder zurück.«

»Vielen Dank.« Delilah wandte sich zu Ashley um und legte ihr eine Hand auf die Schulter. »Und Sie hauen tüchtig rein, Kindchen. Sie haben zu wenig Fleisch auf den Knochen.«

Ashley lächelte. In Delilahs Gegenwart fühlte sie sich sicher. Die Staatsanwältin erwiderte das Lächeln, drehte sich um und ging zurück in ihr Büro.

»Haben Sie Hunger? Wollen wir etwas essen gehen?« fragte Philips.

Ashley hatte kaum etwas zum Frühstück gegessen und verspürte mittlerweile bohrenden Hunger, aber sie kannte auch die Fernsehserien über Anwälte und wollte Philips daher erst eine Frage stellen.

»Werden Sie mich nachher begleiten?«

»Möchten Sie das denn gern?«

»Ja, aber ich weiß, daß Anwälte teuer sind, und ich kann Sie nicht bezahlen. Ich habe kein Geld.«

»Doch, haben Sie. Denken Sie an die Versicherungen, von denen ich Ihnen erzählt habe, und außerdem gibt es einen Kaufinteressenten für das Haus. Wir können die Einzelheiten beim Essen besprechen. Was den heutigen Tag betrifft, brauchen Sie sich keine Gedanken über mein Honorar zu machen. Die Runde geht auf mich.«

»Warum sind Sie so nett zu mir?«

»Wir sitzen beide im selben Boot, wissen Sie noch? Ich weiß, wie allein ich mich nach dem Tod meines Vaters gefühlt habe, also kann ich mir ungefähr vorstellen, wie es Ihnen geht. Ich möchte einfach nicht, daß Sie heute allein sind.«

Vierzehntes Kapitel

Ein Wärter führte Barry Weller in das Besuchszimmer des Gerichtsgefängnisses, eine winzige Kammer mit einem Sprechgitter in der Mitte, durch das Anwalt und Mandant sich beraten konnten. Der Anwalt hatte gewollt, daß Maxfield auch während der Voruntersuchung in Anzug und Krawatte vor Gericht erschien. Der Oberaufseher hatte dies mit dem Hinweis verweigert, es seien schließlich keine Geschworenen anwesend, und so trug Joshua einen orangefarbenen Häftlingsoverall. Weller vermutete, daß Maxfield sich beschweren würde. Die meisten Angeklagten legten Wert auf eine präsentable Garderobe, denn bei einer öffentlichen Voruntersuchung war mit Fernsehkameras und Fotografen zu rechnen. Maxfield jedoch schien dieser Umstand völlig egal zu sein. Er hatte lediglich darauf bestanden, sich die Haare schneiden zu lassen, was ihm auch bewilligt worden war. Inzwischen trug Maxfield sein Haar kurz. Weller wurde klar, daß er und sein Klient sich nun ein wenig ähnlich sahen.

»Bereit für die Voruntersuchung, Joshua?«

»Bereiter geht's nicht. Was muß ich tun?«

»Gar nichts. Bei einer Voruntersuchung ruft fast immer nur die Staatsanwaltschaft Zeugen auf.«

»Warum?«

»Mindere Delikte werden vor der kleinen Strafkammer verhandelt. Der Richter hält dem Angeklagten die Anklagepunkte vor, und das Verfahren beginnt. Mord hingegen ist ein Kapitalverbrechen und kann nur vor der großen Strafkammer verhandelt werden. Die Voruntersuchung gibt der Staatsanwaltschaft die Gelegenheit, einen Richter davon zu überzeugen, daß der Fall stichhaltig genug ist, um einen Prozeß vor der großen Strafkammer zu rechtfertigen.«

»Und wann findet dieser Prozeß dann statt?«

»In einigen Monaten.«

»Warum versuchen Sie nicht, den Fall schon heute zu gewinnen? Dann müßte das Verfahren gar nicht erst anberaumt werden.«

»So funktioniert das nicht. Bei einer Voruntersuchung muß die Staatsanwaltschaft den Richter nicht von der zweifelsfreien Schuld eines Angeklagten überzeugen, sondern nur davon, daß sich nach den vorliegenden Beweisen erstens ein Mord ereignet hat und zweitens die berechtigte Annahme besteht, daß Sie der Täter sind. Das ist nicht weiter schwierig. Unsere Chance liegt bei deutlich weniger als fünfzig Prozent.

Das Gute an einer Voruntersuchung ist, daß wir die vereidigten Zeugen der Anklage bereits vor der eigentlichen Verhandlung ins Kreuzverhör nehmen können. Wir könnten auch selbst Zeugen benennen, aber das wäre wenig sinnvoll, denn damit würden wir der Staatsanwaltschaft die gleiche Chance einräumen.«

»Demnach werden wir vermutlich verlieren, und ich muß noch monatelang im Gefängnis auf meinen Prozeß warten?« fragte Maxfield.

»Ja.«

Weller erwartete, daß sein Klient sich nach einer Freilassung gegen Kaution erkundigen würde, aber das tat er nicht. Statt dessen wollte sein Mandant wissen, wie weit sie mit dem Buchvertrag waren.

»Howard Martin hat mich gestern angerufen«, antwortete Weller aufgeregt. Martin war der Lektor, der Maxfields zwei Romane betreut hatte. »Er arbeitet nicht mehr bei Ihrem alten Verlag, sondern ist jetzt Herausgeber bei Scribe.«

»Mir war so, als hätte ich davon in *Publishers Weekly* gelesen.«

»Er will das Buch unbedingt an Land ziehen. Wir haben bisher erst ein Vorgespräch geführt, aber er redet bereits von einem siebenstelligen Vorschuß.«

Maxfield lächelte. »Ich schätze, so haben die Banditen im Wilden Westen sich gefühlt, wenn sie ein Fahndungsplakat von sich entdeckten und die hohe Belohnung sahen, die auf ihren Kopf ausgesetzt war.«

Weller lachte. »Das Wörtchen ›hoch‹ ist noch zu tief gegriffen. Es haben sich mehrere Filmproduzenten bei mir gemeldet, und die Fernsehsender verlangen lautstark nach Interviews.«

»Gute Arbeit, Barry. Ich wußte, daß Sie das für mich erledigen können.«

Weller wollte noch weitererzählen, aber der Aufseher teilte ihnen mit, sie müßten nun zum Gerichtssaal aufbrechen. Der Anwalt wartete an der Aufzugtür des Zellenbereichs, bis die Wachen seinen Mandanten nach draußen brachten. Dann fuhren Weller, Maxfield und zwei Beamte schweigend in den zweiten Stock hinunter. Als die Aufzugtüren sich öffneten, wurden sie alle sofort in das gleißende Licht der Kamerascheinwerfer getaucht. Weller schirmte seine Augen ab und bemühte sich, mit den anderen Schritt zu halten, während die Wärter den Gefangenen durch ein Sperrfeuer aus Fragen und Blitzlichtern weiterscheuchten. Der Lärm hörte erst auf, als die Türen des Gerichtssaals sich hinter ihnen schlossen. Weller folgte Maxfield und den Wachen zum Tisch der Verteidigung. Die Zuschauerreihen waren bis auf den letzten Platz gefüllt. Henry und Miles Van Meter saßen ganz vorn. Weller konnte nicht erkennen, was Henry dachte, aber Miles Van Meters Haß auf seinen Mandanten war nicht zu übersehen.

Delilah Wallace saß am Tisch der Staatsanwaltschaft, ging ihre Aufzeichnungen durch und ließ sich von dem Tumult, den der Auftritt des berüchtigten Häftlings verursacht hatte, nicht weiter beirren.

»Guten Morgen, Delilah«, sagte Weller.

Sie blickte mit herzlichem Lächeln auf. »Barry Weller! Mich laust der Affe. Was machen Sie denn hier?«

Barry lachte. Er mochte Delilah wirklich gern. »Ich wollte ja, daß mein Mandant sich schuldig bekennt, aber Sie scheinen so viel Freude an Ihrer Arbeit zu haben, daß wir damit lieber noch warten.«

Delilah brach in schallendes Gelächter aus, das ihren mächtigen Leib erbeben ließ. »Gegen Sie trete ich immer gern an, Barry. Sie waren schon damals einer der wenigen Pflichtverteidiger mit Sinn für Humor.«

Weller setzte sich neben Joshua. Der Gerichtsdiener bat um Ruhe, und die Richterin Nancy Stillman hinkte an ihrem Gehstock in den Gerichtssaal. Stillman war eine mollige, grauhaarige, mütterlich wirkende Frau, die erst vor zwei Jahren zur Richterin ernannt worden war und davor zwanzig Jahre als Anwältin eines Versicherungskonzerns gearbeitet hatte.

»Es wurde anberaumt die Voruntersuchung im Fall *Der Staat Oregon gegen Joshua Maxfield*«, verkündete der Gerichtsdiener.

»Sind die Anwälte bereit?« fragte Richterin Stillman.

Delilah Wallace erhob sich mühsam zu ihrer imposanten Gestalt. »Euer Ehren, die Staatsanwaltschaft ist bereit.«

»Mr. Weller?« fragte die Richterin.

Weller stand auf. »Bereit für Mr. Maxfield.«

»Rufen Sie Ihren ersten Zeugen auf, Miss Wallace.«

»Bevor ich das tue, Euer Ehren, möchte ich das Gericht davon in Kenntnis setzen, daß Mr. Weller und ich vereinbart haben, während dieser Voruntersuchung auf die persönliche Aussage der Gerichtsmedizinerin zur Ursache von Terri Spencers Tod zu verzichten und statt dessen ihren entsprechenden schriftlichen Bericht anzuerkennen.«

»Trifft das zu, Mr. Weller?« fragte Richterin Stillman.

»Jawohl, Euer Ehren.«

»Wir erkennen ebenfalls an – und auch hier nur für die Zwecke dieser Voruntersuchung –, daß Mrs. Spencer mit einem Jagdmesser erstochen wurde, dessen Klinge der von

Beweisstück drei entspricht, welches auf dem Gelände der Oregon Academy sichergestellt werden konnte, und daß die Gerichtsmedizin auf Nachfrage bestätigen würde, daß das Blut an der Klinge von Beweisstück drei identisch mit Terri Spencers Blut ist.«

»Sind Sie auch damit einverstanden, Mr. Weller?« fragte die Richterin.

»Jawohl.«

»Ferner erkennen die beiden Parteien für die Zwecke dieser Voruntersuchung übereinstimmend an«, fuhr Delilah fort, »daß Dr. Ralph Karpinski dem Gericht auf Nachfrage bestätigen würde, daß Casey Van Meter infolge einer Hirnverletzung im Koma liegt, hervorgerufen durch den Aufprall ihres Hinterkopfes auf einen Stützbalken im Bootshaus der Oregon Academy, und daß die Blutergüsse im Gesicht des Opfers mit denen übereinstimmen, die ein Schlag ins Gesicht hervorrufen würde.«

Weller bestätigte auch diese Übereinkunft, und die Richterin machte sich auf ihrem gelben Schreibblock mehrere Notizen. Als sie damit fertig war, nickte Richterin Stillman der Staatsanwältin zu und forderte sie erneut auf, ihren ersten Zeugen aufzurufen.

»Der Staat ruft Lawrence Birch in den Zeugenstand.«

Eine Stunde später kam Delilahs Sekretärin in das Büro ihrer Chefin und teilte Ashley mit, daß es nun an der Zeit für die Aussage sei. Ashley wurde blaß. Jerry Philips drückte fest ihre Hand.

»He, Sie haben schon weitaus Schlimmeres überstanden. Sie sind doch eine kräftige Sportlerin.« Er versuchte, Ashley durch sein Lächeln ein wenig aufzulockern, aber der Gedanke, sich gleich im selben Raum wie Joshua Maxfield zu befinden, lähmte sie. Sie erinnerte sich an die Wärme seines Körpers und an seinen Geruch, als er sich auf sie gelegt und sein Geschlechtsteil an ihrem Gesäß gerieben hatte. Ihr wurde schlecht.

Jerry nahm ihren Arm und stützte sie. Ihre Beine zitterten. Sie fühlte sich schwindelig.

»Ich weiß nicht, ob ich das schaffe«, flüsterte Ashley, den Tränen nah.

Philips drehte sie zu sich, packte sie an den Schultern und sah ihr ins Gesicht. »Sie müssen es schaffen, Ashley. Um Ihrer Mutter und Ihres Vaters willen. Maxfield ist ein furchtbarer Mensch.«

Ashley fing an zu weinen. Philips nahm sie in den Arm. Die Sekretärin stand daneben und hatte auch fast Tränen in den Augen.

»Hätten Sie vielleicht ein Glas Wasser für Miss Spencer?« bat Jerry. Die Sekretärin ging. Als sie zurückkehrte, war Ashley noch immer wackelig auf den Beinen, aber ruhiger. Jerry ließ sie los, reichte ihr ein Taschentuch und wartete, während Ashley sich die Tränen trocknete und etwas Wasser trank. Sie wußte, daß er recht hatte. Sie war es Terri und Norman schuldig. Sie war die einzige, die Joshua Maxfield aufhalten konnte, und sie *würde* ihn aufhalten.

»Bringen wir es hinter uns«, sagte Ashley.

Philips drückte ihre Schulter, und sie machten sich auf den Weg.

Die Strecke von der Tür des Gerichtssaals zum Zeugenstand schien unendlich lang zu sein. Ashley blickte starr nach vorn und merkte gar nicht, daß Jerry Philips sich auf einen Platz in der letzten Reihe schob. Sie hielt sich kerzengerade und wandte den Kopf ein Stück nach rechts, so daß sie Delilah Wallace, aber nicht Joshua Maxfield sehen konnte. Der Zuschauerraum war durch eine niedrige Holzbarriere vom vorderen Teil des Raums getrennt. Delilah lächelte freundlich und wies auf die Pforte. Kurz bevor Ashley den Durchgang erreichte, sah sie Henry Van Meter. Er lächelte sie an, und dieses Lächeln verlieh ihr Kraft für die drohende Tortur.

Mit schwerem Schritt ging sie an Barry Weller vorbei. Als sie den Eid ablegte, kehrte sie dem Tisch der Verteidigung den Rücken zu, aber sobald sie dann schließlich im Zeugenstand saß, konnte sie gar nicht anders, als einen kurzen Blick auf Joshua Maxfield zu werfen. Am schwierigsten für sie war, daß er sich nicht in ein Ungeheuer verwandelt hatte. Er sah immer noch wie der nette Lehrer aus, der auf dem Rasen der Academy unverfänglich mit demselben jungen Mädchen geplaudert hatte, das er eine Weile zuvor noch vergewaltigen und ermorden wollte, sowie mit der Frau, die er bald darauf erstechen würde. Als ihre Blicke sich nun trafen, lächelte Maxfield. Er wirkte dabei genauso freundlich wie Delilah. Wie konnte das Böse sich nur so makellos tarnen?

»Miss Spencer«, sagte Delilah, »ich werde mich im Verlauf dieser Voruntersuchung hauptsächlich auf die Ereignisse beziehen, die sich am Abend des 24. Juni dieses Jahres zugetragen haben. Dennoch werde ich Ihnen auch einige andere Fragen stellen, damit Richterin Stillman die besagten Ereignisse im Zusammenhang sehen kann.«

Ashley war froh, daß die Befragung anfing, denn sie konnte sich nun voll auf die Staatsanwältin konzentrieren und brauchte nicht mehr Joshua Maxfield anzustarren.

»Sie befinden sich kurz vor Ihrem letzten Jahr auf der High School, richtig?«

»Ja«, antwortete Ashley. Sie hatte nicht vergessen, daß ihre Antworten möglichst kurz ausfallen sollten.

»Und bislang sind Sie auf die Eisenhower-High-School gegangen?«

»Ja.«

»Haben Sie dort Sport betrieben?«

»Fußball.«

»Spielen Sie außerhalb der High-School-Saison zudem in einer hochklassigen Vereinsmannschaft?«

»Ja.«

»Sind Sie in Ihrem Sport erfolgreich?«

»Ja.«

»Zählen Sie für das Gericht bitte einige der Auszeichnungen auf, die Ihnen als Fußballspielerin verliehen worden sind.«

Ashley fing mit ihrer Berufung in die Landesauswahl an und nannte dann noch mehrere andere Erfolge.

»Ist die Oregon Academy eine Privatschule?«

»Ja.«

»Verfügt sie über eine der landesweit besten Frauenfußballmannschaften?«

»Ja.«

»Wurde Ihnen von der Academy für Ihr bevorstehendes letztes High-School-Jahr ein umfassendes Stipendium angeboten?«

»Ja.«

»Hatten Sie vor, dieses Angebot anzunehmen?«

»Ja. Ich hatte zugesagt, im Herbst dort anzufangen.«

»Und nun, Ashley, schildern Sie dem Gericht bitte, was Sie am 24. Juni auf dem Campus der Academy getan haben.«

»Die Academy hält in jedem Sommer ein Fußballcamp ab, zu dem Kinder aus allen Teilen des Landes anreisen. Manche der Dozenten gehören dem Olympiateam an, andere spielen in den besten Mannschaften der Universitätsliga. Ich wurde als Gruppenleiterin engagiert.«

»Wo waren Sie während dieser zwei Wochen untergebracht?«

»Im Wohnheim, zusammen mit den Kindern und den anderen Gruppenleitern.«

»Demnach haben Sie sich auch am Abend des 24. Juni auf dem Campus aufgehalten?«

»Ja.«

»Beschreiben Sie dem Gericht, was nach dem Abendessen geschehen ist.«

Es bereitete Ashley große Schwierigkeiten, der Aufforderung Folge zu leisten. Bis zu diesem Zeitpunkt hatte sie alle Gedanken an ihre Mutter einfach abgeblockt, aber das war nun nicht länger möglich. Um etwas Zeit zu gewinnen und sich zu sammeln, trank sie einen Schluck Wasser. Dank Larry Birchs Aussage wußte Richterin Stillman bereits, was Ashley, ihrem Vater und Tanya Jones zugestoßen war. Sie lächelte Ashley ermutigend an.

»Ich gehe abends gern joggen«, sagte Ashley. »Meine Zimmergefährtin, Sally Castle, ist sonst immer mitgelaufen, doch an dem Tag fühlte sie sich nicht gut, also bin ich allein aufgebrochen.«

»Welchen Weg haben Sie an dem Abend eingeschlagen?« fragte Delilah.

»Es gibt auf dem Gelände der Academy ein großes Waldstück. Ich bin dort auf den Pfaden gelaufen.«

»Liegt der Campus an einem Fluß?«

»Ja.«

»Gibt es am Ufer ein Bootshaus?«

»Ja.«

»Sind Sie in der Nähe des Bootshauses vorbeigekommen?«

»Ja.«

»War es draußen noch hell, als Sie losgelaufen sind?«

»Ja.«

»Haben Sie in der Nähe des Flusses und des Bootshauses jemanden gesehen, den sie kannten?«

Ashley zögerte. »Ich habe Mr. Maxfield gesehen.«

»Ich weiß, daß dies nicht einfach für Sie ist …«

»Einspruch«, sagte Weller. »Das ist keine Frage.«

»Stattgegeben«, sagte Richterin Stillman. »Stellen Sie Ihre Frage bitte ohne einleitende Bemerkung, Miss Wallace.«

»Ja, Euer Ehren. Ashley, bitte sehen Sie den Angeklagten an.«

Delilah hatte ihr gesagt, daß dieser Moment kommen würde, aber sie war trotzdem nicht darauf vorbereitet. Als ihr Kopf sich in Maxfields Richtung drehte, verschränkte sie die Hände im Schoß und drückte so fest zu, daß es weh tat.

»Ist das der Mann, den Sie am Abend des 24. Juni in der Nähe des Bootshauses im Wald gesehen haben?«

Ashleys und Maxfields Blicke trafen sich. Sein Lächeln war freundlich, nicht bedrohlich. Er schien ihr die Aufgabe erleichtern zu wollen. Ashley nickte und sah weg.

»Wir benötigen eine mündliche Aussage, Miss Spencer«, sagte die Richterin.

Ashley atmete tief durch. Delilah hatte ihr eingeschärft, wie wichtig es war, daß sie den Angeklagten ohne Zögern identifizierte. Da Maxfield für die Verbrechen an ihr, ihren Eltern und ihrer Freundin zur Rechenschaft gezogen werden sollte, würde sie der Richterin sagen müssen, daß er der Mann war, den sie beim Bootshaus gesehen hatte.

»Ich habe an dem Abend Joshua Maxfield gesehen.« Sie deutete auf ihn. »Er sitzt dort drüben neben seinem Anwalt.«

»Wir nehmen zu Protokoll, daß Miss Spencer den Angeklagten, Joshua Maxfield, identifiziert hat«, ordnete Richterin Stillman an.

»Was hat der Angeklagte getan, als Sie ihn an jenem Abend zum erstenmal gesehen haben?« fragte Delilah.

»Er ging am Fluß entlang zum Bootshaus.«

Delilah hielt inne und sah etwas in ihren Unterlagen nach.

»Ashley«, sagte die Staatsanwältin, »ist irgend etwas Ungewöhnliches geschehen, kurz nachdem Sie den Angeklagten zum Bootshaus gehen sahen?«

»Ja.«

»Beschreiben Sie dem Gericht, was geschehen ist und was Sie gemacht haben.«

»Ich hörte einen Schrei. Genaugenommen war es mehr als einer.«

»Wie viele Schreie haben Sie gehört?«

»Zwei.«

»Ist zwischen den Schreien Zeit verstrichen?«

»Ja, aber nicht viel.«

»Konnten Sie erkennen, wer geschrien hat?«

»Es war der Schrei einer Frau.«

»Was haben Sie getan, als Sie den Schrei hörten?«

Ashley senkte den Kopf. Als sie antwortete, stockte ihre Stimme. »Ich habe mich erschrocken. Ich bin erstarrt. Ich dachte daran, mich zu verstecken.«

»Haben Sie sich versteckt?«

»Nein.«

»Was haben Sie nach dem zweiten Schrei gemacht?«

»Ich bin durch den Wald zum Bootshaus gegangen.«

»Warum zum Bootshaus?«

»Es klang, als seien die Schreie von dort gekommen.«

»Haben Sie auf dem Weg zum Bootshaus noch etwas gehört oder gesehen?« fragte Delilah.

»Nein.«

»Wie weit haben Sie sich dem Bootshaus genähert?«

»Ich bin bis unmittelbar an das Haus gegangen und habe durch eines der seitlichen Fenster hineingeschaut.«

»Konnten Sie von dort aus etwas hören?«

»Kurz bevor ich das Fenster erreicht habe, hat eine Frau etwas gerufen.«

»Was hat sie gesagt?«

»Das konnte ich nicht verstehen.«

»Warum glauben Sie, daß es eine Frau war und kein Mann?«

»Es war eine hohe Stimme.«

»Wie kurz bevor Sie das Fenster erreicht haben, hat die Frau etwas gerufen?«

»Ein paar Sekunden.«

»Was haben Sie vom Fenster aus gesehen?«

Die Erinnerungen brachen über sie herein: der Körper, der ausgestreckt dalag und an dem Stützbalken lehnte, die verkrümmte Gestalt am Boden. Sie wand sich und schloß die Augen.

»Möchten Sie eine Pause einlegen?« fragte Delilah Wallace besorgt, weil Ashley leichenblaß geworden war.

»Nein«, antwortete Ashley mit kraftloser Stimme. »Ich will das hier hinter mich bringen.«

»Sind Sie sicher, Miss Spencer?« fragte die Richterin. »Wir können die Verhandlung auch unterbrechen.«

»Nein«, erwiderte sie etwas entschiedener. »Ich kann die Frage beantworten.«

Sie wandte sich Maxfield zu und wies mit ausgestrecktem Arm auf ihn.

»Er stand über Rektorin Van Meter gebeugt und hatte ein Messer in der Hand. Die Klinge war blutig. Ich muß irgendein Geräusch verursacht haben, denn er drehte sich um und starrte mich an. Dann bewegte er sich, und ich sah ... ich sah meine ... meine Mutter.«

»Lassen Sie uns das klarstellen. War Ihnen zu diesem Zeitpunkt die Identität der beiden Frauen bewußt? Wußten Sie wer die beiden waren?«

»Nein, ich konnte ihre Gesichter nicht sehen. Im Bootshaus war es dunkel.«

»Aber Sie konnten den Angeklagten erkennen?«

Ashley fühlte sich nun stärker und musterte Maxfield mit wütendem Blick. »Eindeutig. Er war es. Er stand sehr nah am Fenster und hielt ein Messer. Es war voller Blut.«

»Was ist dann geschehen?«

»Ich bin weggelaufen, und er hat mich verfolgt. Ich habe es bis ins Wohnheim geschafft und den Wachmann gerufen. Der hat dann die Polizei verständigt.«

Delilah überprüfte ihre Notizen. Sie hatte von Ashley alle Angaben erhalten, die für die Voruntersuchung von Bedeutung waren. Der Autopsiebericht und die von beiden Parteien anerkannten Aussagen belegten, daß Terri Spencer ermordet worden war und Casey Van Meter infolge eines tätlichen Angriffs im Koma lag.

Ashley hatte Joshua Maxfield für einen Zeitpunkt kurz nach den beiden Schreien mit dem Tatort in Verbindung gebracht. Sie hatte ferner ausgesagt, eine Frau im Bootshaus habe etwas gerufen, wenige Sekunden bevor Ashley den Angeklagten mit dem blutigen Messer gesehen hatte, das für den Mord an Terri Spencer benutzt worden war.

»Keine weiteren Fragen«, sagte Delilah. Es tat ihr leid, daß Ashley nun auf Gnade und Ungnade Maxfields Anwalt ausgeliefert sein würde. Schon die freundlichen Fragen waren überaus belastend für die Zeugin gewesen. Barry Weller war ein anständiger Kerl. Delilah hoffte, er würde Ashley nicht zu hart rannehmen.

»Wünschen Sie ein Kreuzverhör, Mr. Weller?« fragte Richterin Stillman.

Weller wollte antworten, aber Joshua Maxfield berührte ihn am Arm und flüsterte ihm etwas ins Ohr.

»Darf ich mich kurz mit meinem Mandanten beraten, Euer Ehren?«

»Natürlich«, sagte Stillman.

Weller beugte sich zu seinem Klienten herüber.

»Wir müssen reden«, sagte Maxfield.

»Ich werde im Anschluß an das Kreuzverhör eine Unterbrechung beantragen.«

»Nein, sofort. Wir müssen sofort miteinander reden«, beharrte Maxfield.

»Joshua, die Zeugin ist schwer angeschlagen. Ich will ihr keine Gelegenheit geben, sich wieder zu sammeln.«

»Ein Kreuzverhör wird nicht notwendig sein, Barry. Ich möchte mich schuldig bekennen.«

»Was?« rief Weller laut genug, daß alle es hören konnten. Er sah sich kurz um. Jeder im Gerichtssaal starrte ihn an. Er senkte seine Stimme.

»Meinen Sie das ernst?«

»Absolut.«

»Falls Sie sich schuldig bekennen, entgehen Sie damit nicht automatisch der Hinrichtung. Ist Ihnen bewußt, daß die Staatsanwaltschaft eine Anhörung zum Strafmaß verlangen kann, falls sie weiterhin auf die Todesstrafe plädieren will?«

Maxfield blickte über die Schulter in den Zuschauerraum. Dann sah er Miles Van Meter und schaute wieder weg.

»Die Leute belauschen uns«, sagte er nervös. »Können wir uns nicht irgendwohin zurückziehen?« Er wies auf die Tür des Geschworenenzimmers. »Dorthin vielleicht?«

»Lassen Sie mich die Richterin fragen.«

Weller stand auf. »Darf ich zu Ihnen vortreten, Euer Ehren?«

Die Richterin bat die beiden Anwälte nach vorn. Sobald auch Delilah dort stand, beugte Weller sich zu der Richterin vor.

»Euer Ehren, mein Klient und ich müssen unter vier Augen etwas Wichtiges besprechen. Gewähren Sie uns eine kurze Unterbrechung? Und dürfen wir dafür das Geschworenenzimmer nutzen?«

»Diese junge Frau ist am Ende ihrer Kräfte, Barry«, sagte Richterin Stillman. »Ich möchte sie so schnell wie möglich aus dem Zeugenstand entlassen.«

»Ohne etwas Vertrauliches zu enthüllen, Euer Ehren, kann ich doch sagen, daß das Ergebnis unserer Beratung Miss Spencer zugute kommen könnte.«

Richterin Stillman wirkte verwirrt.

»Ich habe keine Einwände, Euer Ehren«, sagte Delilah und dachte, daß eine Pause Ashley guttun würde.

»Also gut. Gehen Sie ins Geschworenenzimmer.«

Die Richterin rief die Sicherheitsbeamten zu sich und teilte ihnen mit, daß sie es Weller und seinem Mandanten gestatten würde, sich zu einer Beratung zurückzuziehen. Zwei der Männer begleiteten Weller und Maxfield zur Tür des Geschworenenzimmers, während einer ihrer Kollegen hinausging, um den Ausgang zum Korridor zu bewachen.

Richterin Stillman ordnete eine Unterbrechung an und verließ den Saal. Die Zuschauer strömten auf den Flur oder erhoben sich plaudernd von ihren Sitzen. Delilah ging zum Zeugenstand.

»Wie geht es Ihnen?« fragte sie Ashley.

»Ich wünschte, es wäre vorbei.«

»Ich auch, aber Sie waren ganz großartig und werden Wellers Kreuzverhör spielend bewältigen, falls Sie sich an meine einfachen Grundregeln halten.«

»Erst denken, dann antworten; immer die Wahrheit sagen; es zugeben, wenn ich keine Antwort weiß; und Mr. Weller bitten, seine Frage zu erklären, falls ich sie nicht verstehe.«

Delilah setzte ein strahlendes Lächeln auf. »Hervorragend, junge Dame. Sie könnten jederzeit mit dem Jurastudium beginnen. Stehen Sie doch ruhig auf, und vertreten Sie sich eine Weile die Beine.«

Sie gingen gemeinsam zum Tisch der Anklage. Larry Birch, Tony Marx und Jerry Philips gesellten sich zu ihnen. Die Van Meters fragten die Staatsanwältin nach ihrer Einschätzung des bisherigen Verlaufs der Voruntersuchung. Delilah sagte, sie zweifle nicht daran, daß Maxfield vor Gericht gestellt werde. Dann lobte sie Ashley erneut für ihren Auftritt im Zeugenstand.

»Was machen die im Geschworenenzimmer?« fragte Ashley.

»Ich weiß es nicht«, entgegnete die Staatsanwältin, obwohl das nicht ganz der Wahrheit entsprach. Sie hatte eine gewisse Ahnung, wollte Ashley aber keine falschen Hoffnungen machen. Delilah Wallace vermutete, daß Maxfield nach Ashleys Aussage zu der Überzeugung gelangt war, ein Prozeß werde sich nicht gewinnen lassen. Sie hoffte, daß er seinen Verteidiger nun bat, eine Vereinbarung auszuhandeln.

»Glauben Sie ...«, setzte Philips an, aber noch bevor er seine Frage stellen konnte, torkelte ein Mann in orangefarbenem Overall aus dem Geschworenenzimmer. Der Wachposten wich erschrocken einen Schritt zurück, packte dann aber zu. Delilah sah dem Gefangenen ins Gesicht.

»Das ist Weller, der Anwalt«, rief sie dem Aufseher zu und kam näher. »Wo steckt Maxfield?«

Der Posten sah sie verwirrt an.

Delilah deutete auf Weller. »Das ist der Verteidiger. Der Häftling hat mit ihm die Kleidung getauscht. Er will fliehen.«

Der Posten sah sich den Mann, den er festhielt, noch einmal an und begriff endlich, was vor sich ging.

»Paß auf Ashley auf«, rief Larry Birch seinem Partner zu und lief ins Geschworenenzimmer, das Delilah bereits betreten hatte. In dem langen schmalen Raum stand ein Konferenztisch mit zwölf Stühlen. Der Posten, der auf dem Korridor gestanden hatte, lag zwischen Tisch und Ausgang am Boden. Larry Birch rannte an Delilah vorbei und fühlte dem Mann den Puls. Er atmete.

»Holen Sie einen Arzt«, wies er Delilah an, zog seine Waffe

und trat hinaus auf den Gang vor dem Gerichtssaal. Zwei Frauen keuchten erschrocken auf und wichen an die Wand zurück. Ein muskulöser Bauarbeiter reagierte genau entgegengesetzt – er sah aus, als wolle er sich auf den Detective stürzen. Birch zeigte seine Dienstmarke vor.

»Ich bin von der Polizei«, sagte er. »Hat ein Mann im Anzug diesen Raum verlassen?«

Der Mann schüttelte den Kopf, ohne die Waffe auch nur einen Moment aus den Augen zu lassen. Birch lief den Korridor entlang zu der breiten Marmortreppe, die hinunter in die Eingangshalle des Gerichtsgebäudes führte. Dabei hielt er die Pistole dicht an den Oberschenkel gepreßt, um keine Panik auszulösen. Die meisten Besucher fuhren lieber mit dem Aufzug. Birch vermutete, daß Maxfield die Treppe bevorzugen würde, weil dort kaum Betrieb herrschte. Die wenigen Leute, die ihm begegneten, hatten ihre Fälle oder andere wichtige Dinge im Kopf und nahmen ihn gar nicht wahr. Maxfield hätten sie ebenso ignoriert.

Unten am Eingang standen Metalldetektoren, und mehrere Sicherheitsbeamte überprüften jeden Anwalt, Angestellten oder Verfahrensbeteiligten, der das Gerichtsgebäude betreten wollte. Auf diejenigen, die das Gebäude verließen, achtete niemand. Birch ging hinaus in den kühlen Sommernachmittag. Es hatte vor kurzem geregnet, aber inzwischen schien die Sonne, und es roch nach Ozon. Der Detective schaute in beide Richtungen die Straße entlang sowie hinüber in den Park. Joshua Maxfield war nirgendwo zu sehen.

Als Larry Birch in den Gerichtssaal zurückkehrte, saß Barry Weller am Tisch der Verteidigung. Um ihn herum standen Richterin Stillman, die Van Meters, Delilah Wallace, Tony Marx, Jerry Philips und Ashley Spencer.

»Ich habe das Geschworenenzimmer betreten und meinen Aktenkoffer auf den Tisch gestellt«, sagte Weller soeben. »Maxfield war hinter mir. Noch bevor ich mich umdrehen konnte, hatte er mir auch schon seinen Arm um den

Hals gelegt, und zwar so fest, daß ich weder schreien noch atmen konnte. Er hat mich zu Boden gerungen und in eine Beinschere genommen. Das war irgendein Haltegriff. Ich hab mich noch ein paar Sekunden gewehrt und dann das Bewußtsein verloren. Als ich wieder zu mir kam, trug ich Maxfields Overall, und meine Kleidung und der Aktenkoffer waren weg.«

»Haben Sie eine Ahnung, wohin er will?« fragte Tony Marx.

»Nein. Er hat nie auch nur angedeutet, daß er so etwas versuchen würde. Er wollte ein Buch über den Fall schreiben. Und er schien sich damit abgefunden zu haben, daß ihm ein Prozeß bevorsteht.«

Marx entdeckte seinen Partner. »Und?«

Birch schüttelte den Kopf. »Hast du schon eine Fahndung herausgegeben?«

»Ja. Wie es scheint, hat Maxfield das mit langer Hand vorbereitet. Weller glaubt, daß er nur deswegen engagiert wurde, weil er Maxfield ziemlich ähnlich sieht.«

Birch betrachtete den Anwalt einen Moment lang. »Verdammt. Auf den Gedanken wäre ich nie gekommen.«

»Ich auch nicht«, stellte der Anwalt verlegen fest.

Ein Arzt kam aus dem Geschworenenzimmer, gefolgt von dem Aufseher, der angegriffen worden war. Der Mann sah zwar angeschlagen aus, konnte aber aus eigener Kraft gehen. Der Arzt bemerkte Weller und ging zu ihm.

»Ich möchte einen kurzen Blick auf Sie werfen, um sicherzugehen, daß Sie nicht ins Krankenhaus müssen.«

Alle wichen zurück und ließen den Arzt arbeiten. Delilah fiel auf, wie blaß Ashley war.

»Keine Angst«, versicherte die Staatsanwältin ihrer verängstigten Zeugin. »Wir werden Sie beschützen.«

Ashley ließ sich auf einen Stuhl sinken. Ihre Atmung war flach.

»Er wird weglaufen«, sagte Delilah. »Beim erstenmal wurde er in Nebraska aufgegriffen. Maxfield will gar nicht in Ihrer Nähe sein, sondern so weit wie möglich weg von Oregon.«

Ashley sah aus, als wäre sie ihrem eigenen Tod begegnet. »Vielleicht wird er erst mal fliehen«, sagte sie mit kraftloser Stimme, »aber dann kommt er zurück. Er hat alle getötet, die ich liebe, und er hat versucht, auch mich zu ermorden. Ich weiß nicht, warum er mich umbringen will, aber es ist so, und er wird sich nicht aufhalten lassen.«

Fünfzehntes Kapitel

Larry Birch hielt bei McDonald's und aß mit Ashley zu Abend, bevor er sie zum Wohnheim brachte. Als sie dort eintrafen, saß bereits ein Polizist vor ihrem Zimmer. Birch erzählte ihr, daß ein weiterer Beamter auf dem Gelände patrouillierte.

Es gefiel Ashley nicht, die einzige Bewohnerin des Gebäudes zu sein. Nach Maxfields Verhaftung hatte sie sich einsam und gelangweilt gefühlt. Seit seiner Flucht kam das leere Wohnheim ihr bedrohlich vor. Es war alt und staubig, mit dunklem Holz vertäfelt und ließ nur wenig Tageslicht herein. Ohne die Geräusche all der Schüler konnte Ashley das schaurige Heulen des Windes hören, wenn er in die Mauerritzen fuhr.

Bevor sie zu Bett ging, löschte Ashley das Licht in ihrem Zimmer und schaute aus dem Fenster. Das Wohnheim lag neben dem naturwissenschaftlichen Gebäude, und seine Front wies auf das Rasenquadrat. Ihr Zimmer lag auf der Rückseite, zum Wald hin. Ein Teil des Geländes wurde durch Straßenlaternen erhellt, aber in dem dichten Wald gab es keinerlei Beleuchtung. Wenn alle Räume belegt waren, erhellte der Schimmer aus den zahlreichen Fenstern die vorderen Bäume, doch nun war alles dunkel, und nur eine fahle Mondsichel stand am Himmel.

Ashley verfolgte, wie die Bäume sich im Wind wiegten. Sie schaute zu den Sternen empor. Wo waren ihre Mutter und ihr Vater? Sie hoffte, daß ein Himmel oder irgendeine Form des Lebens nach dem Tode existierte, wo sie zusammen glücklich sein konnten. Sie wollte glauben, daß sie nicht einfach bloß verwesten; daß es mehr als zerfallendes Fleisch und blanke Knochen gab, um von ihrer Zeit auf Erden zu künden. Eine von Ashleys Freundinnen hielt viel von Esoterik und behauptete, die Toten würden ihre Aura und ihre spirituelle Energie zurücklassen. Ashley mußte daran denken, wie sie als kleines Mädchen den Geist ihres Vaters in sich gespürt hatte, als er nicht zu ihrem Fußballspiel kommen konnte, aber die brutale Ermordung ihrer Eltern hatte auch ihren Glauben an das Übersinnliche getötet. Sie hatte nach irgendeiner Spur ihrer Eltern gesucht – ihrem Geist, ihren Seelen, die weiterlebten, wenn der Körper starb –, doch sie verspürte lediglich ein Gefühl der Abwesenheit; eine kalte Leere, die das Gegenteil von Leben war.

Ashley zog die Vorhänge zu und ging zu Bett. Dort vergrub sie sich unter der Decke und weinte leise. Früher hatte sie vor dem Schlafengehen immer gebetet, aber seit dem Tod ihres Vaters war sie dazu nicht mehr in der Lage. Nun hoffte sie einfach auf einen traumlosen Schlaf.

Mitten in der Nacht wachte sie auf. Der Wecker neben ihrem Bett verriet ihr, daß es zwei Minuten vor drei Uhr war. Sie hatte einen großen Becher Cola getrunken und verspürte ein dringendes Bedürfnis. Es war warm, und sie trug lediglich Slip und T-Shirt. Der Wachposten fiel ihr ein, und sie zog eine Trainingshose über.

Der Polizist vor ihrer Tür stand auf, als er hörte, wie der Knauf sich drehte. Der Mann war Mitte Zwanzig und trug das blonde Haar militärisch kurz. Er hatte in *Sports Illustrated* geblättert und versuchte nun, die Zeitschrift vor Ashley zu verstecken.

»Ich muß bloß mal aufs Klo«, sagte sie. Es war ihr ein wenig peinlich, mit einem Fremden darüber zu sprechen.

»Kein Problem.« Er lächelte. »Ich bin die ganze Nacht hier.«

Ashley zog die Tür hinter sich zu und schlurfte schlaftrunken den Flur entlang. Die schwachen Glühlampen sorgten für ein Muster aus Schatten und trübe erhellten Lichtflecken. Die Toilette lag unmittelbar hinter der Treppe. Immer noch halb im Schlaf ging Ashley in eine der Kabinen und erleichterte sich, als sie ein Geräusch vernahm. Es war im ganzen Gebäude dermaßen still, daß sie hören konnte, wenn etwas auf ihrer Etage geschah. Sie hatte keine Ahnung, woher dieser Laut stammte, aber er machte sie nervös, denn er hatte wie ein erstickter Schmerzensschrei geklungen.

Ashley versuchte sich einzureden, sie sehe Gespenster. Sie beschloß, die Toilettenspülung nicht zu benutzen. Falls sich da draußen tatsächlich jemand herumtrieb, sollte er nicht erfahren, wo sie steckte. Sie öffnete die Toilettentür weit genug, um auf den Korridor spähen zu können. Der Polizist saß weiterhin auf seinem Stuhl, aber er war merkwürdig zur Seite gesackt, als würde er schlafen. Das ergab keinen Sinn. Sie hatte doch gerade erst mit ihm gesprochen. Er wußte, daß sie gleich zurückkommen würde.

Links von dem Mann fiel Ashley ein rot glühender Fleck auf. Es dauerte einen Moment, bis ihr klar wurde, daß sie die Digitalanzeige ihres Weckers sah. Das bedeutete, die Tür zu ihrem Zimmer stand offen. Sie war sich jedoch sicher, sie geschlossen zu haben. Der rote Fleck verschwand kurz und tauchte wieder auf. Jemand war davor vorbeigegangen. Ashleys Herz schlug ihr bis zum Hals. Joshua Maxfield hatte den Wächter getötet und befand sich in ihrem Zimmer.

Ashley mußte sich dazu zwingen, nicht einfach die Treppe hinunterzurennen, sondern leise nach unten zu schleichen. Auf halbem Weg zur ersten Etage hörte sie, wie die Tür ihres Kleiderschranks gegen die Wand schlug. Sie bewegte sich schneller. Gleich darauf hallten schwere Schritte den zweiten Stock entlang zur Toilette.

In der Eingangshalle hielt Ashley kurz inne. Maxfield würde schnell merken, daß sie sich nicht mehr in der zweiten Etage aufhielt, und nach ihr suchen. Sie konnte sich in dem leeren Wohnheim verstecken, aber da würde es ihm leichter fallen, sie in die Enge zu treiben. Draußen gab es zahllose weitere Verstecke. Außerdem patrouillierte irgendwo auf dem Gelände ein zweiter Polizist! Falls sie ihn fand, konnte er über Funk Hilfe anfordern.

Aus dem zweiten Stock kamen nun Schritte die Treppe herunter. Ashley lief hinaus in die Nacht und bog um die Ecke des Wohnheims. Dabei blieb sie mit dem Fuß an einem Hindernis hängen und fiel zu Boden. Als sie sich herumrollte, um wieder aufzustehen, blickte sie genau in die toten Augen des anderen Beamten. Sein Hemd war an der Brust zerfetzt, wo ihn mehrere Messerstiche getroffen hatten. Eine klaffende Wunde verlief quer über den ganzen Hals.

Ashley sprang auf. Maxfield würde gleich da sein. Sie lief auf den finsteren Wald zu, der jede Menge Schlupfwinkel bot. Wenn ihre Wachen sich nicht bei ihrer Dienststelle meldeten, würde wahrscheinlich jemand kommen und nachsehen. Maxfield konnte sie nicht die ganze Nacht jagen und riskieren, entdeckt zu werden. Falls sie sich bis zum Morgen versteckte, würde sie in Sicherheit sein.

Ein Pfad führte in den Wald. Ashley beachtete ihn nicht, sondern lief ein paar Schritte am Waldrand entlang und verschwand zwischen zwei Bäumen. Gerade noch rechtzeitig. Ein Mann rannte vom Wohnheim mitten auf den Rasen. Dabei kam er an zwei Straßenlaternen vorbei, wo Ashley ihn deutlich sehen konnte. Er trug eine Skimaske und Handschuhe. Sein Gesicht blieb Ashley zwar verborgen, aber er hatte die Größe und Statur von Joshua Maxfield, und er sah genauso aus wie der Mann, der ihren Vater ermordet hatte.

Der Killer drehte sich langsam im Kreis und verharrte, als er zum Wald blickte. Er schien Ashley direkt anzustarren. Sie hielt den Atem an und hoffte inständig, er würde nicht kommen, um sie zu suchen. Ihr Stoßgebet wurde erhört. Der Mann drehte sich um und verschwand in der Nacht.

Auf einmal fielen ihr Henry Van Meter und die anderen Bewohner des Anwesens ein. Ashley mußte sie vor Maxfield warnen. Sie hatte keine Schuhe an, und auf dem Waldboden tat jeder Schritt weh. Zum Glück bestand der Rest des

Geländes aus gepflegten Rasenflächen. Ashley drückte sich dicht an die Hauswand und schlich am Wohnheim entlang, bis sie den toten Polizisten erreichte.

Würgend schloß sie die Augen und atmete tief ein. Sie konnte es sich nicht leisten, in Panik zu geraten. Dann kniete sie sich hin und suchte nach dem Funkgerät des Beamten. Es war verschwunden. Falls sie Henry Van Meter warnen wollte, mußte sie schon selbst zu ihm gehen.

Momentan befand sie sich noch im Schatten der Hauswand, aber nach nur wenigen Schritten würde das Licht der Straßenlaternen auf sie fallen. Sie konnte es nicht wagen, das Rasenquadrat zu überqueren, also lief sie hinter das Wohnheim und folgte den Rückseiten der Schulbauten bis zur gegenüberliegenden Seite des Platzes. Dort schaute sie vorsichtig um die Ecke des letzten Unterrichtsgebäudes. Maxfield war nirgendwo zu sehen.

Ashley atmete tief durch und sprintete das kurze Stück zur Rückseite der Verwaltung. Nun befand sie sich auf derselben Seite des Quadrats wie die Sporthalle und konnte somit noch ein weiteres Gebäude als Deckung nutzen. Falls Maxfield sie bislang nicht gesehen hatte, würde sie in Sicherheit sein.

Als Ashley an der Rückseite der Halle eintraf, hörte sie ein Geräusch. Ein kleiner Hügel führte von hier aus hinunter zum Fußballfeld. Ashley huschte über die Kuppe und legte sich flach in das kalte Gras des Hangs. Auf dem Zementweg, der die Sporthalle umgab, knirschten Schritte. Ashley reckte den Kopf ein winziges Stück in die Höhe und sah, wie ein Mann die Tür der Halle öffnete und im Innern verschwand.

Gerade als sie in Richtung des Herrenhauses losrennen wollte, fiel das Licht zweier Scheinwerfer auf die Straße vor der Sporthalle, und ein Streifenwagen kam in Sicht. Ashley sprang auf und lief zu dem Fahrzeug. Sie winkte und schrie. Der Wagen hielt an.

»Maxfield ist hier«, rief sie. »Er hat meine Aufpasser umgebracht.«

Ein muskulöser schwarzer Beamter stieg mit gezogener Waffe aus, nachdem er seinen Partner angewiesen hatte, Verstärkung anzufordern.

»Er ist in der Halle. Ich hab ihn eben erst reingehen gesehen. Er hat ein Messer. Er hat ihnen die Kehlen durchgeschnitten.«

Der Fahrer blickte zur Sporthalle und zögerte. Der andere Beamte, ein stämmiger Latino, kam um den Wagen herum, sobald er die Funkmeldung abgesetzt hatte.

»Sie sagt, er ist in der Halle da drüben, Bob.«

Bob wies in Ashleys Richtung. »Und was machen wir mit ihr?«

»Gehen Sie nicht allein da rein«, sagte Ashley. »Er hat heute nacht bereits zwei Polizisten ermordet.«

»Wie viele Ausgänge hat die Halle?«

Ashley wollte antworten, aber das ferne Heulen einer Sirene schnitt ihr das Wort ab. Die Anspannung der beiden Beamten ließ merklich nach. Wenige Sekunden später raste ein zweiter Streifenwagen auf das Gelände der Academy. Mehrere andere folgten dicht hinter ihm.

»Sie müssen jemanden zum Anwesen schicken«, sagte Ashley. »Mr. Van Meter ist dort.«

Die Beamten ließen sie beim Wagen zurück und berieten sich mit ihren Kollegen. Kurz darauf wurde Ashley zum Herrenhaus gefahren. Als sie sich umwandte, sah sie mehrere bewaffnete Polizisten hinter der Sporthalle verschwinden.

Henry Van Meter stand bereits im Eingang des Hauses, als Ashley dort eintraf. Er hatte die Sirenen gehört und sich schnell etwas übergezogen. Nachdem Ashley ihm erklärt hatte, was im Wohnheim vorgefallen war, bat Henry sie, im Arbeitszimmer zu warten, während er mit den Behörden sprechen würde. Außerdem wies er Mrs. O'Connor an, ihr eine Kanne Tee und etwas zu essen zu bringen.

Einige Zeit später kam Larry Birch zu ihr und erzählte ihr,

daß man Joshua Maxfield weder in der Sporthalle noch sonstwo auf dem Gelände vorgefunden hatte. In diesem Moment traf sie eine Entscheidung. Sobald Birch den Raum wieder verlassen hatte, ging Ashley zum Telefon und wählte Jerry Philips' Privatnummer. Sie hatte ihn in der Vorwoche bereits einmal dort angerufen, um den Verkauf des Hauses zu besprechen. Als Philips den Hörer abnahm, klang er völlig verschlafen.

»Ashley, wie spät ist es?«

»Kurz vor halb sechs.«

»Ist was passiert?«

»Maxfield hat heute nacht versucht, mich umzubringen.«

»Sind Sie in Ordnung?«

»Ja, aber ich muß mit Ihnen reden.«

»Wo stecken Sie?«

»In Mr. Van Meters Haus auf dem Gelände der Academy.«

»Ich bin in einer halben Stunde da.«

Ashley legte auf, setzte sich auf einen Lehnsessel vor dem Kamin und schloß die Augen. Sie wußte, daß sie eingeschlafen sein mußte, denn als sie die Augen wieder öffnete, saß Jerry Philips ihr gegenüber.

»Wie lange sind Sie schon hier?« fragte Ashley.

Er lächelte. »Ungefähr eine Stunde.«

»Warum haben Sie mich nicht geweckt?«

»Wir alle dachten, Sie könnten etwas Schlaf gut gebrauchen«, sagte Philips. »Möchten Sie etwas zu essen oder eine Tasse Kaffee?«

Ashley schüttelte den Kopf. Dann fiel ihr wieder ein, aus welchem Grund sie Philips hergebeten hatte, und sie war schlagartig zu Tode geängstigt.

»Sie sind mein Anwalt, richtig?«

»Natürlich.«

»Im Fernsehen heißt es immer, was ein Mandant seinem Anwalt erzählt, ist geheim ...«

»Vertraulich.«

»Vertraulich. Was genau heißt das?«

»Das Gesetz schützt die Gespräche zwischen Anwalt und Klient, so daß der Klient freimütig von seinen Problemen erzählen kann, ohne befürchten zu müssen, daß jemand anders davon erfährt. Es soll den Klienten ermutigen, nichts für sich zu behalten, damit dem Anwalt sämtliche Fakten vorliegen und er in die Lage versetzt wird, seinen Klienten gut zu beraten.«

»Demnach ist alles, was ich Ihnen anvertraue, dadurch geschützt?«

Philips nickte. »Also, was kann ich für Sie tun?«

»Wieviel Geld besitze ich?«

»Die genaue Zahl liegt mir nicht vor, aber mit dem Verkauf des Hauses und den Versicherungen ... würde ich den Gesamtbetrag auf etwa fünfhunderttausend Dollar schätzen.«

»Könnten Sie ein Konto für mich einrichten, auf das ich vom Ausland aus Zugriff habe?«

»Ja.«

»Könnte dieses Konto auf einen anderen Namen laufen?«

»Ashley, was haben Sie vor?«

Sie setzte sich kerzengerade auf und verschränkte die Hände im Schoß.

»Ich gehe weg.«

»Wohin?«

»Ins Ausland.«

»Wohin ins Ausland?«

»Das sollen Sie nicht wissen. Niemand soll es wissen.«

»Ich behandle all Ihre Angaben vertraulich. Das heißt nicht, daß ich Ihnen keinen Rat geben kann. Dafür haben Sie ja schließlich einen Anwalt. Also, wohin wollen Sie?«

Ashley senkte den Kopf, sagte aber nichts.

»Kennen Sie dort jemanden?«

»Nein.«

»Sprechen Sie irgendeine Fremdsprache?«

»Spanisch. Ich hatte drei Jahre Spanischunterricht.«

»Was wollen Sie tun, wenn Sie an Ihrem Zielort angekommen sind?«

»Das weiß ich noch nicht.« Sie starrte auf ihre Hände. »Ich weiß nur, daß ich nicht hierbleiben kann. Man kann mich hier nicht schützen, und ich kann so nicht leben, eingesperrt und von Aufpassern umgeben.«

Ashley blickte auf. »Maxfield wird mich dort nicht suchen, denn selbst ich weiß ja noch nicht mal, wohin es mich verschlägt. Ich werde meinen Namen ändern, sparsam leben und über E-Mail mit Ihnen in Kontakt bleiben. Falls er gefaßt wird, komme ich zurück.«

»Ich kann verstehen, daß Sie sich fürchten. Ihr Leben ist gegenwärtig die reine Hölle, aber Sie handeln planlos. Lassen Sie mich versuchen, eine Aufnahme ins Zeugenschutzprogramm zu beantragen. Maxfield hat in mehreren Bundesstaaten gemordet. Vielleicht kann ich uns Hilfe vom FBI besorgen.«

»Ich traue denen nicht.«

»Sie haben Angst. Ich ahne vermutlich nicht mal, was Sie heute nacht und in letzter Zeit durchgemacht haben, aber Sie können im Augenblick nicht klar denken.«

Ashleys Hände umklammerten einander immer fester. »Ich habe Ihnen gesagt, was ich tun werde. Falls Sie mir nicht helfen wollen, suche ich mir einen anderen Anwalt.«

»Ashley ...«

»Nein, ich habe mich entschieden. Ich besitze einen Reisepaß. Den Flug buche ich über das Internet. Von Ihnen möchte ich lediglich, daß Sie ein Konto für mich einrichten, damit ich Geld für meinen Lebensunterhalt habe.«

»Das ist verrückt.«

»Mein ganzes Leben ist verrückt. Maxfield will mich töten. Er hat meine Familie ermordet. Falls ich bleibe, werde ich nie in der Lage sein, ein normales Leben zu führen. Es wird sich anfühlen, als wäre *ich* die Kriminelle. Ich werde in einem Käfig sitzen, umringt von Wachen. Ich werde nicht zur Schule gehen können. Ich werde keine Freunde haben, und ich werde in jeder einzelnen Minute Angst verspüren. Begreifen Sie es denn nicht? Ich muß unbedingt weg von ihm.«

Sechzehntes Kapitel

»Ashley Spencer ist verschwunden«, sagte Larry Birch, als er Delilah Wallaces Büro betrat.

»Sie ist *was*?«

»Sie hat im Anwesen der Familie Van Meter gewohnt. Henry Van Meter hat sie vom Wohnheim dorthin umziehen lassen und eine private Wachmannschaft angeheuert. Heute morgen nach dem Frühstück hat sie sich weggeschlichen. Seitdem wurde sie von niemandem mehr gesehen. Mr. Van Meter hat mich verständigt, sobald er sicher war, daß sie sich tatsächlich aus dem Staub gemacht hatte.«

»Hat etwa Maxfield ...?«

»Nein, das glaube ich nicht. Van Meter hat sein Anwesen in eine Festung verwandelt. Ich bezweifle, daß Maxfield noch einmal versuchen würde, sie dort zu überfallen.«

»Demnach glauben Sie, Ashley ist abgehauen?«

»Ja, das glaube ich. Sie ist den Wachen jedenfalls absichtlich aus dem Weg gegangen. Allerdings fehlt nichts von ihrer Kleidung, und Zahnbürste, Kamm und ähnliche Dinge sind ebenfalls noch in ihrem Zimmer.«

Delilah lehnte sich zurück und schüttelte langsam den Kopf. Sie sah bekümmert aus. »Dieses arme, einsame Mädchen. Wie verängstigt sie sein muß. Ich kann es mir nicht einmal vorstellen.«

Die Gegensprechanlage summte. »Hier am Empfang ist ein gewisser Jerry Philips«, meldete sich eine Stimme. »Er möchte mit Ihnen über Ashley Spencer reden.«

»Schicken Sie ihn her.«

Zwei Minuten später wurde Jerry Philips in das Büro gebracht. Er sah peinlich berührt aus und konnte der Staatsanwältin nicht in die Augen sehen.

»Wo ist sie, Mr. Philips?« herrschte Delilah ihn an. Jerry fiel auf, daß sie ihn entgegen ihrer Gewohnheit nicht beim Vornamen nannte.

»Das kann ich Ihnen nicht sagen.«

»Hören Sie mal, Jerry«, sagte der Detective. »Ashley ist eine unentbehrliche Zeugin in einem Mordfall und schwebt in großer Gefahr ...«

»Sie haben mich falsch verstanden«, fiel Philips ihm ins Wort. »Ich kann es Ihnen nicht sagen, weil ich es selbst nicht weiß. Glauben Sie mir, ich habe versucht, es herauszufinden, aber sie wollte mir nicht verraten, wohin sie sich absetzt.«

»Warum sind Sie dann hergekommen?« fragte Delilah.

»Weil Ashley mich darum gebeten hat. Sie wollte nicht, daß Sie befürchten, Maxfield habe sie entführt. Sie möchte Sie wissen lassen, daß sie in Sicherheit ist.«

»Haben Sie ihr bei dieser Aktion geholfen?«

Jerry senkte den Blick. »Meine Gespräche mit Ashley fallen unter das Anwaltsgeheimnis. Ich kann Ihnen nicht verraten, worüber wir im einzelnen gesprochen haben.«

Larry Birch hatte Delilah kaum jemals wütend erlebt, doch nun war eine dieser seltenen Gelegenheiten. Sie wuchtete ihre mehr als hundertzwanzig Kilogramm vom Stuhl in die Höhe und starrte den Anwalt an.

»Wir reden hier über ein verängstigtes junges Mädchen, Mr. Philips. Sie ist noch ein Kind und sollte nicht allein in der Weltgeschichte herumirren.«

»Ich darf es Ihnen wirklich nicht sagen«, murmelte Jerry. »Sie wissen doch, daß ich sogar gesetzlich dazu verpflichtet bin, die Angaben meiner Mandanten vertraulich zu behandeln.«

»Machen Sie sich denn überhaupt keine Sorgen um Ashley?« fragte Delilah.

Philips sah elend aus. »Natürlich mache ich mir Sorgen.

Glauben Sie etwa, ich hätte nicht versucht, es ihr auszureden? Aber sie hat schreckliche Angst.« Er nahm all seinen Mut zusammen und sah erst die Staatsanwältin und dann den Detective an. »Und Sie haben sie nicht beschützen können.« Nun war es an Birch und Delilah, sich unbehaglich zu fühlen. »Deshalb ist sie weggelaufen. Sie glaubt, daß Sie Maxfield nicht aufhalten können, und sie ist überzeugt, daß er sie umbringen wird, falls sie in Oregon bleibt.«

Delilah setzte sich. »Können Sie sich mit ihr in Verbindung setzen?«

»Dazu kann ich nichts sagen.«

»Falls Sie von ihr hören, richten Sie ihr dann bitte aus, mich anzurufen oder mir zu schreiben? Wir müssen sie zurückholen, Jerry. Sie glaubt vielleicht, sie könne sich verstecken, aber falls Maxfield es darauf anlegt, wird er sie aufspüren.«

Ashley sah aus dem Fenster des Flugzeugs und kam sich vor, als würde sie ganz von allein zwischen den Wolken schweben. Zum erstenmal seit Maxfields Überfall auf ihr Heim war sie frei. Dieses Gefühl war überwältigend, und vor lauter Erleichterung wurde ihr fast schwindelig. Jede Meile, die das Flugzeug zurücklegte, entfernte sie ein Stück weiter von ihrem früheren Leben. Ihre Angst wich nach und nach der Hoffnung. Vor ihr lag eine Zukunft voller Abenteuer und exotischer Sehenswürdigkeiten, Geräusche und Erfahrungen, eine Zukunft frei von Schrecken und Verzweiflung.

Jerry Philips hatte noch einmal versucht, sie zum Bleiben zu überreden, von dem Moment an, als sie auf der Zufahrt zum Bootshaus zu ihm ins Auto stieg, bis zu dem Augenblick, in dem er sie am Flughafen absetzte. Er ließ nicht locker, bis er ihr die Reisetasche mit Kleidung und Toilettenartikeln, die er in ihrem Auftrag gekauft hatte, sowie fünftausend Dollar aushändigen mußte. Ashleys Flugticket war auf elektronischem Wege gebucht worden, und ihren Reisepaß trug sie bereits bei sich.

Die Maschine würde in Frankfurt am Main landen. Dort wollte Ashley in einen Zug umsteigen, dessen Bestimmungsort sie erst auf dem Flughafen festlegen würde. Indem sie nacheinander mehrere solcher spontanen Entscheidungen traf, hoffte sie, keine Spur zu hinterlassen. Sie hatte ohnehin keine Lieblingsziele. Es würde für sie überall neu und aufregend sein. Und nirgendwo brauchte sie Joshua Maxfield zu fürchten.

Lesereise

*

Gegenwart

Miles Van Meter klappte das Exemplar von *Die schöne Schläferin* zu, aus dem er vorgelesen hatte. Während das Publikum applaudierte, trank er aus der Flasche Wasser, die Jill Lane auf dem Podium bereitgestellt hatte.

»Joshua Maxfields Einbruch in ihr Zuhause war eine unermeßlich traumatische Erfahrung für Ashley«, sagte Miles, als der Beifall sich legte, »aber der Verlust ihrer Mutter, einige Monate später, gab ihr den Rest. Dann entkam Maxfield auf so spektakuläre Weise aus dem Gerichtssaal und kehrte gleich in der folgenden Nacht zur Oregon Academy zurück, um Ashley zu ermorden.

Die Behörden behaupteten, sie würden für den nötigen Schutz sorgen, doch nach den Erfahrungen im Wohnheim hatte Ashley kein Vertrauen mehr zu ihnen. Sie floh nach Europa und blieb dort, bis einige völlig unerwartete Ereignisse ihre Rückkehr nach Oregon erzwangen.

In den Jahren zwischen seinem Ausbruch und der erneuten Verhaftung lebte Joshua Maxfield im Untergrund. Die Fahndung des FBI und der internationalen Polizeiorganisationen verlief im Sande. Da das Interesse an der Ergreifung des Täters immer mehr schwand, schrieb ich *Die schöne Schläferin*, um das Leid meiner Schwester und die Erinnerung an ihren Mörder zurück ins Licht der Öffentlichkeit zu rücken. Ich hatte ja keine Ahnung, wie erfolgreich meine Bemühung um Casey sein sollte.

In der Zwischenzeit wechselte Ashley mehrmals ihren Namen und führte das Leben einer Vagabundin; sie blieb immer nur für kurze Zeit in diversen kleinen Städten überall in Europa, nahm hin und wieder Jobs an, wenn sich entsprechende Gelegenheiten boten, und hob Geld von ihrem Konto ab, wenn es gar nicht anders ging. Doch natürlich wußte ich noch nichts davon, als ich *Die schöne Schläferin* schrieb, und die ursprüngliche Fassung endete mit Maxfields Flucht, Ashleys Verschwinden und einer kurzen Zusammenfassung der Anstrengungen, die von den Behörden unternommen wurden, um einen der teuflischsten Serienmörder aller Zeiten aufzuspüren.

Und nun werde ich gern auf Ihre Fragen eingehen.«

Im hinteren Teil des Raums hob ein gutaussehender junger Mann in gelbbrauner Hose und buntem Karohemd die Hand. Miles deutete auf ihn.

»Ich habe vor, ein True-Crime-Buch über einen echten Mordfall zu schreiben, in den mein Cousin verwickelt gewesen ist, aber ich weiß nicht, wie ich es am besten anfangen soll. Manche der Ereignisse haben in anderen Bundesstaaten stattgefunden. Können Sie mir verraten, wie Sie die anderen Morde recherchiert haben, die Maxfield überall im Land begangen hat?«

»Die Recherchen für *Die schöne Schläferin* haben sich gar nicht so sehr von den Vorbereitungen für ein Gerichtsverfahren unterschieden. Wenn ich einen Prozeß führen will, muß ich mit Zeugen sprechen, Dokumente lesen und sämtliche Fakten in Erfahrung bringen. Ich habe mein Buch so behandelt, als würde ich mich auf den Prozeß gegen Maxfield vorbereiten.

Als ich mit der Arbeit an *Die schöne Schläferin* anfing, hatte das FBI sich bereits viel Mühe gegeben, die fiktiven Morde in Maxfields Roman mit den wirklichen Verbrechen in Connecticut, Montana und anderen Staaten abzugleichen. Larry Birch und Delilah Wallace waren sehr hilfsbereit und haben mir Zugang zu den Akten der Polizei von Oregon sowie des FBI verschafft. Außerdem habe ich die Berichterstattung der örtlichen Zeitungen nachgelesen. Danach mußte ich bloß noch mit den dort zuständigen Ermittlungsbeamten in Verbindung treten. Detective Birch hat diese Leute angerufen und sich für mich verbürgt. Auf diese Weise hatte ich schon mal einen Fuß in der Tür.

Wenn ich dann in einen der anderen Bundesstaaten gereist bin, habe ich den jeweils leitenden Ermittler getroffen, die Akten gesichtet und Zeugen befragt. Ferner habe ich die Schauplätze besucht, die Autopsieberichte gelesen und mir die Tatortfotos angesehen. In manchen der Fälle waren Videoaufnahmen der Tatorte angefertigt worden, was mir sehr dabei geholfen hat, den Ablauf des Geschehens möglichst exakt zu beschreiben.«

»Haben Sie denn nicht gleichzeitig noch als Anwalt gearbeitet?« fragte ein älterer Mann.

»Ja, aber meine Firma hat mich unterstützt. Soweit es erforderlich war, konnte ich mir für die Ermittlungen frei nehmen. Manchmal hatte ich aber auch Glück, denn einige von Maxfields Verbrechen waren in Städten wie Boston verübt worden, die ich sowieso beruflich aufsuchen mußte.«

Ein junger Mann in Jeans und dem T-Shirt der Universität von Seattle hob seine Hand.

»Mr. Van Meter, ich habe *Die schöne Schläferin* gerade erst gelesen. Das Buch hat mir sehr gefallen, aber eine Sache gibt mir immer noch zu denken. Jedermann schien von vornherein davon auszugehen, daß es Joshua Maxfield war, der Ashleys Eltern umgebracht hatte. In Anbetracht dessen, was bei Ashleys Rückkehr nach Portland geschehen ist, frage ich mich, ob Randy Coleman wohl jemals zu den Verdächtigen gezählt wurde. Immerhin hat Ashley zu keinem Zeitpunkt das Gesicht des Täters gesehen, weder beim Mord an ihrem Vater noch in der Nacht nach Maxfields Flucht. Die Beschreibung des Mannes, der in ihr Haus eingedrungen ist und sie später auf dem Gelände der Academy gejagt hat, paßte ebensogut auf Coleman.«

»Das stimmt«, pflichtete Miles ihm bei, »aber Sie vergessen etwas: Coleman hatte keinerlei Motiv, Ashley zu ermorden, bis alle herausfanden, wer sie wirklich war.«

ZWEITER TEIL

Die schöne Schläferin

*

Zwei Jahre zuvor

Siebzehntes Kapitel

Ashley suchte sich San Giorgio für das Treffen mit Jerry Philips aus, weil sich nur selten Touristen in diesen kleinen Ort in den Hügeln der Toskana verirrten. Die schmalen, staubigen Straßen waren alles andere als malerisch, und in keinem der hiesigen Geschäfte gab es Andenken zu kaufen, die einen Urlauber aus Wisconsin oder Osaka interessiert hätten. Die einzige denkbare Sehenswürdigkeit, eine Burg aus dem dreizehnten Jahrhundert, verfiel immer mehr, weil kein Geld für den Unterhalt da war. Unkraut überwucherte die Zinnen, die jahrhundertelang Invasoren abgewehrt hatten.

Die Piazza des Ortes wurde von Kastanienbäumen beschattet. An einem Ende erhob sich eine steinerne Kirche ohne berühmte Fresken oder Reliquien, am anderen Ende ein Restaurant. Im Zentrum des Platzes stand ein langweiliger Springbrunnen, der derzeit knochentrocken war. Ashley traf eine Stunde vor dem vereinbarten Zeitpunkt ein und beobachtete die Piazza von der oberen Etage der Kirche aus, um sicherzugehen, daß ihr Anwalt nicht verfolgt wurde.

Jerry Philips hatte bereits einige Wochen zuvor per E-Mail um ein dringendes Treffen gebeten, aber Ashley war erst vor vierzehn Tagen in ein Internetcafé in Siena gegangen, um ihr elektronisches Postfach zu überprüfen. Daraufhin hatten Anwalt und Mandantin in hektischer Folge mehrere Nachrichten ausgetauscht. Ashley fragte, warum Jerry unbedingt ein persönliches Treffen wolle. Jerry versicherte nachdrücklich, er müsse sie von Angesicht zu Angesicht sehen, um ihr einen überaus wichtigen Sachverhalt zu erläutern. Dabei sei höchste Eile geboten. Offenbar war er wirklich davon überzeugt, denn als Ashley sich mit dem Treffen einverstanden erklärte, flog er noch am selben Tag aus Portland ab.

Kurz nachdem die Kirchenglocken sechsmal geschlagen hatten, kam Philips aus einer der Kopfsteinpflastergassen zum Vorschein, die auf den Marktplatz mündeten. Er blieb im Schatten einer Kastanie stehen, um wieder zu Atem zu gelangen. Die Sonne stand immer noch gleißend am strahlendblauen italienischen Himmel, und die Temperatur betrug knapp fünfunddreißig Grad. Jerry schwitzte heftig.

Er hatte seinen Mietwagen am Fuß des Hügels abstellen müssen, weil die gewundenen Straßen zu schmal für normale Fahrzeuge waren. Die einzigen Gefährte, die er zu sehen bekam, waren kleine Transporter, von denen die Geschäfte des Ortes mit frischer Ware versorgt wurden. Als einer dieser Lieferwagen ihm unterwegs entgegenraste, mußte Jerry sich an eine Hauswand drücken, um nicht angefahren zu werden.

Ashley beobachtete, wie Jerry sich quer über die Piazza in das Restaurant schleppte. Sie hatte ihren Anwalt schon immer gemocht und mußte daran denken, wie jung er ihr bei ihrem ersten Zusammentreffen vorgekommen war. Vielleicht war das der Grund. Er hatte nie sehr viel älter als sie selbst gewirkt, obwohl er schon erwachsen war. Sie musterte ihn, während er den Blick über den Platz schweifen ließ. Er kleidete sich inzwischen besser als früher, hatte die Brille durch Kontaktlinsen ersetzt und sich das Haar schneiden lassen. Ashley lächelte. Trotz aller Vorbehalte gegen ein Treffen, das Joshua Maxfield auf ihre Fährte locken konnte, fühlte es sich gut an, ein vertrautes Gesicht zu sehen.

An einem der Tische des Restaurants saßen zwei alte Männer unter freiem Himmel, tranken Espresso und diskutierten das Schicksal der einheimischen Fußballmannschaft. Sie trugen abgewetzte braune Anzüge, und die obersten beiden Knöpfe ihrer weißen Hemden waren geöffnet. Ein anderer Mann aß ein Sandwich und las in einer Zeitung. Jerry setzte sich etwas abseits an einen kleinen Tisch unter einem Sonnenschirm. Dann rückte er seinen Stuhl zurecht, bis er vollständig im Schatten saß.

Ashley verfolgte, wie er auf die Uhr sah. Nach einer Minute zog er sein Jackett aus und lockerte die Krawatte. Ashley verließ die Kirche.

Der Aufstieg vom Parkplatz hatte Jerry durstig werden lassen, aber es war kein Kellner in Sicht. Er reckte den Kopf in Richtung des Eingangs. Als er sich umwandte, nahm eine Frau mit kurzem rabenschwarzen Haar an seinem Tisch Platz. Sie trug ein dunkelblaues T-Shirt und eine gelbbraune Stoffhose. Ihre Augen lagen hinter einer Sonnenbrille verborgen. Jerry lächelte.

»Im ersten Moment hab ich Sie gar nicht erkannt«, sagte er. »Sie sehen toll aus. Das dunkle Haar steht Ihnen gut.«

Ashley berührte sich verlegen am Kopf. »Blond fällt hier zu sehr auf.«

Während sie redete, schaute sie sich gründlich nach allen Seiten um.

»Ich bin ziemlich sicher, daß mir niemand gefolgt ist«, sagte Jerry, um sie zu beschwichtigen. »Nachdem wir dieses Treffen vereinbart hatten, habe ich sofort telefonisch ein Ticket reserviert und bin zwei Stunden später zum Flughafen gefahren. Niemand weiß, daß ich hier bin. Nach der Landung in Florenz bin ich auf direktem Weg hergefahren.«

Im Eingang des Restaurants tauchte ein Kellner auf.

»Wie gut kennen Sie diesen Laden?« fragte Jerry.

»Warum?« fragte Ashley und warf hastig einen Blick über die Schulter.

Jerry lachte. »Ich habe gefragt, weil ich vor Hunger fast umfalle. Ich bin seit zwanzig Stunden unterwegs und habe nur diesen entsetzlichen Flugzeugfraß zu mir genommen. Was können Sie mir empfehlen? Wir sind in Italien. Es muß hier doch Pasta geben.«

Ashleys Anspannung ließ ein wenig nach, und auch sie mußte lachen.

»Tut mir leid. Es ist nur ...«

»Sie brauchen sich nicht zu rechtfertigen. Sie müssen mir bloß etwas zu essen und zu trinken besorgen.«

Ashley lächelte. »Dieses Restaurant ist ganz anständig, sofern Sie sich mit einfacher Küche begnügen.«

»Ich begnüge mich mit allem, was eßbar ist.«

Ashley winkte nach dem Kellner und plauderte mit ihm auf italienisch.

»Sie klingen wie eine Einheimische«, sagte Jerry, nachdem der Kellner gegangen war.

Ashley zuckte die Achseln. »Wenn man Spanisch kann, lernt man auch schnell Italienisch.«

Jerry lehnte sich zurück und betrachtete sie. Er konnte kaum fassen, wie sehr Ashley sich verändert hatte. Es lag nicht nur an der neuen Haarfarbe, sondern vor allem an der ungewohnten Reife, die man ihrem Körper und ihrem Gesicht ansah. Plötzlich wurde ihm klar, daß er Ashley zuletzt als halbwüchsiges Mädchen gekannt hatte. Die Ashley, die ihm nun gegenübersaß, war eine Frau.

»Ich habe mir große Sorgen um Sie gemacht«, sagte Jerry. »Wie kommen Sie zurecht?«

»Es geht mir gut. Italien ist wunderbar. Die Ruhe gefällt mir. Ich fühle mich hier sicher.«

Jerry seufzte. »Sie müssen nach Hause zurückkehren.«

»Das kann ich nicht.«

»Es ist etwas geschehen, das alles verändert.«

»Was?«

»Henry Van Meter ist letzte Woche gestorben.«

»Das tut mir leid.« Ashley wirkte bekümmert. »Ich habe ihn gemocht. Er war sehr nett. Aber was hat sein Tod mit mir zu tun?«

»Henry war derjenige, der mich beauftragt hat, herzukommen und alles zu erklären.«

»Was denn erklären?«

Jerry hielt inne und suchte nach den passenden Worten. »Casey liegt immer noch im Koma.«

Ashley nickte. Sie wünschte, Jerry würde nicht länger um den heißen Brei herumreden.

»Als Henry noch am Leben war, haben er und Miles sich darüber gestritten, was mit Casey geschehen soll. Henry wollte sie am Leben erhalten und auf ein Wunder hoffen. Miles will die lebenserhaltenden Maschinen abschalten lassen. Henry hat befürchtet, daß nach seinem Tod Miles zu Caseys Vormund bestimmt werden würde, und genau das droht derzeit zu geschehen. Miles hat bei Gericht einen entsprechenden Antrag gestellt. Die Anhörung ist für nächste Woche anberaumt.«

»Was geht mich das an?«

Jerry schien sich in seiner Haut nicht besonders wohl zu fühlen. »Wenn Sie hören, was ich zu sagen habe, werden Sie verstehen, warum ich der Ansicht war, Sie sollten in diesem Moment nicht allein sein.«

»Jerry, was ist los?«

Philips streckte den Arm aus und nahm Ashleys Hände. Dann sah er ihr in die Augen. »Sie müssen nach Portland zurückkehren und bei Gericht beantragen, zu Caseys Vormund ernannt zu werden.«

»Warum sollte ich das tun wollen? Und wieso sollte das Gericht mich auch nur in Erwägung ziehen?«

»Casey ist Ihre Mutter.«

Ashley öffnete den Mund, bekam aber kein Wort heraus. Sie zog ihre Hände weg und starrte Jerry an, als sei er verrückt geworden.

»Ich weiß, daß das nur schwer zu begreifen ist, aber …«

»Meine Mutter?« Ashley lachte barsch auf. »Meine Mutter ist tot, Jerry. Joshua Maxfield hat sie umgebracht.«

»Nein, Ihre Mutter ist nicht tot. Casey Van Meter ist Ihre biologische Mutter. Ich habe den Beweis dafür gesehen.«

Ashley schüttelte störrisch den Kopf. »Terri Spencer ist meine Mutter. Casey Van Meter kenne ich kaum.«

Jerry atmete vernehmlich aus. »Ich wußte, es würde nicht einfach werden. Lassen Sie mich alles erklären, okay? Dann können Sie eine Entscheidung treffen. Wissen Sie noch, daß ich Ihnen erzählt habe, mein Vater sei kurz vor Ihrem Vater gestorben?«

Ashley nickte.

»Was ich Ihnen nicht erzählt habe, ist, daß er ermordet wurde. Jemand ist in sein Haus in Boulder Creek eingebrochen und hat ihn erschlagen. Verstehen Sie jetzt, warum ich mich so bemüht habe, Ihnen zu helfen? Unsere beiden Väter sind in nur wenigen Wochen Abstand auf schreckliche Weise zu Tode gekommen. Ich konnte genau nachfühlen, was Sie durchmachen mußten.«

Ashley wußte nicht, was sie sagen sollte.

»Der Einbrecher hat Feuer gelegt, um seine Spuren zu verwischen. Dabei sind alle Unterlagen verbrannt, die mein Vater nach Boulder Creek mitgenommen hatte. Ich dachte, die Akten Ihres Vaters seien auch darunter gewesen. Deshalb kannte ich den Inhalt nicht, als ich angefangen habe, Ihre Interessen zu vertreten. Vor ein paar Wochen jedoch hat Henry Van Meter mich gebeten, zu ihm ins Haus zu kommen. Dort hat er mir Dokumente aus seinem Safe gezeigt, die belegen, daß Norman Spencer Sie gleich nach der Geburt adoptiert hat.«

»Soll das heißen, Norman war nicht mein richtiger Vater?«

»Nein, er ist Ihr leiblicher Vater.« Jerry hielt inne. »Sehen Sie, es ist kompliziert. Henry hat eine ganze Weile gebraucht, um mir alles zu erklären.«

»Woher wissen Sie, daß er Sie nicht angelogen hat?«

»Weil ich die Akten Ihres Vaters gefunden habe. Dad muß sie nach Portland mitgenommen haben, als er sich mit Ihrer Mutter getroffen hat. Sie waren in einem der Aktenschränke, aber an der falschen Stelle einsortiert.«

»Ich weigere mich immer noch, das zu glauben. Es kann nicht wahr sein.«

Jerry griff abermals nach ihrer Hand. »Es ist aber wahr, Ashley. Sie werden mir glauben, sobald ich Ihnen alles erzählt habe, was ich weiß. Lassen Sie mich ganz von vorn anfangen.«

Achtzehntes Kapitel

1

Norman Spencers Vater hatte in einem Sägewerk gearbeitet, bis er durch ein Rückenleiden erwerbsunfähig wurde. Seine Mutter war Kassiererin in einem Supermarkt. Norman wollte von der High School abgehen, um sich eine Arbeit zu suchen, aber seine Eltern wußten, daß für ihren einzigen Sohn nur Bildung einen Weg aus der Armut darstellen würde. Die Schule fiel ihm nie leicht, doch Norman strengte sich an und erreichte im Schnitt eine Zwei plus. Beim Sport kam er besser zurecht und erhielt als Ringer ein Stipendium für die Universität, wo er sich weiterhin mit den Lehrbüchern abplagte und herausfand, daß viele Jungen auch auf der Matte besser waren als er. Trotzdem schrieb er am Ende seines zweiten Studienjahres nur noch Einsen und Zweien und war zu einem unspektakulären, aber tüchtigen Mitglied des Sportteams geworden.

Während des Semesters trug Norman sein Haar kurz, denn der Trainer bestand darauf. Als in seinem zweiten Jahr die Ringwettkämpfe zu Ende gingen, beschloß er, sich die Haare wachsen zu lassen. In den Ferien arbeitete er bei Vernon Hocks Tankstelle in Portland. Trotz der Ausbildungsförderung und der zusätzlichen Sportbeihilfe konnte seine Familie es sich nicht leisten, ihn auf die Universität zu schicken, also mußte er sich stets etwas hinzuverdienen. Schon während der letzten beiden Sommer hatte er daher bei Onkel Vernon gejobbt.

Vernon Hock, ein Veteran des Koreakrieges und überzeugter Patriot, zog Norman wegen seiner Frisur gelegentlich auf, doch er war im Grunde ein ziemlich gutmütiger Mensch und trieb es nicht zu weit. Während der Arbeitszeit band Norman sein Haar zu einem Pferdeschwanz zusammen und versteckte es unter der Mütze, um die Kunden seines Onkels nicht zu verschrecken.

»Da ist ein Abschleppauftrag reingekommen«, sagte Vernon eines Dienstagabends. Norm stand über den Motor eines Buick gebeugt und arbeitete am Vergaser. Er richtete sich auf und wischte sich die Hände an einem Stoffetzen ab. »Irgendein Weibsbild ist mit ihrer Karre in der Nähe der Abzweigung zur Slocum Creek Road liegengeblieben. Sie hat aus einem Haus angerufen.« Vernon gab ihm die Adresse. »Du kannst sie dort einsammeln und fährst dann mit ihr zu dem Wagen.«

Norman war froh, eine Weile wegzukommen. Es war ein milder Abend, und in der Werkstatt war es stickig und roch nach Benzin. Er stieg in den Abschleppwagen und fuhr mit laut plärrendem Radio und offenem Fenster stadtauswärts davon.

Die Slocum Creek Road kreuzte die Blair Road ein paar Meilen hinter dem neuen Einkaufszentrum, also mitten im Ackerland. Rund um das Einkaufszentrum gab es eine Straßenbeleuchtung, aber nach anderthalb weiteren Kilometern wurde es auf der Blair Road stockfinster. Norman schaltete das Fernlicht ein und kniff die Augen zusammen, um die Schrift auf den Briefkästen erkennen zu können. Das Haus lag am Ende einer unbefestigten Auffahrt. Er parkte den Wagen und klopfte an die Tür. Ein Mann in Jeans und Flanellhemd öffnete ihm. Als er Normans ölverschmierten Overall sah, rief er: »Der Abschleppwagen ist da.« Dann bat er Norm herein.

»Vielen Dank, Sir«, sagte er, »aber ich warte lieber hier draußen. Ich möchte Ihnen keinen Schmutz ins Haus tragen.«

Der Mann nickte und wandte sich zu einem hochgewachsenen Mädchen um, das ungefähr so alt wie Norman war. Sie trug ein grünes Polohemd und eine weiße Baumwollhose.

Ihr glattes blondes Haar hatte sie zu einem Pferdeschwanz zusammengebunden, und ihre Haut war sonnengebräunt.

»Ich komme von Hocks Tankstelle. Sie haben Ärger mit Ihrem Wagen?«

»Er steht etwa einen Kilometer von hier und will nicht anspringen.« Das Mädchen klang verärgert.

Norm öffnete die Beifahrertür des Abschleppwagens, warf eine halbleere Tüte Kartoffelchips nach hinten und wischte die Krümel vom Sitz.

»Steigen Sie ein, dann schauen wir mal nach.«

Sie zierte sich keine Sekunde lang. Das gefiel Norman.

Schweigend fuhren sie los. Das Mädchen war sportlich, intelligent und ziemlich selbstbewußt. Ihr Wagen war ein rotes Thunderbird-Kabrio und stand auf dem Grünstreifen am Fahrbahnrand. Norman hielt vor dem Thunderbird und wollte dem Mädchen die Tür öffnen, aber sie stieg von allein aus.

»Hübscher Schlitten«, sagte Norman. Dann bemerkte er den Stanford-Aufkleber.

»Sie gehen aufs College?« fragte er.

»Ja.«

»Wie lange schon?«

»Im Herbst fängt mein drittes Jahr an.«

»Meines auch. Ich gehe auf die Universität von Oregon.«

Das Mädchen bedachte ihn mit einem nachsichtigen Lächeln. Norman kam zu dem Entschluß, sich lieber um seine Arbeit zu kümmern, und das Flirten jemandem zu überlassen, der gesellschaftlich besser in die Country-Club-Welt dieses Mädchens paßte.

»Öffnen Sie bitte die Haube.«

Das Mädchen beugte sich in den Wagen und zog an dem Hebel.

»Danke.«

Norman machte sich ans Werk. Gleich darauf wußte er Bescheid. »Ich habe schlechte Neuigkeiten für Sie, Miss …«

»Van Meter. Wo liegt das Problem?«

»Der Keilriemen ist gerissen. Das läßt sich leicht reparieren, aber dazu müssen wir den Wagen in die Werkstatt schleppen.«

»Mist.«

»Warum erledigen wir das nicht gleich? Wir haben bestimmt einen passenden Riemen auf Lager. Falls alles glattgeht, können Sie in einer halben Stunde weiterfahren.«

Das Mädchen wartete im Führerhaus, während Norm den Thunderbird auf den Haken nahm. Nachdem sie eine Weile gefahren waren, fiel ihm plötzlich etwas auf.

»Sie sagten, Ihr Name sei Van Meter, nicht wahr?«

»Ja.«

»Haben Sie einen Bruder namens Miles?«

Sie nickte.

»Er ist Ringer in der Mannschaft von Stanford«, sagte Norman lächelnd. »Wir sind schon ein- zweimal gegeneinander angetreten.«

Das Mädchen wirkte auf einmal sehr interessiert. »Wie ist es ausgegangen?«

Norman lachte. »Ich habe beide Male verloren, aber er mußte sich ganz schön anstrengen.«

»Die Niederlage scheint Ihnen nichts auszumachen.«

»Mal gewinnt man, mal verliert man.«

»Miles würde diesen Satz gewiß nicht unterschreiben.«

Norman zuckte die Achseln. »Das Ringen ist eine gute Möglichkeit, ein wenig Dampf abzulassen, aber wirklich wichtig ist es nicht ... Wie heißen Sie eigentlich mit Vornamen?«

»Casey.«

»Ich bin Norman.«

Sie fuhren weiter. Norman warf Casey immer wieder verstohlene Blicke zu. So dicht neben ihr zu sitzen machte ihn ganz kribbelig. Ihre Haut war braun und zart. Er fragte sich, wie es wohl sein würde, sie zu berühren.

»Wohin waren Sie eigentlich unterwegs, als Sie vorhin mit dem Wagen liegengeblieben sind?« fragte er, nachdem er genügend Mut gefaßt hatte.

»Ich wollte nach Hause.«

»Sie wohnen hier draußen?«

»In Glen Oaks.«

»Ist dort nicht auch die Oregon Academy?« Norm hatte dort einmal an einem Wettkampf teilgenommen.

Sie nickte. Norman fiel nichts mehr ein, also schwiegen sie wieder, bis er beschloß, aufs Ganze zu gehen.

»Waren Sie auf dem Rückweg von einer Verabredung?« fragte er möglichst beiläufig.

Casey musterte ihn einen Moment lang. »Warum interessiert Sie das?«

Er sah sie an und grinste. »Weil ich herausfinden möchte, ob Sie einen Freund haben.«

»Und falls nicht?«

»Dann würde ich mich vielleicht trauen, dich ins Kino einzuladen.«

Casey lächelte. »Du bist ziemlich unverfroren, aber wenigstens hast du Eier in der Hose.«

Die drastische Wortwahl überraschte Norman, doch zugleich mochte er, daß Casey nicht zimperlich war.

»Was wäre, falls ich deinem Boß erzählen würde, daß du dich an seine Kundinnen heranmachst?«

»Die Tankstelle gehört meinem Onkel. Er meint, ich solle viel öfter ausgehen. Also, was sagst du? Donnerstags habe ich frei. Ich verspreche auch, mir das Motoröl abzuschrubben und was Anständiges anzuziehen.«

2

Sie verabredeten sich um zwanzig Uhr vor dem Fox, einem prächtigen alten Art-déco-Kino in der Innenstadt, aber den Film bekamen sie nie zu sehen. Um Viertel vor acht fuhr Casey mit ihrem Thunderbird vor, hielt am Bordstein und warf Norman den Schlüssel zu.

»Du fährst«, sagte sie.

»Ich dachte, wir wollten uns den Film anschauen.«

»Ich bin nicht in der Stimmung.«

Freudig nahm Norman hinter dem Lenkrad Platz. Er brannte darauf, diesen Schlitten zu fahren, und der Film hatte ihn sowieso nicht interessiert. Es war bloß eine Möglichkeit gewesen, Casey näherzukommen.

»Wohin, Madam?« fragte er mit gespieltem britischen Akzent.

Casey schloß die Augen und lehnte sich zurück.

»Fahr über die Banfield auf den Highway 82.«

Norman war versucht, nach dem Ziel ihrer Fahrt zu fragen, beschloß aber, auf das Spiel einzugehen. Die Banfield Interstate führte nach Osten aus der Stadt hinaus, und mit etwas Glück war der Verkehr spärlich genug, daß er ordentlich aufs Gas treten konnte.

Nachdem sie auf den Highway abgebogen waren, ließ Casey ihn eine Weile geradeaus fahren.

»Da«, sagte sie ein paar Minuten später.

Norman schaute in die Richtung, in die sie deutete, und sah die grelle Neonreklame des Caravan Motels. Sein Magen zog sich zusammen, aber er bog auf den Parkplatz ein.

»Stell den Wagen da drüben ab«, sagte Casey und wies auf einen Fleck, der fünfzehn Meter von der Rezeption entfernt lag. Sobald sie angehalten hatten, hielt Casey ihm einen Zwanzigdollarschein hin. Norm zögerte. Casey verzog den Mund zu einem spöttischen Lächeln.

»Jetzt sag nicht, es ist dein erstes Mal, Norman.«

»Nein«, erwiderte er und bemühte sich, nicht eingeschüchtert zu klingen.

»Zu stolz, um von einer Frau Geld zu nehmen?«

Norman griff nach dem Zwanziger.

»Guter Junge«, sagte Casey grinsend. »Trag uns als Mr. und Mrs. John Smith ein, ein echter Klassiker. Ich glaube kaum, daß der Kerl hinter dem Tresen dich bei Barzahlung fragen wird, wieso du keinen Ehering trägst.«

Norm öffnete die Tür und hielt inne. »Ich hab keine Gummis dabei.«

»Keine Sorge.«

Er errötete, als Casey einen Streifen in Folie eingeschweißter Kondome aus der Handtasche zog. Sie lachte.

»Hast gar nicht damit gerechnet, schon bei der ersten Verabredung flachgelegt zu werden, was? Und jetzt besorg uns schnell ein Zimmer, Norman. Ich bin schon ganz feucht.«

Noch bevor er das Licht einschalten konnte, faßte Casey ihm schon mit einer Hand zwischen die Beine und knöpfte mit der anderen sein Hemd auf. Wenige Augenblicke später waren sie beide nackt und fielen auf das Bett. Casey drückte seinen Oberkörper zurück und lutschte an seinem Schwanz, bis Norman glaubte, er würde gleich explodieren. Unmittelbar bevor er zum Höhepunkt kommen konnte, hörte Casey auf. Als Norman die Augen öffnete, hatte sie sich bereits umgedreht, so daß ihre Vulva über seinem Gesicht schwebte, und befahl ihm, sie mit der Zunge zu befriedigen. Der eher unerfahrene Norman hatte so etwas noch nie getan, aber er wollte unbedingt, daß Casey weitermachte, also folgte er ihrer Anweisung. Immer wenn er in seinen Bemühungen nachließ, brachte sie ihn mit der Hand wieder auf Touren, ohne ihm jedoch Erleichterung zu verschaffen.

Sie zum Orgasmus zu bringen erwies sich als einfach. Danach wollte Norman in Casey eindringen, aber sie bestand darauf, daß er sie erst noch ein zweites Mal befriedigte, bevor er zum Zuge kommen würde. Als sie ihn schließlich in sich aufnahm, war er dermaßen erregt, daß er sofort ejakulierte. Dann ließ er sich neben sie aufs Bett fallen.

»Mein Gott«, keuchte er. Casey sagte überhaupt nichts. Nach ein paar Sekunden stand sie auf, nahm ihre Handtasche und ging zum Badezimmer. Als sie das Licht einschaltete, war ihr Körper einen Moment lang von einem gelben Schimmer umgeben. Norman sah ihre perfekte Figur, die langen gebräunten Beine, den ebenmäßigen Rücken, die Linie des Rückgrats und das lange goldene Haar. Dann schloß Casey die Tür und ließ ihn im Dunkeln zurück. Norman war schweißgebadet und fühlte sich, als hätte er soeben einen Marathon absolviert. Das war der bei weitem beste Sex seines Lebens gewesen.

Er hörte die Toilettenspülung, dann kam Casey aus dem Badezimmer. Während der paar Sekunden, die sie im Licht stand, hatte Norman den Eindruck, an ihrer Oberlippe würde ein wenig weißes Pulver kleben. Einen Moment später ging das Licht wieder aus, und Casey machte da weiter, wo sie aufgehört hatten.

3

Die folgenden beiden Monate gerieten für Norman zu einem Sog aus heftigem Sex und noch heftigerem Verlangen. Er und Casey verbrachten jeden Donnerstag- und Sonntagabend zusammen, und an den anderen Tagen malte er sich aus, wie wohl das jeweils nächste Treffen verlaufen würde. Sie schliefen miteinander in Motels, auf Lichtungen, in der Gasse hinter einer Bar, auf der Rückbank von Normans Wagen. Während all der Zeit lud Casey ihn niemals nach Glen Oaks ein oder ließ sich dort von ihm abholen. Auch durfte er sie nicht zu Hause anrufen. Sie weigerte sich, ihm die geheime Telefonnummer der Van Meters zu verraten. Es war stets Casey, die ihn in der Tankstelle anrief, um das nächste Rendezvous zu vereinbaren. Norman vermutete, daß ihre Familie nicht erfahren sollte, mit wem sie sich abgab. Wenn er darüber nachdachte, fühlte er sich gedemütigt, aber meistens dachte er ohnehin nur an Casey, wie sie sich nackt und verschwitzt mit ihm im Bett wälzte.

Dann hörten die Anrufe schlagartig auf. Ein Donnerstag und ein Sonntag vergingen ohne Casey. Norman war dermaßen angespannt, daß er sich bei der Arbeit fast zwei Finger abgetrennt hätte. Vernon bemerkte, wie es um seinen Neffen stand, sagte jedoch nichts. Er wußte, daß der Junge verliebt war.

Norman versuchte, die Nummer des Anwesens herauszufinden, brachte aber nur den Anschluß des Verwaltungsbüros der Academy in Erfahrung. Die ersten beiden Male versprach die Sekretärin, Casey von ihm auszurichten, sie möge sich melden. Beim dritten Mal teilte sie ihm mit, daß Miss Van Meter nicht mit ihm zu sprechen wünsche. Verzweifelt fuhr Norman nach Glen Oaks. Der Hausdiener ließ ihn vor der Tür warten und meldete Casey seinen Besuch. Kurz darauf kehrte der Diener zurück. Casey ließ Norman ausrichten, er solle nie wieder versuchen, mit ihr in Kontakt zu treten. Falls er es trotzdem tat, würde man die Polizei verständigen.

Norman hatte immer gewußt, daß ihn mit Casey nur eine wilde Affäre verband, aber er hatte sich eingeredet, es könne ewig so weitergehen. In seiner Phantasie sah er sich und Casey sogar heiraten und in das Anwesen ziehen, wo er dann jeden Tag den Thunderbird fahren und im Luxus leben würde. Die Androhung einer Strafanzeige ließ den Traum wie eine Seifenblase zerplatzen. Der plötzliche Verzicht auf Sex mit einer Frau wie Casey war so qualvoll wie ein Heroinentzug. Norman schrieb ihr einen schmerzerfüllten Brief, auf den er keine Antwort erhielt, und fand sich allmählich damit ab, daß er Casey wahrscheinlich nie wiedersehen würde.

Auf dem Umschlag von Normans Brief hatte seine Adresse gestanden. Am Mittwoch nachdem er ihn abgeschickt hatte, rief Vern ihn ans Telefon. Normans Herz schlug ihm bis zum Hals. Er wischte sich die feuchten Hände an einem Lappen ab und lief ins Büro der Tankstelle.

»Norman Spencer?« fragte ein Mann.

»Ja.«

»Falls Sie erfahren wollen, aus welchem Grund Casey mit Ihnen Schluß gemacht hat, kommen Sie heute abend um zehn Uhr allein auf den Parkplatz des Tryon Creek State Park.«

»Wer ...«, setzte Norman an, aber der Fremde hatte bereits aufgelegt.

Der Tryon Creek State Park grenzte an den Campus der Northwestern School of Law in Southwest Portland an, einer Fakultät des Lewis and Clark College. Das bewaldete Gelände war von zahlreichen Wanderwegen durchzogen. Tagsüber stellte der Park einen beliebten Aufenthaltsort für Liebespärchen und Jogger dar, aber um zehn Uhr abends war es hier stockdunkel. Auf dem Parkplatz stand nur noch ein verbeulter Pick-up. Neben dem Wagen mündete einer der Naturlehrpfade.

Norman parkte ein Stück entfernt und ging zu dem Pick-up. Ein kurzer Blick in das Führerhaus des Wagens verriet ihm, daß niemand darin saß.

»Spencer«, rief eine Stimme vom Pfad aus. Als Norman sich umdrehte, sah er einen Mann dort im Schatten stehen. Er ging auf den Fremden zu, aber der wich in die Dunkelheit zurück. Norman lief ein Stück den Pfad entlang und schaute sich um. Einige Meter vor ihm rief ihn erneut die Stimme.

Norman spähte angestrengt in die Nacht. »Ich habe das Versteckspiel langsam satt. Wenn Sie mir etwas zu sagen haben, dann raus damit.«

Niemand antwortete. Norman war wütend. Er wußte, daß er in seinen Wagen steigen und wegfahren sollte, aber gleichzeitig wollte er nicht, daß der Unbekannte seine Angst zu sehen bekam. Dann jedoch rannte er los, um den Mann zu überrumpeln. Ein Baseballschläger traf ihn am Schienbein und ließ ihn stürzen. Norman fiel bäuchlings auf das Gesicht und blieb benommen im Staub liegen. Der zweite Schlag traf ihn im Rücken.

Norman versuchte, wieder auf die Beine zu kommen, aber die nächsten Treffer gaben ihm den Rest. Er nahm seine Angreifer wie durch einen roten Schleier war. Es waren drei; zwei von ihnen hatten Baseballschläger. Der dritte holte mit dem Fuß aus und trat ihn brutal in die Rippen. Ein jäher Schmerz durchzuckte ihn und ließ ihn kurz ohnmächtig werden. Als die Welt wieder Gestalt annahm, hockte Miles Van Meter neben ihm, packte Normans Haar und riß seinen Kopf in die Höhe.

»Du hast meine Schwester geschwängert, du Arschloch, aber du wirst weder sie noch deinen kleinen Bastard je zu Gesicht bekommen. Falls du noch einmal versuchst, sie zu erreichen, wirst du dir wünschen, nie geboren worden zu sein.«

Miles hieb ihm die Faust ins Gesicht. Dann stand er auf und nickte. Die anderen beiden Männer prügelten auf Norman ein, bis er die Besinnung verlor.

4

Norman schaffte es, aus eigener Kraft zum nächsten Krankenhaus zu fahren, wo man bei ihm zwei gebrochene Rippen, ein gebrochenes Schienbein und eine Gehirnerschütterung feststellte. Als er entlassen werden konnte, holten seine Eltern ihn zu sich nach Hause.

Während der folgenden Woche mußte er das Bett hüten und hatte viel Zeit zum Nachdenken. Caseys Schwangerschaft tat ihm schrecklich leid. Sie hatten meistens verhütet, aber bei ein oder zwei Gelegenheiten war im Eifer des Gefechts keine Zeit mehr dafür geblieben. Nun mußte Casey für ihrer beider Leichtsinn mit ihrer Jugend bezahlen. Normans erste spontane Eingebung war, daß er Verantwortung übernehmen und Casey heiraten würde. Gleich darauf wurde ihm klar, daß diese Möglichkeit wohl kaum zur Debatte stand. Wie sollte er ihr einen Antrag machen, wenn sie nicht mal gewillt war, mit ihm zu sprechen? Norman wollte am liebsten glauben, daß die Familie Van Meter einen Keil zwischen sie getrieben hatte, aber weitaus wahrscheinlicher schien ihm, daß er für Casey nur ein Sommerflirt gewesen war. Sie hatte zu keinem Zeitpunkt echte Zuneigung erkennen lassen. Bei genauerem Nachdenken begriff er, daß sie außer Sex eigentlich nichts gemeinsam hatten.

Norm las den *Oregonian*, als das Kind plötzlich mehr als eine abstrakte Vorstellung wurde. Er suchte nach der Seite mit den Comics und stolperte über den Namen »Casey Van Meter«. Eine Meldung in der Gesellschaftsspalte besagte, sie würde ihr Wintersemester in Europa verbringen. Sein erster Gedanke war, daß sie eine Abtreibung vornehmen lassen wollte. Er fühlte sich einsam und traurig. Ihm wurde auf einmal bewußt, daß ihr gemeinsames Kind ihm ein wenig ähnlich sehen würde.

Nach genauerer Überlegung kam er zu dem Schluß, daß Henry Van Meter, ein strenger Katholik, eine Abtreibung niemals gutheißen würde. Andererseits konnte er sich kaum vorstellen, daß die Casey, die er kennengelernt hatte, all ihre Träume und Wünsche aufgeben würde, um ein Kind großzuziehen. Am wahrscheinlichsten war, daß Casey ihr Baby in Europa zur Welt bringen und dann zur Adoption freigeben wollte. Das widerstrebte Norman zutiefst. Er wollte nicht, daß sein Kind von Fremden aufgezogen wurde.

Wer andere nach ihrem Äußeren beurteilte, hätte Ken Philips niemals als Rechtsanwalt engagiert. Nichts an dem untersetzten, fast kahlen Mann mit dem dicken Bauch, dem struppigen grauen Bart und der unpassend zusammengestellten Kleidung ließ erkennen, wie scharfsinnig und erfolgreich er war. Philips' Büro war klein und noch immer mit den Möbeln ausgestattet, die er vierzehn Jahre zuvor zur Eröffnung der Kanzlei gekauft hatte. An der Wand hing kein einziger Zeitungsartikel, der von gewonnenen Prozessen kündete, und statt seiner Diplome hatte er die ersten Kindergartenzeichnungen seines Sohnes sowie einige Fotos eingerahmt, die seine Frau an der Küste von Oregon geschossen hatte.

Unpopuläre Fälle waren Philips' Leidenschaft. Sobald er seinen Studienabschluß in der Tasche gehabt hatte, war er in die amerikanischen Südstaaten gezogen, um in den dunkelsten Tagen der Bürgerrechtsbewegung trotz aller gewaltsamen Widerstände dafür zu kämpfen, daß die Afroamerikaner in die Wählerverzeichnisse aufgenommen wurden. Während des Vietnamkrieges hatte er zu den wichtigsten Strafverteidigern der Antikriegsdemonstranten gehört. Wenn Ken Philips sich ausnahmsweise mal nicht in die Politik einmischte, verdiente er gutes Geld als Fachmann für Schadenersatzansprüche.

»Wie sieht der andere Kerl aus?« fragte Philips, nachdem seine Sekretärin sie allein gelassen hatte.

»Deutlich besser als ich.«

Philips lachte, und sein Bauch hüpfte dabei. »Und nun wollen Sie, daß ich die Mistkerle verklage?«

»Ich möchte Ihnen bloß ein paar Fragen stellen. Allerdings habe ich nicht viel Geld.«

»Über Geld reden wir später. Lassen Sie mich die Fragen hören.«

Norman senkte den Blick. Er hatte noch gar nicht darüber nachgedacht, was er im einzelnen sagen wollte, falls er zu Ken Philips vorgelassen wurde. Es hatte seinen ganzen Mut erfordert, überhaupt die Kanzlei zu betreten.

»Haben Sie gegen irgendein Gesetz verstoßen?« tastete Ken sich vor.

»Nein. Es geht um eine persönliche Angelegenheit mit einem Mädchen.« Er atmete tief durch. »Mr. Philips, nehmen wir mal an, ein Mädchen wird schwanger und will das Kind weggeben. Was ist mit dem Jungen, dem Vater?«

»Ich kann Ihnen nicht folgen.«

»Da ist dieses Mädchen. Wir haben miteinander geschlafen. Ich glaube, sie will unser Baby weggeben. Ich glaube nicht, daß es um eine Abtreibung geht. Ihr Vater ist Katholik. Er hat sie nach Europa geschickt, wo sie das Kind zur Welt bringen soll, und ich möchte nun wissen, welche Rechte ich habe.«

»Wie lange kennen Sie dieses Mädchen schon?«

»Erst seit diesem Sommer. Ich arbeite an einer Tankstelle, und mein Onkel hat mich losgeschickt, um ihren Wagen abzuschleppen. Wir sind ins Gespräch gekommen und haben uns verabredet.«

»Arbeiten Sie ganztags an der Tankstelle?«

»Nur im Sommer. Ich gehe auf die Universität von Oregon. Bald fängt mein drittes Jahr an.«

»Wie alt ist das Mädchen?«

»Neunzehn. Sie studiert an der Stanford University.«

Philips lehnte sich zurück und verschränkte die Hände vor seinem stattlichen Bauch. »Demnach geht es um eine Sommerromanze, bei der ein kleines Mißgeschick geschehen ist?«

Norman errötete. »Wir haben wirklich versucht, vorsichtig zu sein, aber ein paarmal ...«

»Woher wissen Sie, daß sie schwanger ist?«

Norman wies auf sein Gesicht. »Ihr Bruder und zwei seiner Freunde haben das hier angerichtet, nachdem er davon erfahren hatte. Und sie hat plötzlich den Kontakt zu mir abgebrochen. Sie nimmt nicht mal meine Anrufe entgegen. Ich bin zu ihr nach Hause gefahren, aber sie wollte mich nicht sehen. Sie sagte, sie würde die Polizei rufen, falls ich sie nicht in Ruhe ließe.«

»Haben Sie denn den Überfall der Polizei gemeldet und den Bruder angezeigt?«

Norman schüttelte den Kopf. »Das käme mir ungerecht vor. Falls das meine Schwester wäre und irgendein Kerl hätte ihr ...« Er senkte den Kopf. »Ich schätze, ich hab's irgendwie verdient.«

Philips nickte. Er verstand, was Norman meinte. »Wieso sind Sie hergekommen?«

»Caseys Familie hat sie nach Europa geschickt. Falls es doch wegen einer Abtreibung war, ist es inzwischen vermutlich zu spät. Aber falls sie das Baby zur Welt bringt und dann weggeben will, habe ich etwas dagegen.«

»Wollen Sie das Mädchen heiraten?«

»Ich würde es tun, aber ich glaube nicht, daß sie will. Ihr Vater würde es vermutlich sowieso nicht zulassen.«

»Warum?«

»Sie ist sehr reich. Außerdem glaube ich nicht, daß sie mich liebt.«

»Lieben Sie diese Casey denn?«

»Ich mag sie. Wir kamen ganz gut miteinander aus.«

»Falls keiner von beiden den anderen heiraten will und das Kind vermutlich zur Adoption freigegeben werden soll, verstehe ich nicht, was Sie von mir erwarten.«

Norman sah Ken Philips an und beugte sich händeringend vor.

»Mr. Philips, kann ein Mann ein Baby aufziehen? Habe ich irgendwelche Recht an meinem Kind?«

»Sie wollen das Kind großziehen?«

»Ich habe darüber nachgedacht. Schließlich ist es doch auch *mein* Kind, oder? Ich will nicht, daß ein Fremder sich um mein Baby kümmert.«

»Wie alt sind Sie?«

»In ein paar Monaten werde ich zwanzig.«

»Haben Sie auch nur die geringste Vorstellung davon, wie schwierig es ist, ein Kind aufzuziehen? Wie wollen Sie weiterhin aufs College gehen? Wovon wollen Sie leben, und wie können Sie sich um das Kind kümmern?«

»Ich kann arbeiten. Ich suche mir einen Job und schließe meine Ausbildung in Abendkursen ab. Ich kann auf die Portland State gehen.«

»Und wer soll auf das Baby aufpassen, während Sie arbeiten und zur Uni gehen?«

Daran hatte Norman noch nicht gedacht. »Mein Vater ist erwerbsunfähig. Er ist den ganzen Tag zu Hause.«

»Aber ist er auch bereit, sich um einen Säugling kümmern? Haben Sie mit ihm und Ihrer Mutter schon darüber gesprochen?«

»Nein, aber die beiden haben mich immer unterstützt«, antwortete Norman stur.

»Woher wissen Sie, daß dieses Mädchen das Kind nicht behalten will?«

»Das weiß ich nicht mit Sicherheit. Wie ich schon sagte, sie redet nicht mit mir, also kann ich sie auch nicht fragen. Aber ich kenne Casey. Sie feiert gern, sie ist ehrgeizig.«

»Sie könnten sich irren. Vielleicht will sie das Kind doch behalten.«

»Was macht sie dann in Europa? Und selbst wenn sie das Kind behalten will, habe ich denn gar keine Rechte? Ich bin doch der Vater.«

Philips schwieg eine Weile und dachte über den Fall nach. Dieser ernste junge Mann gefiel ihm. Es gab nicht viele Teenager, die alles aufgegeben hätten, um ein Kind großzuziehen.

»Wer ist Caseys Vater? Vielleicht könnte ich ja mal mit den Leuten reden.«

»Henry Van Meter.«

Ken Philips sah ihn ungläubig an. »Der Van Meter von Van Meter Industries?«

Norm nickte. »Spielt das eine Rolle?«

Philips lachte auf. »Henry Van Meter ist einer der mächtigsten Männer in diesem Staat und ein absolut skrupelloser Schweinehund. Falls Henry nicht will, daß Sie das Sorgerecht erhalten, wird er mit Zähnen und Klauen dagegen angehen, und Sie werden auf ewig auf seiner schwarzen Liste stehen.«

»Sie werden den Fall also ablehnen?«

Philips schüttelte langsam den Kopf. »Das habe ich nicht gesagt.«

Er lehnte sich zurück und stützte das Kinn auf die verschränkten Hände. Norman wartete und rutschte nervös auf dem Stuhl hin und her. Schließlich setzte Philips sich auf. Er hatte eine Idee, wollte sie aber vorerst noch nicht mit seinem jungen Mandanten erörtern.

»Ich muß mit Ihren Eltern sprechen«, sagte Philips. »Vorher werde ich nichts unternehmen.«

Norman hatte so etwas befürchtet, doch er vermutete, daß es sich ohnehin nicht vermeiden ließ.

»Was ist mit dem Geld? Können Sie mir sagen, was das kosten wird?«

»Machen Sie sich um mein Honorar erst mal keine Gedanken. Sie sind noch minderjährig, und falls Ihre Eltern Sie nicht unterstützen, wird gar nichts passieren.«

»Ich schätze, dann müssen Sie wohl mit ihnen reden.«

»Ganz recht. Und ich muß noch etwas tun. Bleiben Sie sitzen, ich hole nur schnell meinen Fotoapparat.«

5

Anton Brucher hüllte seine hagere Gestalt in seidene Maßanzüge. Die eingesunkenen Wangen und die dunklen Ringe unter seinen Augen zeugten von den vielen Stunden, die er täglich im Auftrag seiner Mandanten tätig war. Brucher war ein harter Berater mit einem erstklassig geschulten Intellekt und ohne jede Moral. Er verabscheute Anwälte wie Ken Philips, die für Kommunisten, Neger und ähnliches Gesindel arbeiteten, aber er unterschätzte nicht ihre Intelligenz.

Henry Van Meter musterte Ken Philips verächtlich vom Ende des Konferenzraums aus. Sein stechender Blick und die markante Nase ließen auf ein unbarmherziges Gemüt und eine Weltanschauung schließen, in der ein Begriff wie Mitleid nicht vorkam. Anfangs hatte Henry sich barsch geweigert, ein Treffen mit Philips in Betracht zu ziehen, und erst eingelenkt, als Brucher ihn warnte, der Anwalt habe schon mehrere mächtige Männer in den Ruin getrieben, die ihn ebenfalls ignorieren wollten.

Die Kanzlei von Brucher, Platt und Heinecken nahm die beiden obersten Etagen eines Bürogebäudes im Herzen von Portland ein. Das Treffen fand in einem kleinen Konferenzraum im hinteren Teil des obersten Stockwerks statt, damit Henry möglichst nicht mit Philips gesehen wurde. Als Brucher den Anwalt von Norman Spencer vorstellte, streckte Van Meter nicht die Hand aus.

»Was wollen Sie?« fragte er ohne jede Einleitung.

»Die friedliche Lösung eines schwierigen Problems.«

»Mir ist kein Problem bekannt, das mich und Ihren Klienten verbindet. Ich bin nur hier, weil Anton darauf bestanden hat, daß ich mir anhöre, was Sie zu sagen haben.«

Philips lächelte. »Es freut mich, daß kein Problem zwischen Ihnen und Norman Spencer steht. Er ist ein feiner junger Mann, der nur daran interessiert ist, das Richtige zu tun. Falls wir uns auf eine gütliche Lösung einigen können, werden sowohl Norman als auch Ihre Familie davon einen Vorteil haben.«

»Sie sprechen in Rätseln, Mr. Philips. Bitte kommen Sie zur Sache.«

Philips nickte. »Norman und Ihre Tochter Casey hatten eine Sommerromanze. Ihre Tochter wurde schwanger. Derzeit ist sie irgendwo in Europa, angeblich für ein Auslandssemester. Ich vermute jedoch, es hat etwas mit ihrer Schwangerschaft zu tun. Sie sind Katholik, also geht es wahrscheinlich nicht um eine Abtreibung. Ich glaube, Casey soll das Kind austragen und zur Adoption freigeben. Falls es sich so verhält, möchte Norman das Kind großziehen. Er will es adoptieren. Deshalb bin ich hier, um die Einzelheiten zu besprechen.«

Noch während Philips sprach, verhärtete sich Van Meters Miene. Als der Anwalt endete, war sie zu vollkommener Reglosigkeit erstarrt.

»Ihr Mandant hat Glück, daß ich ihn nicht wegen übler Nachrede verklage.«

»Ihre Tochter ist nicht schwanger?«

»Das Privatleben von Mr. Van Meters Tochter geht Sie nichts an«, sagte Brucher.

»Da bin ich aber anderer Meinung, Anton«, entgegnete Philips ruhig. »Falls sie von meinem Mandanten schwanger ist, geht es mich sehr wohl etwas an. Und falls Sie und Mr. Van Meter auch weiterhin meinen Verstand beleidigen und meinem Klienten drohen, geht es sehr bald die Gerichte etwas an.«

Philips wandte sich an Henry Van Meter. »Sobald wir das Sorgerecht einklagen, wird Ihre Tochter sich in allen Klatschspalten des Landes wiederfinden. Möchten Sie das?«

»Wieviel?« fragte Brucher.

Philips schüttelte entrüstet den Kopf. »Norman hat es nicht auf Mr. Van Meters Geld abgesehen. Er ist ein überaus integrer junger Mann.«

»Ihr Mandant geht von falschen Voraussetzungen aus«, sagte Henry. »Meine Tochter studiert im Ausland. Ich bezweifle sogar, daß sie diese Person überhaupt kennt. Sie hat seinen Namen nie erwähnt.«

Philips holte mehrere Fotos von Normans übel zugerichtetem Gesicht hervor und legte sie auf den Konferenztisch.

»Falls Casey diesen jungen Mann nicht kennt und außerdem nicht schwanger ist, wieso sollte Ihr Sohn meinen Klienten dann verprügeln?«

»Miles hat damit nichts zu tun«, sagte Henry nach einem flüchtigen Blick auf die Bilder.

»Er wird bei seiner Verhandlung Gelegenheit erhalten, das zu beweisen«, sagte Philips.

»Jetzt drohen Sie auch noch meinem Sohn?« fragte Van Meter entrüstet.

»Ich drohe niemandem. Ich stelle lediglich sicher, daß Sie begreifen, wie viele Menschen verletzt oder in Verlegenheit gebracht werden, wenn Sie nicht aufhören, sich der Wahrheit zu verschließen. Man sollte doch meinen, daß Sie froh sein könnten, dieses Problem loszuwerden. Das Wohlergehen des Kindes müßte Ihnen sogar eigentlich am Herzen liegen, Mr. Van Meter. Immerhin geht es hier um Ihr Enkelkind.«

Philips hielt inne, um die Äußerung wirken zu lassen.

»Würden Sie uns bitte kurz allein lassen, damit ich mich mit meinem Mandanten beraten kann?« fragte Brucher.

»Natürlich.«

Während Brucher und Van Meter diskutierten, rauchte Ken Philips auf dem Flur eine Zigarette. Zwanzig Minuten später wurde er wieder hereingerufen.

»Wir räumen nicht ein, daß Ihre Behauptung der Wahrheit entspricht, Ken«, sagte Brucher, »aber mal angenommen, Casey wäre schwanger und würde sich einverstanden erklären, daß Mr. Spencer das Kind adoptiert – wäre Mr. Spencer im Gegenzug bereit, von jeglichem zukünftigen Kontakt mit den Van Meters Abstand zu nehmen und sich ferner zu verpflichten, die Identität der Mutter des Kindes geheimzuhalten?«

»Lassen Sie mich mit meinem Mandanten sprechen.«

Neunzehntes Kapitel

»Ihr Vater ist auf Henry Van Meters Bedingungen eingegangen«, erklärte Jerry Philips seiner Klientin. »Seine Eltern haben ihm geholfen, Sie großzuziehen. Norman hat tagsüber gearbeitet und ist abends auf die Portland State gegangen, um seinen Abschluß zu machen. Dort hat er Terri kennengelernt. Die beiden haben sich verliebt, und Norman hat ihr von Ihnen erzählt. Terri hatte zwar nicht damit gerechnet, gleich eine ganze Familie zu bekommen, aber sie liebte Norman, und schon bald war sie auch in Sie vernarrt.«

»Woher wissen Sie so viel über das Privatleben meiner Eltern?« fragte Ashley.

»Mein Vater hat sich bei den Gesprächen mit Ihrem Vater Notizen gemacht und in der Akte abgeheftet. Den Rest hat mir Henry Van Meter erzählt. Als mein Vater ihn darauf hinwies, Sie seien seine Enkelin, hat er einen wunden Punkt erwischt. Henry war zwar ein Mistkerl, aber ein Mistkerl, der den Fortbestand der eigenen Familie wollte. Er nahm an, daß Miles oder Casey früher oder später weitere Kinder haben würden, aber Sie waren sein erstgeborenes Enkelkind, und er ließ einen Ermittler aus Bruchers Kanzlei ein Auge auf Sie und Norman werfen.«

»Er hat uns ausspioniert?«

Jerry zuckte die Achseln. »Ich weiß nicht, ob er es so gesehen hat. Irgendwann wurde ihm klar, daß keines seiner Kinder ihm so bald oder sogar jemals ein weiteres Enkelkind schenken würde. Dann wurde er krank. Sobald er beschlossen hatte, daß Sie vermutlich die letzte Angehörige seines

Geschlechts waren, behielt er Sie noch etwas aufmerksamer im Blick.«

Ashley lehnte sich zurück. Ihr Leben war ein Trugbild gewesen, aufgebaut von ihrem Vater, Henry Van Meter und Männern, die sie noch nie gesehen hatte. Wie hatten ihr Vater und Terri sie nur all die Jahre so anlügen können?

»Weiß Miles über alles Bescheid?«

»Nur Henry, Anton Brucher, mein Vater, Norman, seine Eltern und Terri waren eingeweiht, bis Henry es mir erzählt hat.«

»Demnach hat Rektorin Van Meter nicht gewußt, daß ich ihre Tochter bin?«

»Soweit ich weiß, hat Casey nie erfahren, wer ihr Kind adoptiert hat.«

»Wieso habe ich dann ein Stipendium für die Academy erhalten? Nach allem, was Sie mir erzählt haben, glaube ich nicht mehr an einen Zufall.«

»Nach dem Mord an Ihrem Vater hat Henry das Stipendium veranlaßt. Und schon kurz bevor Ihr Vater ums Leben kam, hatte er mit Platt, dem Teilhaber von Brucher, darüber gesprochen, Sie in sein Testament aufzunehmen. Aber die Folgen des Schlaganfalls machten ihm immer noch zu schaffen, Casey wurde verletzt, und er ist nie dazu gekommen. Als er mich engagiert hat, Sie zu finden, sollte ich außerdem ein neues Testament für ihn aufsetzen. Dann ist er gestorben.«

»Warum sollte er sich so plötzlich um mich sorgen? Bis dahin hatte er noch nie etwas für mich getan.«

»Der Schlaganfall hat ihn verändert. Er wurde sehr religiös. Als junger Mann empfand er armen Menschen gegenüber weder Anteilnahme noch Interesse. Er glaubte an ein Klassensystem, an dessen Spitze Männer wie sein Vater standen, die mit nichts angefangen hatten und reich geworden waren. Die Academy war ursprünglich eine Eliteschule für Jungen, und es wurden erst dann Mädchen zugelassen, als Casey ins schulpflichtige Alter kam. In den letzten Jahren hat Henry jedoch Stipendien für Schüler aus armen Familien gestiftet.«

»Wie anständig von ihm«, stellte Ashley mit bitterer Stimme fest. »Und jetzt versucht er, mich auch noch vom Grab aus zu manipulieren, damit ich eine egoistische Schlampe rette, die nichts dabei fand, mich einfach so wegzugeben, um auch weiterhin ungestört herumvögeln und Partys feiern zu können.«

»Ob Sie wollen oder nicht, Casey Van Meter ist Ihre Mutter. Falls sie aus dem Koma aufwacht, kommt zwischen Ihnen vielleicht doch noch alles ins reine.«

»Warum sollte ich Wert darauf legen? Sie hat sich nie für mich interessiert.«

»Ashley, ich weiß, daß Sie tief verletzt sind, doch treffen Sie bitte keine voreiligen Entscheidungen. Denken Sie in Ruhe darüber nach. Die Anhörung ist nächste Woche. Uns bleibt noch etwas Bedenkzeit.«

»Falls ich zurückkehre, wird Joshua Maxfield davon erfahren. Wieso sollte ich das riskieren? Und wie groß ist überhaupt die Chance, daß sie je aus dem Koma erwacht?«

»Henry hat eine Menge Geld in eine Biotech-Firma gesteckt, die an einem vielversprechenden Medikament arbeitet. Casey ist eine der Versuchspersonen.«

Ashleys Stirn lag zornig in Falten.

»Sie hat mich weggegeben, Jerry. Ich war ihr völlig egal. Wollte sie wenigstens irgendwann mal herausfinden, was aus mir geworden ist? Hat sie sich je auch nur im mindesten für mich interessiert?«

»Ich weiß es nicht«, antwortete Jerry sanft. »Sie haben ja recht, Casey war egoistisch ...«

»Ich habe nicht vor, mein Leben für sie zu riskieren. Es ist mir gleichgültig, ob sie stirbt.«

Jerry fiel kein Argument ein, um sie vom Gegenteil zu überzeugen, also sagte er lieber gar nichts.

»Und mein Vater, Terri ... Die beiden haben mich mein Leben lang belogen. Wie konnten sie nur?«

»Aus Liebe zu Ihnen. Lassen Sie sich nicht vom Zorn vergiften. Ihr Vater war sehr mutig. Denken Sie mal darüber nach. Er hätte Sie ignorieren können. Das wäre ganz einfach gewesen. Ich wette, neunundneunzig von hundert Jungen in seiner Situation hätten erleichtert aufgeatmet, falls Henry Van Meter ihr Fehlverhalten stillschweigend bereinigt hätte. Er war arm, Ashley. Um seinen Abschluß zu machen, mußte er tagsüber arbeiten und abends büffeln. Er hat sein Stipendium aufgegeben, sein ganzes Leben geändert. Alles nur für Sie. Und auch Terri hat sich großartig verhalten. Wie viele junge Frauen wären wohl weggerannt, sobald Norman sein Kind erwähnt hätte? Sie ist geblieben und hat Sie in die Arme geschlossen und zu ihrer Tochter gemacht.«

Während Jerry über ihre Familie sprach, schwand Ashleys Wut. Als er endete, sah sie nur noch erschöpft aus.

»Es war so schwierig, Jerry, sich immer nur zu verstecken, von einem Tag auf den anderen zu leben. Und jetzt das.«

»Ich weiß. Ich kann mir nicht mal vorstellen, was Sie alles durchgemacht haben.«

Der Kellner servierte ihre Bestellung, und sie hörten auf zu reden. Jerry machte sich sogleich über sein Essen her, einerseits aus Hunger, andererseits um Ashley Zeit zum Nachdenken zu geben. Sie stocherte auf ihrem Teller herum und versuchte zu begreifen, was Jerry ihr soeben erzählt hatte.

»Das war gut«, sagte Jerry, nachdem er aufgegessen hatte.

Ashley schreckte aus ihren Gedanken hoch und sah auf Jerrys Teller. Es war keine einzige Nudel mehr übrig.

»Ich schätze, Sie waren sehr hungrig.«

Jerry lächelte verlegen. »Das sagte ich doch.« Er tupfte sich den Mund mit der Serviette ab und trank noch einen Schluck Wein. »Ich brauche ein Zimmer. Gibt es ein Hotel, das Sie empfehlen können?«

»Ich habe eine Wohnung nördlich von Siena, nicht weit von hier. Sie könnten bei mir übernachten. Es gibt ein Gästezimmer.«

»Ich möchte Ihnen keine Umstände machen.«

»Ich würde mich wirklich darüber freuen. Ich möchte heute abend nicht allein sein.«

»Also gut.«

»Sie sind sehr nett, wissen Sie das?«

»Ich mache das bloß, um Ihnen die Stunden in Rechnung stellen zu können. Wie sollte ich sonst meine Miete bezahlen?«

Nun war es Ashley, die den Arm ausstreckte und Jerrys Hand berührte.

»Vielen Dank«, sagte sie.

Ashleys Wohnung lag über einer Metzgerei, dessen Besitzer ihr Vermieter war. Als sie dort eintrafen, war es dunkel. Ashley führte Jerry durch die Räume, einem kleinen Zimmer und der noch kleineren Küche. Dann kam das Bad mit einer schmalen Dusche, gefolgt von einem Schlafzimmer sowie einem weiteren Raum mit einer Schlafcouch und einer Kommode.

Es gab nur wenig Mobiliar. An den Wänden hingen weder Bilder noch Poster, und auf den Regalen stand kein Zierat. Alles sah nach einer Übergangslösung aus, nach einem Ort, den man binnen kürzester Zeit wieder verlassen konnte.

Auf Ashleys Nachttisch standen ein paar Fotos, die Jerry, so schien ihm, bereits in ihrem Zimmer im Wohnheim der Academy gesehen hatte. Auf einer der Aufnahmen lächelten Terri und Norman Spencer in die Kamera. Sie standen vor dem Haus, in dem Norman ermordet worden war. Auf einer anderen saßen sie links und rechts von Ashley und hatten ihr jeweils einen Arm um die Schultern gelegt. Die ganze Familie strahlte. Das dritte Bild war nach dem Finale um die Bezirksmeisterschaft aufgenommen worden. Man sah die Mannschaft der Eisenhower-High-School. Ashley stand in der Mitte der ersten Reihe und hielt den Siegerpokal. Die Fotos machten Jerry traurig. Er versuchte sich vorzustellen, wie Ashleys Leben wohl ausgesehen hatte, seit sie nach Europa geflohen war. »Einsam« war das erste Wort, das ihm einfiel. Sie hatte anfangs kein Italienisch gesprochen, sie hatte keine Freunde und konnte sich weder jemandem anvertrauen noch irgendwo zu lange verweilen. Dennoch hatte sie es ertragen.

Ashley nahm einen Bettbezug und führte Jerry in das Zimmer mit der Schlafcouch.

»Das ist jetzt Ihr Reich«, sagte sie. »Ich mache mich kurz frisch, während Sie sich einrichten.«

Jerry räumte seine Kleidung in die Kommode ein und bezog das Bett. Dann setzte er sich zu Ashley an den Küchentisch. Sie trug nun ein T-Shirt und Shorts und nippte an einem Glas Wein.

»Möchten Sie auch ein Glas? Das ist ein guter Chianti, hier aus der Gegend.«

»Nein, danke. Ich bin ziemlich müde. Noch ein Drink und ich falle um.«

»Ich bin kräftig. Ich würde Sie schon irgendwie in Ihr Zimmer verfrachten.«

Jerry lachte. »Wie lange wohnen Sie schon hier?«

»Fünf Monate. So lange bin ich noch nie irgendwo geblieben.«

»Haben Sie Freundschaften geschlossen?«

»Es gibt hier einen Frauenfußballverein. Ich spiele in der Mannschaft. Dort kennt keiner meinen richtigen Namen oder weiß sonst etwas über mich. Alle denken, ich sei Studentin und würde gerade ein Jahr Pause machen.«

»Es ist gut, daß Sie Freunde haben.«

»Manchmal fühle ich mich, als würde ich richtig dazugehören, aber es ist schwierig, mit einer Lüge zu leben. Ich muß aufpassen, daß es in meinem erfundenen Werdegang keine Unstimmigkeiten gibt.«

»Wo finden die Spiele statt?«

»Ein Männerverein aus Siena spielt bei den Profis. Wir dürfen deren Stadion nutzen und spielen am Wochenende. Wir haben zwar nicht allzu viele Zuschauer, aber dafür sind sie begeistert bei der Sache.«

»Sind Sie immer noch so gut wie früher?«

»Ich bin zwar ein wenig eingerostet, aber ich kann mich behaupten.«

Im Verlauf der nächsten Stunde erzählte Ashley ihm, was

sie seit der Flucht aus den Vereinigten Staaten getan hatte. Irgendwann fing Jerry an zu gähnen, und ihm fielen die Augen zu.

»Sie sollten lieber schlafen gehen«, sagte Ashley.

»Gute Idee.« Jerry stand auf.

»Ich freue mich, nach so langer Zeit ein vertrautes Gesicht zu sehen«, sagte Ashley.

»Ich freue mich auch.«

Sie standen dicht beieinander und waren beide verlegen. Jerry hätte ihr am liebsten einen Gutenachtkuß gegeben, fürchtete aber, Ashley würde es falsch verstehen. Plötzlich fiel ihm eine Möglichkeit ein, die peinliche Situation zu beenden.

»Ich habe Ihnen etwas mitgebracht.« Er ging ins Gästezimmer und wühlte in seinem Koffer herum. Als er zurückkam, hielt er ein gefaltetes Blatt Papier in der Hand.

»Ich habe Ihnen doch vorhin von der Akte erzählt, die mein Vater über den Fall Ihres Vaters angelegt hat.«

Ashley nickte.

»Das hier habe ich darin gefunden. Mein Dad hat Ihrem Vater einmal geschrieben. Ich dachte, es würde Sie vielleicht interessieren.«

Ashley nahm den Brief.

»So, jetzt streiche ich die Segel«, sagte Jerry. »Bis morgen.«

Jerry verließ die Küche, und Ashley stellte ihr Weinglas in die Spüle, wo auch noch das schmutzige Geschirr vom Mittagessen stand. Während sie abwusch, dachte sie über Jerry nach. Als sie sich kennengelernt hatten, war er Mitte Zwanzig gewesen und sie ein Teenager. Damals war ihr das wie ein gewaltiger Unterschied vorgekommen. Nun wirkte er gar nicht mehr so viel älter.

Sie hörte, wie Jerry in seinem Zimmer umherging und sich ins Bett legte. Es war seltsam, einen Besucher in der Wohnung zu haben. Seit ihrem Aufbruch aus Portland hatte sie niemanden mehr in ihre Nähe gelassen. Jerry war ihr Anwalt. Ihre E-Mails hatten sich hauptsächlich um geschäftliche Angelegenheiten gedreht, wenngleich er sich stets nach Ashleys Befinden erkundigt und ihr Mut gemacht hatte. Eigentlich wußte sie kaum etwas über ihn. Er trug zwar keinen Ehering, aber das hieß nicht, daß er keine Freundin hatte. Und er war gebildet. Sie hatte nicht mal einen High-School-Abschluß.

Ashley schob den Gedanken beiseite und ging in ihr Schlafzimmer. Sie wollte den Brief lesen, wartete aber, bis sie im Bett lag. Das Blatt war gelocht worden, damit man es abheften konnte. Es handelte sich um den Durchschlag eines mit Schreibmaschine verfaßten Briefes.

Lieber Norman,
ich möchte mich herzlich für die Einladung zu Ihrer Abschlußfeier an der Portland State bedanken. Es hat mich sehr gerührt, daß Sie mit Ashley auf dem Arm das Podium betreten haben, um Ihr Diplom in Empfang zu nehmen. Ich weiß, wie wichtig dieser Moment für Sie gewesen ist, aber auch für mich war es ein ganz besonderer Augenblick. Die Juristerei ist ein hartes Geschäft mit weitaus mehr betrüblichen als erfreulichen Seiten. Aber Sie dort zu sehen, mit Ihrer Tochter, mit Terri und mit dem Diplom in der Hand, hat viele Enttäuschungen wieder wettgemacht. Wie Sie wissen, habe ich einen Sohn namens Jerry. Manche Eltern wünschen sich, ihr Kind möge später Präsident der Vereinigten Staaten oder der Quarterback eines berühmten Footballteams werden. Ich wünsche mir, daß mein Sohn wie Sie wird, denn ich bewundere Sie von ganzem Herzen. Viel Erfolg nächstes Jahr in Ihrem neuen Beruf als Lehrer.
Herzlichen Glückwunsch

Ken

Die Lektüre schnürte Ashley die Kehle zu und ließ sie fast in Tränen ausbrechen. In einem der Fotoalben ihrer Eltern hatte es ein Bild von Norman Spencer gegeben, wie er mit ihr das Podium der Portland State University betrat, um sein Diplom entgegenzunehmen. Ashley hatte es ein paarmal gesehen, aber nie zu würdigen gewußt, welche Opfer ihr Vater und Terri bringen mußten, um dieses Ziel zu erreichen. Und dann hatte ihr Vater das größte Opfer von allen gebracht und sie vor Joshua Maxfield gerettet.

Sie schloß die Augen und dachte an die letzten gemeinsamen Momente mit ihrem Vater, etwas, das sie bisher seit der Nacht seines Todes verdrängt hatte. Er hatte große Schmerzen gehabt und gewußt, daß er sterben mußte. Trotzdem hatte er gelächelt, denn ihm war klar gewesen, daß seine Tochter überleben würde.

Ashley stieg aus dem Bett und ging auf den Flur. Die Tür zum Gästezimmer war geschlossen. Sie klopfte an.

»Ja?« rief Jerry im Halbschlaf.

»Darf ich kurz hereinkommen?«

»Klar.«

Ashley öffnete die Tür. Jerry lag im Bett. Sie blieb im Eingang stehen.

»Das ist kein Leben, Jerry. Ich muß ständig lügen und sehe überall Gespenster. Ich kann keine wirklichen Freunde haben. Manchmal frage ich mich, ob Joshua Maxfield überhaupt noch hinter mir her ist. Was ist, wenn er sich längst nicht mehr um mich kümmert und ich mich unterdessen hier verkrieche und Todesängste ausstehe?

Und dann Casey. Das ist so ... verwirrend. Ich hatte mich daran gewöhnt, ganz allein zu sein, und nun ist da auf einmal eine Mutter.« Sie senkte den Blick. »Ich will nach Hause.«

»Wir können aufbrechen, wann immer es Ihnen gefällt.«

»Ich möchte so schnell wie möglich von hier weg.«

»Kein Problem. Ich bringe Sie nach Hause.«

Zwanzigstes Kapitel

»Sehen Sie nur«, sagte Jerry, als sie im Flughafen von Florenz zu ihrem Flugsteig gingen.

Sie kamen an einem Laden für Zeitschriften und Reisebedarf vorbei. Auf einem der Regale standen englische Taschenbücher. Jerry ging hin und zog ein Exemplar von *Die schöne Schläferin* heraus. Das Schwarzweißfoto einer lächelnden Casey Van Meter zierte den Umschlag.

»Haben Sie es gelesen?« fragte Jerry.

»Nein.«

»Miles hat gute Arbeit geleistet. Es ist sehr genau. Soll ich es als Reiselektüre für Sie kaufen?«

»Danke, Jerry, aber ich möchte es wirklich nicht lesen. Es bringt bestimmt nur die schlimmen Erinnerungen wieder zurück.«

Ashley hielt inne. Falls Jerry recht hatte, war Casey ihre Mutter. Es kam ihr merkwürdig vor, die Rektorin unter diesem Aspekt zu betrachten. Sie konnte sich immer noch nicht vorstellen, daß diese kühle, elegante Blondine, die ihr beim ersten Besuch der Oregon Academy begegnet war, sie neun Monate in ihrem Bauch getragen und dann zur Welt gebracht hatte.

Am Vorabend hatte Ashley in den Spiegel geschaut und versucht, irgendeine Ähnlichkeit mit Casey Van Meter festzustellen. Sie hatten beide blondes Haar, aber Casey war groß und gertenschlank, Ashley hingegen stämmiger und muskulöser. Der Teint paßte schon besser. Nach einigen Jahren in Italien war Ashleys Haut ebenso gebräunt, wie sie es von Casey in Erinnerung hatte.

Die Rektorin war stark und selbstbeherrscht. Ashley mußte daran denken, wie sie mit Randy Coleman umgesprungen war, als der sie am Schwimmbecken der Academy belästigt hatte. War auch sie so? Auf dem Fußballplatz gehörte sie jedenfalls zu den Führungsspielerinnen. In der High School hatten die Mädchen sich stets an ihr orientiert.

Jerry stellte das Buch zurück, und sie nahmen vor dem Flugsteig Platz. Ashley ließ den Blick über die anderen Passagiere schweifen. Einige schienen aufgeregt zu sein. Viele jedoch wirkten müde oder gelangweilt. Als Ashley fünf Jahre zuvor den Flughafen von Portland betreten hatte, war es ihr wie der Beginn eines großen Abenteuers und ein Flug in die Freiheit vorgekommen. Heute hatte sie Angst. Sie hoffte, daß Joshua Maxfield mittlerweile das Interesse an ihr verloren hatte.

Am Flughafen von Portland stiegen Jerry und Ashley in ein Taxi und fuhren zu einem Apartment, das er auf seinen Namen gemietet hatte. Jerry bat den Fahrer, zu warten, während er Ashleys Gepäck in die Wohnung tragen würde. Er hatte aus Italien seine Sekretärin angerufen und sie gebeten, den Kühlschrank zu füllen. Vermutlich glaubte sie nun, er habe eine Geliebte. Bei dem Gedanken mußte Jerry lächeln. Sein Liebesleben war wenig aufregend gewesen, seit er und eine ehrgeizige Börsenmaklerin sich nach einer zweijährigen Beziehung getrennt hatten. Die Frau war in tiefe Depressionen verfallen, weil man ihr wegen der schlechten Wirtschaftslage gekündigt hatte. Als ihr dann ein Job in New York angeboten wurde, war sie schließlich aus Portland weggezogen. Seitdem hatte er sich zwar hin und wieder verabredet, aber an keiner der Frauen näheres Interesse gehabt.

»Sind Sie zufrieden?« fragte Jerry, nachdem Ashley sich in der Wohnung umgesehen hatte.

»Ja, alles in Ordnung.«

»Das Apartment ist vorläufig nur für einen Monat gemietet. Sie können jederzeit wieder ausziehen.«

»Nein, es gefällt mir.«

»Ich habe die Kabelgebühr bezahlt«, sagte Jerry und wies auf den Fernseher. »Jetzt können Sie all die schlechten Serien nachholen, die Sie verpaßt haben.«

Ashley kam zu ihm und küßte ihren Anwalt auf die Wange. »Sie sind absolut großartig, Jerry. Ohne Sie hätte ich das alles nicht durchgestanden.«

»Tja«, sagte Jerry ein wenig verlegen, »wir bieten unseren Mandanten eben einen umfassenden Service.«

Sie standen unmittelbar voreinander. Es herrschte peinliches Schweigen. Dann wich Jerry einen Schritt zurück.

»Die Anhörung ist um zehn Uhr. Ich hole Sie eine halbe Stunde vorher ab. Schlafen Sie gut.«

Ashley ging zum Fenster und sah Jerry in das Taxi einsteigen. Sie schaute dem Wagen hinterher, bis die Rücklichter verschwanden. Jerry war wunderbar. Man konnte sich auf ihn verlassen. Sie fühlte sich sicher in seiner Nähe, doch das Gefühl würde nicht von Dauer sein. Morgen würden alle erfahren, daß sie zurückgekehrt war.

Einundzwanzigstes Kapitel

Das Gerichtsgebäude des Multnomah County war ein massiger Betonklotz, der einen ganzen Häuserblock einnahm. Es sah noch immer genauso bedrohlich aus wie an dem Tag vor fünf Jahren, an dem Ashley während der Voruntersuchung im Fall Joshua Maxfield ausgesagt hatte. Vor den Metalldetektoren in der Eingangshalle stand eine kurze Warteschlange, als Ashley und Jerry Philips dort eintrafen. Der Anwalt trug einen grauen Anzug mit weißem Hemd und gelber Krawatte, Ashley das schwarze Kostüm, das sie vor dem Abflug in Florenz gekauft hatte.

Als die Sicherheitskontrolle hinter ihnen lag, führte Jerry seine Klientin in den zweiten Stock hinauf. Sie nahmen die Marmortreppe, deren vier Abschnitte um einen zentralen Luftschacht herumgebaut waren. Die Richterin Paula Gish verhandelte ihre Fälle in einem modernen Gerichtssaal am hinteren Korridor. Sie war eine korpulente Frau Anfang Vierzig, mit kurzem braunen Haar und dicker Brille. Als Ashley und Jerry den Raum betraten, blätterte die Richterin in einem Stapel Schriftsätze, während ein weißhaariger Anwalt über die Gebührenordnung für Rechtsanwälte schwadronierte.

Nachdem Ashley und Jerry sich in die letzte Reihe gesetzt hatten, sah sie sich im Zuschauerraum um. Es waren nur wenige Leute zugegen, und so fiel es ihr nicht schwer, Miles Van Meter zu entdecken. Er saß in der ersten Reihe neben einem großen, fast kahlen und übergewichtigen Afroamerikaner, der ebenso elegant wie er selbst gekleidet war.

Es überraschte Ashley, auf der anderen Seite des Ganges und einige Reihen weiter hinten Randy Coleman vorzufinden. Er trug einen schäbigen Anzug und sah längst nicht mehr so modisch aus wie an jenem Tag in der Academy. Ashley vermutete, daß Coleman ein paar weniger erfolgreiche Jahre hinter sich hatte. Neben Caseys Ehemann saß ein kleiner, athletischer Mann mit hoher Stirn und glänzendem schwarzen Haar. Er hielt einen Aktenkoffer umklammert, und Ashley nahm an, daß es sich um Colemans Anwalt handelte.

Noch weiter hinten im Gerichtssaal hatte eine attraktive junge Frau mit einem Stenoblock Platz genommen. Angesichts der traurigen Berühmtheit, die Miles Van Meters Buch erreicht hatte, war es nicht verwunderlich, daß eine Reporterin sich für dieses Vormundschaftsverfahren interessierte. Allerdings hatte Ashley nicht damit gerechnet, Larry Birch hier anzutreffen, den leitenden Ermittler in ihrem Fall. Er hockte ebenfalls in einer der hinteren Reihen und schaute sogar kurz zu Ashley herüber, ohne sie jedoch zu erkennen. Das schwarze Haar und die dunkle Brille hatten ihn offenbar getäuscht.

Richterin Gish entschied den Gebührenstreit. Dann rief der Gerichtsdiener den nächsten Fall auf. *Betreffend Casey Van Meter: Antrag auf Erteilung der Vormundschaft*. Miles und der Farbige standen auf und gingen zum Tisch der Antragsteller.

»Guten Tag, Euer Ehren. Ich bin Monte Jefferson und vertrete Miles Van Meter, Bruder von Casey Van Meter und Sohn des kürzlich verstorbenen Henry Van Meter, der bislang als Caseys Vormund eingesetzt war.«

Er wollte fortfahren, doch Randy Coleman und sein Rechtsbeistand gingen zu dem anderen Anwaltstisch.

»Anthony Botteri, Euer Ehren, im Namen meines Mandanten Randy Coleman, der mit Casey Van Meter verheiratet ist. Mr. Coleman möchte ebenfalls zum Vormund seiner Frau bestellt werden.«

»Euer Ehren sollten Mr. Colemans Antrag nicht zulassen«,

sagte Jefferson ruhig. »Als Miss Van Meter überfallen wurde, hatte sie wegen der Untreue und der gewaltsamen Übergriffe ihres Mannes bereits die Scheidung in die Wege geleitet. Ein ähnlicher Antrag von Mr. Coleman, eingereicht kurz nachdem Miss Van Meter ins Koma gefallen war, wurde vor Gericht bereits abschlägig beschieden. Der Mann ist ein Spieler mit einem Vorstrafenregister und ausschließlich an Miss Van Meters Geld interessiert.«

Coleman wollte etwas erwidern, aber Botteri packte ihn mit festem Griff am Unterarm.

»Wie bedauerlich, daß ein Anwalt von Mr. Jeffersons stattlichem Format sich dermaßen tief herablassen muß«, sagte Botteri. »Mein Mandant ist Geschäftsmann aus Las Vegas. Ein Wohnsitz in dieser Stadt macht aus ihm weder einen Spieler noch einen Kriminellen.«

»Da hat Mr. Botteri nicht ganz unrecht, Mr. Jefferson«, sagte die Richterin. »Lassen Sie uns diese Anhörung bitte möglichst zivilisiert über die Bühne bringen.«

»Verzeihung, Euer Ehren, aber ich glaube, die Vorgeschichte dieses Falls rechtfertigt meine Ausführungen.«

Richterin Gish wandte sich an Colemans Anwalt. »Mr. Botteri, ich verhandle diesen Fall zwar zum ersten Mal, doch ich habe natürlich zuvor die Akte gelesen. Darin findet sich ein Gerichtsentscheid, in dem Henry Van Meter, Miss Van Meters Vater, ausdrücklich das Vorrecht vor Ihrem Mandanten erhält. Erwähnt werden in diesem Zusammenhang ein tätlicher Angriff auf Miss Van Meter sowie einige Vorstrafen.«

»Das alles ist schon lange her, Euer Ehren«, sagte Botteri. »Außerdem liegen inzwischen andere Umstände vor. Mr. Van Meter hat vergessen, in seinem Antrag eine überaus wichtige Einzelheit zu erwähnen.«

»Und die wäre, Mr. Botteri?«

»Um es so offen wie möglich auszudrücken, Euer Ehren: Miles Van Meter möchte zu Caseys Vormund bestellt werden, damit er die legale Befugnis erhält, seine Schwester zu töten.«

»Das ist unerhört«, rief Miles.

»Wollen Sie dem Gericht etwa weismachen, Sie hätten nicht vor, das Lebenserhaltungssystem Ihrer Schwester abschalten zu lassen?« forderte Botteri ihn heraus.

»Ihr Klient hat meine Schwester nie geliebt. Er ist nur hinter ihrem Geld her.«

»Meine Herren«, rief Richterin Gish und klopfte mit ihrem Hammer mehrfach auf das Pult.

»Ich habe einen Beleg für unsere Position«, sagte Botteri, nahm zwei Schriftsätze aus seinem Aktenkoffer, reichte einen an Monte Jefferson weiter und brachte den anderen der Richterin.

»Das ist eine beeidigte Erklärung von Dr. Stanley Linscott, Casey Van Meters behandelndem Arzt. Er berichtet darin von einem Gespräch, in dem Mr. Van Meter sich erkundigt hat, welche Schritte notwendig sein würden, um die lebenserhaltenden Maschinen, die das Leben der Ehefrau meines Mandanten sichern, abschalten zu können.«

»Dürfte auch ich bitte ein Exemplar dieser Erklärung haben?« fragte Jerry Philips. Während Miles und Botteri sich gestritten hatten, waren er und Ashley vorgetreten. Miles drehte sich um und musterte Ashley einen Moment lang irritiert.

»Wer sind Sie?« fragte Richterin Gish.

»Jerry Philips, Euer Ehren. Ich vertrete Ashley Spencer, die ebenfalls beantragt, zu Miss Van Meters Vormund ernannt zu werden.«

»Worauf basiert der Antrag Ihrer Mandantin, Mr. Philips?« fragte die Richterin.

»Ashley Spencer ist die Tochter und das einzige Kind von Casey Van Meter.«

Miles starrte Ashley ungläubig an und wandte sich dann in hektischem Flüsterton an seinen Anwalt. Auch Randy Coleman war sichtlich konsterniert.

Jerry Philips überreichte den gegnerischen Anwälten sowie dem Gericht mehrere Dokumente. »Dies ist Miss Spencers formeller Antrag, zum Vormund ihrer Mutter bestellt zu werden. Beigefügt sind eine unterzeichnete Erklärung von Henry Van Meter, in der in groben Zügen dargelegt wird, daß es sich bei Ashley Spencer tatsächlich um Miss Van Meters Tochter handelt, sowie einige andere Unterlagen, die diesen Anspruch untermauern.«

Coleman und sein Anwalt sichteten die Dokumente und fingen an, aufgeregt miteinander zu diskutieren. Als sie fertig waren, wandte Botteri sich an die Richterin Gish.

»Mein Mandant sagt, seine Frau habe kein Kind gehabt. Die Mutter dieser jungen Dame war Terri Spencer. Sie wurde an demselben Tatort ermordet, an dem Casey Van Meter ihre schwere Verletzung erlitten hat.«

»Terri Spencer hat Ashley als ihre Tochter großgezogen«, sagte Philips, »aber Casey Van Meter ist Ashleys leibliche Mutter.«

»Mr. Jefferson, was sagen Sie dazu?« fragte die Richterin.

»Mein Mandant hat soeben zum erstenmal von Miss Spencers Behauptung gehört.«

»Es ist allerdings keineswegs das erste Mal, daß jemand aus Ihrer Firma über die Tatsache Bescheid weiß, daß Miss Spencer die Tochter von Casey Van Meter ist.« Jerry überreichte der Richterin, Jefferson und Botteri einen Offenlegungsantrag. »Sowohl Sie als auch Miles Van Meter arbeiten für die Kanzlei Brucher, nicht wahr?«

»Ja«, antwortete Jefferson und überflog das Dokument. »Unsere Firma vertritt schon seit langem alle geschäftlichen und persönlichen Belange der Familie Van Meter.«

»Norman Spencer, Ashleys Vater, hatte eine kurze Liebesbeziehung mit Casey Van Meter, als sie beide noch Studenten waren. Miss Van Meter wurde schwanger, erzählte Norman jedoch nichts davon. Henry Van Meter wollte Ashley zur Adoption freigeben lassen. Norman fand das heraus und beauftragte meinen Vater, Ken Philips, das Sorgerecht für Ashley zu erstreiten. Nach Verhandlungen mit Henry und seinem Anwalt erhielt Norman Spencer unter strikter Geheimhaltung die Erlaubnis, Ashley zu adoptieren. Anton Brucher und seine Kanzlei haben die Einzelheiten geregelt. Ich möchte, daß das Gericht Einblick in die Akten nimmt. Das dürfte beweisen, daß Ashley Spencer tatsächlich Caseys Tochter ist.«

»Diese Akten wären mittlerweile so alt, daß sie vielleicht gar nicht mehr existieren«, sagte Jefferson. »Und falls sie doch noch existieren sollten, kann ich ihrer Offenlegung nicht zustimmen. Sie fallen unter das Anwaltsgeheimnis.«

»Wie wird in Ihrer Kanzlei normalerweise mit alten Akten verfahren?« fragte die Richterin.

»Es gibt eine Firma, die sich auf die Verwahrung von Geschäftsunterlagen spezialisiert hat. Sie verfügt über ein Lagerhaus. Unsere abgeschlossenen Fälle werden dort archiviert.«

»Ich möchte, daß Sie nach den Akten suchen und dem Gericht mitteilen, ob sie noch existieren«, erklärte die Richterin. »Falls ja und falls Ihr Klient sie nicht freigeben möchte, können Sie Ihren juristischen Standpunkt darlegen, und dann sehen wir weiter.«

»Sehr wohl, Euer Ehren.«

»So, und nun nehmen alle bitte Platz, damit ich die Papiere lesen kann, die Mr. Philips und Mr. Botteri mir gegeben haben. Ich möchte dabei nicht gestört werden.«

Die Parteien warteten, bis Richterin Gish die Unterlagen gesichtet hatte. Als sie fertig war, nahm sie die Brille ab und massierte sich die geschlossenen Lider.

»Und ich dachte schon, mir stünde ein ereignisloser Tag bevor.«

Sie setzte die Brille wieder auf und sah die Antragsteller an.

»Die Situation ist viel zu komplex, um heute vormittag entschieden werden zu können.«

»Ich habe einen Vorschlag, Euer Ehren«, sagte Botteri. »Durch einen Gentest würde sich eindeutig feststellen lassen, ob Miss Spencer und Casey Van Meter miteinander verwandt sind.«

Die Richterin wandte sich an Ashleys Anwalt. »Mr. Philips,

wäre Ihre Mandantin bereit, sich einem Gentest zu unterziehen, um die Frage der Mutterschaft zu klären?«

Jerry und Ashley berieten sich kurz.

»Miss Spencer ist mit diesem Test einverstanden, Euer Ehren«, sagte Jerry dann.

»Also gut. Dann ordne ich hiermit eine Vertagung an. Mr. Jefferson wird nach den Akten suchen, und Miss Spencer wird sich einem Gentest unterziehen. Ich möchte, daß die Parteien sich auf eines der möglichen Testverfahren einigen und dann gemeinsam festlegen, welches Labor den Test durchführen soll. Wenn die Parteien bereit sind, geben Sie mir Bescheid, und wir setzen einen neuen Anhörungstermin fest.«

Sobald die Vertagung verkündet war, eilten Randy Coleman und sein Anwalt aus dem Gerichtssaal. Monte Jefferson ging ebenfalls hinaus, aber Miles wartete noch einen Moment.

»Jerry«, sagte er und nickte Philips zu. Dann schenkte er Ashley ein warmherziges Lächeln. »Ich freue mich, Sie zu sehen.«

»Es tut mir leid, daß Ihr Vater gestorben ist«, erwiderte Ashley. »Er war sehr freundlich zu mir.«

»Er hat Sie sehr gemocht und war sehr besorgt, als Sie verschwunden sind. Ich ebenfalls.«

»Ich wollte wirklich niemanden beunruhigen. Ich … ich mußte nur einfach weg.«

»Wo sind Sie gewesen?«

»In Übersee«, antwortete Ashley ausweichend. Sie war noch nicht gewillt, Informationen über ihr Versteck preiszugeben. Womöglich würde sie dorthin zurückkehren müssen.

Miles musterte sie von Kopf bis Fuß und lächelte. »Nun, die fünf Jahre sind Ihnen gut bekommen. Sie sehen toll aus. Die Haarfarbe gefällt mir.«

Ashley lächelte. »Danke.«

Miles sah auf die Uhr. »Ich muß wegen einer Sitzung zurück ins Büro.« Er hielt inne, als sei ihm gerade eine Idee gekommen. »Möchten Sie heute mit mir zu Abend essen? Ich würde gern erfahren, was Sie all die Jahre gemacht haben.«

»Ich halte das für keine gute Idee«, sagte Jerry.

»Warum?« fragte Ashley.

»Sie sollten vorerst Abstand voneinander halten. Immerhin sind Sie Gegner in einem Rechtsstreit.«

»Aber wir sind vielleicht auch miteinander verwandt«, sagte Miles. »Diese Neuigkeit kam zwar völlig überraschend, doch falls sie sich als wahr erweist, könnte ich mich nicht glücklicher schätzen.«

»Ich würde wirklich gern mit Miles reden«, wandte sich Ashley an Philips. »Es ist doch bloß ein Abendessen. Kein Grund zur Beunruhigung.«

Miles gab jedem der beiden eine seiner Visitenkarten. »Besprechen Sie die Angelegenheit in Ruhe. Falls Sie meine Einladung annehmen, lassen Sie von sich hören.«

Dann drehte er sich um und ging. Jerry schaute ihm hinterher, bis er sich nicht mehr in Hörweite befand. Nervös registrierten sie, daß sowohl die Reporterin als auch Larry Birch in ihre Richtung kamen.

»Wenn Sie mit Miles reden, denken Sie daran, daß Sie und er bei diesem Prozeß auf verschiedenen Seiten stehen.«

»Keine Sorge. Miles war immer sehr nett zu mir. Ich glaube nicht, daß er versuchen würde, die Situation irgendwie auszunutzen.«

»Sie haben keine Ahnung, was er nun tun wird, da sie Gegner sind.«

»Ich passe schon auf, okay?«

Jerry wurde verlegen. »Tut mir leid, das ist der Anwalt in mir.«

»Ich bin froh, daß Sie sich so für meine Interessen einsetzen.«

Hinter ihr stand plötzlich die Reporterin und räusperte sich. »Ashley, ich bin Rebecca Tilman. Darf ich Ihnen ein paar Fragen stellen?«

»Miss Spencer wird vorläufig keine Interviews geben«, erklärte Jerry. »Falls sie sich später dazu entschließen sollte, hören Sie von uns.«

»Das ist eine wichtige Story«, beharrte die Reporterin.

»Mag sein, aber Miss Spencer wird dennoch keine Fragen beantworten.«

Die Frau wollte noch etwas sagen, beschloß dann jedoch, sich zurückzuziehen.

»Hallo, Detective«, sagte Ashley.

»Lange nicht gesehen«, erwiderte Birch. Es klang wie ein Scherz, aber Birch sah todernst aus.

»Tut mir leid, daß ich mich auf diese Weise aus dem Staub gemacht habe.«

»Uns hat es auch leid getan, aber Ihnen ist nichts passiert, und darauf kommt es an.«

»Gibt es zu Joshua Maxfield irgendwelche neuen Erkenntnisse?«

»Nach ihm wird immer noch gefahndet, und es wurden mindestens zwei weitere Morde verübt, die auf sein Konto gehen könnten.«

»Wo?«

»In Ohio und Iowa.«

»Demnach hat er Oregon verlassen?«

»Es scheint so, aber nun, da Sie wieder hier sind, könnte sich das bald ändern.«

»Wir machen uns deswegen ebenfalls Sorgen, Detective«, sagte Jerry. »Wie sieht es mit Personenschutz für Ashley aus?«

»Nach der Nummer, die sie abgezogen hat, könnte das schwierig werden.«

»Sie war zu Tode geängstigt, weil Ihre Leute es nicht geschafft haben, Sie zu beschützen.«

»Zwei gute Männer haben bei dem Versuch ihr Leben verloren«, entgegnete Birch zornig.

»Das tut mir leid«, entschuldigte Jerry sich, »aber es läßt nur um so deutlicher erkennen, weshalb Ashley geflohen ist.«

Birch atmete tief durch. »Ich habe mir große Vorwürfe wegen des Anschlags in der Academy gemacht, aber Sie hätten trotzdem nicht weglaufen dürfen. Ich spreche mit meinem Captain und werde sehen, was wir tun können, um für Ihre Sicherheit zu sorgen.«

»Soll ich Sie zurück zu Ihrer Wohnung fahren?« fragte Jerry, nachdem Birch gegangen war.

»Nein, ich gehe zu Fuß. Das bin ich aus Italien so gewohnt. Außerdem möchte ich mich ein wenig in der Stadt umsehen. Vielleicht mache ich sogar einen kleinen Einkaufsbummel.«

»Ich bin im Büro, falls Sie mich brauchen. Und überlegen Sie es sich gründlich, bevor Sie Miles' Einladung zum Abendessen annehmen.«

»Jerry, ich bin einundzwanzig Jahre alt und komme schon seit einer Weile ganz gut allein zurecht.«

Jerry wurde erneut verlegen. »Sie haben ja recht. Ich möchte doch nur das Beste für Sie.«

Zweiundzwanzigstes Kapitel

Miles hatte ein teures Restaurant ausgesucht. Als Ashley eintraf, wartete er bereits in einer stillen Sitzecke. Er trug einen gelbbraunen Anzug, ein blaues Hemd und eine gestreifte Krawatte. Ashley hatte dasselbe wie vor Gericht an, denn es war die einzige vornehmere Kleidung, die sie besaß.

Als der Empfangschef Ashley zum Tisch geleitete, stand Miles auf.

»Ich bin ja so froh, daß Sie die Einladung angenommen haben«, sagte er, nachdem sie sich gesetzt hatten. »Möchten Sie einen Cocktail oder ein Glas Wein?«

»Ein Wein wäre nett.«

Miles bestellte die Getränke, während Ashley in der Speisekarte blätterte. Sobald der Kellner gegangen war, starrte Miles sie an. Sein prüfender Blick ließ sie sich unbehaglich fühlen. Miles bemerkte es und lächelte.

»Tut mir leid, aber ich kann nicht anders. Die Vorstellung, Sie könnten meine Nichte sein, ist noch so ungewohnt für mich.«

»Nicht ungewohnter als die Vorstellung, daß Casey meine Mutter sein könnte.«

»Heute im Gerichtssaal war ich sehr erleichtert, daß es Ihnen gutgeht. Als ich mit meinem Buch auf Lesereise war, habe ich das Publikum häufig nach Ihrem Gesicht abgesucht und gehofft, Sie irgendwo in einer der hinteren Reihen zu entdecken. Ich habe mir wirklich Sorgen um Sie gemacht.«

Ashley bekam ein schlechtes Gewissen, weil sie in all den Jahren nur äußerst selten an Miles gedacht hatte.

»Herzlichen Glückwunsch zu Ihrem Buch.«

»Haben Sie es gelesen?« fragte Miles erwartungsvoll.

»Nein. Es wäre zu schmerzlich für mich gewesen.«

»Ich verstehe. Es hat mich viel Kraft gekostet, *Die schöne Schläferin* zu schreiben, aber ich hatte den Eindruck, es müsse unbedingt getan werden.«

Der Kellner kam, um ihre Bestellung aufzunehmen.

»Haben Sie schon immer gern geschrieben?« fragte Ashley, nachdem der Mann wieder gegangen war.

»Als Student habe ich ein paar Geschichten geschrieben, aber bis zu *Die schöne Schläferin* hatte ich mich noch nie an ein richtiges Buch gewagt.«

»Was hat Sie dazu veranlaßt?«

»Nach Maxfields Flucht wurden mein Vater und ich von Filmproduzenten, Fernsehsendern und Literaturagenten bestürmt, die aus unserem Leid Kapital schlagen wollten. Die meisten habe ich abgewimmelt, aber Andrea Winsenberg und ich hatten sofort die gleiche Wellenlänge. Sie brachte mich auf die Idee, durch ein Buch das Andenken an Casey zu bewahren. Ursprünglich sollte einer der von ihr vertretenen Autoren als Ghostwriter fungieren.« Miles lächelte. »Als ich beschloß, es selbst zu versuchen, hat sie mich für verrückt erklärt.«

»Wie ich gehört habe, ist es ein riesiger Erfolg geworden.«

»Ich würde das Geld und den Ruhm sofort für Caseys Genesung eintauschen.«

»Besteht denn noch irgendeine Aussicht, daß es dazu kommen wird?«

Miles wirkte unangenehm berührt. »Wissen Sie, ich möchte heute abend eigentlich gar nicht über Caseys Zustand sprechen, sondern viel lieber von Ihren Erlebnissen hören, aber wir müssen das klären. Ich weiß nicht, ob Sie tatsächlich Caseys Tochter sind ...«

»Sie wußten, daß Casey damals im Sommer schwanger geworden ist, als sie mit meinem Vater zusammen war«, fiel Ashley ihm ins Wort.

»Ja«, räumte Miles zögernd ein.

»Sie und zwei andere Männer haben meinen Vater sogar zusammengeschlagen, weil Casey von ihm schwanger war.«

Miles senkte den Blick. »Wir alle tun Dinge, auf die wir nicht stolz sind. Ich war noch sehr jung, als ich auf Norman losgegangen bin, und bedauere es heute.« Er sah wieder Ashley an. »Aber ich habe es für Casey getan. Falls Sie ihr wirklich helfen wollen, lassen Sie meine Schwester gehen.«

»Sie meinen, ich soll mich von ihr verabschieden und zulassen, daß Sie den Stecker ziehen?«

»Ich verstehe genau, wieso Sie Casey am Leben erhalten möchten. Mein Gott, Sie dachten, Sie hätten Ihre Mutter verloren. Und dann bricht aus heiterem Himmel diese Neuigkeit über Sie herein. Doch es ist falsch, Casey noch länger leiden zu lassen.« Miles atmete tief ein. »Casey und ich stehen uns sehr nah. Ich liebe sie von ganzem Herzen, aber ich habe inzwischen die Tatsache akzeptiert, daß sie gemeinsam mit Terri im Bootshaus gestorben ist.« Er schüttelte den Kopf. »Das dort im Pflegeheim ist nicht mehr Casey, sondern nur noch ein Leichnam, die Hülle einer einst lebensfrohen Frau. Alles, was aus ihr einen Menschen gemacht hat, ist verschwunden.«

»Ihr Vater hat bis zuletzt die Hoffnung nicht aufgegeben.«

»Mein Vater konnte nichts und niemanden loslassen. Als Casey und ich aufgewachsen sind, war er nie da, hat aber immer versucht, jedes Detail unseres Lebens zu kontrollieren.«

»Sie klingen verbittert.«

»Sie haben ja keine Ahnung, wie es für uns war.«

»Hat Ihre Mutter denn nicht ...?«

»Unsere Mutter war eine Trinkerin. Schon beim kleinsten Anzeichen von Widerspruch hat Henry sie verprügelt. Sie hatte Glück, daß sie so jung gestorben ist.«

Ashley konnte ihre Erschütterung nicht verbergen. Miles bemerkte es.

»Sie haben ihn erst kennengelernt, nachdem er seine religiöse Ader entdeckt hatte und der gütige Henry geworden war. Der Mann, den Casey und ich kannten, war wie der zornige Gott des Alten Testaments. Er irrte sich nie und war stets davon überzeugt, durch reine Willenskraft jedes Ziel erreichen zu können. Henry hat sich eingeredet, Casey würde wie Dornröschen aus ihrem Koma erwachen.« Miles hielt abermals inne. »Es zerreißt mir das Herz, meine Schwester dahinsiechen zu sehen. Ich möchte, daß sie mit einem Rest von Würde stirbt. Ich möchte, daß Casey in Frieden ruhen kann.«

»Ich kann verstehen, wie schmerzlich das alles für Sie ist, Miles, aber ich dachte, ich hätte meine Familie verloren. Dann tauchte vor ein paar Tagen plötzlich Jerry Philips auf und erzählte mir, meine echte Mutter sei noch am Leben. Ich kann sie doch nicht so einfach zum Tode verurteilen. Was ist mit diesem neuen Medikament? Ist Casey denn nicht eine der Versuchspersonen in einer klinischen Testreihe?«

»Dieses Mittel wird nie funktionieren. Und selbst wenn sie tatsächlich davon aufwachen sollte, gibt es keine Garantie, daß sie sich noch im Besitz ihrer geistigen Fähigkeiten befinden würde.« Miles wischte sich über das Gesicht. »Ich wollte diesen Punkt nicht zur Sprache bringen, aber es muß wohl sein. Casey hat Ihre Loyalität nicht verdient. Wissen Sie, wie ich von ihrer Schwangerschaft erfahren habe?«

»Nein.«

»Sie wollte eine Abtreibung und wußte, daß ein Kommilitone aus meiner Studentenverbindung so etwas schon einmal für seine Freundin organisiert hatte. Dann hat Henry es erfahren. Ich glaube, eine der Hausangestellten hatte zufällig etwas gehört. Er berief eine Familiensitzung ein. Casey wollte es nicht zugeben, bis Henry ihr drohte, sie zu enterben. Danach verriet sie uns auch, daß Norman der Vater war.«

Miles trank einen Schluck Wein. Dann sah er Ashley in die Augen.

»Sie wollte Henrys Geld, aber Sie waren ihr völlig gleichgültig. Das ist die Wahrheit. Sie schulden ihr gar nichts.«

Ashley bekam kaum ein Wort heraus. »Was ... was hat sie für meinen Vater empfunden?«

»Sie hat sich einfach irgendeinen Kerl aufgerissen. Als sie keine Lust mehr auf ihn hatte, hat sie ihn abserviert, ohne weiter darüber nachzudenken. Ashley, ich liebe meine Schwester – wir sind Zwillinge –, aber Casey ist noch nie ein netter Mensch gewesen. Sie war immer schon egozentrisch und selbstzerstörerisch. Sie hätte eine schreckliche Mutter abgegeben. Wissen Sie von Ihrer Ehe mit Coleman?«

Ashley nickte.

»Das war typisch für sie. Nachdem Vater sie zur Rektorin der Academy gemacht hatte, ist sie eine Weile vorsichtig geblieben, bis zu diesem Fiasko. Ihr ganzes Leben lang war sie promiskuitiv und labil. Sie hat Drogen genommen und sogar einmal versucht, sich umzubringen.«

»Nein.«

»Sie war verantwortungslos und hat ständig ihre Meinung gewechselt. Wenn ihr etwas gefiel, hat sie sich Hals über Kopf hineingestürzt, nur um sofort wieder damit aufzuhören, sobald ihr langweilig wurde. Genauso war es auch bei Ihrem Vater.«

»Aber in der Schule schien sie doch gute Arbeit zu leisten«, sagte Ashley, um Casey zu verteidigen. Noch im selben Moment wurde ihr klar, daß sie diese Behauptung durch keinerlei Fakten untermauern konnte.

»Auch das war irgendwie typisch. Unser Vater gab ihr diese Position an der Academy, weil er ein letztes Mal versuchen wollte, ihr auf die Beine zu helfen. Ich muß zugeben, sie hat anfangs wirklich etwas aus sich gemacht. Sie war schon immer sehr intelligent und hatte eine gute Ausbildung, aber ich konnte mir nicht vorstellen, daß sie durchhalten würde. Doch das hat sie. Die Herausforderung und die Verantwortung gefielen ihr. Die Academy war Henry sehr wichtig, und Casey wußte, daß er großes Vertrauen auf sie setzte. Das kam nicht oft vor.

Dann fuhr sie zu einem Kongreß nach Las Vegas und hat aus einer Laune heraus diesen Mistkerl geheiratet.« Miles schüttelte verwundert den Kopf. »Ist Ihnen bewußt, welchen

Schaden eine Schule wie die Academy schon durch den leisesten Hauch eines Skandals nehmen kann? Caseys Ehe mit diesem billigen Gauner barg die Gefahr einer ausgewachsenen Katastrophe.«

Miles hatte offenbar gemerkt, daß er immer wütender wurde, denn er verstummte kurz und beruhigte sich wieder.

»Es hat keinen Sinn mehr, Casey am Leben zu erhalten«, sagte er. »Sie hat sich nie für Sie interessiert und sich um keinen anderen Menschen gekümmert. Mich hat sie allerdings geliebt, und nun muß ich ihr diese Liebe vergelten, indem ich für ihren Frieden sorge.«

Ashley schüttelte den Kopf. »Ich kann einfach nicht die Möglichkeit ignorieren, daß sie vielleicht aufwacht. Es tut mir leid.«

Miles' Miene wurde weicher. »Ashley, überlegen Sie doch – Sie sollten sich nicht damit belasten müssen, für Casey zu sorgen. Die letzten paar Jahre waren gewiß nicht einfach. Ich nehme an, Sie sind keiner geregelten Arbeit nachgegangen, und Sie haben noch nicht mal einen High-School-Abschluß, nicht wahr?«

»Das stimmt.«

»Sie sollten versuchen, Ihr Leben neu zu organisieren. Sie sollten zur Schule gehen. Ich könnte Ihnen behilflich sein und Ihnen einen Job bei Van Meter Industries besorgen, während Sie Ihren Schulabschluß nachholen. Später helfe ich Ihnen bei der Suche nach einem Studienplatz. Wir sind doch verwandt. Wir sollten uns nicht streiten, sondern einander helfen.«

Ashley war sich nicht sicher, was sie von diesem Angebot halten sollte. »Würden Sie mir auch dann helfen, wenn ich weiterhin anderer Meinung wäre als Sie?«

Miles wirkte bekümmert. »Ich will Sie nicht kaufen, Ashley, sondern Ihnen verdeutlichen, daß Casey nicht zurückkehren wird. Ich möchte nur das Beste für Sie, und Sie sollten sich bemühen, die verlorene Zeit wettzumachen.«

»Lassen Sie mich darüber nachdenken. Morgen statte ich

Casey einen Besuch ab. Vielleicht wird mir das bei meiner Entscheidung weiterhelfen.«

Miles sah den Kellner mit ihrem Essen kommen. »In Ordnung, und jetzt verspreche ich, die Vormundschaft heute abend nicht mehr zu erwähnen.«

Während sie aßen, erzählte Miles ihr ein paar hinreißende Anekdoten über seine Lesereise. Ashley trank etwas zuviel Wein und ertappte sich dabei, wie sie fast einen Lachkrampf bekam, als Miles von dem bizarren Gespräch mit zwei skrupellosen Filmproduzenten berichtete, die behauptet hatten, Tom Cruise und Jennifer Lopez stünden bereit, die Rollen von Joshua Maxfield und Casey zu spielen.

Dann erkundigte Miles sich nach ihren Jahren im Ausland. Ashley berichtete von ihren Reisen, war aber nüchtern genug, alle wichtigen Einzelheiten für sich zu behalten. Am Ende des Abends hatte sie vergessen, wie ernst ihr Gespräch begonnen hatte.

Miles wartete draußen mit Ashley, während der Angestellte ihre Wagen holte, umarmte sie dann zum Abschied und gab ihr einen brüderlichen Kuß auf die Wange. Es nieselte. Ashley schaltete die Scheibenwischer ein und konzentrierte sich auf die Straße. Hin und wieder schaute sie in den Rückspiegel. Ein Scheinwerferpaar tauchte darin auf. Sie kümmerte sich jedoch nicht weiter darum, denn sie mußte immerzu daran denken, was Miles beim Essen über Casey gesagt hatte.

War ihre Mutter tatsächlich so kalt, berechnend und gefühllos, wie Miles behauptete? Hatte Norman ihr so wenig bedeutet? War es ihr so leichtgefallen, ihr Kind wegzugeben? Falls sie so hartherzig war, wie würde sie wohl auf Ashley reagieren, sollte sie aus dem Koma erwachen?

Ashley wußte, daß Terri sie bedingungslos geliebt hatte. Wer also war wirklich ihre Mutter? War es nicht letztlich unwichtig, wer ein Kind zur Welt brachte?

Sie bog in eine Nebenstraße ein und bemerkte, daß die Scheinwerfer immer noch hinter ihr waren. Der jähe Schreck vertrieb alle Gedanken an Casey. Ashley beschloß, ein paarmal wahllos abzubiegen, um zu überprüfen, ob der Wagen an ihr dranblieb. Er blieb. Sie versuchte sich einzureden, daß niemand ihr folgte, aber ein solcher Zufall war praktisch unmöglich, also wendete sie kurzerhand, so daß die Reifen über den nassen Asphalt quietschten. Als sie an dem anderen Wagen vorbeifuhr, schaute sie zu dem Fahrer hinüber, aber der Regen und die Dunkelheit nahmen ihr die Sicht.

Ashley fuhr schnell, bis sie sicher war, den Verfolger abgeschüttelt zu haben. Dann kehrte sie auf dem kürzesten Weg zu ihrem Apartment zurück. Ihr Herz raste und beruhigte sich erst wieder, als sie die Wohnungstür hinter sich abgeschlossen hatte. Anstatt das Licht einzuschalten, lief sie zum Fenster und hielt Ausschau, ob jemand von der Straße aus ihre Wohnung beobachtete. Es stand jedoch niemand dort im Regen, und verdächtige Fahrzeuge ließen sich ebenfalls nicht erkennen.

Dreiundzwanzigstes Kapitel

Als Ashley aufwachte, regnete es immer noch. Sie zog sich einen Trainingsanzug und einen Anorak mit Kapuze an, setzte eine dunkle Sonnenbrille auf und ging zwei Blocks zu einem Café, um dort zu frühstücken. Danach wollte sie zum Pflegeheim *Sunny Rest* fahren und Casey Van Meter besuchen.

In dem Café lag auch der *Oregonian* zum Verkauf aus. Ashley nahm sich ein Exemplar und setzte sich an einen der Tische. Von der Titelseite der Zeitung blickte ihr das eigene Gesicht entgegen. Es war ein altes Foto aus ihrer Schulzeit. Sie schaute sich um, ob irgend jemand sie anstarrte, aber keiner der Anwesenden schien die Ähnlichkeit zwischen der blonden Sportlerin in der Zeitung und der dunkelhaarigen Frau in einer der hinteren Sitznischen bemerkt zu haben.

VERSCHWUNDENE ZEUGIN KOMMT ZURÜCK, UM SICH DIE 40 000 000 DOLLAR DER *SCHÖNEN SCHLÄFERIN* ZU SCHNAPPEN! lautete die Schlagzeile. Ashley stutzte ungläubig und las die Zahl noch einmal. Der Artikel stammte von der Frau, die im Gerichtssaal versucht hatte, ihr einige Fragen zu stellen. Sie faßte darin den Verlauf der Anhörung zusammen, wärmte den Mordfall und Miles' durchschlagenden Erfolg als Autor wieder auf und behauptete dann, daß Caseys Vormund die Kontrolle über ein Vermögen von geschätzten vierzig Millionen Dollar erhalten würde. Jerry Philips hatte diese Nebensächlichkeit nie erwähnt. Vierzig Millionen! Ashley hatte in bescheidenen Apartments gewohnt und sich von Baguettes, Käse und billigem Wein ernährt. Vierzig Millionen Dollar bedeuteten Kaviar, Penthäuser und Jachten.

Nachdem sie ihr Frühstück förmlich heruntergeschlungen hatte, kehrte sie in ihre Wohnung zurück. Sie fragte sie sich, in welcher Form sie Zugriff auf Caseys Millionen haben würde, sollte das Gericht sie zum Vormund der Rektorin bestellen. Jerry hatte zu ihr gesagt, sie könne mit Caseys Geld die Rechnungen des Pflegeheims bezahlen, ihr ansonsten aber nichts über die Rechte und Pflichten eines Vormunds erzählt. Würde sie darüber entscheiden müssen, wie Caseys Reichtümer angelegt wurden? Würde sie das Geld für ihre eigenen Zwecke nutzen dürfen? Ashley kam zu dem Schluß, daß sie Antworten auf all diese Fragen bekommen mußte.

Im strömenden Regen fuhr Ashley durch Portlands Vororte zum Pflegeheim *Sunny Rest*. Das ausgedehnte Gelände war von Wohnsiedlungen und Einkaufszentren umgeben. Auf einer Seite der Straße standen die Apartments der Ruheständler, die noch allein für sich sorgen konnten. Gegenüber erstreckte sich ein eingeschossiger Gebäudekomplex, dessen Bewohner betreut werden mußten.

Weit hinten auf dem großen Parkplatz fand Ashley schließlich eine Lücke und lief von da aus durch den Regen zum Eingang. Als sie dort ankam, war sie völlig durchnäßt. Sobald sie zum erstenmal bewußt ihre Umgebung wahrnahm, wurde ihr unwohl zumute. Vor allem die Blicke der älteren Leute, die sich in der Lobby aufhielten, machten ihr zu schaffen. Einige von ihnen schoben Gehhilfen vor sich her, andere saßen in Rollstühlen. Alle waren sie gebrechlich; ihre Venen blaue Stränge unter wächserner, pergamentdünner Haut, ihr Haar weiß und schütter. Mehrere der Leute schienen in ihre eigenen Welten versunken zu sein, nickten als Antwort auf Stimmen, die nur sie hörten, oder sprachen zusammenhanglos mit Personen, die niemand außer ihnen sehen konnte.

Ashley befand sich auf halbem Weg zum Empfangstresen, als eine Frau im Rollstuhl sie strahlend anlächelte.

»Hallo«, sagte die Frau aufgeregt. »Bist du Carmen? Kommst du mich besuchen?«

Eine Krankenschwester eilte herbei und lächelte Ashley entschuldigend zu. »Betty, diese junge Dame ist nicht Carmen. Carmen kommt immer samstags.«

Die Schwester drehte den Rollstuhl um, so daß Betty nicht mehr sehen konnte, was Ashley tat, und schob ihren Schützling unter stetem Geplapper weg. Am Empfang erfuhr Ashley, in welcher Abteilung Casey untergebracht war. Auf dem Weg dorthin mußte sie erneut an Betty vorbei. Die alte Frau blickte auf und lächelte.

»Bist du Carmen? Kommst du mich besuchen?«

Ashley erschauderte und bog in einen Korridor ein, in dem es stark nach Desinfektionsmitteln roch.

Am Ende des Flurs befand sich eine junge Krankenschwester auf Station. Ashley nannte ihren Namen und bat darum, mit Stanley Linscott sprechen zu dürfen, Casey Van Meters behandelndem Arzt.

»Dr. Linscott ist heute nicht da«, erwiderte die Schwester.

»Gibt es jemand anderen, mit dem ich über Miss Van Meter reden könnte?«

»Sie müssen sich an Ann Rostow wenden, unsere Verwalterin. Ich gebe ihr Bescheid.«

Ashley setzte sich auf einen Stuhl. Einige Minuten später tauchte am Ende des Korridors eine schlanke Frau mit kurzem grauen Haar und Brille auf. Sie trug einen gelbbraunen Hosenanzug und eine beigefarbene Bluse.

Ashley stand auf. Die Frau blieb vor ihr stehen.

»Ich bin Ann Rostow. Sie haben sich nach Casey Van Meter erkundigt?«

»Ja. Ich wollte sie sehen und wüßte gern, wie es ihr geht.«

»Warum?«

»Ich bin womöglich ihre Tochter.«

»Sind Sie Ashley Spencer?«

»Ja.«

»Ich dachte mir schon, daß Sie herkommen würden. Ich habe heute morgen den Artikel in der Zeitung gelesen«, erklärte Rostow. »Können Sie sich irgendwie ausweisen?«

Ashley gab Rostow ihren Führerschein. Die Verwalterin warf einen Blick darauf und reichte ihn wieder zurück.

»Wir müssen hier sehr vorsichtig sein«, sagte Rostow. »Ständig versuchen irgendwelche Reporter, an Informationen über Miss Van Meter zu gelangen. Es hat heute bereits mehrere Anrufe gegeben. Als Miss Van Meter hier eingeliefert wurde, hat ein Kamerateam versucht, sich durch die Küche ins Haus zu schleichen.«

»Darf ich sie sehen? Ich bleibe nur eine Minute. Falls sie meine Mutter ist ... ich kannte sie nur ganz kurz, und das ist schon fünf Jahre her. Ich möchte bloß ...«

»Das muß sehr schwierig für Sie sein.«

»Ja, allerdings. Es ist so verwirrend. Um sicherzugehen, wird man einen Gentest durchführen, aber nach allem, was ich erfahren habe, ist sie wahrscheinlich meine Mutter.«

»Und Sie wollen sie nur kurz sehen?«

»Ja. Es würde mir viel bedeuten.«

»Also gut. Kommen Sie mit.«

Rostow führte Ashley durch eine Schwingtür und halb den nächsten Gang entlang. Dort blieb sie vor einem der Zimmer stehen und öffnete die Tür. Ashley zögerte erst, ging dann aber hinein. Die Wände waren in einem sterilen Gelbbraun gestrichen, und nirgendwo hingen Bilder. An einer der Wände war ein Waschbecken und darüber ein Spiegel angebracht. Gegenüber stand ein Krankenhausbett mit geschlossenem Gitter. Ashley mußte sich zwingen, die Frau anzusehen, die dort lag. An ihren Unterarm war ein Tropf angeschlossen. Auf der anderen Seite des Betts verschwand der Schlauch einer Magensonde unter der Decke.

Ashley hatte damit gerechnet, eine ausgezehrte, abgemagerte Gestalt vorzufinden, die längst nicht mehr wie ein Mensch aussah. Was sie tatsächlich vorfand, war weniger schrecklich, aber viel trauriger. Casey hatte in den Jahren der Bewußtlosigkeit kaum an Gewicht verloren, denn sie wurde regelmäßig mit Nahrung und Wasser versorgt. Falls Ashley zufällig in diesen Raum gekommen wäre, hätte sie durchaus vermuten können, die Rektorin würde nur schlafen. Bei näherem Hinsehen begriff sie jedoch, warum Miles nicht mehr auf ein Wunder hoffte. Sie dachte an die lebhafte, dynamische Frau, die sie und ihre Mutter über den Campus der Academy geführt hatte. Diese Frau war so voller Energie gewesen, so voller Leben. Nun aber war Casey Van Meters Körper nur noch eine reglose Hülle. Ihr Gesicht war blaß, die Haut sah ungesund aus, die Muskeln hatten keinerlei Spannung mehr, und die Arme waren völlig erschlafft. Ihr schimmerndes blondes Haar war grau geworden.

Ashley widerstand dem Impuls, einfach wegzulaufen, und zwang sich, näher an das Bett heranzutreten. Mitleidig blickte sie auf die Patientin. Sie verspürte nicht den Wunsch, ihre Mutter zu berühren. Casey Van Meter rief bei ihr kein Gefühl der Zuneigung hervor, sondern ließ sie sich lediglich unbehaglich fühlen.

Als sie glaubte, nun angemessen lange im Zimmer gewesen zu sein, drehte Ashley sich zu Ann Rostow um.

»Vielen Dank. Ich werde jetzt wieder gehen.«

»Wenn man zum erstenmal jemanden in einem solchen Zustand sieht, kann das sehr beunruhigend sein, vor allem wenn die betreffende Person einem nahesteht.«

»Wir haben uns nicht nahegestanden. Ich kenne sie einzig und allein als die Rektorin der Schule, auf die ich gehen wollte.«

»Trotzdem ist sie vielleicht Ihre Mutter«, sagte Rostow sanft.

Ashley nickte.

»Sie dürfen gern jederzeit wiederkommen.«

»Vielen Dank. Wie wird eigentlich dieser Gentest durchgeführt? Falls wir von Casey eine Blutprobe benötigen ...«

»Dazu brauche ich einen Gerichtsbeschluß, aber der dürfte kein Problem sein.«

»Glauben die Ärzte, daß ihr Zustand sich bessern wird?«

»Ich habe an mehreren Besprechungen teilgenommen, bei denen Mr. Van Meter genau diese Frage gestellt hat. Dr.

Linscott hat stets geantwortet, es sei sehr unwahrscheinlich, daß Miss Van Meter jemals wieder vollständig genesen wird.«

Ann Rostow begleitete Ashley zurück in die Lobby. Draußen regnete es inzwischen so stark, daß der Regen förmlich eine Wand zu bilden schien. Ashley setzte die Kapuze auf und lief mit gesenktem Kopf über die Straße. Sie verstand nun, was Miles ihr hatte begreiflich machen wollen. Casey war nicht mehr die starke, entschlossene Frau, die sich am Schwimmbecken der Academy gegen Randy Coleman behauptet hatte. Sie war ein lebender Leichnam. Falls sie durch irgendein göttliches oder medizinisches Wunder in diese Welt zurückkehrte, gab es keine Gewähr dafür, daß sie nicht genauso mitleiderregend und hilflos wie die Geistermenschen enden würde, die durch die Gänge von *Sunny Rest* schlurften.

Ashley entdeckte ihren Mietwagen. Sie zog den Schlüssel aus der Tasche und lief hin. Der Regen prasselte auf das Dach und die Windschutzscheibe. Ashley beugte sich vor, um die Tür aufzuschließen, und sah das Spiegelbild eines Mannes. Vom Dach lief Wasser über die Seitenscheibe und verwischte sein Gesicht, und außerdem hatte er eine Kapuze tief in die Stirn gezogen, aber das Messer in seiner Hand war deutlich zu erkennen.

Blitzschnell fuhr sie herum und trat zu. Der Mann hatte ihr die Seite zugewandt, so daß sie ihn am Oberschenkel traf. Er ächzte auf und wankte ein Stück zurück. Dann gaben seine Knie nach. Ashley rannte weg. Hinter ihr hämmerten Schritte auf das Pflaster. Aus dem Augenwinkel sah sie einen dunklen Schemen zwischen zwei Wagen hervorhuschen. Dann hörte sie, wie jemand zu Boden stürzte. Bevor sie sich noch umdrehen konnte, tauchte wie aus dem Nichts eine Gestalt vor ihr auf. Ashley schlug nach dem schwarzen Regenmantel und traf. Die Person geriet ins Stolpern. Sie holte erneut aus und wurde von zwei starken Armen gepackt.

»Ich bin Polizist, Miss Spencer«, rief ein Mann. »Wir haben ihn.«

Ashley erstarrte und sah den Mann an, der sie hielt. Unter dem Regenmantel konnte sie ein Stück seiner Uniform erkennen. Durch den Regen hörte sie Rufe: »Keine Bewegung, Polizei.«

»Lassen Sie uns umkehren«, sagte der Beamte. Sie zögerte. »Keine Sorge. Sie sind in Sicherheit. Er wurde überwältigt. Ich kann die Leute von hier aus sehen. Es sind unsere Männer.«

Der Officer führte Ashley durch die Reihen geparkter Autos zu mehreren Beamten in Zivil. Sie standen rund um zwei Männer in dunkler Kleidung, die bäuchlings auf dem Asphalt lagen und die Hände im Nacken verschränkt hatten. Zwischen ihnen lag ein Messer in einer Pfütze. Als Ashley hinzukam, bückte sich einer der Detectives nach der Waffe, um sie in einer durchsichtigen Plastiktüte zu verstauen.

Larry Birch ging zu Ashley. Ihm lief Wasser über das Gesicht, aber er lächelte.

»Wie gut, daß wir Sie überwacht haben«, sagte er.

Ashley zitterte. »Wer ist das?« fragte sie mit Blick auf die Gefangenen.

»Das werden wir gleich sehen.«

Birch gab einem der Männer ein Signal. »Legt ihnen Handschellen an, und helft ihnen auf die Beine.«

Mehrere der Beamten hielten ihre Waffen auf die Verdächtigen gerichtet, während andere Polizisten Birchs Anweisung ausführten. Ashley starrte die beiden Männer an. Man hatte ihnen die Kapuzen heruntergezogen.

»Ashley«, rief Randy Coleman. »Sagen Sie diesen Bullen gefälligst, sie sollen mir die Handschellen abnehmen. Ich habe Ihnen gerade das Leben gerettet.«

Der andere Gefangene schwieg und schaute Ashley nur an. Sie erwiderte den Blick, bis ihr allmählich klar wurde, daß sie den Mann kannte. Hastig wandte sie sich ab und wich einen Schritt zurück.

Der Regen fiel auf seinen kahlgeschorenen Kopf und durchnäßte den dichten tiefschwarzen Vollbart. Auch die Augenfarbe war anders. Vermutlich durch Kontaktlinsen. Es bestand jedoch kein Zweifel daran, daß die Polizei soeben Joshua Maxfield verhaftet hatte.

Vierundzwanzigstes Kapitel

Larry Birch brachte Ashley in Ann Rostows Büro, wo man ihr einen Becher heißen Tee und ein Handtuch gab, mit dem sie ihr Haar abtrocknen konnte.

»Erzählen Sie mir, was auf dem Parkplatz passiert ist«, sagte Larry Birch, nachdem Ashley sich ein wenig beruhigt hatte.

»Ich wollte die Autotür aufschließen, als ich plötzlich gesehen habe, daß jemand sich im Fenster spiegelt.«

»Maxfield?«

»Das kann ich nicht sagen. Es war so trübe draußen, und Sie sehen ja, wie stark es regnet. Das Wasser lief über die Scheibe und hat alles verzerrt. Außerdem hatte er eine Kapuze auf.«

»Demnach wissen Sie nicht, ob Maxfield oder Coleman Sie angegriffen hat?«

Ashley sah ihn an. »Es muß Maxfield gewesen sein. Glauben Sie etwa, Coleman würde mich überfallen?«

»Ich muß unvoreingenommen sein.«

»Was sagt er?«

»Coleman schreit Zeter und Mordio. Er behauptet, er habe Ihnen das Leben gerettet und Maxfield überwältigt. Angeblich wollte er seine Frau besuchen und sei zufällig zur richtigen Zeit am richtigen Ort gewesen.«

»Das klingt doch recht schlüssig.«

»Wir haben ein gewisses Problem damit, daß er zwar kurz nach Ihnen auf den Parkplatz gefahren ist, aber nie das Pflegeheim betreten hat.«

»Wie begründet er das?«

»Er sagt, er habe Miss Van Meter nicht mehr gesehen, seit sie ins Koma gefallen sei, und habe sich persönlich von ihrem Zustand überzeugen wollen.«

»Ich wette, sein Anwalt hat ihn hergeschickt, damit er vor Gericht besser aussieht.«

Birch zuckte die Achseln. »Davon weiß ich nichts.«

»Warum ist er nicht reingegangen?«

»Er behauptet, er habe gezögert, weil er sich auf einmal nicht mehr sicher gewesen sei, ob er es ertragen könne, Miss Van Meter so hilflos zu sehen. Während er noch hin und her überlegte, seien ganz unvermittelt Sie auf dem Parkplatz aufgetaucht, und er habe mit Ihnen reden wollen. Da habe Maxfield sich auch schon auf Sie gestürzt, und er sei Ihnen zu Hilfe geeilt.«

»Paßt das zu dem, was Ihr Überwachungsteam beobachtet hat?«

»Wir hatten leider keinen direkten Sichtkontakt. Als Sie zwischen den Autos standen, näherte der Angreifer sich von irgendwo auf dem Parkplatz. Bis Sie weggerannt sind, war uns nicht einmal klar, daß Sie in Gefahr schwebten. Dann sprang jemand zwischen zwei Wagen hervor, aber auch diesmal wurde unsere Sicht durch die anderen Fahrzeuge behindert. Die beiden Verdächtigen sind sehr ähnlich gekleidet.«

»Behauptet Maxfield, er habe mich vor Coleman gerettet?«

»Maxfield sagt kein Wort.«

»Er hat zuvor schon versucht, mich zu ermorden.«

»Ja, das hat er, und ich vermute, daß wir ihm nun einen weiteren Mordversuch zur Last legen können.«

Die Tür ging auf, und ein uniformierter Beamter reckte den Kopf ins Zimmer. »Hier draußen ist ein gewisser Jerry Philips. Er sagt, er sei Miss Spencers Anwalt und Sie hätten ihn angerufen.«

»Lassen Sie ihn herein«, sagte Birch.

Jerry ging sofort zu Ashley. »Sind Sie in Ordnung?«

Ashley nickte.

»Was ist geschehen?« fragte Philips.

»Joshua Maxfield hat versucht, mich umzubringen«, antwortete sie.

»Er wurde verhaftet«, fügte Birch hinzu.

»Randy Coleman hat mich gerettet.«

»Coleman? Was wollte der denn hier?«

»Er sagt, er habe seine Frau besuchen wollen und sei dabei zufällig Zeuge des Überfalls geworden«, erklärte Birch. »Als Miss Spencer weglief, hat Coleman den Angreifer zu Fall gebracht.«

»Sind Sie verletzt?«

»Nein, keine Sorge.«

»Miss Spencer ist nicht in Panik geraten, sondern hat ihn abgewehrt«, sagte Birch. »Das war sehr mutig.«

Jerry sah den Detective an. »Sind Sie hier fertig? Kann ich Ashley nach Hause bringen?«

»Ja. Ich werde ihre Aussage zu Protokoll nehmen, aber das können wir morgen erledigen. Fährt Miss Spencer bei Ihnen mit? Wir müssen am Tatort noch die Spuren sichern, und ihr Auto darf vorerst nicht bewegt werden.«

»Kein Problem. Es ist ein Mietwagen. Wenn Sie ihn nicht mehr brauchen, können Sie ihn wieder bei der Firma abliefern.«

»Das ist großartig«, sagte Jerry, sobald sie losgefahren waren. »Maxfield geht ins Gefängnis. Sie brauchen keine Angst mehr vor ihm zu haben.«

»Ihm ist schon einmal die Flucht aus der Haft gelungen«, erwiderte Ashley.

»Man wird ihn diesmal wesentlich gründlicher bewachen.«

Ashley schloß die Augen und lehnte den Kopf zurück. Jerry glaubte wohl, sie würde schlafen, denn er blieb die ganze Fahrt über stumm.

»Wir sind da«, sagte er, als er vor ihrer Wohnung parkte.

Wortlos stiegen sie aus und gingen hinein. Im Wohnzimmer hing eine Wanduhr. Ashley erschrak. Es war erst früher

Nachmittag. Sie fühlte sich, als wäre sie schon seit Tagen auf den Beinen.

»Soll ich Ihnen etwas zu essen machen?« fragte Jerry.

»Ist denn noch was im Kühlschrank?«

»Ich schaue nach. Irgendwas findet sich immer.«

Ashley sank auf einen Küchenstuhl.

»Möchten Sie mir nicht sagen, worüber Sie sich den Kopf zerbrechen?« fragte Jerry, während er Brot mit Schinken und Käse belegte.

»Halten Sie es für möglich, daß Randy Coleman der Angreifer war?«

Die Frage kam für Philips völlig überraschend. »Ich dachte, er hat Sie gerettet.«

»Ja, vermutlich, aber der Überfall war so unbeholfen. Ich habe Maxfield einmal beim Schwimmbecken der Academy in Aktion erlebt. Coleman hat die Rektorin belästigt und wollte handgreiflich werden. Maxfield kam hinzu. Er ist mit Coleman spielend fertig geworden. Es war wie im Kino, fast wie einstudiert, ganz reibungslos. Maxfield hat sich nicht mal anstrengen müssen.« Sie wurde blaß und sah zu Boden.

»Was ist denn?« fragte Jerry besorgt.

»Ich mußte nur gerade an ... an den Überfall auf unser Haus denken. Da hat er mich auch spielend überwältigt. Maxfield war absolut kühl und berechnend. Der Mann aber, der mich heute auf dem Parkplatz angegriffen hat ...« Sie schüttelte den Kopf.

»Sie haben schnell reagiert und ihn aus dem Gleichgewicht gebracht. Er hat wahrscheinlich nicht damit gerechnet.« Jerry brachte die Sandwiches und zwei Gläser Mineralwasser zum Tisch und setzte sich.

»Haben Sie irgendeinen Grund zu der Annahme, daß es nicht Joshua Maxfield gewesen ist, der Ihre Eltern ermordet und Sie im Wohnheim der Academy verfolgt hat?«

Ashley dachte eine Weile darüber nach. »Bei uns zu Hause und im Wohnheim habe ich sein Gesicht nicht gesehen, aber das im Bootshaus war eindeutig er. Außerdem hat er diesen

Roman geschrieben, in dem der Killer etwas ißt, bevor er die halbwüchsige Tochter ermordet. Woher konnte er wissen, was in unserer Küche passiert ist?«

»Da haben Sie's. Warum sollte er Ihnen heute plötzlich das Leben retten, wenn er doch schon mehrere Male versucht hat, Sie umzubringen?«

Ashley wollte von ihrem Sandwich abbeißen, hielt aber mitten in der Bewegung inne. »Hätte Coleman durch meinen Tod einen Vorteil?«

Jerry überlegte kurz. »Ohne Sie gäbe es eine Person weniger, die zu Caseys Vormund bestellt werden will.«

»Da bliebe immer noch Miles.«

»Ja, aber er und Miles wollen dasselbe, auch wenn Randy das Gegenteil behauptet.«

»Was denn?«

»Sie wollen beide, daß Caseys Lebenserhaltungssystem abgeschaltet wird.«

»Randys Anwalt hat doch gesagt ...«

»Ich weiß, was er gesagt hat, aber ich glaube ihm nicht. Casey hat kein Testament hinterlassen und ist sehr reich. Wenn sie stirbt, wird Coleman einen beträchtlichen Teil ihres Vermögens zugesprochen bekommen, denn er ist immer noch mit ihr verheiratet. Im Moment versichert er, er wolle sie am Leben erhalten, aber ich wette, das ändert sich in derselben Minute, in der er zum Vormund ernannt wird. Die einzige Person, die wirklich will, daß Casey am Leben bleibt, sind Sie.«

Ashley starrte ihn erschrocken an.

»Sie haben gerade gesagt, Coleman würde ›einen beträchtlichen Teil‹ von Caseys Vermögen erben. Heißt das, er bekommt nicht alles, obwohl sie kein Testament hinterlassen hat?«

»Er wäre nicht der einzige Erbe.«

»Würde ich etwas von Caseys Geld bekommen, wenn sie stirbt?«

Ashley ließ Jerry nicht aus den Augen, während sie diese

Frage stellte. Er zögerte. Sie hatte den Eindruck, er fühle sich unwohl in seiner Haut.

»Bin ich erbberechtigt, Jerry?«

»Sie sind Casey einziges Kind, und Coleman ist nicht Ihr Vater. Laut Gesetz steht Ihnen damit die Hälfte des Nachlasses zu.«

Ashley war völlig verblüfft. »Das sind zwanzig Millionen Dollar.«

»Irgendwas in der Größenordnung.«

»Und falls ich tot bin, kriegt Coleman alles?«

»Ja.«

»O mein Gott.« Ashley stand auf. »Warum haben Sie mir nichts davon gesagt?«

»Keine Ahnung«, antwortete er nervös. »Ich schätze, weil es darum ging, Casey am Leben zu erhalten. Deshalb hat Henry mich schließlich engagiert. Mir ist gar nicht in den Sinn gekommen, Ihnen zu erzählen, was im Falle ihres Todes geschehen würde.«

»Sie hätten lieber daran denken sollen. Es verändert alles. Jeder wird annehmen, ich sei hinter dem Geld her. So stand es auch heute in der Zeitung: Ich wolle mir die vierzig Millionen Dollar über den Nagel reißen.«

»Sie wollen Ihre Mutter am Leben erhalten.«

»Das ist eine zu große Verantwortung. Ich kann das nicht.«

Jerry kam um den Tisch herum und legte ihr beide Hände auf die Schultern. »Sie müssen, Ashley. Miles und Coleman werden alles tun, um bei Casey den Stecker zu ziehen.«

Ashley wurde wütend. »Wieso glauben Sie eigentlich, ich wolle immer noch, daß sie am Leben bleibt? Ich weiß doch jetzt, wieviel ich erben werde. Haben Sie mir etwa deswegen nichts von dem Geld erzählt?«

»Wenn ich angenommen hätte, Sie würden Casey Van Meter um der Erbschaft willen sterben lassen, hätte ich nicht eingewilligt, Sie zu suchen.«

Ashley senkte den Kopf. »Tut mir leid«, flüsterte sie. »Ich

hätte das nicht sagen sollen. Sie sind immer so gut zu mir gewesen.« Sie sah ihn an, und Jerry erwiderte den Blick. Bevor er wußte, wie ihm geschah, küßte sie ihn. Er erstarrte. Dann wollte er etwas sagen.

»Nein«, sagte sie, küßte ihn noch einmal und hielt ihn dabei umschlungen, als könne nur er sie vor dem Ertrinken retten.

»Das ist nicht richtig«, sagte er, obwohl er sich genau entgegengesetzt verhielt. »Ich bin dein Anwalt.«

»Ich bin einundzwanzig und noch Jungfrau, Jerry.« Das Geständnis brachte Philips in Verlegenheit. »Ich hatte all die Jahre so große Angst, daß ich niemanden in meine Nähe gelassen habe. Jetzt möchte ich wieder Mensch sein.«

»Ich bin der Falsche, Ashley. Du hast großes Vertrauen zu mir. Das ist keine Liebe.«

»Soll das heißen, du willst mich nicht?«

Er zögerte. »Es spielt keine Rolle, was ich fühle. Ich bin dein Anwalt.«

»Für mich spielt es durchaus eine Rolle, was du fühlst. Sag mir, daß ich dir nichts bedeute, und wir hören sofort auf.«

»Doch, du bedeutest mir eine Menge. Du bist stark und klug, doch das ist egal. Es gibt ethische Grundsätze, die einem Anwalt verbieten, seine Mandantin ... auszunutzen.«

»Du nutzt mich nicht aus, und falls du dir Sorgen wegen deiner ethischen Grundsätze machst, weiß ich eine einfache Lösung. Du bist gefeuert.«

Jerry sah sie aus großen Augen an. »Was?«

»Du hast richtig gehört.«

Jerry lachte und schüttelte den Kopf. »Das kann auch nur dir einfallen.«

»Also, wie lautet deine Entscheidung?«

»Ich wurde ja schon einige Male gefeuert, aber noch nie weil meine Mandantin mit mir schlafen wollte.«

»Ich will nicht, daß du mit mir schläfst. Ich will, daß du sanft und zärtlich zu mir bist.«

Jerry war sanft und zärtlich, aber es tat dennoch weh, als er zum erstenmal in sie eindrang. Beim zweitenmal war Ashley zunächst angespannt, weil sie mit stärkeren Schmerzen rechnete, aber zu ihrer Erleichterung verspürte sie nichts als Genuß. Das dritte Mal war wundervoll. Nachdem sie beide zum Höhepunkt gekommen waren, hielten sie einander eine Weile in den Armen. Dann küßte Jerry sie auf die Stirn und legte sich neben sie.

Ashley war verschwitzt und erschöpft, dabei jedoch vollkommen gelöst. Jerry nahm ihre Hand. Sie wandte den Kopf und verfolgte im schwachen Licht, das durch die Schlafzimmerjalousien drang, wie sein Brustkorb sich hob und senkte. Sein Bauch war glatt – nicht dick, aber auch nicht muskulös. Ganz anders als bei den männlichen Fotomodellen in den Modemagazinen.

Ein kühler Lufthauch strich über ihre Haut und erinnerte sie daran, daß sie nackt war, genau wie der Mann neben ihr. Doch es war ihr nicht unangenehm oder peinlich. Sie fühlte sich frei und unbeschwert. Sie lächelte. Sie fragte sich, ob es mit jemandem, den sie nicht liebte, wohl anders wäre.

Der Gedanke ließ sie innehalten. Liebe war ein großes, ein sehr ernstes Wort. War es wirklich Liebe, was sie für Jerry empfand? Oder war sie bloß ein labiles Mädchen, das sich einem Mann an den Hals warf, der sich einfach nur nett verhalten hatte? Nein, das stimmte nicht. Jerry war mehr als nett zu ihr gewesen. Er hegte Gefühle für sie. Schon beim ersten Kuß hatte sie das gespürt. Die Küsse von Todd Franklin, ihrem Freund in der High School, waren gierig und fordernd gewesen. Er hatte behauptet, er würde sie lieben – aber nur, weil er sie auf diese Weise ins Bett bekommen wollte. Ashley wußte genau, daß Jerry auch damit zufrieden gewesen wäre, sie lediglich im Arm zu halten.

Zum erstenmal seit sehr langer Zeit war sie glücklich. Vielleicht hatte Jerry recht. Vielleicht war ihr Alptraum vorbei. Vielleicht würde Joshua Maxfield sie nie wieder belästigen.

Sie mußte unwillkürlich an den Überfall auf dem Parkplatz

denken und hörte auf zu lächeln. Jerry spürte die Veränderung, denn er wandte sich ihr zu.

»Alles in Ordnung?«

Sie drückte seine Hand. »Es geht mir großartig, Jerry. Vielen Dank.«

»Gern geschehen. Und das meine ich auch so.«

»Habe ich mich ungeschickt angestellt?« fragte Ashley, weil sie befürchtete, er könne womöglich weniger Spaß an der Sache gehabt haben als sie.

»Du bist ganz eindeutig eine verdammt scharfe Braut.«

»Und du bist ein Ferkel«, erwiderte Ashley und versetzte ihm einen spielerischen Klaps.

»Ein Ferkel, das dringend ins Bad muß.«

Jerry küßte sie auf die Wange und stand auf. Sie schaute ihm hinterher. Er ging ins Badezimmer und schloß die Tür. Ohne es zu wollen, dachte sie abermals an den Angriff auf dem Parkplatz zurück. Ein vernünftiger Mensch konnte nur eine logische Schlußfolgerung ziehen: Joshua Maxfield hatte versucht, sie zu töten, und Randy Coleman hatte ihr das Leben gerettet. Trotzdem ließ ihr die Sache keine Ruhe.

Coleman war angeblich ein kleiner Ganove, der Casey Van Meter nur wegen ihres Geldes geheiratet hatte. Würde so jemand sein Leben riskieren, um Ashley zu retten? Doch es mußte so gewesen sein. Eine andere Erklärung ergab keinen Sinn. Falls Coleman sie angegriffen hatte, war Joshua Maxfield ihr Retter. Coleman hatte ein Zwanzig-Millionen-Dollar-Motiv, sie umzubringen. Welches denkbare Motiv konnte Joshua Maxfield haben, sie zu retten?

Eine absurde Vorstellung schoß Ashley durch den Kopf. War Maxfield eventuell gar nicht der Mann, der ihre Eltern ermordet und den Anschlag im Wohnheim versucht hatte? War in Wahrheit Coleman der Mörder? Nein, das paßte nicht zusammen. Die Angriffe auf sie und die Ermordung ihrer Eltern mußten in einem Zusammenhang stehen, was wiederum bedeutete, daß der Täter ein Motiv hatte, die ganze Familie aus dem Weg zu räumen. Coleman hatte bis zu der Anhörung gar nicht gewußt, daß sie Caseys Tochter und Erbin war. Der Mord an ihren Eltern lag aber schon Jahre zurück.

Und dann war da noch das Bootshaus. Sie hatte die Schreie gehört. Sie hatte die Körper am Boden liegen gesehen. Dort im Dunkeln hatte nicht Coleman mit einem Messer gestanden, sondern Joshua Maxfield.

Jerry kehrte aus dem Badezimmer zurück.

»Ich fahre in meine Wohnung, um zu duschen und mich umzuziehen. Danach führe ich dich in ein Restaurant deiner Wahl zum Essen aus, um Joshua Maxfields Verhaftung und den Verlust deiner Jungfräulichkeit zu feiern. Was hältst du davon?«

Ashley drehte sich auf die Seite und berührte seinen Oberschenkel. »Willst du wirklich schon gehen?«

Jerry lachte. »Du bist unersättlich. Kannst du denn nur noch an Sex denken?«

Ashley setzte zu einer Antwort an, aber das Telefon klingelte. Im ersten Moment wollte sie es einfach ignorieren, aber dann fiel ihr ein, daß nur sehr wenige Leute ihre Rufnummer kannten. Einer von ihnen war Larry Birch, und sie fürchtete, er würde ihr mitteilen, daß Maxfield geflohen war. Sie rollte sich auf die andere Seite des Betts und nahm den Hörer ab.

»Ashley?« fragte eine Frau.

»Ja.«

»Gut, daß ich Sie erwische. Hier spricht Ann Rostow aus *Sunny Rest*.«

»Ja?«

»Wie geht es Ihnen?«

Ashley dachte an die letzten beiden Stunden und mußte unwillkürlich lächeln. »Vielen Dank. Ich habe mich einigermaßen erholt.«

»Würde es Ihnen Schwierigkeiten bereiten, morgen früh nach *Sunny Rest* zu kommen? Es hat sich etwas ereignet.«

»Was denn?«

»Casey ist wieder bei Bewußtsein.«

»Was?«

»Sie ist aufgewacht.«

»O mein Gott!«

Ashley setzte sich auf. Jerry fragte stumm: »Was ist los?« Sie hob die Hand, und er hielt inne.

»Dr. Linscott möchte, daß die betroffenen Parteien sich morgen früh um neun Uhr hier einfinden«, sagte Rostow. »Schaffen Sie das?«

»Natürlich. Können Sie mir sagen, wie es ihr geht? Kann sie sprechen, ist sie ...?«

»Ich möchte es lieber dem Arzt überlassen, ihre Verfassung zu beschreiben. Bis morgen also.«

Ashley legte auf und starrte ins Leere.

»Wer war das?« fragte Jerry.

»Die Verwalterin aus dem Pflegeheim. Casey Van Meter ist aus dem Koma erwacht.«

Fünfundzwanzigstes Kapitel

Als Jerry und Ashley am nächsten Morgen in *Sunny Rest* eintrafen, warteten Miles Van Meter und sein Anwalt Monte Jefferson bereits vor der Tür von Ann Rostows Büro. Larry Birch, Tony Marx und die Staatsanwältin Delilah Wallace wollten ebenfalls hören, was Dr. Linscott zu sagen hatte. Randy Coleman und sein Anwalt Anthony Botteri saßen so weit abseits wie möglich von allen anderen. Coleman sah nicht beglückt aus. Nachdem seine Frau nun aufgewacht war, würde die Scheidung vollzogen werden können, was die Aussicht auf einen Anteil am Vermögen der Familie Van Meter deutlich schrumpfen ließ.

Als Ashley zur Tür hereinkam, stand Delilah Wallace vom Sofa auf. Sie grinste breit.

»Wie geht's Ihnen, Mädchen? Ich hatte schon das Schlimmste befürchtet.«

»Es tut mir leid, daß ich ...«

»Keine Entschuldigungen. Ich bin nur froh, daß Sie wohlauf sind.« Sie breitete die Arme aus. »Lassen Sie sich umarmen.«

Delilah packte Ashley, drückte sie an ihren Busen und ließ sie wieder los.

»Aber nicht mehr weglaufen, einverstanden?«

»Ich rühre mich nicht vom Fleck.«

»Genau wie Mr. Maxfield. Der einzige Ort, an den er noch gehen wird, ist der Todestrakt. Das ist ein Versprechen. Er wird rund um die Uhr bewacht und darf seine Zelle nur gefesselt verlassen.«

Miles hatte das Gespräch reglos verfolgt, lächelte aber, als Ashley ihn ansah.

»Sie müssen sehr glücklich sein«, sagte sie.

»Ich hätte mehr Vertrauen haben müssen.«

»Niemand konnte eine solche Entwicklung vorhersehen.«

Die Tür rechts neben dem Empfangstresen öffnete sich, und Ann Rostow kam heraus, gefolgt von einem kleinen Mann mit Brille, der ein braunes Sportsakko und eine graue Hose trug. Seine rote Gesichtsfarbe erstreckte sich auch auf den weitgehend kahlen Schädel, über den er sich die letzten verbliebenen Haarsträhnen gekämmt hatte. Es schien ihm unangenehm zu sein, so viele Leute auf einmal vor sich zu sehen.

»Es freut mich, daß Sie alle gekommen sind«, sagte Rostow. »Das ist Dr. Stanley Linscott, der Miss Van Meter schon seit geraumer Zeit behandelt. Lassen Sie uns in unseren Konferenzraum gehen, damit Dr. Linscott Sie auf den neuesten Stand bringen und Ihre Fragen beantworten kann. Danach können wir uns zu Miss Van Meters Zimmer begeben.«

Im Konferenzraum nahmen alle außer Larry Birch und Tony Marx an dem langen Tisch Platz. Die Detectives blieben an der Wand stehen. Ann Rostow und Dr. Linscott setzten sich in der Nähe der Tür an das Kopfende des Tisches.

»Bitte sehr, Doktor«, sagte Ann Rostow.

»Nun, Sie dürfen mir glauben, daß ich ziemlich überrascht war, als die diensthabende Krankenschwester gestern bei mir anrief. Sie sagte, sie habe in Miss Van Meters Zimmer an der Nahrungspumpe hantiert, als die Lider der Patientin zu flattern begannen und sie irgend etwas Unverständliches murmelte. Dann öffnete Miss Van Meter die Augen und sah sich um. Sie war verwirrt und wußte nicht, wo sie sich befand, aber sie kannte ihren Namen. Die Schwester wollte Miss Van Meter nicht erschrecken und erzählte ihr daher, sie habe einen Unfall erlitten und sei im Krankenhaus. Dann hat sie mich angerufen. Ich bin sofort hergekommen und habe die Patientin untersucht.«

»Doktor, wie klar ist Miss Van Meter bei Verstand?« fragte Delilah Wallace.

»Sie weiß, wer sie ist, und ist in der Lage, kurze Gespräche zu führen; sie wird jedoch schnell müde.«

»Weiß sie, wie lange sie ohne Bewußtsein war?« fragte Miles.

»Ja. Ich habe es ihr heute morgen gesagt. Es war sehr beunruhigend für sie, aber jede andere Reaktion hätte mich überrascht.«

»Wie gut erinnert sie sich an den Angriff auf sie?« fragte Delilah.

»Ich habe den Vorfall im Bootshaus nicht angesprochen. In dieser frühen Phase ihrer Genesung könnte sich das als zu traumatisch erweisen.«

»Hat sie von sich aus etwas dazu gesagt?« fragte Miles.

»Nein.«

»Wie lange wird es dauern, bis wir mit ihr über die Ereignisse im Bootshaus sprechen können?« fragte Detective Birch.

»Das weiß ich noch nicht. Es hängt davon ab, wie schnell und in welchem Ausmaß sie sich erholt.«

»Besteht die Möglichkeit, daß dieser Wachzustand nur vorübergehend anhält?« fragte Randy Coleman.

»Könnte sie etwa einen Rückfall erleiden?« fragte Miles besorgt.

»Auf diese Fragen kann ich Ihnen leider keine Antwort geben. Wie Sie wissen, wurde Miss Van Meter mit einem neuen Medikament behandelt, das man speziell zu diesem Zweck entwickelt hat. Es scheint gewirkt zu haben, aber ich weiß nicht, ob es eventuelle Nebenwirkungen gibt oder wie dauerhaft die Gesundung ist.«

»Da ein Rückfall nicht ausgeschlossen werden kann, müssen wir sie so bald wie möglich befragen«, sagte Delilah. »Sie ist die einzige Zeugin der Vorfälle im Bootshaus.«

»Ich verstehe Ihren Standpunkt«, sagte Dr. Linscott, »aber meine Sorge gilt der Patientin. Ich werde sie keiner Situation aussetzen, die einen Rückfall auslösen könnte, und dazu zählt auch, sie noch einmal den Angriff durchleben zu lassen.«

»Was uns zu den Grundregeln für den heutigen Morgen bringt«, warf Ann Rostow ein. »Dr. Linscott und ich haben entschieden, daß wir nur Miss Van Meters Ehemann, Bruder und Tochter gestatten werden, zu ihr ins Zimmer zu gehen. Sie dürfen eine Viertelstunde bleiben, dabei aber nicht nach dem Mord an Terri Spencer oder dem Angriff auf die Patientin fragen.« Sie sah Randy Coleman, Miles Van Meter und Ashley an. »Ist das klar?«

»Falls Sie ihr traumatische Erlebnisse ersparen wollen, sollten Sie Coleman nicht hineinlassen«, sagte Miles. »Casey hat die Scheidung eingereicht, weil er sie verprügelt hat.«

»Hören Sie, Van Meter …«, setzte Coleman an.

»Genug!« fiel Rostow ihm ins Wort. »Falls es Probleme gibt, widerrufe ich die Besuchserlaubnis.«

»Aber …«, wollte Miles einwenden.

»Mr. Van Meter, ich habe Verständnis für Ihre Bedenken, aber Mr. Coleman ist vor dem Gesetz nach wie vor mit Miss Van Meter verheiratet und besitzt dadurch ein stärkeres Anrecht auf einen Besuch als Sie.«

Miles verkniff sich jeden Kommentar, war jedoch sichtlich unzufrieden.

»Mrs. Rostow, halten Sie es für klug, daß Rektorin Van Meter mich jetzt schon zu Gesicht bekommt?« fragte Ashley. Sie konnte sich immer noch nicht dazu durchringen, Casey als ihre Mutter zu bezeichnen. »Sie weiß nicht, daß ich ihre Tochter bin. Meine Anwesenheit könnte sie verwirren oder sie an meine Mutter – Terri – denken lassen und daran, was im Bootshaus mit ihnen geschehen ist.«

»Ein berechtigter Einwand«, sagte Rostow. »Dr. Linscott, so wie ich es verstanden habe, hat Miss Van Meter ihre Tochter gleich nach der Geburt zur Adoption freigegeben und nie erfahren, was aus ihr geworden ist. Als sie ins Koma fiel, war ihr nicht klar, daß es sich bei Ashley um ihre Tochter handelt. Auch Ashley hat erst kürzlich erfahren, wer ihre leibliche Mutter ist.«

Linscott wirkte besorgt. »Möchten Sie Ihre Mutter denn sehen, Miss Spencer?«

»Ja, sofern das möglich ist. Falls sie einen Rückfall erleidet, ist dies vielleicht meine einzige Gelegenheit, mit ihr zu sprechen. Ich will allerdings nichts tun, das ihr schaden könnte.«

»Ich habe einen Vorschlag«, erklärte Dr. Linscott. »Ich lasse Sie mit den anderen hineingehen, verrate Miss Van Meter aber nicht, daß Sie ihre Tochter sind.«

»Was sollen wir sagen, falls sie fragt, wer ich bin?«

»Erzählen Sie ihr, Sie seien auf die Academy gegangen und eine gute Bekannte ihres Bruders.«

»Bitte folgen Sie mir nun zu Miss Van Meters Zimmer.« Rostow öffnete die Tür des Konferenzraums. Alle gingen hinaus. Delilah schob sich neben Ashley.

»Das muß ganz schön unheimlich für Sie sein«, sagte die Staatsanwältin.

»Ein wenig. Ich bin eher verwirrt als ängstlich«, antwortete Ashley.

»Glauben Sie, daß Sie gut mit Miss Van Meter auskommen werden?«

»Keine Ahnung, aber einen Versuch ist es wert.«

»So eine Art zweite Chance.«

»Gewissermaßen.«

»So fühle ich mich beim Gedanken an Maxfields Festnahme. Zwischen uns ist noch eine Rechnung offen. Seine Flucht hat mir eine Menge schlafloser Nächte beschert.«

Dr. Linscott und Ann Rostow blieben vor dem Schwesternzimmer stehen, das Caseys Raum am nächsten lag.

»Ich möchte alle außer Mr. Coleman, Mr. Van Meter und Miss Spencer bitten, hier zu warten.«

Der Arzt öffnete Caseys Zimmertür. Die Patientin saß im Bett und sah fern. Neben dem Bett saß eine Krankenschwester und las in einer Zeitschrift.

»Guten Morgen, Miss Van Meter«, sagte Dr. Linscott.

Casey schien sich nur widerwillig vom Fernseher abwenden zu wollen und warf Dr. Linscott lediglich einen kurzen Blick zu, bevor sie sich wieder auf die Sendung konzentrierte. Die anderen Personen beachtete sie nicht.

»Ich habe einige Besucher mitgebracht. Erkennen Sie jemanden wieder?«

Casey reagierte nicht.

»Sie schaut ohne Unterbrechung fern, seit das Gerät angeschlossen wurde«, sagte die Krankenschwester. Linscott gab ihr ein kurzes Zeichen, und sie schaltete den Apparat mit der Fernbedienung aus. Casey wirkte verstört.

»Zum Fernsehen haben Sie später noch ausreichend Gelegenheit«, sagte der Arzt. »Wir bleiben nicht lange.«

Casey starrte die Eindringlinge an. Ihre Stirn legte sich in Falten. Dann musterte sie ihren Bruder, und ihre Augen weiteten sich allmählich.

»Miles?«

Miles ging zum Bett. Er hatte Tränen in den Augen und wollte seine Schwester am liebsten in die Arme schließen, aber er hielt sich zurück.

»Ja, Casey, ich bin es. Es ist so wunderbar, dich wiederzuhaben.«

Casey ließ sich verblüfft auf das Kissen sinken. »Du siehst so anders aus«, sagte sie.

»Ich bin fünf Jahre älter geworden. Du hast sehr lange geschlafen.«

»Liebling«, sagte Randy Coleman und trat einen Schritt vor.

Casey wirkte einen Moment lang verwirrt, dann sogleich erregt. Dr. Linscott hielt Coleman am Arm zurück. Coleman versteifte sich, blieb jedoch stehen.

»Das ist Randy Coleman, Casey. Ihr Ehemann«, sagte der Arzt.

Caseys ballte fortwährend die Fäuste und öffnete sie wieder. Sie schob sich so weit wie möglich zum Kopfende des Betts.

»Sie warten am besten draußen, Mr. Coleman«, sagte der Arzt.

Coleman wollte aufbegehren.

»Bitte«, sagte Linscott streng. Caseys Mann zog ein finsteres Gesicht. Dann fügte er sich und ging hinaus.

»Ich gehe auch«, sagte Ashley.

Casey sah sie an. »Wer sind Sie?«

»Eine Bekannte von Mr. Van Meter«, erwiderte Ashley.

Casey rieb sich die Stirn. »Nein, da ist etwas ...«

Sie sah orientierungslos aus und klang verängstigt. Ihre Atmung wurde flach. Dr. Linscott war beunruhigt.

»Vielleicht war das alles zuviel und noch zu früh«, sagte er. »Ich schlage vor, wir lassen die Patientin allein.«

»Auf Wiedersehen, Casey«, sagte Miles. »Ich komme dich besuchen, sobald der Doktor es erlaubt.«

Ashley und Miles gesellten sich zu Randy Coleman auf den Flur. Einige Minuten später kam auch Dr. Linscott heraus.

»Was ist denn?« fragte Delilah.

»Es war etwas leichtfertig von mir, jetzt schon Besucher zu ihr vorzulassen«, entgegnete Dr. Linscott.

»Es geht ihr doch gut, oder?« fragte die Staatsanwältin in Sorge um ihre Zeugin.

»Ja, ja. Es ist nur alles ein bißchen zuviel für sie.«

»Wann werde ich wieder mit Casey reden können?« fragte Miles.

»Das hängt von ihrer Genesung und geistigen Verfassung ab. Doch es ist ein gutes Zeichen, daß sie Sie erkannt hat.«

Sie sprachen noch eine Weile über Caseys Zustand. Nachdem der Arzt und Ann Rostow sich wieder an ihre Arbeit begeben hatten, wandte Delilah sich an Ashley.

»Ich bereite nun zügig die Anklage vor und melde mich bald bei Ihnen. Sind Sie bereit, alles noch einmal durchzustehen?«

»Ich wünschte, ich könnte mich davor drücken, aber ich will, daß Maxfield bestraft wird. Er soll hinter Gitter kommen.«

»Gut«, sagte Delilah lächelnd. »Damit wären wir schon zu zweit.«

»Redet er?« fragte Jerry die Staatsanwältin. »Hat er den Mord an Terri Spencer gestanden?«

»Mr. Maxfield hat nach seiner Verhaftung um einen Anwalt gebeten und seither kein Wort mehr gesprochen. Er mag ein Mörder sein, aber er ist nicht dumm.« Delilah nahm Ashleys Hand und tätschelte sie. »Das spielt alles keine Rolle. Ich habe ja Sie als Zeugin. Miss Van Meter wird bloß eine willkommene Zugabe sein.«

Sie erreichten die Lobby, und die beiden Detectives begleiteten Delilah aus dem Gebäude.

»Ich muß zurück zur Arbeit«, sagte Miles zu Monte Jefferson. »Kommen Sie mit?«

»Eine Sekunde noch. Ich möchte nur kurz mit Jerry Philips sprechen.«

»Ich warte beim Wagen. Bis bald, Ashley.«

Miles ging, und Jefferson wandte sich an Jerry Philips. »Nachdem Miss Van Meter aus dem Koma erwacht ist, brauchen Sie da immer noch die Unterlagen über Miss Spencers Adoption?«

»Ich möchte diesen Punkt lieber geklärt wissen. Falls Miss Van Meter einen Rückfall erleidet, sehen wir uns ja doch vor Gericht wieder.«

Jefferson runzelte die Stirn.

»Gibt es ein Problem?« fragte Jerry.

»Vielleicht. Unsere abgeschlossenen Fälle werden im Lagerhaus der Firma Elite Storage archiviert. Die fragliche Akte ist im Register verzeichnet, läßt sich aber nicht auffinden. Womöglich wurde sie falsch abgelegt.«

»Ich werde meinen Antrag vorläufig nicht zurückziehen, aber Sie brauchen nicht länger nach der Akte zu suchen. Falls Miss Van Meter bei Bewußtsein bleibt, lasse ich den Antrag fallen. Sobald Dr. Linscott seiner Patientin eine gute Gesundheit bescheinigt, wird sich die Frage nach einer Vormundschaft ohnehin nicht mehr stellen.«

Während Monte Jefferson mit Jerry sprach, bemerkte Ashley, daß Randy Coleman in einer Ecke des Raums mit seinem Anwalt diskutierte. Er sah verärgert aus. Der Anwalt zuckte die Achseln und hob beide Hände. Coleman wandte sich fluchend zum Gehen. Ashley sprach ihn an.

»Mr. Coleman, bitte.«

Er fuhr herum und starrte sie wütend an. »Was wollen Sie?«

»Ich hatte noch gar keine Gelegenheit, mich dafür zu bedanken, daß Sie mir gestern das Leben gerettet haben.«

Coleman wurde freundlicher und rang sich sogar ein Lächeln ab. »Es freut mich, daß ich behilflich sein konnte.«

»Ohne Sie wäre ich jetzt tot. Sie waren sehr mutig.«

Coleman zuckte die Achseln. »Ich hab gar nicht weiter darüber nachgedacht. Sie waren in Schwierigkeiten, und da hab ich einfach gehandelt.«

»Darüber bin ich ausgesprochen froh.«

Coleman wich ein Stück zurück und musterte Ashley von oben bis unten. Es war ihr unangenehm.

»Ich sehe keine«, sagte er kopfschüttelnd.

»Keine was?«

»Keine Ähnlichkeit. Und was Ihre Persönlichkeit anbelangt, ist es genauso. Sie scheinen nett zu sein. Casey ist ein Miststück, wie es im Buche steht.«

Ashley wurde rot. Auch wenn sie die Frau nicht gut kannte, gefiel es ihr nicht, daß jemand sich abfällig über ihre Mutter äußerte.

»Zu mir war sie immer freundlich«, sagte sie, um Casey in Schutz zu nehmen.

»Oh, sie kann sehr freundlich sein. Zu mir war sie anfangs auch freundlich. Dann wurde ihr langweilig, und sie war nicht mehr so freundlich.«

»Wie meinen Sie das?«

»Wollen Sie das wirklich wissen?«

»Ja«, antwortete sie, war sich aber ganz und gar nicht sicher, daß sie mehr über die dunkle Seite ihrer Mutter erfahren wollte. Miles hatte ganz offen über seine Schwester gesprochen. Würde ihr Mann nun ein noch schlimmeres Bild von ihr entwerfen?

»Ich weiß nicht, ob das Koma sie verändert hat. Vielleicht haben Sie Glück, und sie wandelt sich. Aber die Casey, die ich gekannt habe, war eine egozentrische, bösartige Schlampe.«

Coleman schob den Ärmel hoch. Ashley sah mehrere kleine runde Narben.

»Von einer Zigarette«, beantwortete er ihre unausgesprochene Frage. »Wissen Sie, wie ich dazu gekommen bin? Eines Abends haben wir uns gestritten. Ich weiß nicht mal mehr, worum es ging. Wir hatten getrunken und haben uns vermutlich gegenseitig alle möglichen Beschimpfungen an den Kopf geworfen. Ich schlief ein. Als ich aufwachte, war ich nackt und mit Handschellen ans Bett gefesselt.« Er wies auf die Narben. »Das sind nicht die einzigen. Ich hab sie am ganzen Körper, und sie tun beschissen weh. Ihre Mutter sagte, sie habe mir Manieren beibringen wollen. Wissen Sie, was sie getan hat, als sie keine Lust mehr hatte, mich schreien zu hören?«

Ashley schüttelte den Kopf.

Coleman lächelte freudlos. »Sie ist aus dem Haus gegangen, während ich weiterhin ans Bett gekettet blieb. Zuerst dachte ich noch, sie würde zurückkommen und wir könnten uns wieder vertragen. Wir hatten schon öfter gestritten, und so war es bislang immer gelaufen. Aber diesmal sollte ich sterben.«

Ashleys Augen weiteten sich. Coleman konnte sehen, daß sie ihm nicht glaubte.

»Ich lag anderthalb Tage auf diesem Bett in meiner eigenen Pisse, ohne Nahrung und ohne Wasser. Ich bin nur noch am Leben, weil ein Freund von mir vorbeikam, um mich zu warnen, daß mein Boß sauer auf mich sei, weil ich nicht zur Arbeit erschienen war. Er hörte mich rufen und ist durch ein Fenster eingestiegen. Andernfalls wäre ich dort verreckt.«

Ashley war angewidert und erschrocken. Sie hoffte, daß Coleman übertrieb. Es schien ihr kaum vorstellbar, daß Casey dermaßen grausam sein könnte. Außerdem hätte Ashley ihn am liebsten gefragt, warum er Casey nach Portland gefolgt war, wenn es sich bei ihr um ein solches Scheusal handelte. Doch die Antwort auf diese Frage kannte sie bereits. Er wollte Caseys Geld.

»Das klingt ja furchtbar«, sagte sie.

»Es war die schlimmste Erfahrung meines Lebens«, erklärte Coleman mit entrücktem Blick und in einem so seltsamen Tonfall, daß Ashley ihm glaubte.

»Kleines, ich wünsche Ihnen Glück. Bei dieser mißratenen Mutter können Sie es wirklich gebrauchen.«

»Der Mann ist völlig verbittert«, sagte Ashley, als Coleman nicht mehr in Hörweite war.

»Du wärst auch verbittert, falls die Aussicht auf viele Millionen Dollar sich soeben in Luft aufgelöst hätte«, erwiderte Jerry.

»Sie hat sich in Luft aufgelöst, und ich bin überhaupt nicht verbittert.«

Jerry lachte schallend. »Du bist eine erstaunliche Frau.«

Auf dem Weg zum Wagen schien er angestrengt nachzudenken. Nachdem sie eingestiegen waren, ließ er nicht gleich den Motor an.

»Was ist los?« fragte Ashley.

»Nichts ist los. Ich habe mir nur gerade was überlegt. Du mußt für deine Wohnung jeden Monat Miete zahlen. Die Wohnung ist nicht schlecht, aber so toll nun auch wieder nicht. Und ich habe ein Haus, das eigentlich viel zu groß für eine Person ist.«

Ashley sah ihn einen Moment lang fragend an. Dann runzelte sie die Stirn. »Hast du mich soeben gebeten, bei dir einzuziehen?«

»Ja, darauf wollte ich hinaus.«

»Für einen Anwalt läßt deine Eloquenz manchmal ganz schön zu wünschen übrig.«

»Und?«

Ashley beugte sich zu ihm herüber und küßte ihn. »Ich möchte sehr gern mit dir zusammenleben, Jerry.«

Sechsundzwanzigstes Kapitel

Zwei Wachen führten den mehrfach gefesselten Joshua Maxfield in das Besuchszimmer. Der kleinere der beiden Männer stieß den Gefangenen mit dem Schlagstock in die Rippen, um ihn anzutreiben. Der andere Wärter sagte nichts. Maxfield wußte, daß ein Protest nichts genutzt hätte, und bewahrte stoische Ruhe.

Eric Swoboda, Maxfields neuer Anwalt, erhob sich von dem Plastikstuhl, auf dem er saß. Er war so groß wie ein Basketballspieler, hatte den Nacken eines Gewichthebers und den Körperumfang eines Footballspielers. Sein Kopf war riesig, und sein Kinn ragte vor wie ein Felsvorsprung. Sie hatten sich bereits vor dem Haftrichter gesehen, wo Maxfield neben den früheren Anklagepunkten nun auch noch die Flucht aus dem Gewahrsam sowie der Angriff auf Barry Weller und den Aufseher zur Last gelegt worden waren. In Anbetracht dessen, was er seinem damaligen Anwalt angetan hatte, war vermutlich vor allem Swobodas Statur dafür verantwortlich gewesen, daß der Richter ihm diesen Mann als Pflichtverteidiger zugewiesen hatte.

Die Wärter verließen das Zimmer, aber ein anderer Aufseher stand draußen auf dem Gang und beobachtete das Treffen zwischen Anwalt und Mandant durch das Fenster in der Tür. Swoboda wollte die Hand ausstrecken, hielt aber inne, als er erkannte, daß Maxfields Ketten es ihm nicht gestatteten, die Arme mehr als ein paar Zentimeter vom Körper zu entfernen.

»Man hat Sie ja verschnürt wie eine Weihnachtsgans«, stellte der Anwalt fest.

»Ich würde es sehr zu schätzen wissen, falls Sie das Gericht dazu bewegen könnten, einige der Auflagen etwas zu lockern«, entgegnete Maxfield ruhig.

»Ich werde es gern versuchen, aber Sie sollten sich keine allzu großen Hoffnungen machen. Sobald Ihr Name fällt, werden die meisten Leute ziemlich unzugänglich.«

Maxfield senkte mit zurückhaltendem Lächeln den Kopf. »Ich schätze, das habe ich nur mir selbst zuzuschreiben.«

»Ach, bevor ich es vergesse«, sagte Swoboda. »Ich habe *Ein Tourist in Babylon* gelesen.« Maxfield hob erwartungsvoll den Kopf. »Ich lese nur selten Romane, aber der hat mir gefallen.«

»Die meisten Leute mochten das Buch«, sagte Maxfield und lächelte erleichtert.

»Wie ich gehört habe, hat das Buch jede Menge Preise gewonnen.«

»Ja, einige«, erwiderte Maxfield stolz. »Und außerdem war es ein richtiger Bestseller.«

»Sie haben noch ein Buch geschrieben, nicht wahr?«

»*Der Wunschbrunnen*«, antwortete Maxfield, und sein Lächeln erlosch.

»Und das lief nicht so gut wie das erste Buch.«

»Die Kritiker waren zu dumm, es zu begreifen, also haben sie es verrissen«, erklärte Maxfield mit bitterer Stimme. »Wenn jemand zu schnell und zu hoch aufsteigt, versucht die Meute immer, ihn zur Strecke zu bringen.«

»Wie kommt's, daß Sie so lange mit dem nächsten Buch gewartet haben?«

»Ich verfasse ernsthafte Prosa, keine beliebige Massenware. Ich bin kein Lohnschreiber.«

»Die Staatsanwaltschaft hat den Unterlagen eine Kopie ihres letzten Manuskripts beigefügt. Ich habe ein wenig darin geblättert. Es kam mir nicht besonders anspruchsvoll vor.«

»Sie müssen verstehen, was ich mit dem Text versucht habe. Mein Buch ist eine Erforschung des Wahnsinns. Wie funktioniert der menschliche Verstand? Wie ist es möglich, daß ein Mann normal aussieht, heiratet, Kinder in die Welt setzt und genauso wie Sie und ich zu sein scheint, aber trotzdem einen Dämon in sich trägt, der ihn zwingt, entsetzliche Taten zu begehen? Ich lote die Tiefen der menschlichen Seele aus.«

»Nun, Delilah Wallace glaubt, daß Sie Morde beschreiben, die Sie eigenhändig begangen haben.«

Maxfield ballte die Fäuste. »Ich bin Künstler. Künstler benutzen ihre Vorstellungskraft, um auf Papier eine Welt zu erschaffen, die so real ist wie die Welt um uns herum. Falls Miss Wallace das, was ich geschrieben habe, für echt hält, habe ich mein künstlerisches Ziel erreicht, aber die Verbrechen in meinem Roman sind ein Produkt meiner Phantasie. Diese Menschen tatsächlich zu ermorden wäre Verrat an meiner Kunst. Die schöpferische Leistung wäre mit der eines Reporters zu vergleichen, der einen Bericht über einen Verkehrsunfall schreibt. Sehen Sie denn nicht, daß ich niemals tun könnte, was diese Frau mir unterstellt? Es würde alles verleugnen, was meine Kunst ausmacht. Ich habe diese Morde nicht verübt.«

»Ich habe mit Barry Weller gesprochen. Er bestätigt, daß Sie von Anfang an Ihre Unschuld beteuert hätten, bis zu dem Moment, als sie ihn niedergeschlagen und seine Kleidung gestohlen haben.«

»Wie geht es Barry? Er ist doch hoffentlich nicht mehr wütend auf mich.«

»Da hoffen Sie vergebens. Sobald ich Ihren Namen erwähnt habe, bekam ich jedesmal einen Schwall Schimpfwörter zu hören, die ich mir bis dahin kaum gemeinsam in einem Satz vorstellen konnte.«

»Es tut mir leid, daß ich ihn verletzt habe, aber ich war mir sicher, den drohenden Prozeß zu verlieren. Ich brauchte Zeit, um entlastende Beweise zu finden.«

»Ist es Ihnen gelungen?«

»Ich weiß, wer Terri Spencer ermordet hat und auch Casey umbringen wollte.«

»Lassen Sie hören«, sagte Swoboda und mußte sich zwingen, nicht sarkastisch zu klingen.

»Randy Coleman. Er ist Caseys Ehemann. Falls sie stirbt, bevor die Scheidung rechtskräftig ist, erbt Coleman mehrere Millionen. Deshalb hat er auch versucht, Ashley Spencer zu töten. Als Caseys Tochter steht Ashley ein beträchtlicher Anteil an Caseys Vermögen zu. Durch ihren Tod würde Coleman zum Alleinerben.«

»Coleman behauptet, er habe Sie davon abgehalten, Miss Spencer zu ermorden.«

»Er lügt. Es war genau andersrum.«

»Wem werden die Geschworenen Ihrer Meinung nach eher glauben: Coleman oder dem Mann, den Ashley Spencer mit einem blutigen Messer über Casey Van Meter stehen sah?«

Maxfield setzte zu einer Antwort an, erkannte dann aber, daß jeder Protest wie eine faule Ausrede klingen würde.

»Und wieso sollten Sie ein Interesse daran haben, daß Miss Spencer überlebt?« fragte Swoboda. »Ashleys Aussage kann Sie in die Todeszelle bringen.«

»Solange Casey im Koma liegt, ist Ashley für mich sehr wichtig.«

»Warum?«

»Miles will die Apparate abschalten, an denen das Leben seiner Schwester hängt, und Coleman benötigt ihren Tod, damit er das Geld erben kann. Ashley ist die einzige Person, die Casey am Leben erhalten will.«

»Wieso ist das für Sie von Bedeutung?«

»Nur Casey kann aussagen, was tatsächlich im Bootshaus geschehen ist. Sie ist meine einzige Entlastungszeugin. Falls sie jemals aufwacht, werden Sie erleben, daß ich recht habe.«

Swoboda lächelte. »Sie ist aufgewacht. Deshalb bin ich hier.«

Maxfield war völlig verblüfft.

»Casey Van Meter ist gestern aus dem Koma erwacht. Delilah Wallace hat mich telefonisch davon in Kenntnis gesetzt. Sie war heute morgen im Pflegeheim.«

»Hat Casey denen gesagt, daß ich unschuldig bin?«

»Vorerst sagt Miss Van Meter noch überhaupt nichts. Ich schätze, sie ist ziemlich angeschlagen.«

»Wann wird man sie zu den Vorfällen im Bootshaus befragen?«

»Ich weiß es nicht. Man wird es mir rechtzeitig mitteilen.«

»Das ist großartig. Sie wird bestätigen, daß ich Terri nicht getötet habe.«

»Das will ich um Ihretwillen auch hoffen. Andernfalls sehe ich nämlich keine Möglichkeit, Ihren Prozeß zu gewinnen.«

Siebenundzwanzigstes Kapitel

Eric Swoboda war der einzige Neuzugang der Gruppe. Alle anderen hatten sich bereits am Morgen nach Casey Van Meters wundersamer Auferstehung in *Sunny Rest* eingefunden.

»Ich werde einige Regeln für den Besuch bei Miss Van Meter vorgeben, genau wie beim letztenmal«, teilte Dr. Linscott ihnen mit. »Nur wenige Personen erhalten Zutritt. Ich möchte meiner Patientin nicht zuviel zumuten, vor allem, da sie zu einem sehr traumatischen Erlebnis befragt werden soll. Miss Wallace vertritt die Anklage und Mr. Swoboda die Verteidigung. Miss Wallace möchte einen der Ermittlungsbeamten mitnehmen, also wird Detective Birch sie begleiten. Das ist alles.«

»Mr. Coleman ist Miss Van Meters Ehemann«, sagte Anthony Botteri. »Er sollte das Recht haben, seiner Frau in diesem belastenden Moment beizustehen.«

»Wenn wir Zeugen in einem Mordfall befragen, lassen wir keine ihrer Verwandten daran teilnehmen«, sagte Delilah zu Colemans Anwalt.

»Sie haben Miles Van Meter zu ihr gelassen und ...«

Dr. Linscott hob die Hand. »Mr. Botteri, meine Patientin hat ausdrücklich um den Besuch ihres Bruders gebeten. Auf Ihren Mandanten hat sie beim erstenmal hingegen sehr negativ reagiert und später verlangt, daß Mr. Coleman nicht mehr in ihr Zimmer gelassen wird.«

»Sie ist verwirrt, Doktor«, sagte Randy Coleman. »Sie ist gerade erst aus einem langen Koma erwacht.«

»Deshalb lasse ich außer den genannten Personen niemanden zu ihr vor.«

Dr. Linscott sah den Detective, den Verteidiger und die Staatsanwältin an. »Beim leisesten Anzeichen für ein Problem breche ich die Befragung sofort ab. Sind wir uns einig?«

Delilah, Eric Swoboda und Larry Birch nickten. Dr. Linscott führte sie aus dem Konferenzraum.

Der Fernseher lief, und Casey saß immer noch im Bett, aber diesmal wandte sie sofort den Kopf, als Dr. Linscott die Tür öffnete. Ihre Gesichtsfarbe sah wesentlich besser aus, und sie schien generell lebhafter zu sein.

»Guten Morgen, Casey«, sagte der Arzt.

»Guten Morgen«, erwiderte sie.

»Ich habe ein paar Leute mitgebracht, die mit Ihnen sprechen möchten. Fühlen Sie sich kräftig genug, um Besucher zu empfangen?«

Casey schaltete den Fernseher aus. »Ich freue mich sogar darüber. Es ist recht langweilig, immer nur in diesen Kasten zu starren.«

»Dies ist Delilah Wallace, Staatsanwältin des Multnomah County«, sagte Dr. Linscott. »Das ist Larry Birch, ein Detective, der Miss Wallace bei einem Fall behilflich ist. Und dies ist Eric Swoboda. Er vertritt jemanden, der in den Fall verwickelt ist.«

»Geht es um mich und darum, wie ich hergekommen bin?« fragte Casey.

Delilah war froh, daß Casey den Grund für den Besuch sofort erkannt hatte. Diese Frau war in der Lage, schnell zu denken, und schien sich im Vollbesitz ihrer geistigen Fähigkeiten zu befinden. Das würde es Swoboda erschweren, eine Auswirkung des Komas auf Caseys Erinnerungsvermögen geltend zu machen.

»Ganz recht, Miss Van Meter«, antwortete Delilah. »Ich bin wegen des Überfalls hier, der Ihr Koma zur Folge hatte. Können und möchten Sie uns dazu einige Fragen beantworten?«

Casey wirkte schlagartig erschöpft. Sie schloß die Augen und lehnte sich zurück.

»Miss Van Meter?« fragte Delilah besorgt.

Casey öffnete die Augen wieder. »Bringen wir's hinter uns.« Sie klang so, als habe sie sich damit abgefunden, über den Vorfall im Bootshaus zu sprechen.

»Sind Sie sicher?« fragte Delilah. »Wir möchten Sie nicht übermäßig beanspruchen.«

Casey sah sie mit festem Blick an. »Stellen Sie Ihre Fragen«, sagte sie, und die Staatsanwältin nahm an ihr eine innere Stärke wahr, die sich bei Bedarf auch im Zeugenstand gut machen würde.

»Ich schätze, am besten erzählen Sie uns einfach, woran Sie sich noch erinnern.«

Casey wollte etwas sagen, hielt aber inne, wurde bleich und schlug die Hände vor das Gesicht.

»Casey?« fragte Dr. Linscott.

Sie schüttelte den Kopf, als müsse sie einen schrecklichen Traum loswerden, und atmete dann tief durch.

»Schon in Ordnung«, versicherte sie dem Arzt.

»Ist Terri Spencer tot?« wandte sie sich dann an Delilah.

»Ja, Ma'am«, antwortete Delilah und ließ sich die Erregung nicht anmerken. Van Meter konnte sich offenbar an alles erinnern und würde damit den letzten Nagel zu Joshua Maxfields Sarg liefern.

Casey atmete noch einmal vernehmlich ein. »Ich hatte gehofft ... Aber tief im Innern wußte ich, daß sie es nicht überlebt hat. Es ist meine Schuld. Falls ich sie nicht um dieses Treffen gebeten hätte, wäre sie noch am Leben.«

Delilahs Herzschlag beschleunigte sich. »Wer hat Terri ermordet, Miss Van Meter?«

Casey sah sie an. Sie wirkte verwirrt. »Joshua Maxfield. Wußten Sie das denn nicht?«

Achtundzwanzigstes Kapitel

Als sie durch das Tor der Oregon Academy fuhr, erlebte Ashley ein Déjà-vu. In den letzten fünf Jahren hatte sich hier kaum etwas verändert. Zahlreiche Schüler saßen plaudernd auf dem Rasen oder schlenderten über das Gelände und wußten nichts mehr von dem Mord, der Ashley die Frau genommen hatte, die sie immer noch als ihre Mutter betrachtete. Der Anblick der arglosen Kinder ließ Ashley traurig werden. Auch sie war einst ein Kind gewesen, aber Joshua Maxfield hatte sie binnen einer einzigen entsetzlichen Nacht dazu gezwungen, erwachsen zu werden.

Das Herrenhaus kam in Sicht. Ashley rechnete damit, daß es anders aussehen würde, weil es nach Henry Van Meters Tod eine Weile unbewohnt gewesen war, aber der alte Herr hatte die Schule mit einer beachtlichen Stiftung bedacht, zu deren Aufgaben es zählte, das Haus der Familie Van Meter in Ordnung zu halten. Bis zuletzt hatte Henry gehofft, Casey würde wieder genesen, und dann sollte sie in einer vertrauten Umgebung leben können. Letzte Woche war Dr. Linscott zu dem Entschluß gelangt, Casey habe sich gut genug erholt, um zurück in das Haus ihrer Kindheit zu ziehen.

Ashley parkte in der Auffahrt, blieb aber im Wagen sitzen. Ihr war vor dem Treffen mit ihrer Mutter ein wenig bange, und sie verspürte ein flaues Gefühl in der Magengegend. Würde Casey sie zurückweisen? Würde sie für das Kind, das sie im Stich gelassen hatte, irgendeine Form von Zuneigung empfinden? Jerry hatte angeboten, sie zu begleiten, aber Ashley wollte sich dieser Begegnung allein stellen.

Sie riß sich zusammen und stieg aus. Das unauffällige Kostüm, das sie trug, hatte sie eigens für dieses Treffen gekauft. Ihre Hände waren feucht, und ihr Herz raste. Sie klingelte an der Tür. Eine stämmige Koreanerin mit kurzem schwarzen Haar ließ sie herein.

»Sie müssen Ashley sein. Ich bin Nan Kim, Miss Van Meters Pflegerin.«

»Hat Dr. Linscott mit meiner ... mit Miss Van Meter über mich gesprochen?«

»Ja, es gab eine lange Unterredung. Er hat ihr alles erklärt, und sie möchte Sie sehen. Sie erwartet Sie in Ihrem Zimmer. Ich soll Sie fragen, ob Sie eine Erfrischung möchten.«

»Nein, vielen Dank.«

»Dann lassen Sie uns nach oben gehen«, sagte die Pflegerin.

Casey empfing Ashley in einem großen luftigen Raum mit hoher Decke. Ihr Bett stand in der Nähe des Fensters, so daß sie auf den Garten und den Swimmingpool hinunterschauen konnte. Sie saß aufrecht, auf mehrere Kissen gestützt, und hatte einen Teil ihres verlorenen Gewichts sowie eine gesunde Gesichtsfarbe zurückgewonnen. Ihr Haar war blond gefärbt und sah nun wieder wie vor dem Unglücksfall aus. In einer Ecke standen ein Rollstuhl und eine Gehhilfe. Neben das Bett hatte man einen bequemen Lehnsessel geschoben.

»Danke, daß ich herkommen durfte«, sagte Ashley, sobald sie Platz genommen und die Pflegerin das Zimmer verlassen hatte.

»Ich sollte mich dafür bedanken, daß Sie mich besuchen. Mir ist todlangweilig. Den Großteil des Tages hocke ich in meinem Bett. Nur zur Physiotherapie komme ich hier heraus – und wenn man mir zu den Mahlzeiten nach unten hilft.«

»Wie geht es Ihnen?«

Die Frage klang unbeholfen, und sie wußten beide, daß Ashley sich davor drückte, die harten Fragen zu stellen, die der Anlaß für ihren Besuch waren.

»Man muß sich erst daran gewöhnen, von den Toten auferstanden zu sein. Mir fehlen mehrere Jahre. Hinzu kommen die körperlichen Probleme.«

Casey hielt inne und musterte ihre Besucherin. Ashley fühlte sich immer unbehaglicher.

»Und dann sind da noch Sie.« Casey lächelte. »Wie sollen wir einander zum Beispiel anreden? Ich weiß nicht, ob ›Mutter‹ überhaupt angebracht wäre.«

Ashley senkte den Blick. »Ich möchte Sie nicht kränken, aber ich kann mir nur Terri als meine Mutter vorstellen.«

»Das kann ich verstehen. Früher haben Sie mich als Rektorin angesprochen, aber das bin ich nicht mehr, und es wäre auch viel zu formell für unsere Beziehung. Warum nennen Sie mich nicht Casey, und ich nenne Sie Ashley. Und da wir schon dabei sind, sollten wir auch auf das lästige ›Sie‹ verzichten. Na, wie wär's?«

»Einverstanden.«

»Woher weißt du von der Sache zwischen deinem Vater und mir?«

»Dein Vater hat meinem Anwalt Jerry Philips von der Adoption erzählt. Von ihm habe ich es dann erfahren.«

»Und warum hat Henry unsere Beziehung nach so vielen Jahren enthüllt?«

Ashley beschloß, Casey nicht zu verraten, daß Henry ihre Unterstützung benötigt hatte, um Miles daran zu hindern, die Lebenserhaltung seiner Schwester abzuschalten. Sie war sich nicht sicher, wieviel Casey davon wußte.

»Ich schätze, er wollte mich wissen lassen, daß ich immer noch eine Familie hatte.«

»Haßt du mich dafür, daß ich dich im Stich gelassen habe?«

Die Direktheit dieser Frage überraschte Ashley. Dann wurde ihr klar, daß Casey Van Meter plötzlich wieder die Rektorin war und die Kontrolle übernahm.

Sie beschloß, genauso offen zu sein. »Anfangs schon.«

»Und inzwischen?«

»Ich bin durcheinander, aber ich hasse dich nicht mehr. Ich habe versucht, es von deiner Warte aus zu betrachten und mir vorzustellen, wie ich mich gefühlt hätte, wenn ich von einem Mann schwanger geworden wäre, den ich ... den ich nicht liebe.«

Ashley senkte den Blick.

»Du hast recht, Ashley. Ich habe deinen Vater nicht geliebt. Eine Ehe wäre für uns beide ein Fehler gewesen und hätte nicht lange gehalten. Außerdem war ich zu jung, um Mutter zu sein. Als ich dich zur Adoption freigegeben habe, hatte das nichts mit dir zu tun. Es war nicht deine Schuld. Ich habe dich nicht einmal zu Gesicht bekommen. Man hat dich sofort nach der Geburt weggebracht. Ich hatte ein Beruhigungsmittel bekommen und kann mich nur undeutlich an alles erinnern. Aber es hat sich doch alles zum Guten gewendet, oder? War Norman nicht ein guter Vater?«

»Der beste, den man sich vorstellen kann.«

»Und hast du Terri geliebt?«

»Von ganzem Herzen.«

Ashley hielt inne und nahm ihren ganzen Mut zusammen, um die nächste Frage zu stellen. »Hast du es je bedauert, mich weggegeben zu haben?«

»Ich habe mich hin und wieder gefragt, was wohl aus dir geworden ist. Es freut mich, daß du liebevolle Eltern hattest, und ich bin froh, daß du eine starke, selbstbewußte Frau bist, auch wenn ich keinen Anteil an deiner Erziehung hatte.«

»Hast du je versucht, mich zu finden?«

»Nein, nie.«

»Warum?«

»Darf ich ganz aufrichtig sein?«

»Bitte«, sagte Ashley und wappnete sich.

»Du warst nie real für mich. Ich hatte dich nie im Arm gehalten oder dich gesehen. Wie konnte ich dich lieben oder bei mir haben wollen? Und wer hätte etwas davon gehabt, wenn ich aus heiterem Himmel aufgetaucht wäre und deinen Seelenfrieden zerstört hätte? Sieh dir doch an, was für ein Gefühlschaos du durchlebst, seit du weißt, daß ich deine Mutter bin.«

Ashley schluckte, um den Kloß in ihrer Kehle zu vertreiben. »Was nun? Möchtest du mich kennenlernen, oder würdest du es vorziehen, daß wir keinen Kontakt mehr zueinander haben?«

Casey zog eine Augenbraue hoch und lächelte gequält. »Was für eine dumme Frage! Natürlich möchte ich dich kennenlernen. Ich habe dich vom ersten Tag an gemocht. Weißt du noch, als ich euch beiden den Campus gezeigt habe? Ich wußte sofort, daß du ein guter Mensch bist. Ich habe bewundert, wie du dein schlimmes Schicksal ertragen hast, dein Rückgrat, deine Haltung. Wären wir im selben Alter gewesen, hätte ich dich zur Freundin haben wollen. Der Altersunterschied zwischen uns ist immer noch derselbe, aber je älter wir werden, desto weniger spielt er eine Rolle. Daher schlage ich vor, daß wir es als Freundinnen miteinander versuchen. Wir können uns gelegentlich treffen und uns bemühen, nichts zu erzwingen. Mal sehen, wie es läuft. Bist du damit einverstanden?«

»In Ordnung.«

»Gut. So, du weißt ja, was ich die letzten fünf Jahre gemacht habe. Ich fände es nur fair, wenn du mir nun erzählen würdest, was bei dir los war, während ich geschlafen habe.«

Jerry mußte lange arbeiten, also verabredete Ashley sich mit ihm in einem Thai-Restaurant, das nur wenige Blocks von seinem Büro entfernt lag. Die Empfangschefin brachte sie durch den vollen Saal zu dem Tisch, an dem Jerry wartete.

»Wie ist das Treffen mit Casey gelaufen?« fragte Jerry, sobald sie Platz genommen hatte.

»Besser, als ich befürchtet hatte.«

»Das sollte dich eigentlich nicht überraschen. Du hast Casey damals auf der Academy gleich gemocht, nicht wahr?«

»Ja, aber ich hab sie nur ein paarmal gesehen. Außer an dem Tag, an dem sie meine Mutter und mich herumgeführt hat, haben wir uns allenfalls kurz gegrüßt, wenn wir uns zufällig auf dem Campus begegnet sind. Damals wußte ich ja noch nichts von der Adoption, und ich hatte auch noch nicht so viele üble Dinge über sie gehört.«

»Was für üble Dinge?«

»Du hast mir selbst erzählt, wie zügellos sie war, als sie meinem Vater begegnet ist. Miles hat praktisch dasselbe gesagt. Sie war auf Drogen. Sie hat herumgevögelt. Wenn man Randy Coleman glauben darf, konnte sie außerdem gewalttätig und sadistisch sein.«

Ashley berichtete ihm, daß Coleman von Casey angeblich ans Bett gekettet und mit Zigaretten verbrannt worden sei. Jerry war entsetzt.

»Aber vielleicht hat das glücklich überstandene Koma sie verändert«, sagte Ashley. »Heute nachmittag sind wir gut miteinander klargekommen. Ich möchte sie unbedingt besser kennenlernen.«

Jerry umfaßte ihre Hände. »Das ist gut. Es kann dir wirklich helfen. Nachdem Maxfield im Gefängnis sitzt und du nun weißt, daß zwischen Casey und dir ein gutes Einvernehmen herrscht, kannst du neu beginnen. Du kannst dein Leben zurückbekommen.«

»Du hast etwas vergessen.«

»Was?«

Ashley drückte seine Hände. »Dich, Jerry. Falls jemand mich gerettet hat, dann du.«

Lesereise

*

Gegenwart

»Sind Ashley und Ihre Schwester Freundinnen geworden?« fragte eine junge Frau aus der letzten Reihe.

»Ja. Ashley ist regelmäßig nach Glen Oaks zu Besuch gekommen. Als Casey wieder laufen konnte, hat Ashley mit ihr Spaziergänge über den Campus gemacht. Sie sind immer noch eng miteinander befreundet.«

In der zweiten Reihe meldete sich jemand. Miles lächelte die Frau an. Sie war mittleren Alters und trug ein elegantes Kostüm.

»*Die schöne Schläferin* liest sich wie ein Krimi. Haben Sie es schon mal mit einem Roman versucht?«

»Als Student habe ich einen Kurs für kreatives Schreiben belegt und bin ganz gut damit zurechtgekommen. Zudem gibt es heutzutage jede Menge Anwälte, die Justizthriller schreiben. Als dieser Trend aufkam, habe ich überlegt, ob ich so etwas nicht auch mal ausprobieren sollte, aber ich bin Wirtschaftsanwalt, und meine Fälle sind zu langweilig für einen guten Plot.«

»Werden Sie noch ein True-Crime-Buch schreiben?«

»Nein. Über den Fall meiner Schwester zu schreiben hat mir gereicht.«

»Vielleicht doch einen Roman?«

Miles lächelte zurückhaltend. »Nun ja, mittlerweile habe ich tatsächlich die Idee zu einem Thriller. Ich arbeite gerade an einem Exposé. Vielleicht werde ich es mal versuchen.«

Ein korpulenter Mann in der ersten Reihe hob die Hand, und Miles nickte ihm zu.

»Wer hatte die Idee, eine erweiterte Fassung von *Die schöne Schläferin* zu schreiben?«

»Mein Lektor fragte mich, nachdem Maxfield verhaftet worden war, ob ich daran interessiert sei, für eine Neuauflage des Buches weitere Kapitel zu verfassen, die den Prozeß beinhalten würden. Ich war einverstanden und dachte mir, daß das Buch diese Ergänzung sogar dringend nötig hatte, um die Ereignisse zu einem Ende zu bringen. Und auch ich selbst konnte so mit allem abschließen.«

Eine Frau, die im hinteren Teil des Raums zwischen den Regalen stand, hob die Hand. Miles deutete auf sie.

»Hat Ihre Schwester *Die schöne Schläferin* gelesen? Wenn ja, was hält sie davon?«

»Casey hat das Buch gelesen. Ich glaube, es war nicht einfach für sie, aber sie ist eine starke Persönlichkeit.«

Das Publikum applaudierte.

»Um auch Ihre zweite Frage zu beantworten: Casey hat gesagt, es habe ihr gefallen, aber ich bezweifle, daß sie mir gegenüber ehrlich gewesen wäre, falls es ihr nicht gefallen hätte. Immerhin bedeuten wir einander unglaublich viel. Das ist übrigens auch der Grund, warum Sie niemals Ihre Mutter bitten sollten, ein Urteil über Ihre Arbeit abzugeben.«

Miles wartete, bis das Gelächter sich wieder gelegt hatte. Dann erteilte er einem grauhaarigen Herrn das Wort, der mit seiner Nickelbrille, dem Tweedsakko und den Lederflicken auf den Ärmeln wie ein Professor aussah.

»Ist es Ihnen schwergefallen, Joshua Maxfields Verhandlung durchzustehen?«

»Ja und nein. Es war sehr unangenehm, all die schrecklichen Dinge zu hören, die er getan hatte, doch andererseits verspürte ich große Erleichterung, weil er endlich vor Gericht stand. Ich glaube, für Ashley war es weitaus schlimmer.«

DRITTER TEIL

Der Staat gegen Joshua Maxfield

*

Ein Jahr zuvor

Neunundzwanzigstes Kapitel

Der Gerichtsdiener verkündete den Beginn des vierten Verhandlungstages von Joshua Maxfields Prozeß. Delilah Wallace lächelte erwartungsvoll. Sie war mit der Zusammensetzung der Geschworenenriege, die man während der ersten beiden Tage aufgestellt hatte, überaus zufrieden. Es handelte sich um eine Gruppe durchweg selbstbewußter, sachlicher Leute. Delilah war überzeugt davon, daß sie jedes Manöver der Verteidigung durchschauen und später ohne weiteres die Todesstrafe verhängen würden, nachdem sie den Angeklagten des vorsätzlichen Mordes für schuldig befunden hätten.

Auch die Eröffnungsplädoyers waren ganz nach Delilahs Geschmack verlaufen. Sie selbst hatte detailliert und entschlossen die Beweise angekündigt, die man den Geschworenen in chronologischer Reihenfolge vorlegen würde, und dazu die Namen der Zeugen genannt, die mit ihren Aussagen zur Urteilsfindung beitragen sollten. Am Ende ihrer Ausführungen war ihr nicht entgangen, daß so mancher Geschworene bei jedem der von ihr aufgezählten Punkte unbewußt genickt hatte. Ferner hatte sie die Jury durch ihre bisweilen lockere Art immer wieder zum Lächeln gebracht. Es fiel Delilah generell leicht, Freundschaften zu schließen, und als sie nach dem Plädoyer wieder Platz genommen hatte, war es ihr so vorgekommen, als habe die Zahl ihrer Freunde sich soeben um zwölf erhöht.

Eric Swobodas einleitende Bemerkungen waren nach Delilahs Ansicht langweilig und wenig aufschlußreich gewesen. Er hatte über das Konzept des berechtigten Zweifels gesprochen, dabei aber keinen einzigen Grund angeführt, aus dem die Geschworenen einen solchen hätten ableiten können. Nur äußerst vage war er auf die Strategie eingegangen, mit der die Verteidigung auf die Beweise der Staatsanwaltschaft reagieren wollte. Er hatte sich auf Theorien beschränkt und keine Fakten vorgelegt. Delilah wußte, warum. Die Verteidigung verfügte über keine stichhaltigen Argumente, um auch nur den leisesten Zweifel an der Beweisführung der Anklage zu wecken, von einem berechtigten ganz zu schweigen. Joshua Maxfield war schuldig, und Delilah war sich sicher, daß es ihr gelingen würde, ihn für seine Taten zur Verantwortung zu ziehen.

Den Vorsitz der Verhandlung führte Richter Andrew Shimazu, ein kleiner, rundlicher, sympathischer Amerikaner japanischer Abstammung mit dichtem glatten schwarzen Haar. Nachdem er zunächst ein Ingenieursdiplom der Universität von Hawaii erworben hatte, war Shimazu zur Northwestern School of Law in Portland gewechselt, um an dieser Fakultät des Lewis and Clark College Jura zu studieren. Er blieb dem Beruf treu, arbeitete einige Jahre als Jurist einer großen Firma, zwei Amtszeiten für den Gesetzgebungsausschuß des Staates Oregon und wurde vom Gouverneur dann an das Gericht des Multnomah County berufen, wo er seit mehr als fünf Jahren Dienst tat. Seine Intelligenz und Integrität hatten ihn zu einem der beliebtesten Rechtsvertreter des Hauses werden lassen.

»Bitte rufen Sie Ihren ersten Zeugen auf, Miss Wallace«, sagte er.

Delilah hatte beschlossen, mit der wichtigsten Aussage von allen zu beginnen. Die Geschworenen sollten sofort von Maxfields Schuld überzeugt sein. Sobald sie sich in diesem Punkt eine Meinung gebildet hatten, würde Eric Swoboda daran kaum etwas mehr ändern können.

»Der Staat ruft Ashley Spencer in den Zeugenstand«, sagte Delilah.

Als Ashley den Gerichtssaal betrat, fiel ihr unwillkürlich ein, wie verängstigt sie damals bei der Voruntersuchung gewesen war. Nun hingegen war sie konzentriert und zornig. Als sie am Tisch der Verteidigung vorbeikam, bedachte sie Maxfield mit einem wütenden Blick. Zufrieden stellte sie fest, daß er ihr nicht in die Augen sehen konnte. Ashley wandte sich ab und ging zum Zeugenstand, wo sie mit hoch erhobener Hand den Eid ablegte.

Sie setzte sich und wartete darauf, daß Delilah Wallace mit der Vernehmung beginnen würde. Jerry saß hinter der Staatsanwältin in der ersten Reihe des Zuschauerraums und lächelte ermutigend. Ashley hütete sich, das Lächeln zu erwidern. Delilah hatte ihr eingeschärft, daß sie während der gesamten Aussage unbedingt ernst bleiben mußte.

Neben Jerry saß Miles Van Meter. Er stand nicht auf Delilahs Zeugenliste, sondern war gekommen, um seine Schwester bei ihrer Aussage moralisch zu unterstützen und Material für die aktualisierte Fassung seines Buches zu sammeln.

Delilah fing die Vernehmung behutsam an und befragte die Zeugin zunächst zu der Beziehung zu ihren Eltern und den Erfolgen im Fußball. In ihrem Eröffnungsplädoyer hatte Delilah bereits in groben Zügen angekündigt, was Ashley vermutlich aussagen würde, und die Geschworenen hörten ihr nun wohlwollend zu.

Nachdem Delilah somit eine gewisse Basis geschaffen hatte, kam sie auf die Nacht zu sprechen, in der Tanya Jones und Ashleys Vater umgebracht worden waren. Ashley beschrieb den Geschworenen, wie sie und Tanya überfallen und gefesselt wurden und wie sie dann hilflos zusehen mußte, als der Eindringling Tanya ins Gästezimmer zerrte. Bei der Schilderung von Tanyas Vergewaltigung und Ermordung verlor Ashley kurzzeitig die Fassung. Sie mußte innehalten und einen Schluck Wasser trinken, bevor sie fortfahren konnte.

»Wünschen Sie eine kurze Unterbrechung, Miss Spencer?« fragte Richter Shimazu.

Ashley atmete tief durch und schaute zu Joshua Maxfield.

Auch diesmal wich Maxfield ihrem Blick aus. Das verlieh ihr neue Kraft.

»Nein, ich möchte weitermachen. Es geht schon wieder.«

»Also gut. Miss Wallace.«

»Danke, Euer Ehren. Ashley, Sie sagten gerade, Sie hätten Tanya Jones' gedämpfte Schreie gehört. Was war das erste Geräusch, das Sie von dem Angreifer hörten, nachdem er Tanya ins Gästezimmer gebracht hatte?«

»Ich … ich hörte ein Keuchen.«

»Was hatte das Ihrer Meinung nach zu bedeuten?«

»Einspruch, Euer Ehren«, sagte Eric Swoboda. »Die Zeugin soll eine bloße Vermutung äußern.«

»Euer Ehren, wir werden Beweise vorlegen, laut denen Miss Jones Jungfrau war und vergewaltigt wurde. Miss Spencers Wahrnehmungen werden durch diese Beweise umfassend bestätigt.«

»Mr. Swoboda, ich lasse Miss Spencers Aussage zu.«

»Ashley?« sagte Delilah.

»Es klang, als würde er … Es klang nach Sex.« Ashley wurde rot. »Als habe er einen Orgasmus gehabt.«

»Was haben Sie danach gehört?«

»Tanya hat gewimmert. Dann hörte ich ein … Es war wie von einem Tier. Es klang nicht menschlich. Dann fing er an, wieder und wieder zu ächzen, und Tanya hörte auf zu schreien.«

»Hat das Ächzen aufgehört, als Tanya nicht mehr schrie?«

»Nein, es ging immer weiter. Dann wurde die Tür des Gästezimmers geöffnet.«

»Womit rechneten Sie in diesem Moment?«

»Ich … ich dachte, er würde mich vergewaltigen und töten, genau wie Tanya.«

»Was ist statt dessen passiert?«

»Er blieb im Eingang stehen und sah mich an. Das schien ewig zu dauern, aber er ist nicht ins Zimmer gekommen, sondern nach unten gegangen.«

»Haben Sie von unten etwas gehört?«

»Ich hörte, wie die Kühlschranktür aufging.«

»Auf die Küche kommen wir später noch zu sprechen, doch davor möchte ich, daß Sie der Jury beschreiben, wie Sie entkommen sind.«

Ashley setzte sich kerzengerade auf und wandte sich den Geschworenen zu. Sie fühlte sich plötzlich wie einst in der zweiten Klasse, als sie während des Fußballspiels den Geist ihres Vaters in sich gespürt hatte.

»Mein Vater hat mir das Leben gerettet«, erzählte sie den Geschworenen. »Und er hat sein Leben dafür geopfert. Ohne ihn wäre ich heute tot.«

Delilah ließ Ashley ausführlich schildern, wie sie aus dem Haus entkommen war und einige Zeit darauf den Entschluß gefaßt hatte, auf die Oregon Academy zu wechseln. Ashley berichtete den Geschworenen von ihrem Kontakt mit Joshua Maxfield und der Teilnahme ihrer Mutter an seinem Schriftstellerseminar. Dann sagte sie über den Vorfall am Bootshaus aus.

»Ashley, der Fußballsport war Ihnen sehr wichtig, nicht wahr?« fragte Delilah.

»Ja.«

»Und zusätzlich zu dem Training mit der Mannschaft haben Sie ein eigenes Konditionsprogramm absolviert?«

»Ja, ich habe häufig ein Zusatztraining eingelegt.«

»Sind Sie auf dem Gelände der Academy abends gern im Wald gejoggt, um Ihre Ausdauer zu verbessern?«

»Ja.«

»Auch an dem Abend, an dem Terri Spencer ermordet wurde?«

Ashley wurde bleich. Sie senkte den Kopf und sagte so leise »Ja«, daß die Gerichtsstenographin sie bitten mußte, die Antwort zu wiederholen.

»Haben Sie unterwegs jemanden gesehen?«

»Ja.«

»Wen haben Sie gesehen?«

Ashley schaute quer durch den Saal und deutete auf Joshua Maxfield.

»Ich habe ihn gesehen, den Angeklagten. Er ging am Fluß entlang.«

»Kam Ihnen daran irgend etwas ungewöhnlich vor?«

»Nein. Ich habe gar nicht weiter darüber nachgedacht, weil er in der Nähe des Bootshauses gewohnt hat.«

»Ging er zum Bootshaus hin oder von dort weg?«

»Er ging hin.«

»Ist kurz nachdem Sie den Angeklagten gesehen hatten, etwas Ungewöhnliches passiert?«

»Ja. Ich hörte eine Frau schreien und gleich darauf noch einen Schrei.«

»Wieviel Zeit lag zwischen diesen Schreien?«

»Sie waren dicht nacheinander zu hören. Genauer kann ich es leider nicht sagen.«

»Woher kamen die Schreie?«

»Aus Richtung des Bootshauses.«

»Was haben Sie gemacht, nachdem Sie die Schreie wahrgenommen hatten?«

»Im ersten Moment war ich so erschrocken, daß ich mich kaum rühren konnte. Dann dachte ich, es könnte jemand verletzt sein, also bin ich durch den Wald zum Bootshaus gelaufen.«

»Haben Sie auf dem Weg zum Bootshaus jemanden gesehen?«

»Nein.«

»Was geschah dann?«

»Ich hörte eine Frau etwas sagen.«

»Was hat sie gesagt?«

»Ich weiß es nicht. Ich habe nur den Klang der Stimme gehört. Sie wurde durch die Wände gedämpft.«

»Woher wissen Sie, daß es sich um eine weibliche Stimme gehandelt hat?«

»Es war eine hohe Stimme.«

»Was haben Sie dann getan?«

»Ich habe durch das Seitenfenster ins Bootshaus geschaut.«

»Was haben Sie gesehen?«

Ashley wies auf Maxfield. »Ich habe ihn gesehen, und es lagen zwei Frauen am Boden. Er hielt ein Messer in der Hand. Es war Blut daran.« Ashley bekam kaum Luft, zwang sich aber dazu, die Aussage zu beenden. »Er hat mich bemerkt und versucht, mich zu töten. Er hat meine Mutter ermordet, und dann ist er hinter mir hergerannt und wollte mich auch umbringen.«

»Wer hat Ihre Mutter ermordet, Ashley?« fragte Delilah. »Wer wollte Sie auch umbringen?«

»Joshua Maxfield. Er wollte mich umbringen. Er hat meine Mutter ermordet.«

Ashley brach in Tränen aus.

Nach einer kurzen Unterbrechung ließ Delilah ihre Zeugin von der Erholungsphase auf dem Gelände der Academy berichten, gefolgt von einer Schilderung des Angriffs im Wohnheim, der sich unmittelbar nach Maxfields Flucht zugetragen hatte. Eric Swobodas Kreuzverhör war glücklicherweise nur kurz, und gegen siebzehn Uhr wurde Ashley aus dem Zeugenstand entlassen. Richter Shimazu schloß den Verhandlungstag. Delilah, Jerry Philips, Larry Birch und Tony Marx bildeten einen Ring um Ashley und führten sie durch die Menge vor dem Gerichtssaal. Bei den Aufzügen blieb Delilah stehen und wandte sich den Kameras und Mikrofonen zu. Ihr Körper schirmte Ashley vor den grellen Scheinwerfern und den Fragen der Reporter ab.

»Miss Spencer wird keinerlei Fragen beantworten. Sie ist erschöpft. Die letzten sechs Jahre waren eine schwere Prüfung für sie, und ich bitte Sie, ihre Privatsphäre zu respektieren. Miss Spencer hat heute außergewöhnliche Tapferkeit bewiesen. Gönnen Sie ihr etwas Ruhe.«

Mehrere Reporter riefen Delilah Fragen zu. Die Staatsanwältin beantwortete sie, während Jerry und die Detectives mit Ashley in der Aufzugkabine verschwanden.

»Du warst großartig«, sagte Jerry, als die Türen sich schlossen.

»So fühle ich mich aber nicht«, sagte Ashley.

»Jetzt ist es ja vorbei, und Swoboda hat keinen Treffer gelandet.«

»Ich habe es nicht als Boxkampf gesehen, Jerry.«

»Ich meine damit, daß deine Aussage praktisch nicht in Zweifel gezogen wurde. Besser hätte Delilah es sich gar nicht wünschen können. Du wirst einer der Hauptgründe für Maxfields Verurteilung sein. Er konnte dir nicht mal in die Augen sehen. Das ist den Geschworenen nicht entgangen.«

Ashley empfand weder Freude noch Stolz, nur Erschöpfung und eine gewisse Erleichterung darüber, daß ihr Beitrag zu dem Verfahren nun hinter ihr lag.

Der Aufzug hielt an, und Jerry und die Detectives brachten Ashley in Delilahs Büro. Einige Minuten später gesellte die Staatsanwältin sich zu ihnen.

»Kommen Sie her, meine Liebe«, sagte sie und schloß Ashley in die Arme. Dann löste sie sich und trat einen Schritt zurück.

»Sie können mächtig stolz auf sich sein, junge Dame. Sie haben eigenhändig einen schrecklichen Mörder überführt. Ich weiß, daß der Prozeß noch eine Weile dauern wird, aber ich habe mir die Gesichter der zwölf Geschworenen angesehen. Sie sind von seiner Schuld überzeugt. Nur der Allmächtige persönlich könnte jetzt noch einen Freispruch für Joshua Maxfield bewirken, doch der hat nur Eric Swoboda und Satan auf seiner Seite.«

Das überschwengliche Lob ließ Ashley erröten.

»Wie fühlen Sie sich?« fragte Delilah. »Sind Sie erleichtert?«

Ashley nickte.

»Heute nacht werden Sie schlafen wie ein Murmeltier, Kindchen, denn Sie haben sich wacker gehalten. Sie haben Ihre Eltern gerächt. Die beiden wären stolz auf Sie.«

»Ich bin so froh, daß ich nicht mehr vor Gericht erscheinen muß.«

Delilahs Lächeln verschwand. »Ich weiß, daß Sie am liebsten wegbleiben möchten, um all das hinter sich zu lassen, aber ich brauche Sie bis zum letzten Prozeßtag hier im Gerichtssaal.«

Ashley wirkte bestürzt. Delilah sah ihr in die Augen.

»Sie dürfen den Mörder Ihrer Eltern nicht aus Ihrem Blickfeld entlassen«, sagte sie mit fester Stimme. »Sie sitzen dort für Norman, Terri Spencer und Tanya Jones. Es ist wichtig, daß die Geschworenen Sie jeden Tag zu sehen bekommen. Die Geschworenen müssen wissen, daß Sie sie beobachten und von ihnen Rechenschaft verlangen.«

»Also gut.«

Delilah drückte sanft ihre Schultern. »Sie werden sich bald ausruhen können, aber vorher müssen Sie noch weiter daran mitwirken, daß Joshua Maxfield nie wieder einen friedvollen Tag erlebt.«

Dreißigstes Kapitel

An nächsten Tag konnte Jerry sie nicht ins Gericht begleiten, weil er im Washington County einen eigenen Verhandlungstermin in einer Scheidungssache wahrnehmen mußte. Er bot an, eine Verschiebung zu beantragen, aber Ashley wollte davon nichts hören. Als sie den Gerichtssaal betrat, saß Miles Van Meter bereits wieder vorn in der ersten Reihe.

»Ich hatte gestern leider keine Gelegenheit, mit Ihnen zu sprechen«, sagte Miles. »Ihre Aussage war hervorragend. Ich habe auf die Geschworenen geachtet. Die haben förmlich an Ihren Lippen gehangen. Ich hoffe, Casey hält sich genauso gut.«

»Ganz bestimmt sogar. Sie ist eine sehr starke Frau.«

»Ich freue mich, daß Sie so viel Zeit mit ihr verbringen. Das hat enorm zu Caseys Genesung beigetragen.«

»Sie ist meine Mutter«, erklärte Ashley. Es fiel ihr zunehmend leichter, sich Casey als ihre Mutter vorzustellen.

»So wie Casey Sie behandelt hat, schulden Sie ihr gar nichts. Deshalb ist es ja so großartig, was Sie tun.«

»Casey kennenzulernen hat auch mir geholfen. Es ist, als würde ich mir wieder eine Familie aufbauen.«

Miles wollte etwas darauf erwidern, aber der Gerichtsdiener bat um Ruhe und verkündete den Beginn des neuen Verhandlungstages.

Delilah rief zunächst drei der Teilnehmer von Joshua Maxfields Schriftstellerseminar auf. Sie berichteten den Geschworenen, wie erschrocken Terri Spencer auf den Auszug aus Maxfields Serienmörderroman reagiert hatte. Delilahs nächste Zeugin war Rektorin Van Meters Sekretärin, die bestätigte, daß Terri sich am Tag ihres Todes mit der Rektorin in deren Büro getroffen hatte. Nach der Sekretärin rief Delilah einen Mitarbeiter der Telefongesellschaft in den Zeugenstand, um zu beweisen, daß Casey Van Meter kaum eine Stunde nach dem Treffen bei Ashleys Mutter zu Hause angerufen hatte.

Immer wenn ein Zeuge ein wichtiges Detail erwähnte, blickte Ashley zu Joshua Maxfield. Er schaute nie zu ihr zurück, sondern saß mit hochgezogenen Schultern da und starrte auf den Tisch. Ashley hatte den Eindruck, er habe resigniert.

Delilahs nächste Zeugin war Dr. Sally Grace, die Gerichtsmedizinerin. Es dauerte den Rest des Vormittags, bis sie die Todesursachen von Tanya Jones sowie von Ashleys Vater und Mutter dargelegt hatte. Zur Verdeutlichung der Aussage wurden den Geschworenen anschauliche Fotos der Autopsien und Tatorte vorgelegt. Zum Glück für Ashley bekamen die Zuschauer nichts davon zu sehen. Schon allein die Schilderung der Verletzungen ihrer Eltern und ihrer Freundin war grauenhaft genug. Delilah hatte sie zwar ausdrücklich vorgewarnt, doch Ashley mußte sich trotzdem mit aller Macht zusammennehmen, um nicht aus dem Gerichtssaal zu stürzen.

Im Anschluß an die Mittagspause sagte zunächst Tony Marx über die Beweise und Spuren aus, die man im Bootshaus und in Joshua Maxfields Cottage gesichert hatte. Dann trat Detective Birch in den Zeugenstand und berichtete über die Spuren aus dem Haus der Familie Spencer. Nach ungefähr einer Stunde kam Delilah auf ein anderes Thema zu sprechen.

»Sind Sie irgendwann im Verlauf der Ermittlungen auf den Gedanken gekommen, der Täter könne auch Morde in anderen Staaten begangen haben?«

»Ja«, antwortete Birch.

»Welche Schritte haben Sie unternommen, um diesen Verdacht zu überprüfen?«

»Wir haben das FBI hinzugezogen.«

»Warum?«

»Es gibt dort eine Abteilung, die auf landesweite Mordserien spezialisiert ist.«

Delilah wandte sich an Richter Shimazu. »Ich habe vorläufig keine weiteren Fragen an Detective Birch, werde ihn zu einem späteren Zeitpunkt aber erneut in den Zeugenstand rufen, Euer Ehren.«

»Sie können mit dem Kreuzverhör beginnen, Mr. Swoboda.«

»Darf ich das Kreuzverhör zurückstellen, bis Detective Birch vollständig ausgesagt hat?«

»Irgendwelche Einwände, Miss Wallace?«

»Nein, Euer Ehren.«

»Dann rufen Sie bitte Ihren nächsten Zeugen auf, Miss Wallace.«

»Der Staat ruft Bridget Booth in den Zeugenstand, Euer Ehren.«

Kurz darauf betrat eine Frau mit kurzem grauen Haar und fahler Gesichtsfarbe den Saal. Sie trug ein graues Kostüm, eine weiße Bluse und bequeme Schuhe, strahlte aber dennoch etwas Militärisches aus.

»Was sind Sie von Beruf, Mrs. Booth?« fragte Delilah, nachdem ihre Zeugin vereidigt worden war.

»Ich bin Special Agent des Federal Bureau of Investigation.«

»Wo liegt Ihre Dienststelle?«

»In Quantico, Virginia.«

»Würden Sie der Jury bitte Ihre Studienabschlüsse nennen?«

»Ich habe einen Bachelor in Psychologie und einen Master in Verhaltensforschung, beide erworben an der Universität von Missouri.«

»Wo haben Sie nach Ihrem Studium gearbeitet?«

»Ich war zunächst als Streifenbeamtin und später als Detective der Mordkommission in St. Louis, Missouri tätig, insgesamt sieben Jahre lang. Um genau zu sein – als ich meinen Master gemacht habe, stand ich bereits im Dienst der Polizei. Während meines siebten Jahrs in St. Louis habe ich mich beim FBI beworben und wurde genommen. Nach der Grundausbildung in Quantico, Virginia, diente ich vier Jahre als Special Agent in Seattle. Dann bewarb ich mich um eine Versetzung zu VICAP, wo ich seit nunmehr dreizehn Jahren arbeite.«

»Was ist VICAP?«

»Ein Akronym für das Violent Criminal Apprehension Program des FBI. Es basiert auf einer Idee, die in den fünfziger Jahren von dem inzwischen verstorbenen Pierce Brooks entwickelt wurde, damals Detective beim Los Angeles Police Department. Detective Brooks untersuchte den Mord an zwei Frauen aus Los Angeles, deren mit einem Seil gefesselte Leichen in der Wüste aufgefunden worden waren. Sie hatten beide auf eine Zeitungsanzeige geantwortet, in der nach Fotomodellen gesucht wurde. Detective Brooks war überzeugt, es handle sich um das Werk eines Täters, der zuvor schon gemordet hatte und bald wieder zuschlagen würde. Daher besorgte er sich in seiner Freizeit zahlreiche Tageszeitungen und suchte darin nach Artikeln über ähnliche Morde. Er wurde fündig. Der Täter konnte letztlich verhaftet und verurteilt werden.

Detective Brooks gelangte zu der Überzeugung, daß man Informationen über offene Mordfälle an zentraler Stelle sammeln sollte, damit es den Strafverfolgungsbehörden möglich sein würde, über die Staatsgrenzen hinweg Taten mit dem gleichen Modus Operandi zu erkennen. 1983 wurde das National Center for the Analysis of Violent Crime gegründet und unter die Leitung und Aufsicht des FBI-Ausbildungszentrums in Quantico gestellt. VICAP ist ein Teil dieser Einrichtung. Wir beschäftigen uns mit Mordfällen aus den gesamten USA, und unser Ziel ist das Sammeln, Vergleichen und Analysieren aller Ermittlungsaspekte, um eventuellen Serientätern auf die Spur zu kommen.«

»Hat sich vor ungefähr sechs Jahren und im Zusammenhang mit einigen in Oregon begangenen Morden Detective Larry Birch vom Portland Police Bureau bei Ihnen gemeldet?«

»Ja.«

»Warum hat Detective Birch sich mit Ihnen in Verbindung gesetzt?«

»Das fragliche Verbrechen war ungewöhnlich, und er wollte wissen, ob uns andere Morde mit vergleichbarer Vorgehensweise bekannt seien. Er befand sich außerdem im Besitz eines unveröffentlichten Romans ...«

»Einspruch, Euer Ehren«, sagte Swoboda. »Wir beantragen die Ausschließung dieses Buches als Beweismittel. Es ist ohne Bedeutung. Es erzählt eine erfundene Geschichte.«

»Dieser Punkt wurde bereits vor Prozeßbeginn geklärt, Mr. Swoboda«, sagte Richter Shimazu. »Ich habe entschieden, daß Aussagen, die mit diesem Buch in Zusammenhang stehen, in einem eng begrenzten Rahmen zulässig sind. Daher werde ich diesen Einspruch zwar ablehnen, doch Ihr Einspruchsrecht zu dem Buch bleibt bestehen. Sie können fortfahren, Miss Wallace.«

»Danke, Euer Ehren.«

Delilah wandte sich wieder der Zeugin zu. »Agent Booth, lassen wir den Roman vorerst mal außer acht. Sind Sie auf andere Morde gestoßen, die den von Detective Birch untersuchten Verbrechen ähnlich waren?«

Booth sprach direkt die Geschworenen an. »Wir haben Morde in Iowa, Connecticut, Massachusetts, Rhode Island, Ohio, Michigan, Arizona, Montana und Idaho gefunden, die über einen Zeitraum von mehreren Jahren begangen wurden und auf das Konto desselben Täters gehen könnten.«

»Wie sind Sie zu dieser Schlußfolgerung gelangt?«

»In jedem der Fälle ist der Mörder in den frühen Morgenstunden in den Haushalt der Opfer eingebrochen, bei denen es sich stets um ein Elternpaar und eine halbwüchsige Tochter handelte. Der Täter hat die Opfer mit Isolierband gefesselt und die Eltern mit einer scharfen Klinge langsam zu Tode gefoltert.« Einige der Geschworenen wurden blaß. »Dann hat er die Tochter vergewaltigt und erstochen.«

»Hatten diese Morde noch mehr gemeinsam?«

»Ja. In mehr als einem Fall gab es Anzeichen dafür, daß der Täter vor Ort einen Imbiß zu sich genommen hat. In Connecticut war es zum Beispiel ein Stück Apfelkuchen, in Montana ein Schokoriegel und bei den Morden an Spencer und Jones – also in dem vorliegenden Fall – ein Stück Schokoladenkuchen und ein Glas Milch.

Eine weitere Übereinstimmung war das Isolierband; es handelte sich in allen Fällen um dasselbe Fabrikat, und in Michigan und Arizona stammte es sogar von derselben Rolle.«

»Hat das FBI ein Profil des Täters erstellt?« fragte Delilah.

»Einspruch«, sagte Swoboda. »Das wäre reine Spekulation.«

»Ich bin geneigt, dem beizupflichten, Miss Wallace«, sagte Richter Shimazu. »Die Polizei kann bei den Ermittlungen auf gewisse Hilfsmittel zurückgreifen, beispielsweise auf einen Lügendetektor, die wegen ihrer eingeschränkten Verläßlichkeit vor Gericht als Beweise nicht zulässig sind. Sofern Sie also keine wissenschaftliche Grundlage für die Zuverlässigkeit derartiger Profile nachweisen können, werde ich Mr. Swobodas Einspruch stattgeben.«

»Sehr wohl, Euer Ehren. Agent Booth, haben Sie Gelegenheit gehabt, zwei Rohfassungen eines Romans zu lesen, an dem der Angeklagte zum Zeitpunkt seiner Festnahme geschrieben hat?«

»Ja, das habe ich.«

»Geht es in diesem Roman um einen fiktiven Serienmörder?«

»Ja.«

»Gab es Übereinstimmungen zwischen den Einzelheiten der in dem Buch geschilderten Verbrechen dieses fiktiven Täters und den Beweisen, die an den echten Tatorten jenes Serienmörders gesichert wurden, von dem Sie ein Profil erstellt haben?«

»Ja.«

»Gehörten zu diesen übereinstimmenden Punkten auch Details der echten Fälle, die von der Polizei nie an die Öffentlichkeit gegeben worden sind?«

»Ja.«

»Bitte schildern Sie der Jury die genaue Natur dieser Übereinstimmungen.«

»In dem Roman bricht der Täter in den frühen Morgenstunden in ein Haus ein und ermordet die Eltern eines halbwüchsigen Mädchens. Er hat vor, das Mädchen zu vergewaltigen und dann ebenfalls zu töten, nimmt aber vorher in der Küche der Opfer einen Imbiß zu sich. Wie ich bereits ausgesagt habe, sind alle echten Morde in den frühen Morgenstunden verübt worden und haben jeweils ein Elternpaar und deren halbwüchsige Tochter zum Ziel gehabt. Darüber hinaus hat der Täter in Montana und Connecticut am Tatort etwas gegessen, und die Person, die Tanya Jones und Norman Spencer umgebracht hat, hat im Haus der Spencers ein Stück Kuchen gegessen und ein Glas Milch getrunken.«

»Haben die jeweils zuständigen Polizeibehörden in Montana, Connecticut und Oregon die Information über diese Imbisse öffentlich bekanntgegeben?«

»Nein.«

»Warum wurden diese Details geheimgehalten?«

»Es ist allgemein üblich, daß die Ermittlungsbehörden manch ungewöhnliche Einzelheiten für sich behalten, um sich vor falschen Geständnissen zu schützen. Sie wollen auf diese Weise sichergehen können, daß sie den richtigen Verdächtigen verhaftet haben. Eine Person, die diese Details eines Verbrechens dennoch kennt, ist vermutlich der Täter.«

»Euer Ehren, ich werde nun Beweisstück fünfundsiebzig vorlegen, einige Seiten aus dem Roman des Angeklagten. Geschildert wird die Szene mit dem Imbiß, auf die Agent Booth sich soeben bezogen hat.«

»Einspruch«, sagte Swoboda.

»Beruht der Einspruch auf einer neuen Begründung, Mr. Swoboda?« fragte der Richter.

»Nein, Euer Ehren.«

»Abgelehnt. Wir halten im Protokoll fest, daß Sie zu diesem und allen vergleichbaren Beweisstücken Einspruch erheben. Sie brauchen sich daher nicht jedesmal zu melden, wenn der Roman erwähnt wird. Fahren Sie fort, Miss Wallace.«

Nachdem Agent Booth auch noch zu einigen anderen Szenen aus Joshua Maxfields Buch ausgesagt hatte, die große Ähnlichkeit mit den echten Verbrechen aufwiesen, übergab Delilah die Zeugin zum Kreuzverhör an Eric Swoboda.

»Agent Booth, Sie haben ausgesagt, daß die in diesen Fällen ermittelnden Polizeibehörden in Montana, Oregon und Connecticut gewisse Informationen für sich behalten hätten.«

»Ja.«

»Das sind ziemlich große Behörden, nicht wahr?«

»Ja.«

»Ist es Ihres Wissens schon vorgekommen, daß als geheim eingestufte Informationen der Polizei dennoch nach außen durchgesickert sind?«

»Ja.«

»Es dürfte an den jeweiligen Tatorten doch gewiß eine große Anzahl von Untersuchungsbeamten gegeben haben, denen nicht entgangen ist, daß der Täter einen Imbiß zu sich genommen hatte, oder?«

»Das ist durchaus denkbar.«

»Könnte nicht jeder dieser Beamten die geheime Information preisgegeben haben?«

»Ja.«

»Agent Booth, sind die Verbrechen, zu denen Sie soeben ausgesagt haben, die einzigen Ihnen bekannten Fälle, in denen der Täter seine Opfer mit Isolierband gefesselt hat?«

»Nein.«

»Ist der Gebrauch von Isolierband nicht sogar relativ weit

verbreitet, wenn bei einer Straftat die Opfer gefesselt werden?«

»Kriminelle benutzen häufig Isolierband.«

»Lesen Sie im Rahmen Ihrer Tätigkeit bei VICAP oder aus persönlichem Interesse des öfteren Romane über vorgebliche Serienmörder?«

»Ja.«

»Befand sich unter diesen Titeln schon jemals ein Roman, dessen Plot Übereinstimmungen mit tatsächlichen Fällen aufgewiesen hat?«

»Ja.«

»Und es gibt zahlreiche True-Crime-Bücher über echte Serienmörder, nicht wahr?«

»Ja.«

»Beschreiben diese True-Crime-Bücher überaus detailliert, wie Serienmörder zu Werke gehen?«

»Ja.«

»Romanschriftsteller nutzen ihre Vorstellungskraft, um sich ihren Lebensunterhalt zu verdienen, oder?«

»Ja.«

»Und recherchieren die Autoren zu diesem Zweck? Lesen sie Texte über echte Serienmörder, um ihre Romanfiguren lebendiger wirken zu lassen?«

»Das nehme ich an.«

»Und würde ein Schriftsteller, der über einen Serienmörder schreibt, nicht ganz automatisch versuchen, möglichst realistisch wirkende Taten und Handlungsweisen zu entwerfen?«

»Das nehme ich an.«

»Sind Ihnen Romane über Serienmörder bekannt, in denen der Täter seine fiktiven Opfer mit Isolierband fesselt?«

»Ja.«

»Agent Booth, Sie haben eingeräumt, daß Schriftsteller sich häufig bei echten Fällen bedienen, um ihre erdachten Geschichten glaubhafter wirken zu lassen, nicht wahr?«

»Ja.«

»Hat sich schon jemals ein Autor bei VICAP gemeldet, um an Hintergrundinformationen für eine fiktive Geschichte über einen Serienmörder zu gelangen?«

»Ja.«

»Wissen Sie, ob Mr. Maxfield jemals mit einem Mitarbeiter von VICAP oder einer anderen FBI-Dienststelle oder vielleicht mit einem Streifenbeamten oder Detective der Polizei gesprochen hat, um sich Hintergrundinformationen über Serienmörder zu beschaffen?«

»Mit mir hat er nie gesprochen.«

»Danach habe ich auch nicht gefragt.«

»Mir liegen keinerlei Erkenntnisse darüber vor, ob der Angeklagte bezüglich seines Buches mit einem Mitarbeiter des FBI oder der Polizei gesprochen hat.«

»Wenn ich mich recht entsinne, haben Sie ausgesagt, das verwendete Isolierband stamme in allen fraglichen Fällen vom selben Hersteller.«

»Ja.«

»Wie viele Rollen Isolierband stellt diese Firma jedes Jahr her?«

»Mir liegt keine exakte Zahl vor.«

»Können wir davon ausgehen, daß es sich um eine ziemlich hohe Zahl handelt?«

»Ja.«

»Tausende von Rollen?«

»Vermutlich.«

»Und diese Rollen werden überall in den USA verkauft?«

»Ja.«

»Demnach ist es möglich, daß ein Mörder in Michigan und ein völlig anderer Mörder in Arizona eine Rolle desselben Herstellers gekauft haben könnten?«

Agent Booth blickte kurz zu Delilah. Die Staatsanwältin lächelte. Booth wandte sich wieder Swoboda zu.

»Das ist korrekt.«

»Zu Beginn Ihrer Aussage behaupteten Sie, das FBI habe Morde in verschiedenen Staaten gefunden, die – ich zitiere –

›auf das Konto desselben Täters gehen könnten‹. Zitat Ende. Das ist doch richtig so, oder?«

»Ja, soweit ich mich erinnere.«

»Warum haben Sie gesagt, die Taten könnten auf sein Konto gehen? Wieso haben Sie keine eindeutigere Festlegung getroffen?«

»Die Beweise deuten darauf hin, daß ein und dieselbe Person die Morde begangen hat, aber wir können das nicht als hundertprozentige Tatsache hinstellen, solange die fragliche Person kein Geständnis ablegt.«

»Gibt es zwischen den Taten denn auch Unterschiede?«

Agent Booth schaute zu Delilah. Die Staatsanwältin verzog keine Miene.

»Haben Sie meine Frage verstanden, Agent Booth?«

»In Connecticut und Montana hat manches darauf hingedeutet, daß sich zum Zeitpunkt der Morde mehr als eine Person im Haus aufgehalten haben könnte.«

»Es gab zwei Mörder?« fragte Swoboda. Es gelang ihm nicht, seine Überraschung zu verbergen.

»Bei diesen beiden Fällen könnte der Täter einen Komplizen gehabt haben, aber wir waren uns dessen zu keinem Zeitpunkt sicher. In allen anderen Fällen, die ich erwähnt habe, entsprach der Modus Operandi eindeutig einem Einzeltäter.«

»Aber falls bei zwei der Verbrechen zwei Täter am Werk gewesen sind, in allen anderen Fällen jedoch nur ein Täter, könnte es sich doch durchaus um voneinander unabhängige Taten handeln, nicht wahr?«

»Das ist eine Möglichkeit.«

»Falls das zutrifft, hat also eine Person eigenständig ein Verbrechen verübt, das nahezu identisch mit einem Verbrechen war, welches von zwei völlig anderen Personen begangen wurde, richtig?«

»Ja.«

»Und dann wäre es auch viel weniger erstaunlich, daß eine weitere Person – beispielsweise ein Schriftsteller – sich einen

Plot ausdenken könnte, der Ähnlichkeiten zu diesen Taten aufweist, oder?«

»Mag sein«, antwortete Agent Booth zögernd.

»Danke, Agent Booth«, sagte Swoboda mit triumphierendem Lächeln. »Ich habe keine weiteren Fragen.«

»Miss Wallace, kann die Zeugin entlassen werden?«

»Noch nicht, Euer Ehren. Agent Booth, Mr. Swoboda hat die Möglichkeit angeführt, ein Täter in Arizona und ein anderer Täter in Michigan könnten vor ihren Verbrechen verschiedene Rollen Isolierband desselben Herstellers gekauft haben, so daß nun fälschlich der Eindruck eines Zusammenhangs dieser Taten entsteht.«

»Ja.«

»Hat das FBI jemals eine Verbindung zwischen dem in Arizona benutzten Isolierband und dem in Michigan benutzten Isolierband nachgewiesen, die eine zufällige Übereinstimmung ausschließt?«

»Ja. Der Täter in Arizona und der Täter in Michigan haben exakt dieselbe Rolle Isolierband benutzt.«

»Woher wissen Sie das?«

»Unser Labor hat die zur Fesselung der Opfer benutzten Stücke Isolierband untersucht. Dabei kam heraus, daß die Abrißkante eines Stücks aus Arizona genau zu der Abrißkante eines Stücks aus Michigan paßte wie ein Puzzleteil zum anderen. Es war eine hundertprozentige Übereinstimmung.«

Einunddreißigstes Kapitel

Am nächsten Morgen verfolgten Ashley und Jerry Philips, wie Randy Coleman zum Zeugenstand stolzierte und dabei ständig nach links und rechts sah, als sei er ein Boxer, der sich zu einem wichtigen Kampf in den Ring begab. Coleman trug einen neuen Anzug, war frisch rasiert und hatte sich die Haare schneiden lassen. Ashley vermutete, daß er in seinem Leben nicht besonders viele Glanzpunkte erlebt hatte und nun aus seinen fünfzehn Minuten Ruhm das Beste machen wollte.

»Mr. Coleman, sind Sie der Ehemann von Casey Van Meter, einem der Opfer dieses Falls?« fragte Delilah ihren Zeugen.

»Ja, Ma'am.«

»Wann haben Sie geheiratet?«

»Vor rund sechs Jahren.«

»Hat Miss Van Meter nach zwei Monaten Ehe die Scheidung eingereicht?«

»Ja, aber wir waren dabei, uns wieder zu versöhnen, als Maxfield versucht hat, sie umzubringen.«

»Einspruch. Keine klare Antwort auf die Frage«, sagte Swoboda. »Versuchte Beeinflussung.«

»Stattgegeben. Die Geschworenen werden die Antwort des Zeugen nicht beachten, abgesehen von der Aussage, daß er und seine Frau sich inmitten einer Scheidung befunden haben.«

»Mr. Coleman«, sagte Delilah, »würden Sie der Jury bitte schildern, was sich zwischen Ihnen und dem Angeklagten am Schwimmbecken der Oregon Academy zugetragen hat?«

Delilah war die Fragen mit Coleman vorher durchgegangen und hatte ihm gesagt, er solle ruhig zugeben, daß Casey Van Meter und er sich am Schwimmbecken gestritten hatten. Coleman hatte sehr unschlüssig gewirkt, und sie hoffte nun inständig, daß er ihr nicht den Fall versauen würde.

»Ja, klar. Ich bin zu der Schule gefahren, um mit Casey zu reden. Ich wußte, daß sie sich eigentlich gar nicht von mir trennen wollte, und war mir sicher, wir würden uns schon wieder zusammenraufen, sobald wir offen über unsere Probleme gesprochen hätten. Sie ging gern schwimmen, und als ich zum Becken kam, zog sie dort tatsächlich gerade ihre Bahnen. Wir hatten erst ein paar Worte gewechselt, als Maxfield plötzlich über mich herfiel. Ich hatte keine Chance. Falls er sich nicht feige von hinten angeschlichen hätte, wäre ich …«

»Mr. Coleman«, fiel Delilah ihm ins Wort, »hat der Angeklagte während dieses Handgemenges Drohungen gegen Sie ausgestoßen?«

»Ja. Er hat mir gedroht, er würde mich umbringen. Er sagte, er würde in meinem Wagen oder meiner Wohnung eine Bombe legen.«

»Kommen wir zu einem anderen Thema. Waren Sie zugegen, als der Angeklagte beim Pflegeheim *Sunny Rest* erneut verhaftet werden konnte?«

»Ja, Ma'am.« Coleman plusterte sich auf und lächelte die Geschworenen an. »Ich habe ihn gefangengenommen und Ashley Spencers Leben gerettet.«

»Bitte beschreiben Sie den Geschworenen, was geschehen ist.«

»Casey lag schon seit Jahren im Koma. Anfangs war ich total am Boden zerstört. Ich wollte fest daran glauben, daß sie eines Tages wieder aufwachen würde, und dachte, ein Besuch wäre nicht ratsam. Ihr Arzt hatte mir erzählt, sie könne mich sowieso nicht hören oder irgendwas sagen, und ich hatte Angst, ich würde mich zu sehr aufregen, falls ich sie so dahinvegetieren sähe. Außerdem hat ihr Vater sich mir gegenüber total feindselig benommen. Ich glaube, er hat Casey eingeredet, sie solle sich von mir scheiden lassen. Er war sehr herrisch.«

»Einspruch«, sagte Swoboda. »Der Zeuge beantwortet die Frage nicht.«

»Ja, Mr. Coleman«, sagte der Richter. »Sie schweifen ziemlich weit ab.«

»Verzeihung, Euer Ehren.«

»Erzählen Sie den Geschworenen doch einfach, was am Tag der Verhaftung des Angeklagten vorgefallen ist, während Sie sich beim Pflegeheim *Sunny Rest* aufgehalten haben«, sagte Delilah.

»Ich war wegen der Vormundschaftsanhörung in der Stadt und beschloß, Casey zu besuchen. Es hat in Strömen geregnet. Ich fuhr auf den Parkplatz, bin aber nicht ausgestiegen. Zuerst wollte ich unbedingt zu Casey, aber dann fragte ich mich, wie sie wohl aussehen würde. Ich meine, sie lag da immerhin schon fünf Jahre und schlief. Während ich noch so im Wagen saß und überlegte, was ich machen sollte, sah ich Ashley Spencer aus dem Pflegeheim kommen. Ich nahm an, daß sie Casey besucht hatte, und wollte sie fragen, was mich in dem Zimmer erwarten würde.«

Ashley schaute zu Maxfield. Er hatte sich aufgerichtet und durchbohrte Coleman mit seinem Blick. Es war seit langem das erste Mal, daß er ein Lebenszeichen von sich gab.

»Zum Glück für Miss Spencer wollte ich mit ihr reden«, fuhr Coleman fort. »Als ich aus meinem Wagen stieg, eilte sie bereits zu ihrem Auto. Ich lief mit geducktem Kopf durch den Regen hinter ihr her. Als ich wieder aufblickte, ging gerade ein Kerl mit einem Messer auf sie los.«

»Konnten Sie das Gesicht des Angreifers sehen?« fragte Delilah.

»Nein, er hatte eine Kapuze auf.«

»Was ist dann passiert?«

»Ashley hat ihm einen Tritt verpaßt und ist weggerannt. Ich wußte, daß der Typ ein Messer hatte, aber das war mir egal. Ich habe mich auf ihn gestürzt und ihn zu Boden gerungen. Dann war auf einmal die Polizei da.«

»Haben Sie letzten Endes das Gesicht des Mannes gesehen, der versucht hat, Ashley Spencer zu ermorden?«

»Ja, das habe ich.«

»Und wer war es?«

Coleman legte eine kleine Kunstpause ein und wies dann auf Joshua Maxfield. Maxfield starrte ihn wütend an.

»Der Mann, der versucht hat, Ashley Spencer zu erstechen, ist Joshua Maxfield, der Angeklagte«, verkündete Coleman in theatralischem Tonfall.

»Keine weiteren Fragen.«

Eric Swoboda kam quer durch den Saal zum Zeugenstand und blieb dicht vor dem Zeugen stehen. »Mr. Coleman, mir ist aufgefallen, daß die Staatsanwältin sich gar nicht nach Ihrem Beruf erkundigt hat. Möchte sie die Geschworenen womöglich nicht wissen lassen, daß Sie in Las Vegas für das organisierte Verbrechen tätig sind?«

»Das ist gelogen. Ich bin Geschäftsmann. Bloß weil ich in Las Vegas arbeite, bin ich doch noch lange kein Gangster.«

»Wie lautet der Name Ihrer Firma?«

»American Investments.«

»Ist American Investments nicht Gegenstand der Voruntersuchung eines Bundesgerichts gewesen, weil ein Verdacht auf Geldwäsche bestand?«

»Es wurde nie ein Verfahren eröffnet.«

»Könnte das daran liegen, daß Myron Lemke, der Kronzeuge der Anklage, ermordet wurde, bevor er aussagen konnte?«

»Einspruch«, sagte Delilah. »Hörensagen, und es verstößt gegen die Verfahrensvorschriften zur Zulässigkeit früherer Verfehlungen.«

»Einspruch stattgegeben. Fahren Sie fort, Mr. Swoboda.«

»Wurden Sie je wegen einer Straftat verurteilt?«

»Ja, vor vielen Jahren.«

»Um was für eine Straftat hat es sich gehandelt?«

»Tätliche Bedrohung.«

»Wurden Sie jemals wegen Diebstahls verurteilt?«

»Das war ein Mißverständnis. Ich dachte, ich hätte Geld auf meinem Girokonto und ...«

»Die Geschworenen sind Ihrer Argumentation nicht gefolgt, oder?«

»Nein, sind sie nicht«, räumte Coleman widerstrebend ein.

»Mr. Coleman, Sie haben ausgesagt, Mr. Maxfield habe Sie am Schwimmbecken der Oregon Academy angegriffen, richtig?«

»Ja, von hinten.«

»Als er Sie angriff, hatten Sie da Casey Van Meter zuvor am Handgelenk gepackt und sie eine Schlampe genannt?«

»Daran kann ich mich nicht erinnern.«

»Sie erinnern sich nicht daran, gegenüber Miss Van Meter handgreiflich geworden zu sein?«

»Nein. Wir haben bloß miteinander geredet.«

Delilah stöhnte auf. Sie hatte Coleman benötigt, um nachzuweisen, daß Maxfield beim Pflegeheim versucht hatte, Ashley zu erstechen, und das war ihr gelungen. Zum Glück mußten die Geschworenen Coleman nicht mögen, um ihm zu glauben.

»Sie sagen, daß Mr. Maxfield Sie grundlos von hinten angegriffen hat, und das auch noch vor jeder Menge Zeugen?«

»Der Kerl ist ein Psychopath. Er brauchte keinen Grund.«

»Mr. Coleman, Ihre Frau wird später noch hier vor Gericht aussagen. Sie halten Ihre Behauptung aufrecht, sie nicht tätlich bedroht zu haben, als Mr. Maxfield ihr zu Hilfe geeilt ist?«

»Sie hat eine schwere Kopfverletzung erlitten. Ich glaube nicht, daß auf ihr Erinnerungsvermögen allzuviel Verlaß ist.«

»Wir sind in der Lage, mehrere ehemalige Schüler aufzurufen, die sich an jenem Tag im Schwimmbecken befunden haben. Möchten Sie immer noch an Ihrer erfundenen Geschichte festhalten?«

»Rufen Sie auf, wen Sie wollen. Ich habe keine Ahnung, was die sagen werden. Kann schon sein, daß wir ein bißchen laut geworden sind. Casey hat sich immer so schnell aufgeregt.«

»Worum drehte sich der Streit?«

»Um die Scheidung. Ich wollte, daß Casey vernünftig wird.«

»Weil Miss Van Meter reich war und Sie im Falle einer Scheidung nicht an das Geld gelangt wären?«

»Nein, das Geld war mir egal. Ich liebe sie.«

»Deshalb haben Sie ihr in all den Jahren im Pflegeheim auch keinen einzigen Besuch abgestattet?«

»Das habe ich doch schon erklärt. Ich konnte es nicht ertragen, sie so zu sehen.«

»Ja, wir können alle erkennen, wie sensibel Sie sind«, sagte Swoboda.

»Einspruch«, sagte Delilah.

»Stattgegeben«, erwiderte Richter Shimazu.

Swoboda drehte sich um und ging ein paar Schritte auf die Jury zu.

»Demnach war Liebe und nicht etwa Miss Van Meters Geld dafür ausschlaggebend, daß Sie zum Hüter ihrer vierzig Millionen Dollar ernannt werden wollten?«

Mehrere der Geschworenen merkten auf, als sie den Betrag hörten. Coleman antwortete nicht. Swoboda wandte sich wieder ihm zu.

»Wie lange haben Sie und Miss Van Meter sich vor der Heirat gekannt?«

»Drei Tage«, erwiderte Coleman recht leise.

»Oh, das muß ja Liebe auf den ersten Blick gewesen sein. Und wo haben Sie sich kennengelernt?«

»Im Kasino des Mirage.«

»Und in welcher Kirche haben Sie geheiratet?«

»Das war keine Kirche.«

»Sondern?«

»Die Kapelle der wahren Liebe.«

»Ich verstehe. Zu welcher Uhrzeit fand die Trauung statt?«

»Um vier Uhr morgens, glaube ich.«

»Mr. Coleman, falls Casey Van Meter nicht aus dem Koma erwacht, sondern gestorben wäre, hätten Sie viele Millionen Dollar geerbt, nicht wahr?«

»Die genaue Summe kenne ich nicht.«

»Da bis vor kurzem niemand wußte, daß es sich bei Ashley Spencer um die Tochter von Miss Van Meter handelt, hätten Sie genaugenommen sogar Miss Van Meters gesamtes Vermögen geerbt, denn sie hatte kein Testament hinterlassen, und Sie waren mit ihr verheiratet.«

»Wie lautet die Frage?« wollte Coleman wissen.

»Sie hatten gute Gründe dafür, Casey Van Meters Tod zu wollen, nicht wahr?«

»Nein, ich liebe sie.«

»Mehr als vierzig Millionen Dollar?«

»Das wurde bereits beantwortet«, warf Delilah ein.

»Einspruch abgelehnt«, sagte der Richter. »Verstehen Sie die Frage, Mr. Coleman?«

»Nein.«

»Miles Van Meter hatte beantragt, zu Miss Van Meters Vormund bestellt zu werden, nicht wahr?« fragte Swoboda.

»Ja.«

»Er hatte zuvor klar zum Ausdruck gebracht, er wolle die Qualen seiner Schwester beenden, richtig?«

»Ich hatte etwas in der Richtung gehört.«

»Auf diese Weise hätten Sie ihr Geld geerbt, oder?«

»Kann sein.«

»Sie wußten, daß auch Ashley Spencer beantragt hatte, zu Miss Van Meters Vormund bestellt zu werden, nicht wahr?«

»Ja.«

»Sie wollte, daß ihre Mutter am Leben bleibt, richtig?«

»Ja.«

»Was bedeutet hätte, daß Sie überhaupt nichts erben würden.«

»Und?«

»Falls Ashley gestorben wäre, hätte man entweder Sie oder Miles Van Meter zum Vormund ernannt, oder?«

»Ja.«

»Wer auch immer es geworden wäre, in beiden Fällen hätte man Miss Van Meter die Lebenserhaltung abgeschaltet, und Sie wären um viele Millionen Dollar reicher geworden. Nur Ashley stand Ihnen im Weg. Ein ziemlich gutes Motiv, um sie auf dem Parkplatz des Pflegeheims zu erstechen.«

»Er war derjenige, der versucht hat, sie zu töten, das habe ich doch schon gesagt«, protestierte Coleman und wies auf Maxfield.

»Euer Ehren, ich möchte den Schauplatz des Geschehens gern durch eine Skizze verdeutlichen.« Maxfields Anwalt stellte ein großes Stück Karton auf eine Staffelei, die neben den Plätzen der Geschworenen stand. Auf der gebrochen weißen Fläche war der Parkplatz von *Sunny Rest* eingezeichnet. Am oberen Rand lag das Hauptgebäude. Darunter stellten zwei parallele Linien die Straße dar, die zwischen dem Pflegeheim und dem Parkplatz verlief. Jeder einzelne Stellplatz war durch ein blaues Rechteck markiert. Am unteren Rand folgten wiederum zwei parallele Linien, die für eine weitere Straße standen. Swoboda deutete mit einem roten Filzstift auf ein Rechteck, das zwei Reihen vom Gebäude entfernt und zwei Plätze neben dem linken Rand des Parkfläche lag.

»Dort haben Sie geparkt, richtig?« fragte der Anwalt.

»Ja, würde ich auch sagen«, antwortete Coleman.

Swoboda schrieb COLEMAN auf den Stellplatz. Dann fuhr er mit dem Stift zwei Reihen nach unten und zu dem vorletzten Platz auf der rechten Seite. Bis zum unteren Rand der Skizze folgten noch drei weitere Reihen.

»Und hier hat Miss Spencer geparkt?«

»Ja.«

Swoboda schrieb SPENCER in das Kästchen.

»Sie haben ausgesagt, Sie hätten gesehen, wie Miss Spencer aus dem Gebäude gekommen und zu ihrem Wagen gegangen sei.«

»Sie ist nicht gegangen, sondern schnell gelaufen.«

»Wo befand sie sich, nachdem Sie ausgestiegen waren?«

»Ungefähr noch eine Reihe von ihrem Wagen entfernt.«

»Welchen Weg haben Sie eingeschlagen, um zu Miss Spencer zu gelangen?«

»Ich bin runter zu ihrer Reihe und dann quer über den Parkplatz.«

»Demnach sind Sie von links nach rechts gelaufen, sobald Sie ihre Reihe erreichten?«

»Ja.«

»Standen zu beiden Seiten von Miss Spencers Wagen andere Fahrzeuge?«

»Das weiß ich nicht mehr so genau.«

Swoboda ging zum Tisch der Verteidigung, holte ein Foto und gab es Coleman.

»Dieses Bild wurde kurz nach dem Angriff auf Miss Spencer von der Polizei aufgenommen. Ist das Ihr Wagen?«

»Ja.«

»Und steht links neben Miss Spencers Auto ein Lieferwagen sowie auf der anderen Seite ein weiterer Pkw?«

»Ja.«

»Ich beantrage, dieses Foto als Beweisstück der Verteidigung aufzunehmen, Euer Ehren«, sagte Swoboda.

»Keine Einwände«, sagte Delilah.

»Mr. Coleman, Sie haben ausgesagt, Sie seien wegen des Regens mit geducktem Kopf gelaufen. Dann hätten Sie aufgeblickt und gesehen, wie ein Mann Miss Spencer angriff.«

»Richtig.«

»Zu diesem Zeitpunkt befanden Sie sich auf der Fahrbahn zwischen den Parkreihen, und Miss Spencers Wagen lag halb rechts vor Ihnen?«

»Ja.«

»Wie weit war es noch bis zu Miss Spencers Wagen?«

»Ein paar Stellplätze.«

»Sie befanden sich also auf der Fahrbahn oberhalb des Wagens, der Angreifer war vor ihnen, und Miss Spencer befand sich jenseits des Angreifers zwischen den Fahrzeugen?«

»Ja.«

Swoboda zeichnete jeweils ein X für Coleman, den Angreifer und Ashley ein. Dann trat er zurück, damit die Geschworenen die Zeichnung deutlich erkennen konnten.

»Wie konnten Sie sehen, daß Miss Spencer ihren Angreifer getreten hat, Mr. Coleman? Ein Tritt findet unterhalb der Taille statt. Sogar noch aus drei Stellplätzen Entfernung wäre Ihre Sicht durch den Lieferwagen blockiert gewesen, der neben Miss Spencers Auto und hinter dem Angreifer stand.«

»Ich ... ich hab's aber gesehen«, beharrte Coleman.

»Natürlich haben Sie's gesehen, denn Sie waren es, der Ashley Spencer auf dem Parkplatz angegriffen hat. Und mein Mandant ist ihr zu Hilfe geeilt.«

»Was soll der Mist?«

Richter Shimazu klopfte mit dem Hammer auf das Pult. »Dies ist ein Gerichtssaal, Mr. Coleman. Hüten Sie Ihre Zunge.«

»Tut mir leid, Euer Ehren«, sagte Coleman. »Aber dieser Kerl da lügt.«

»Keine weiteren Ausfälle, Mr. Coleman«, ermahnte Richter Shimazu den Zeugen. »Sie werden sich darauf beschränken, Mr. Swobodas Fragen zu beantworten.«

»In Ordnung.«

»Mr. Swoboda, Sie können fortfahren«, sagte der Richter.

»Sie hatten einen Vierzig-Millionen-Dollar-Grund, sich Casey Van Meters Tod zu wünschen. Wußten Sie vor der Heirat, daß Casey Van Meter eine reiche Frau war?«

»Ja. Na und?«

»Dann ist sie nüchtern geworden, hat wieder klar denken können und beschlossen, sich von Ihnen zu trennen?«

»Ich sagte doch, wir hatten in unserer Beziehung ein paar Probleme, aber die hätten sich mit Hilfe einer Eheberatung leicht wieder beilegen lassen.«

»Als all das Geld sich vor Ihren Augen plötzlich in Luft auflöste, hat Sie das wütend gemacht, nicht wahr?«

»Nein«, erwiderte Coleman ein wenig zu laut.

»Sie waren also nicht wütend, als Sie am Schwimmbecken

Casey Van Meters Handgelenk packten und sie eine Schlampe nannten?«

»Ich war vielleicht ein wenig gereizt«, gab Coleman widerwillig zu. »Ich habe jedoch nie versucht, sie zu töten.«

»Dann werden Sie vermutlich auch abstreiten, daß Sie Terri Spencer im Bootshaus der Oregon Academy ermordet haben.«

»Was?« rief Coleman und erhob sich halb von seinem Platz.

»Ist es denn nicht wahr, daß Sie Casey Van Meter an jenem Abend zum Bootshaus gefolgt sind?«

»Nein.«

»Ist es nicht wahr, daß Sie dort außerdem eine Zeugin, nämlich Terri Spencer, angetroffen haben, die Sie ausschalten mußten, um nicht identifiziert werden zu können?«

»Nein!«

»Dann wollten Sie Miss Van Meter ebenfalls umbringen, doch Sie hörten Joshua Maxfield kommen und sind geflohen.«

Delilah hätte am liebsten Einspruch erhoben, verzichtete aber darauf, weil Swobodas ungeheuerlichen Vorwürfen dadurch lediglich mehr Glaubwürdigkeit verliehen worden wäre.

»Sie hatten vierzig Millionen Gründe, um rechtzeitig vor dem Vollzug der Scheidung für Casey Van Meters Tod zu sorgen, und bevor Miss Van Meter aus dem Koma erwacht ist, hatten Sie außerdem ein Motiv für den Mord an Ashley Spencer.«

»Muß ich hier sitzen und mir das anhören?« fragte Coleman den Richter.

»Keine weiteren Fragen«, sagte Swoboda und ließ Coleman halb aufgerichtet und zur Seite gedreht im Zeugenstand zurück.

»Das war ja ein Ding«, sagte Jerry zu Miles Van Meter, nachdem der Richter eine Unterbrechung angeordnet hatte und Randy Coleman aus dem Gerichtssaal gestürmt war.

»Völlig bizarr«, sagte Miles. »Ich hoffe, der Versuch bleibt außerdem fruchtlos.«

Ashley war beunruhigt. Delilah stand direkt vor ihr und packte die Dokumente wieder ein, auf die sie während Colemans Vernehmung zurückgegriffen hatte. Ashley beugte sich über die Barriere vor und berührte die Staatsanwältin am Arm. Delilah drehte sich um.

»Die Geschworenen haben ihm das doch hoffentlich nicht abgekauft, oder?« fragte Ashley und bemühte sich, ihre Nervosität zu verbergen. Sie wußte nicht, was sie tun sollte, falls Joshua Maxfield freigesprochen wurde.

»Machen Sie sich wegen Mr. Swoboda keine Sorgen«, sagte Delilah. »Er hat die Geschworenen vermutlich ins Grübeln gebracht, aber Caseys Aussage über die Vorfälle im Bootshaus wird ihnen die Köpfe schon wieder zurechtrücken.«

Zweiunddreißigstes Kapitel

Als die Verhandlung fortgesetzt wurde, rief Delilah zunächst Dr. Ralph Karpinski auf. Der Arzt äußerte die Meinung, daß Caseys Koma nach einem Schlag ins Gesicht durch den Aufprall ihres Hinterkopfes auf einen Stützbalken des Bootshauses verursacht worden sei. Im Anschluß sagte Dr. Stanley Linscott über Casey Van Meters gegenwärtige physische und mentale Verfassung aus.

Nachdem Dr. Linscott den Zeugenstand verlassen hatte, rief die Anklage Casey Van Meter auf. Sämtliche Augen im Gerichtssaal folgten der »schönen Schläferin«, als sie auf ihren Stock gestützt nach vorn hinkte. Casey sah aus wie ein Gespenst, denn sie hatte immer noch Untergewicht, aber ihre blasse Schönheit war elektrisierend. Sie trug ein schwarzes Kleid, und ihren Hals zierte eine Perlenkette. Ashley fühlte sich unwillkürlich an Lauren Bacall in einem alten Film erinnert, den sie sich gemeinsam mit Terri angeschaut hatte.

»Miss Van Meter, in welcher Position waren Sie an der Oregon Academy tätig, als sich die Tragödie im Bootshaus ereignet hat?« fragte Delilah nach einigen einleitenden Fragen.

»Ich war die Rektorin der Schule.«

»Waren Sie in Ihrer Eigenschaft als Rektorin daran beteiligt, den Angeklagten als Lehrer einzustellen?«

»Ja.«

»Bitte schildern Sie der Jury, welche Überlegungen dabei eine Rolle gespielt haben.«

»Es war für die Schule eine schwierige Entscheidung. Einerseits bot sich die Gelegenheit, unsere Schüler von einem weltbekannten Schriftsteller unterrichten zu lassen. Andererseits hatte Mr. Maxfield eine frühere Anstellung bei einer anderen Privatschule aufgeben müssen, weil er einer Schülerin auf ungebührliche Weise nähergetreten war. Wir wußten außerdem, daß Mr. Maxfield zu jener Zeit ein Alkoholproblem hatte. Am Ende sind wir das Risiko aus zwei Gründen eingegangen: zum einen, weil Mr. Maxfield bereits wieder längere Zeit im Schuldienst gearbeitet hatte, zuletzt an einer High School in Idaho, und zum anderen, weil er während des Bewerbungsgesprächs absolut ehrlich zu uns gewesen war.«

»Hat der Angeklagte Ihre Erwartungen erfüllt?«

»Er war ein hervorragender Lehrer.«

»Irgendwann im weiteren Verlauf haben Sie und der Angeklagte eine Liaison begonnen?«

Casey senkte den Blick. »Ja.«

Ashley war völlig verblüfft. Sie hatte bis zu ihrer eigenen Aussage den Gerichtssaal nicht betreten dürfen und daher auch Delilahs Eröffnungsplädoyer verpaßt, in dem dieser Punkt bereits zur Sprache gekommen war. Ashley schaute fragend zu Maxfield, aber sie konnte sein Gesicht nicht sehen. Er schien sich voll und ganz auf die Rektorin zu konzentrieren.

»Wann hat die Beziehung angefangen?«

»Ein paar Monate, bevor er mich niedergeschlagen hat.«

»Einspruch«, rief Swoboda. »Das ist keine Antwort auf die Frage. Ich beantrage, daß die Äußerung aus dem Protokoll gestrichen wird.«

Delilah wollte etwas dazu sagen, aber der Richter hob die Hand und ließ sie innehalten. »Abgelehnt.«

»Wie kam es zu dieser Beziehung?«

»Ich war seit einigen Monaten verheiratet.«

»Mit Randy Coleman?«

»Ja.«

»Fahren Sie fort.«

»Schon kurz nach der Trauung habe ich erfahren, daß mein Mann ein Krimineller war. Darüber hinaus hat er mich ständig beschimpft und ist oft handgreiflich geworden. Ich habe die Scheidung eingereicht und außerdem einen Anwalt damit beauftragt, die Ehe annullieren zu lassen. Es war eine sehr schwierige Zeit für mich. Diese Ehe war ein gewaltiger Fehler gewesen, und ich stand deswegen unter einem enormen Druck. Mr. Maxfield hat viel Verständnis gezeigt.« Sie zuckte die Achseln. »Eines führte zum anderen.«

»Kommen wir nun zu dem Tag, der mit Terri Spencers Ermordung und Ihrem Koma endete. Wann haben Sie Terri Spencer an jenem Tag zum erstenmal gesehen?«

»Sie ist am späten Nachmittag zu mir ins Büro gekommen.«

»Was war der Anlaß für ihren Besuch?«

»Sie erzählte mir, sie habe den Verdacht, daß Joshua Maxfield ihren Mann ermordet haben könnte. Sie bat mich, seine Personalakte auf entsprechende Informationen zu überprüfen.«

»Haben Sie in der Akte irgend etwas entdeckt, das Terri Spencers Befürchtung untermauert hätte?«

»Ja.«

»Worauf sind Sie gestoßen?«

»Terri erzählte mir, der Mörder ihres Mannes könne ein Serientäter sein, der bereits in anderen Staaten gemordet hätte. Laut Joshuas Personalakte hatte er in Neuengland an einem College unterrichtet. Einer der Morde hatte sich dort in der Gegend ereignet. Außerdem hatte er an einer High School in Idaho gearbeitet. Diesen Staat hatte Terri ebenfalls erwähnt.«

»Was haben Sie nach dieser Entdeckung unternommen?«

»Ich habe Terri angerufen und sie gebeten, sich mit mir im Bootshaus zu treffen.«

»Bitte schildern Sie uns, was im Bootshaus geschehen ist«, sagte Delilah.

Casey atmete tief durch. »Ich redete gerade mit Terri, als er plötzlich zur Tür hereinkam. Er hatte ein Messer. Er ... er hat sie niedergestochen.« Casey schloß die Augen, sprach aber weiter. »Sie hat geschrien. Er hat immer wieder zugestochen.« Sie schlug die Hände vor das Gesicht. »Was danach passiert ist, weiß ich nicht mehr.«

»Wer war der Mann, der Terri Spencer erstochen hat?«

»Joshua Maxfield.«

Delilah wartete ein paar Sekunden, um Caseys Aussage wirken zu lassen. Dann stellte sie die nächste Frage.

»Haben Sie an jenem Abend Ihren Ehemann Randy Coleman beim Bootshaus gesehen?«

Casey wirkte verwirrt. »Nein.«

»Und Sie sind sicher, daß nicht etwa Randy Coleman mit einem Messer auf Terri Spencer losgegangen ist?«

»Ja.« Sie wies auf Joshua Maxfield. »Er ist es gewesen.«

»Damit ist die Beweisführung der Staatsanwaltschaft abgeschlossen«, sagte Delilah, nachdem Eric Swoboda das kurze und wirkungslose Kreuzverhör von Casey Van Meter beendet hatte.

»Nun gut«, sagte Richter Shimazu. »Wir vertagen uns auf dreizehn Uhr. Mr. Swoboda, falls Sie Anträge stellen oder Zeugen aufrufen möchten, haben Sie dann die Gelegenheit dazu.«

Der Gerichtsdiener verkündete die Unterbrechung. Casey verließ den Zeugenstand. An der Pforte zum Zuschauerraum fing Ashley sie ab.

»Alles in Ordnung?« fragte Ashley.

Die Frage schien Casey zu überraschen. Dann lächelte sie. Von der tiefen Gefühlsregung, die Ashley während der Aussage an ihr beobachtet hatte, war nichts mehr zu sehen.

»Natürlich ist alles Ordnung«, antwortete Casey. »Meine Aussage dürfte Joshua den letzten Rest Hoffnung auf einen Freispruch gekostet haben. Du und ich, wir haben beide unseren Teil dazu beigetragen, Terri zu rächen.«

Ashley war nicht etwa froh, sondern fühlte sich irgendwie seltsam. Casey hatte recht. Gemeinsam hatten sie Maxfields Schicksal besiegelt. Dennoch verspürte sie keinen Triumph.

»Er wird vermutlich sterben«, sagte Ashley.

Caseys Augen verengten sich. »Dieser Mistkerl verdient den Tod. Ihm habe ich zu verdanken, daß ich mehrere Jahre meines Lebens verloren habe. Es tut mir nur leid, daß er mit einer Giftspritze hingerichtet wird und nicht auf eine wesentlich schmerzhaftere Weise.«

Ashley war schockiert. »Ich weiß, daß Maxfield ein furchtbarer Mensch ist.« Sie mußte daran denken, welche Ängste sie ausgestanden hatte, als er auf ihr lag, und wie verzweifelt sie über Normans und Terris Tod gewesen war. »Es ist nur … ich weiß auch nicht. Er verdient diese Strafe, aber ich fühle mich dabei nicht gut.«

Ashley hielt inne. Sie wollte jemandem von den widersprüchlichen Empfindungen erzählen, die in ihr um die Oberhand rangen, und Casey würde wahrscheinlich am besten verstehen können, was mit ihr los war.

»Hast du Zeit? Ich möchte mich mit dir über den Prozeß unterhalten. Wollen wir gemeinsam zu Mittag essen?«

»Tut mir leid, Liebes«, sagte Casey. »Ich würde ja gern, aber ich muß zu einer Sitzung des Fördervereins unseres Symphonieorchesters. Ruf mich doch an. Wir holen das Treffen demnächst nach.«

Casey eilte davon. Ashley blickte ihr hinterher und konnte kaum fassen, wie sie gerade behandelt worden war. Terri hätte sie unter diesen Umständen niemals so einfach abgefertigt.

Dreiunddreißigstes Kapitel

Sobald Eric Swoboda das Kreuzverhör von Casey Van Meter beendet hatte, verlangte Joshua Maxfield eine Unterredung. Fünfzehn Minuten nachdem die Verhandlung unterbrochen worden war, saß Swoboda in dem kleinen Besuchszimmer des Gerichtsgefängnisses, und sein Mandant nahm auf der anderen Seite des Sprechgitters Platz.

»Ich will aussagen«, forderte Joshua.

»Das haben wir doch schon besprochen. Falls Sie in den Zeugenstand treten, sind Sie Freiwild für Delilah.«

Maxfield lächelte herablassend.

»Unterschätzen Sie Delilah nicht«, warnte Swoboda. »Ich weiß, daß Sie intelligent sind, aber Kreuzverhöre sind ihre Spezialität. Zudem haben wir durch mein Kreuzverhör von Coleman eine Menge Pluspunkte gesammelt. Ich kann geltend machen ...«

»Casey hat ausgesagt, nicht Coleman sei ins Bootshaus gekommen, sondern ich. Auch Ashley hat mich dort gesehen. Ich muß erklären, wie es dazu gekommen ist.«

»Was wollen Sie denn sagen?«

»Machen Sie sich deswegen keine Sorgen. Rufen Sie mich einfach nur als Zeugen auf.«

»Delilah wird Sie ans Kreuz nageln.«

»Wie denn?«

Swoboda dachte kurz nach. »Delilah wird Sie über den Roman ausfragen. Sie wird wissen wollen, wieso Sie in der Lage waren, dermaßen detailliert von Morden zu berichten, von denen Sie angeblich nichts wußten.«

Joshua schloß die Augen und preßte sich die Fingerspitzen an die Schläfen. Er sah aus, als wolle er verhindern, daß sein Kopf explodiert.

»Dieses beschissene Buch«, murmelte er. Dann öffnete er die Augen wieder und starrte Swoboda wütend an. »Ich werde aussagen, daß es nicht von mir stammt, sondern auf dem Manuskript eines anderen Verfassers beruht. Ich werde einräumen, daß ich fremde Ideen gestohlen habe.«

Swoboda schüttelte langsam den Kopf. »Niemand wird Ihnen glauben. Auf jeder der Seiten stand Ihr Name. Sehen Sie denn nicht ein, daß eine Aussage reiner Selbstmord wäre?«

»Nein«, sagte Joshua und hob abwehrend beide Hände. »Es ist meine einzige Chance. Die Geschworenen werden erkennen, daß ich die Wahrheit sage. Sie müssen mir glauben.«

»Ich bin dennoch der Meinung …«

Maxfield sah Swoboda direkt ins Gesicht. »Ihre Meinung ist mir egal«, sagte er mit stählerner Stimme. »Sie sind mein Anwalt und werden tun, was ich verlangt habe.«

»Die Verteidigung ruft Joshua Maxfield in den Zeugenstand«, sagte Eric Swoboda, nachdem die Verhandlung wieder eröffnet worden war. Delilah konnte ihre Überraschung und Freude kaum verbergen. Ihr lief förmlich das Wasser im Mund zusammen, als säße sie zu Thanksgiving an der langen Festtafel und der große saftige Truthahn würde soeben aus der Küche hereingetragen.

Joshua zog das Jackett seines Anzugs zurecht und trat selbstbewußt vor, um den Eid abzulegen.

»Mr. Maxfield«, begann Swoboda, als sein Mandant im Zeugenstand Platz genommen hatte, »was sind Sie von Beruf?«

»Ich bin Schriftsteller«, verkündete Maxfield stolz.

»Haben Sie in Ihrem Beruf Erfolg gehabt?«

»Das will ich meinen.«

»Bitte schildern Sie den Geschworenen einige Ihrer Erfolge.«

»Gern. Mein erster Roman, *Ein Tourist in Babylon*, wurde kurz nach dem Ende meines Studiums veröffentlicht und fand weltweiten Anklang. Er wurde für mehrere Literaturpreise nominiert und hat einige davon gewonnen, sowohl in den Vereinigten Staaten als auch in Europa. Die Kritiker waren begeistert, und die Leser haben einen internationalen Bestseller daraus gemacht.«

»Haben Sie noch einen Roman veröffentlicht?«

»Ja, *Der Wunschbrunnen*.«

»War *Der Wunschbrunnen* ebenfalls ein Bestseller?«

»Ja.«

»Haben Sie neben Ihrer Tätigkeit als Schriftsteller auch kreatives Schreiben unterrichtet?«

»Ja, am Eton College in Massachusetts und an einer High School. Zuletzt war ich bei der Oregon Academy angestellt.«

»Würden Sie bitte beschreiben, wie Sie eine Romanidee entwickeln?«

Maxfield lächelte die Geschworenen an. Er war charmant, und trotz der gegen ihn vorgebrachten Anklagepunkte lächelten einige der Leute zurück.

»Ideen lassen sich wirklich überall finden, und sie kommen meistens dann, wenn man am wenigsten mit ihnen rechnet. Die ursprüngliche Idee zu dem Roman, an dem ich zu meiner Zeit auf der Academy gearbeitet habe, kam mir während meiner Lehrtätigkeit in Massachusetts. Ich las damals von einem Einbrecher, der ein junges Mädchen und deren Eltern ermordet hatte, und fragte mich, was für ein Typ Mensch wohl ein solches Verbrechen begehen würde. Ein Jahr später erfuhr ich zufällig von einem weiteren, ziemlich ähnlichen Mord. Ich war fasziniert von dem Konzept von Gut und Böse, ähnlich wie Robert Louis Stevenson, als er *Dr. Jekyll und Mr. Hyde* schrieb, und ich beschloß, einen Roman aus der Sicht eines wahrhaft krankhaften Geistes zu verfassen. Zuerst ging ich in die Bibliothek und las Zeitungsberichte über die beiden echten Fälle. Dann besorgte ich mir Sachbücher über Serienmörder und die Psychologie von soziopathischen Individuen, um zu begreifen, wie diese Leute denken und handeln. Mein Roman sollte möglichst authentisch wirken.«

»Die Anklage behauptet, Sie seien schuldig, weil Sie einen Mord beschrieben haben, der teilweise mit den Morden im Haus der Familie Spencer übereinstimmt.«

»Sie können sich gar nicht vorstellen, wie sehr das an mir nagt. Ich finde es nach wie vor ungeheuerlich, daß man mir aus meiner fruchtbaren Phantasie einen Strick drehen will.«

»Was ist mit dem Imbiß? Wie erklären Sie die Tatsache, daß ein echter Mörder während seiner Taten in Montana, Connecticut und dem Haus der Spencers etwas gegessen hat, genau wie der fiktive Täter in Ihrem Buch?«

»Ein Autor bemüht sich, seine Leser zu fesseln, und er versucht außerdem, lebendig wirkende Figuren zu erschaffen. Ich wollte, daß die Leser auf meinen Erzähler mit Entsetzen reagieren. Eine der Grundregeln des guten Schreibens lautet, daß man zeigen soll, anstatt etwas einfach zu postulieren. Daher schrieb ich nicht ›Meine Hauptfigur ist ein schrecklicher Mensch‹, sondern überlegte mir eine Handlung, die seine Schlechtigkeit veranschaulichen würde. Ich habe mit mehreren Ideen gespielt, zum Beispiel, daß mein Erzähler ein Haustier oder ein Baby ermorden könnte, aber ich kam zu dem Schluß, daß eine dermaßen widerwärtige Tat meine Leser zu stark vor den Kopf stoßen würde. Ich wollte einen bestimmten Charakterzug deutlich machen, nicht meine Leser verscheuchen. Also schrieb ich eine Szene, in der mein Täter zwischen einigen gräßlichen Morden eine Pause einlegt und etwas ißt. Ich wollte, daß die Leser von sich aus folgern würden, wie grausam und absolut gefühllos mein Erzähler ist. Die Szene kam mir überaus gelungen vor. Sie ist bewußt zurückhaltend dargestellt, völlig gewaltlos und zugleich schlichtweg fürchterlich.

Bin ich überrascht, daß meine Kunst das wahre Leben imitiert hat? Nein, das bin ich nicht. Jeder, der die schrecklichen Verbrechen in Montana, Connecticut und hier verüben konnte, wäre genau wie mein fiktiver Mörder – grausam und gefühllos. Ich bin nicht schockiert, daß er etwas so Groteskes getan hat. Bedenken Sie bitte: Würde ich diese Details in meinen Roman einbauen, falls ich die Morde begangen hätte? Würde ich Terri Spencer eine Szene vorlesen, die weitgehend identisch mit den Vorfällen in ihrem Haus ist? Das wäre doch verrückt. Ich müßte doch damit rechnen, daß sie sofort zur Polizei geht. Warum sollte ich Selbstmord begehen?«

»Kommen wir nun zu den Vorfällen im Bootshaus der Oregon Academy. Bitte schildern Sie den Geschworenen, was dort geschehen ist«, sagte Swoboda.

»Ich habe auf dem Gelände der Academy in einem Cottage gewohnt, das mir im Rahmen meiner Tätigkeit von der Schule zur Verfügung gestellt wurde. Der Campus ist sehr weitläufig und wunderschön, und ich habe dort am frühen Abend häufig Spaziergänge unternommen. Auch an jenem Abend schlenderte ich durch den Wald und grübelte über ein Problem nach, das ich mit meinem Buch hatte, als ich aus Richtung des Bootshauses einen Schrei hörte, unmittelbar gefolgt von einem zweiten Schrei. Ich lief sofort los und sah einen Mann weglaufen.«

»Konnten Sie erkennen, wer es war?«

»Nein. Er schien mittelgroß und schlank zu sein, mehr kann ich nicht sagen.«

»Könnte es sich um Randy Coleman gehandelt haben?«

»Möglicherweise, doch ich kann es nicht beschwören.«

»Was ist dann passiert?«

»Ich ging ins Bootshaus, um nachzuschauen, ob jemand sich verletzt hatte. Es war ziemlich dunkel. Das einzige Licht stammte von einer Taschenlampe, die am Boden lag. Meine Augen benötigten einen Moment, um sich an das Licht zu gewöhnen. Dann erst sah ich die beiden Frauen und das Messer. Casey Van Meter lag gegen einen der hölzernen Stützbalken des Daches gelehnt. Terri Spencer war blutüberströmt. Ich bekam Panik und hob das Messer auf, um mich verteidigen zu können. Dann bemerkte ich Ashley am Fenster. Sie rannte weg, und ich bin hinterher, um ihr zu erklären, daß ich niemandem etwas getan hatte, aber sie war zu schnell für mich.«

»Warum sind Sie ihr nicht ins Wohnheim gefolgt und haben auf die Polizei gewartet?«

Joshua ließ den Kopf hängen. »Das hätte ich tun müssen, doch ich hatte noch nie etwas so Schreckliches gesehen. Überall war Blut, und die arme Terri ...«

Maxfield schloß kurz die Augen und atmete tief durch. Als er mit gesenktem Blick weitersprach, klang er erschüttert.

»Ich schäme mich für mein Verhalten, aber ich hatte furchtbare Angst und konnte keinen klaren Gedanken fassen. Also bin ich weggelaufen.« Maxfield hob den Kopf und sah den Geschworenen in die Augen. »Ich mache Ashley Spencer nicht den geringsten Vorwurf. Sie ist eine sehr nette junge Dame und hat genau das ausgesagt, was sie gesehen hat. Ich hatte das Messer in der Hand. Ich war dort, doch ich habe niemandem ein Haar gekrümmt.«

»Warum sind Sie nach Ihrer ersten Verhaftung geflohen?« fragte Swoboda.

»Mein Anwalt sagte mir, die Polizei würde meinen Roman als Geständnis werten und Ashley würde bezeugen, ich hätte ihre Mutter ermordet und Casey bewußtlos geschlagen. Ich sah keine Möglichkeit, einer Verurteilung zu entgehen, und beschloß, zu fliehen und Beweise für meine Unschuld zu suchen.«

»Ist es Ihnen gelungen?«

»Ja. Ich hatte von Anfang an Randy Coleman im Verdacht. Zwar konnte ich nicht deutlich erkennen, wer dort vom Bootshaus weglief, aber es hätte sich durchaus um Coleman handeln können. Ich wußte, daß er ein Motiv für einen Mord hatte, und erfuhr später von seiner Vorstrafe wegen tätlicher Bedrohung. Am Schwimmbecken hatte ich sogar mit eigenen Augen gesehen, wie er auf Casey Van Meter losgegangen war.«

»Was ist Ihrer Meinung nach im Bootshaus geschehen?«

»Ich glaube, er hatte es auf Casey abgesehen, und Terri war nur zur falschen Zeit am falschen Ort.«

»Gab es einen Vorfall, der Sie in dem Glauben bestärkt hat, Randy Coleman habe Terri Spencer ermordet und seine Frau angegriffen?«

»Ja. Nach Henry Van Meters Tod mußte ein neuer Vormund für Casey ernannt werden. Miles Van Meter stellte einen entsprechenden Antrag. Ich erfuhr, daß er aus humanitären Gründen die lebenserhaltenden Apparate seiner Schwester abschalten lassen wollte. Coleman hat ebenfalls einen Antrag zur Erteilung der Vormundschaft gestellt. Ich bin überzeugt, auch er hätte die Maschinen abschalten lassen. Ob Randy oder Miles – Casey wäre gestorben. Da sie kein Testament hinterlassen hatte und Coleman immer noch mit ihr verheiratet war, hätte er ihr gesamtes Vermögen geerbt. Dann kehrte Ashley Spencer nach Portland zurück und beantragte, zu Caseys Vormund bestellt zu werden. Sie wollte, daß Casey am Leben blieb, was bedeutet hätte, daß Coleman nichts erben würde. Ferner wurde allgemein bekannt, daß Ashley die Tochter von Casey war. Falls Casey starb, stand Ashley per Gesetz die Hälfte des Erbes zu. In jedem Fall aber mußte Randy Coleman Millionen von Dollar einbüßen.

Ich war mir sicher, daß Coleman versuchen würde, Ashley zu ermorden, damit sie weder zum Vormund ernannt werden noch sein Erbe schmälern könnte. Also fing ich an, Ashley zu folgen, um sie zu beschützen und Coleman möglichst auf frischer Tat zu ertappen.«

»Was hat sich am Tag Ihrer Verhaftung beim Pflegeheim zugetragen?«

»Ich bin Ashley gefolgt und habe bemerkt, daß sie bereits von einem anderen Wagen verfolgt wurde. Einige Blocks vor dem Heim habe ich in einer Seitenstraße geparkt, bin zu Fuß weitergegangen und habe mich auf dem Parkplatz versteckt. Es hat so stark geregnet, daß das Überwachungsteam der Polizei mir gar nicht aufgefallen ist. Der Wagen, der Ashley folgte, bog kurz nach ihr auf den Platz. Am Steuer saß Randy

Coleman und wartete, daß Ashley wieder herauskommen würde. Dann hat er versucht, sie umzubringen. Ashley lief weg, ich stürzte mich auf Coleman, und als die Polizei kam, wälzten wir beide uns auf dem Boden, und keiner von uns hatte das Messer in der Hand. Die Beamten konnten nicht sagen, wer von uns versucht hatte, Ashley zu töten, und haben natürlich mich verdächtigt.«

»Mr. Maxfield, haben Sie Terri und Norman Spencer sowie Tanya Jones ermordet?«

»Nein.«

»Haben Sie Casey Van Meter angegriffen?«

»Nein. Ich habe sie am Schwimmbecken vor Coleman gerettet.«

»Haben Sie Ashley Spencer in ihrem Haus, im Wohnheim der Academy oder auf dem Parkplatz des Pflegeheims *Sunny Rest* überfallen?«

»Nein.«

»Keine weiteren Fragen.«

Delilah lächelte ihre Beute an. Sie fühlte sich gut.

»Ich habe Ihren ersten Roman gelesen, Mr. Maxfield. Er hat mir gefallen.«

»Danke.«

»Er war ein wirklich großer Erfolg.«

»Ja.«

»Aber das zweite Buch, *Der Wunschbrunnen*, das lief nicht mehr so gut, oder?«

»Es hat sich annehmbar verkauft«, antwortete Maxfield zurückhaltend.

»Nicht mal annähernd so gut wie der *Tourist*.«

»Nein. Es stand allerdings auf der Bestsellerliste der *New York Times*.«

»Ja, das sagten Sie bereits, aber stimmt es nicht, daß *Ein Tourist in Babylon* zweiundzwanzig Wochen auf dieser Liste stand?«

»Doch, das ist wahr.«

»Und Ihr zweites Buch war bloß zwei Wochen lang ein Bestseller, weil es den Leuten nicht gefallen hat, richtig?«

»Ich weiß nicht, was den *Leuten* gefällt«, erwiderte Maxfield überheblich. »Ich schreibe nicht, um mich beim Durchschnittsleser anzubiedern.«

»Den Kritikern hat das Buch auch nicht gefallen, oder?«

»Es hat ein paar gute Rezensionen erhalten.«

»Tatsächlich? Meine Assistentin hat für mich alle verfügbaren Besprechungen aus dem Internet heruntergeladen. Nach meiner Zählung hielten drei Kritiker Ihr Buch für recht gut, während achtundzwanzig Rezensenten es verrissen haben, zum Teil mit ziemlicher Gehässigkeit.«

»Die Kritiker haben mich um meinen Erfolg beneidet. Das waren alles bloß verkrachte Autoren, die es unerträglich fanden, daß jemand mit Anfang Zwanzig etwas zustande gebracht hatte, von dem sie selbst nur träumen konnten.«

»Demnach waren die Verrisse das Ergebnis irgendeiner Verschwörung?«

»Das habe ich nicht gesagt«, herrschte Maxfield sie an.

»Glauben Sie, daß die Kritiker sich zusammengetan haben, um Ihnen all diese Morde anzuhängen?«

»Einspruch«, sagte Swoboda.

»Stattgegeben«, ordnete Richter Shimazu an.

»Mr. Maxfield«, sagte Delilah, »Sie hatten zum Zeitpunkt der Morde seit zehn Jahren kein Buch mehr geschrieben, nicht wahr?«

»Ja.«

»Haben Sie die Stelle am Eton College angenommen, weil Sie nicht mehr vom Schreiben leben konnten?«

»Nein, das ist nicht korrekt. Man kann nicht einfach am laufenden Band Literatur produzieren. Es macht mir Spaß, Schüler zu unterrichten, und die Stelle damals hat mir gestattet, nebenher zu schreiben.«

»Hatte denn nicht Ihr Verlag bereits den Vorschuß für ein neues Buch gezahlt und später zurückgefordert, weil Sie nichts abliefern konnten?«

»Es gab künstlerische Meinungsverschiedenheiten.«

»Ich verstehe. Hat Ihnen Ihr Verlag deshalb mit einer Klage gedroht?«

»Einspruch«, sagte Swoboda.

»Stattgegeben.«

»Nach einem so frühen und großen Erfolg muß es Ihnen ganz schön schwer im Magen liegen, als Autor gescheitert zu sein.«

»Ich bin als Autor nicht gescheitert.«

»Ist es Ihnen etwa nicht schwergefallen, sich den Plot für ein neues Buch auszudenken?«

»Ich hatte mehrere Ideen. Ich mußte nur noch herausfinden, welches die richtige war.«

»Indem Sie Nachforschungen anstellten?«

»Ja.«

»Damit all die kleinen Details stimmen und das Buch für die Leser authentisch wirkt?«

»Ja.«

»Und um den Lesern eine täuschend echt wirkende Folterszene beschreiben zu können, haben Sie mehrere schreckliche Morde begangen?«

»Nein. Ich habe niemanden ermordet.«

»Lassen Sie uns über das Bootshaus sprechen, Mr. Maxfield. Ich möchte nur sichergehen, daß ich alles richtig mitbekommen habe. Sie haben einen Waldspaziergang gemacht und unterwegs einen Schrei gehört?«

»Ja.«

»Gleich darauf noch einen Schrei?«

»Ja.«

»Also haben Sie beschlossen, mal nach dem Rechten zu schauen?«

»Ja.«

»Und da haben Sie gesehen, wie ein Mann weglief?«

»Ja.«

»Das ist doch eigentlich ziemlich wichtig, nicht wahr? Dieser Mann, der vom Tatort eines Verbrechens wegläuft?«

»Ja.«

»Ich könnte mir vorstellen, daß Sie der Polizei davon erzählen würden, vor allem, wenn man fälschlicherweise Ihnen und nicht dem wahren Täter Mord und Totschlag vorwirft.«

Maxfield sagte nichts.

»Nun, Sie haben es doch für wichtig gehalten, oder?«

»Ja.«

»Nach Ihrer Flucht vom Campus der Academy fand der erste Kontakt zwischen Ihnen und der Polizei in Nebraska statt, wo Sie verhaftet wurden, richtig?«

»Ja.«

»Haben Sie den Beamten von dem Mann erzählt, den Sie vom Bootshaus weglaufen sahen?«

»Nein, ich hatte schreckliche Angst. Die Polizisten hatten ihre Waffen gezogen und haben mich angeschrien.«

»Und was war, nachdem Sie sich beruhigt hatten?«

»Man hat mir keine Fragen gestellt, sondern mich einfach in eine Zelle gesteckt.«

»Sie kennen die Detectives Birch und Marx, oder? Das sind die beiden, die hier vor Gericht ausgesagt haben.«

Maxfield wirkte beunruhigt. »Ja.«

»Haben die Detectives Birch und Marx Sie damals in Nebraska abgeholt und zurück nach Oregon begleitet?«

»Ja.«

»Aber vorher haben die Detectives Sie in Nebraska im Gefängnis verhört, nicht wahr?«

»Ja.«

»Laut Ihrer eigenen Aussage hatten Sie seit der Festnahme eine Menge Zeit zum Nachdenken gehabt. Wissen Sie noch, was Sie den Detectives über die Ereignisse im Bootshaus erzählt haben?«

»Nicht wortwörtlich.«

Neben dem Tisch der Staatsanwaltschaft stand ein großer Kassettenrekorder. Delilah nahm ihn und erhob sich von ihrem Platz.

»Euer Ehren, darf ich Mr. Maxfields Gedächtnis auffrischen

und ihm das kurze Gespräch vorspielen, das er seinerzeit mit den Detectives Birch und Marx geführt hat?«

»Einspruch, Euer Ehren. Dieser Antrag entbehrt jeder Grundlage«, sagte Swoboda, um zu verhindern, daß die Tonbandkassette als Beweismittel zugelassen wurde. Er kannte den Inhalt der Aufnahme und hatte versucht, Maxfield zu warnen, doch sein Mandant war zu halsstarrig gewesen.

»Ich stimme Mr. Swoboda zu, Euer Ehren«, sagte Delilah. »Darf ich Detective Birch erneut in den Zeugenstand rufen?«

Der Richter wies Joshua Maxfield an, wieder am Tisch der Verteidigung Platz zu nehmen. Larry Birch trat in den Zeugenstand.

»Detective Birch, Sie stehen weiterhin unter Eid«, sagte der Richter. »Miss Wallace, Sie können fortfahren.«

»Detective Birch, nachdem man den Angeklagten in Nebraska verhaftet hatte, wurde seiner Auslieferung stattgegeben?«

»Ja.«

»Wie ist er zurück nach Portland gekommen?«

»Mein Partner Tony Marx und ich sind nach Nebraska geflogen und haben den Angeklagten aus dem Polizeigewahrsam abgeholt. Dann sind wir zu dritt auf dem gleichen Weg zurückgekehrt.«

»Haben Sie den Angeklagten vor der Rückkehr nach Oregon verhört?«

»Ja.«

»Wo hat das Verhör stattgefunden?«

»In einem Verhörraum des Gefängnisses, in dem der Angeklagte untergebracht war.«

»In welchem Zustand befand sich der Angeklagte?«

»Er wirkte ausgeruht. Wir haben ihn gefragt, ob er etwas zu essen oder zu trinken möchte. Er hat um ein Sandwich und ein Glas Limonade gebeten und beides erhalten.«

»Wurde das Verhör aufgezeichnet?«

»Ja.«

Delilah stand auf. Sie hielt eine durchsichtige Plastiktüte, in der eine Tonbandkassette steckte.

»Detective Birch, haben Sie sich die Unterredung angehört, die auf dieser Kassette aufgezeichnet wurde?«

»Ja.«

»Handelt es sich um das Verhör des Angeklagten, das Sie in Nebraska durchgeführt haben?«

»Ja.«

»Euer Ehren«, sagte Delilah, »ich beantrage, diese Kassette von Detective Birchs Verhör als Beweisstück aufzunehmen.«

»Mr. Swoboda?« fragte Richter Shimazu.

Maxfields Anwalt sah keine Möglichkeit mehr, die drohende Katastrophe zu verhindern. Als er keinen Einspruch erhob, erteilte Richter Shimazu der Staatsanwältin die Erlaubnis, das Band abzuspielen. Delilah schob die Kassette in den Rekorder und drückte die PLAY-Taste. Die Geschworenen hörten, wie Birch sich selbst und Tony Marx namentlich vorstellte und Maxfield seine Rechte verlas. Dann wurde kurz über Essen und Getränke geredet, und Birch fragte Maxfield, ob er einverstanden sei, daß sie das Gespräch auf Band aufzeichnen würden.

»Was spielt es schon für eine Rolle, was ich will? Sie machen doch sowieso nur, was Ihnen in den Kram paßt. Das habe ich hier bereits gelernt. Ich bin der Gefangene. Ich habe keine Rechte.«

»He, Josh …«

»Joshua.«

»Verzeihung. Sie haben durchaus Rechte. Wir sind in Amerika. Habe ich Ihnen nicht eben erst eine Karte vorgelesen, auf der mehrere Ihrer verfassungsmäßigen Rechte aufgelistet waren?«

»Sie wollen doch bloß, daß ich anfange zu reden.«

»Ja, das stimmt. Wenn Sie jedoch nicht möchten, brauchen Sie nicht mit mir zu reden, und falls Sie nicht einverstanden sind, nehme ich dieses Gespräch auch nicht auf Band auf. Allerdings ist die Aufzeichnung in Ihrem eigenen Interesse. Falls ich näm-

lich eine Ihrer Aussagen falsch darstellen sollte, haben Sie dieses Band, um mich zu widerlegen.«

»Also gut, lassen Sie es laufen.«

»Sie haben ein paar ganz schön hektische Tage hinter sich, Joshua.«

Keine Antwort.

»Warum haben Sie sich ausgerechnet in Nebraska versteckt?«

Keine Antwort.

»Sie müssen sich schon mündlich äußern. Ein Achselzucken können wir auf dem Band leider nicht hören.«

»Ich bin einfach immer weitergefahren.«

»Mann, Sie haben uns wirklich herumgescheucht, aber das war bei jemandem mit Ihrer Phantasie auch nicht anders zu erwarten. Ich habe Ihr Buch gelesen.«

»Im Ernst?«

»He, nicht alle Bullen sind dämlich. Ich habe Ein Tourist in Babylon *damals gleich nach der Veröffentlichung gelesen. Ich fand's toll. Meine Frau auch. Es hat uns beiden leid getan, daß Sie jetzt in solchen Schwierigkeiten stecken.«*

»Ich stecke nicht in Schwierigkeiten. Ich habe den Frauen nichts getan.«

»Wir haben eine Zeugin, die etwas anderes behauptet.«

»Ashley Spencer, richtig? Das arme Mädchen muß völlig am Boden zerstört sein. Erst ihr Vater, jetzt ihre Mutter.«

»Sie sagt, daß Sie ihre Mutter ermordet und Casey Van Meter angegriffen haben.«

»Ich bin mir sicher, daß sie glaubt, was sie Ihnen erzählt hat, aber es stimmt nicht.«

»Falls Sie nicht der Täter gewesen sind, wer dann?«

»Keine Ahnung.«

»Verstehen Sie unser Problem? Ashley sagt, sie habe Sie mit einem blutigen Messer in der Hand gesehen.«

»Ja, aber ich habe damit niemanden getötet. Ich hatte es vom Boden aufgehoben, um mich verteidigen zu können. Als ich ins Bootshaus kam, war alles schon vorbei. Ich dachte, der Täter würde sich vielleicht irgendwo im Haus verstecken, und als ich

das Messer sah, habe ich es vorsichtshalber aufgehoben. Welchen Grund sollte ich haben, Casey oder Terri weh zu tun?«

»Es heißt, Sie und Miss Van Meter hätten sich nahegestanden. Haben Sie miteinander geschlafen?«

»Sie mußte in letzter Zeit ziemlich viel durchmachen. Kaum hatte sie geheiratet, fand sie heraus, daß ihr Mann ein kleiner Ganove war. Er hat sie verprügelt. Sie hat bei mir Trost gesucht. Es ist einfach passiert. Sie wissen doch, wie das läuft.«

»Wir haben von der Rettungsaktion am Schwimmbecken gehört. Das war ziemlich mutig, wenn man bedenkt, daß Sie den Kerl für einen Gangster gehalten haben.«

»Ich habe in dem Moment gar nicht weiter darüber nachgedacht. Ich sah bloß, daß Casey Ärger hatte. Deshalb ist diese ganze Geschichte ja auch so lächerlich. Warum sollte ich Casey retten und mich dann umdrehen und sie ermorden?«

»Vielleicht gab es zwischen Ihnen Streit.«

»Nein. Die Nacht vor ihrem Tod hat sie bei mir verbracht. Zwischen uns war alles in Ordnung. Es ergibt absolut keinen Sinn, daß ich sie umbringen sollte.«

»Wenn man Ihren Roman liest, ergibt es doch einen Sinn. Ich fand ihn übrigens wirklich gut geschrieben.«

»Was hat Ein Tourist in Babylon *mit den Vorfällen im Bootshaus zu tun?«*

»Nicht Tourist, *sondern Ihr neuer Roman.«*

»Mein ...?«

»Das Buch, aus dem Sie Terri und den anderen Seminarteilnehmern vorgelesen haben.«

»Ich verstehe nicht, worauf Sie hinauswollen.«

»Wissen Sie, Joshua, bis jetzt sind Sie ziemlich entgegenkommend gewesen. Das wird vor Gericht eindeutig für Sie sprechen. Also ...«

»Wovon reden Sie da?«

»Ich habe den Roman gelesen, Joshua. Die Szene, die Sie während Ihres Seminars präsentiert haben, klingt verdammt nach den Ereignissen im Haus der Familie Spencer, als Ashleys Vater und ihre halbwüchsige Freundin ermordet wurden. Sie

klingt sogar dermaßen real, daß wir annehmen, daß Terri zu Rektorin Van Meter gegangen ist und ihr mitgeteilt hat, sie verdächtige Sie, der Mörder ihres Mannes zu sein. Wie haben Sie von Terris Verdacht erfahren?«

»Das war alles nur ausgedacht. Ich bin Schriftsteller. Die Szenen in meinem Buch sind meiner Phantasie entsprungen.«

»Sie sind ziemlich clever, Joshua. Sie haben Tony und mich verblüfft. Wir können uns einfach nicht erklären, wie Sie herausgefunden haben, daß Terri und Casey Nachforschungen über Sie anstellen wollten. Hat Casey sich verhaspelt?«

»Ich wußte nichts davon. Ich ...«

»Ja?«

»Ich will einen Anwalt. Das ist doch verrückt. Mein Gott, wie ist es dazu gekommen? Wie konnte ...? O nein.«

»Was wollten Sie gerade sagen, Joshua?«

»Ich will einen Anwalt. Ich sage keinen Ton mehr.«

Delilah schaltete den Rekorder aus.

»War dies das Ende der Unterredung, Detective?«

»Ja.«

»Vielen Dank. Ich habe an Detective Birch keine weiteren Fragen.«

»Mr. Swoboda?« fragte Richter Shimazu.

»Nein.«

»Mr. Maxfield, bitte nehmen Sie wieder im Zeugenstand Platz.«

»Mr. Maxfield«, sagte Delilah, »was ist aus dem Mann geworden, der weggerannt ist, dem echten Mörder? Wie kommt es, daß Sie den Detectives Birch und Marx nichts von ihm erzählt haben?«

»Keine Ahnung. Ich war durcheinander. Ich saß im Gefängnis. Ich konnte nicht klar denken.«

»Ich verstehe. Nun, dann lassen Sie mich Ihnen eine andere Frage stellen. Sie haben das Bootshaus betreten, sahen die beiden Frauen, die bereits bewußtlos oder tot waren, hoben das Messer auf und entdeckten Ashley am Fenster?«

»Ja.«

»Sie hielten sich erst wenige Sekunden im Bootshaus auf, als sie Ashley bemerkten?«

»Ja.«

»Und die beiden Frauen lagen einfach nur da?«

»Das habe ich doch bereits gesagt.«

Delilah machte sich eine Notiz. Als sie den Zeugen wieder ansah, lächelte sie. »Wer hat etwas gerufen, Mr. Maxfield?«

»Wie bitte?«

»Sie sind während Ashley Spencers Aussage hier im Gerichtssaal zugegen gewesen. Sie haben gehört, wie sie sagte, sie habe zwei Schreie gehört und sei dann durch den Wald zum Bootshaus gelaufen?«

»Ja.«

»Dann haben Sie auch gehört, wie Ashley sagte, sie habe die Stimme einer Frau vernommen, kurz bevor sie durch das Fenster schaute und Sie mit einem blutigen Messer über Casey Van Meter stehen sah?«

Maxfield erstarrte.

»Falls Terri Spencer tot und Casey Van Meter bewußtlos war, während Sie sich in dem Bootshaus aufhielten, wie konnte dann eine der beiden etwas sagen?«

»Ich ...«

»Oder ist vielleicht etwas ganz anderes passiert? Womöglich waren die beiden Frauen ja noch wohlauf, als Sie das Bootshaus betraten.«

»Nein.«

»Sie haben auf Terri eingestochen. Die beiden Schreie stammten von ihr. Dann haben Sie Casey Van Meter angegriffen, und sie schaffte es noch, etwas zu rufen.«

»Nein«, sagte Maxfield, aber es klang unecht, und seine Miene verriet den Geschworenen, daß er log.

Delilah hatte keine weiteren Fragen an Joshua Maxfield, und Eric Swoboda wußte nicht, wie er es anstellen sollte, den Schaden wiedergutzumachen, den das Kreuzverhör angerichtet hatte. Er rief noch ein paar Zeugen auf und erklärte die Beweisführung der Verteidigung dann für abgeschlossen. Delilah sah keine Veranlassung, als Reaktion darauf wiederum Entkräftungszeugen beizubringen. Soweit es sie betraf, war Joshua Maxfields Verurteilung eine ausgemachte Sache.

Richter Shimazu wies die Parteien an, für den folgenden Morgen die Abschlußplädoyers vorzubereiten, und schloß den Verhandlungstag. Sobald die Geschworenen den Saal verlassen hatten und Joshua Maxfield abgeführt worden war, drehte Delilah sich auf ihrem Stuhl zu Ashley um.

»Das war Ihr Verdienst. Ihre Aussage hat Mr. Maxfield das Genick gebrochen.«

»Ich habe doch gar nicht ...«

Delilah lachte. »Nur nicht so bescheiden, Kleines. Sie haben die Stimme einer Frau gehört, unmittelbar bevor Sie Maxfield mit dem Messer zu Gesicht bekamen. Daher mußte mindestens eine der beiden Frauen noch bei Bewußtsein gewesen sein, als er das Bootshaus betrat. Als er das Gegenteil behauptete, wußte ich, daß er log – alles nur dank Ihrer Aussage.«

Ashley sah nicht so glücklich aus, wie Delilah erwartet hätte.

»Was ist denn los?« fragte die Staatsanwältin. »Sie wirken beunruhigt.«

»Es ist nur ...« Sie schüttelte den Kopf.

»Nur was?«

»Ich fühle mich nicht wie eine Siegerin. Auch wenn Maxfield hingerichtet wird – Tanya und meine Eltern bleiben tot.«

Delilah wurde ernst. »Ich verstehe«, sagte sie. »Meine Freude war wirklich fehl am Platz. Manchmal steigere ich mich so in den Kampf vor Gericht hinein, daß ich vergesse, wie wenig Linderung ein Sieg für den Schmerz bedeutet. Sie müssen sich allerdings eines vor Augen halten, Ashley. Ein Schuldspruch wird Ihre Eltern und Tanya Jones nicht zurückbringen, aber Sie haben mit Ihrer Aussage Leben gerettet. Wir wissen nicht, wer die Leute sind, doch wir können sicher sein, daß es Menschen gibt, die bald tot wären, wenn Joshua Maxfield unbehelligt weitergemacht hätte.«

»Was geschieht jetzt?« fragte Ashley.

»Morgen früh halten wir unsere Schlußplädoyers. Dann wird der Richter die Geschworenen über die Gesetzeslage belehren. Danach zieht die Jury sich zur Beratung zurück und fällt das Urteil. Ich schätze, daß es nicht länger als bis morgen abend dauern wird. Falls man Maxfield wegen vorsätzlichen Mordes verurteilt, wird ein zweites Verfahren anberaumt, um über das Strafmaß zu entscheiden.«

Ashley streckte die Hand aus und berührte die Staatsanwältin am Arm. »Danke, daß Sie sich so sehr ins Zeug gelegt haben. Danke für alles, was Sie getan haben.«

Delilah Gesicht verzog sich zu einem strahlenden Lächeln. »Das aus Ihrem Mund zu hören war die ganze Mühe wert.«

Lesereise

*

Gegenwart

Miles Van Meter sprach bereits seit einer Dreiviertelstunde, als die Tür von *Murder for Fun* sich öffnete und wieder schloß. Claire Rolvag, Miles' Autorenbetreuerin, schaute zum vorderen Teil der Buchhandlung. Die Regale versperrten ihr die Sicht, aber sie glaubte dennoch zu wissen, wer soeben eingetroffen war. Dann wandte sie ihre Aufmerksamkeit wieder dem Autor zu, der soeben eine Frage über seine Schreibgewohnheiten beantwortete.

»Ich habe während der Entstehung von *Die schöne Schläferin* weiterhin hauptberuflich als Anwalt gearbeitet und mußte mir irgendwie Freiräume schaffen. An manchen Tagen bin ich morgens um halb fünf aufgestanden, um vor dem Büro noch ein oder zwei Stunden zu schreiben. Samstags und sonntags versuchte ich, mir jeweils vier Stunden freizuhalten, so daß ich pro Wochenende auf einen regulären Arbeitstag kam. Sie wären überrascht, wieviel man in einer Woche zu Papier bringen kann, sofern man die nötige Disziplin an den Tag legt.«

Eine unscheinbar wirkende Frau mit dicker Brille hob die Hand. Miles nickte ihr zu. Als sie zu sprechen anfing, hörte man ihr die Nervosität an.

»Mr. Van Meter, ich kenne sowohl die ursprüngliche als auch die erweiterte Fassung von *Die schöne Schläferin* und halte Ihr Buch für den besten True-Crime-Titel, den ich je gelesen habe. Ihr Buch ist so realistisch, vor allem wenn Sie aus Ashleys Perspektive schreiben, aber ich habe gehört, Sie hätten sie nie zu den Ereignissen befragt. Stimmt das? Und falls ja, wie konnten Sie da diese Kapitel dermaßen echt wirken lassen?«

»Natürlich kannte ich Ashley. Wir hatten uns mehrmals unterhalten, bevor ich mit dem Buch anfing. Sie hat eine Zeitlang auf dem Gelände der Academy gewohnt. Allerdings hatte ich vor ihrer Abreise nach Europa noch nie mit ihr über den Fall gesprochen. Es wäre gefühllos gewesen. Mein Vater und ich haben uns damals bemüht, sie so gut es ging von der Tragödie abzulenken. Als die erste Fassung von *Die schöne Schläferin* entstand, konnte ich aus nachvollziehbaren Gründen nicht mit Ashley sprechen, denn sie versteckte sich in Europa. Ich hatte jedoch Zugriff auf die Mitschrift der Voruntersuchung und die Polizeiprotokolle der Gespräche, die Larry Birch mit Ashley geführt hatte. Darüber hinaus habe ich ihre Freunde, ihre Lehrer und Leute wie ihren Anwalt Jerry Philips befragt. Auch mein Vater war eine große Hilfe. Er und Ashley hatten viel Zeit zusammen verbracht.«

»Was war nach Ashleys Rückkehr in die Vereinigten Staaten? Haben Sie anläßlich der erweiterten Fassung mit ihr geredet?«

»Nein. Als ich den Entschluß faßte, eine Neuausgabe des Buches zu schreiben, hatte ich ihre Zeugenaussage bei Maxfields Prozeß gehört und hielt ein Gespräch nicht mehr für notwendig.«

»Demnach sind Kapitel eins, in dem Sie die Vorfälle im Haus der Familie Spencer schildern, und das Kapitel, in dem Ashley nach Maxfields Flucht beinahe im Wohnheim umgebracht wird, allein aus dem Material Ihrer Nachforschungen entstanden und nicht aus einem Gespräch mit Ashley?«

»Ja.«

»Das ist wirklich erstaunlich. Es fühlt sich so echt an.«

Miles lächelte. »Vielen Dank. Wenn ein Autor erfährt, daß er es geschafft hat, sein Thema mit Leben zu erfüllen, ist das stets Musik in seinen Ohren. Es war jedoch nicht besonders schwierig, Ashleys Persönlichkeit zu schildern, denn ich hatte ja eine Menge Eindrücke über sie sammeln können. Und wenn man jemanden kennt, kann man sich häufig ausrechnen, wie er in einer bestimmten Situation reagieren wird. Ashley ist eine großartige Frau mit viel innerer Stärke.«

Ein übergewichtiger Mann mit Vollbart hob die Hand. Miles deutete auf ihn.

»Mr. Van Meter, haben Sie je in Erwägung gezogen, dem FBI Ihre Hilfe bei der Jagd auf Serienmörder anzubieten? Mit Ihren Kenntnissen und Ihrem Einfühlungsvermögen sind Sie doch ein echtes Naturtalent.«

»Nein, und zwar aus mehreren Gründen. Erstens: Das FBI verfügt für diese Zwecke über gut ausgebildete Profis. Ich könnte nicht mal annähernd mit denen mithalten. Zweitens und noch viel wichtiger: Soweit es mich betrifft, ist die Begegnung mit auch nur *einem* Serienmörder bereits eine zuviel. Sie ahnen ja nicht, was für eine seelische Belastung es für mich darstellt, von Joshua Maxfields Verbrechen betroffen gewesen zu sein. Ich verspüre nicht den Wunsch, mich in eine Lage zu begeben, in der ich das Leid anderer Familien hautnah miterleben müßte. Ehrlich gesagt, es ist mir ein Rätsel, wie die Mitarbeiter von Polizei und FBI es verkraften können, jeden Tag aufs neue diesen Greueltaten ausgesetzt zu sein.«

Eine junge Frau in einem eleganten Kostüm hob die Hand. »Werden Sie froh sein, wenn Joshua Maxfield hingerichtet wird?«

Miles überlegte einen Moment, bevor er antwortete. »Die Gesellschaft wird ohne Maxfield besser dran sein. Ich glaube fest daran, daß er nicht resozialisiert werden könnte. Und ich bin überzeugt, daß er wieder morden würde, falls man ihn freiließe. Aber froh ...? Nein, für mich stellt der Tod eines Menschen kein freudiges Ereignis dar.«

»Das heißt, Maxfield besitzt für Sie menschliche Züge?« fragte die Frau.

»Nun, es mag gute Gründe geben, die dagegen sprechen, aber diese Diskussion überlasse ich den Theologen und Philosophen. Ich bin nur über eines froh, nämlich daß ich meine Schwester zurückhabe.«

Mehrere Leute hoben die Hände. Während Miles einem von ihnen das Wort erteilte, schaute Claire Rolvag erneut zum vorderen Teil der Buchhandlung. Am Ende des Regals, das Romane mit klassischen Detektiven wie Sherlock Holmes und Hercule Poirot enthielt, stand eine Frau zwischen zwei Männern. Claire wandte sich wieder dem Podium zu, schob eine Hand unter die Jacke und berührte den Kolben der großkalibrigen Glock Automatik.

VIERTER TEIL

Die erweiterte Fassung

*

Dreieinhalb Wochen zuvor

Vierunddreißigstes Kapitel

Jerry Philips hielt an der Einfahrt und stieg aus. Ein junger Student in weißem Hemd und schwarzer Hose reichte ihm einen Parkschein und fuhr den Wagen dann zu einem freien Stellplatz. Jerry nahm Ashleys Hand und ging mit ihr auf das Anwesen zu, das Casey Van Meter von ihrem Vater geerbt hatte. Miles Van Meters Verlag war auf die Idee gekommen, die Lesereise für die Neuausgabe von *Die schöne Schläferin* genau ein Jahr nach der Verhängung von Joshua Maxfields Todesurteil starten zu lassen, und Casey hatte Glen Oaks für die damit verbundene Party zur Verfügung gestellt.

Im Haus waren sämtliche Lichter eingeschaltet, und aus dem Garten, wo neben dem Swimmingpool eine Band spielte, drangen Musik und Gelächter herüber. Auch vor der Villa standen Leute und plauderten, Kellner boten auf Silbertabletts Horsd'œuvres an, und in der Eingangshalle mußte Jerry sich einen Weg durch die lärmende Menge bahnen, um zur Bar zu gelangen. Ashley wartete auf ihren Drink und musterte die Abendkleider und den Schmuck der anwesenden Damen, als jemand ihren Namen rief. Sie drehte sich um und wurde von Delilah Wallace gepackt, die ihre ehemalige Hauptbelastungszeugin an sich drückte und dann auf Armeslänge von sich hielt.

»Sie sehen viel besser aus als beim letztenmal«, sagte Delilah, die Ashley seit Joshua Maxfields Verurteilung nicht mehr gesehen hatte.

»Sie sehen auch gut aus, Delilah.«

»Ach was, ich bin so fett wie immer, aber ich freue mich

riesig, denn ich hatte gehofft, Sie hier zu treffen. Also, wie ist Ihnen ergangen?«

»Ich bin verlobt«, sagte Ashley und zeigte der Staatsanwältin ihren Ring.

Delilah betrachtete den Stein. »Der Ring ist wunderschön. Kenne ich den Glücklichen?«

»Merlot, Madame«, sagte Jerry Philips und reichte Ashley ein Glas Rotwein. »Hallo, Delilah.«

»Ich wollte Ashley gerade gratulieren. Wann ist die Hochzeit?«

»Vermutlich erst nachdem Ashley ihren Abschluß gemacht hat«, sagte Jerry. »Im Augenblick sind wir beide viel zu beschäftigt, um in die Flitterwochen zu fahren.«

»Ich gehe auf die Portland State«, erklärte Ashley. »Ich habe den Einführungskurs für Medizin belegt, und das hält mich ganz schön auf Trab.«

»Ist es Ihnen schwergefallen, sich nach so langer Zeit wieder in den Alltag einzufinden?«

»Am Anfang schon. Ich war ziemlich nervös.«

»Sie kriegt nur beste Noten«, sagte Jerry stolz.

Ashley wurde rot. »Und wie sieht's bei Ihnen aus?«

»Wie immer. Mord und Totschlag.«

Ashley wollte Delilah erzählen, was sie über den letzten Prozeß der Staatsanwältin in der Zeitung gelesen hatte, als Casey Van Meter die Eingangshalle betrat und Ashley entdeckte. Die Herrin von Glen Oaks sah großartig aus. Außer einem kaum merklichen Hinken deutete nichts mehr darauf hin, daß sie noch vor nicht allzu langer Zeit einige Jahre im Koma gelegen hatte. Auch Randy Coleman spielte in ihrem Leben keine Rolle mehr, denn die Scheidung war mittlerweile rechtskräftig. Casey hatte ihre frühere Arbeit als Rektorin nicht wiederaufgenommen, sondern die fähige Frau auf dem Posten belassen, die Henry als ihren Ersatz eingestellt hatte. Dafür engagierte sie sich um so mehr auf kulturellem Gebiet und war wegen ihres Wohlstands und ihrer Intelligenz in zahlreiche Gremien und Komitees berufen worden.

Casey begrüßte Delilah Wallace. Seit dem Beginn des Studiums hatte Ashley ihre Mutter nur selten gesehen. Der Einführungskurs war sehr arbeitsintensiv, und die wenige Zeit, die ihr blieb, verbrachte sie mit Jerry. Ihm tat es nicht sonderlich leid, daß Ashley ihre Mutter kaum noch besuchte. Die Beziehung zu Casey hatte ihr durch den Maxfield-Prozeß geholfen und ihr eine neue Familie gegeben, aber Jerry fand, daß Casey Van Meter etwas Kaltes und Gekünsteltes ausstrahlte.

»Miles hat nach dir gefragt«, sagte Casey zu ihrer Tochter. »Er ist im Wohnzimmer und signiert Bücher. Komm, laß uns hingehen.«

Ashley versprach, die Unterhaltung mit Delilah später fortzusetzen. Dann nahm Casey sie beim Arm und führte sie durch die Menge. Jerry folgte ihnen. Beim Anblick der beiden Frauen fingen die Leute an zu tuscheln. Miles und die Medien hatten Berühmtheiten aus ihnen gemacht. Ashley war davon noch nie begeistert gewesen und hatte sich gefreut, als die Aufmerksamkeit der Presse sich nach dem Prozeß wieder legte. Es gefiel ihr nicht, durch die Werbekampagne für die erweiterte Fassung von *Die schöne Schläferin* plötzlich wieder im Interesse der Öffentlichkeit zu stehen.

Miles saß vor einem großen gemauerten Kamin an einem Tisch, auf dem sich seine Bücher stapelten.

»Ich habe dir jemanden mitgebracht«, sagte Casey. Miles hatte den Kopf gesenkt und schrieb gerade eine Widmung in einen der Bände. Er blickte auf und fing an zu lächeln.

»Ashley«, sagte er und erhob sich. »Ich bin ja so froh, daß Sie gekommen sind. Hallo, Jerry.«

Miles wandte sich an einen kleinen grauhaarigen Mann, der ein Stück abseits stand.

»Jack, das sind Ashley Spencer und Jerry Philips, ihr Verlobter. Dies ist Jack Dunlop, mein Lektor.«

Dunlop lächelte und gab Ashley die Hand. »Es freut mich, Sie endlich einmal persönlich zu treffen. Nach der monatelangen Arbeit an den beiden Fassungen des Buches kommt es mir so vor, als würde ich Sie bereits kennen.«

Ashley rang sich ein Lächeln ab und hoffte, daß Dunlop sie nicht nach ihrer Meinung über das Buch fragen würde, denn sie hatte es nie gelesen. Sie wollte nicht mehr an die Schrecken erinnert werden, die Joshua Maxfield über sie gebracht hatte. Immer wenn sie Miles' Buch sah, rührte das an alte Wunden.

»Ich habe etwas für Sie«, sagte Miles und nahm ein Exemplar von *Die schöne Schläferin*, das nicht zu den Stapeln gehörte, die vor ihm standen. Er klappte es auf und zeigte Ashley, was er auf das Titelblatt geschrieben hatte.

Für Ashley Spencer, eine ganz besondere Frau, deren Tapferkeit mich sehr beeindruckt hat. Miles Van Meter.

»Vielen Dank, Miles«, sagte Ashley.

»Ich meine das völlig ehrlich.« Er wandte sich an Jack Dunlop. »Das ist die tapferste junge Dame, der ich je begegnet bin.«

Als Jerry und Ashley gegen Mitternacht aufbrachen, war die Party immer noch in vollem Gang. Über das Gespräch mit Delilah hatte Ashley sich sehr gefreut, aber das Gefühl, ständig von den anderen Gästen beobachtet zu werden, verursachte ihr Unbehagen, und so verabschiedeten die beiden sich, sobald es ihnen nicht mehr allzu unhöflich erschien. Jerry fuhr sie zurück auf die Ostseite des Flusses, zu dem blauen zweigeschossigen Haus im viktorianischen Stil, das sie seit dem Ende von Maxfields Prozeß gemeinsam bewohnten. Eine hohe Hecke umschloß den kleinen Garten, und zur Straße hin gab es eine überdachte Veranda. Im Wohnzimmer standen ein Fernseher, CD- und DVD-Player sowie moderne Lautsprecher, aber der größte Teil des Mobiliars wirkte eher antiquiert und paßte zu dem Alter des Hauses.

Während Jerry in die Küche ging, um ein Glas Wasser zu trinken, brachte Ashley das Buch, das Miles ihr geschenkt hatte, ins Wohnzimmer und stellte es dort ins Regal. Jerry kam hinzu und legte ihr eine Hand auf die Schulter.

»Wirst du es je lesen?« fragte er.

»Vielleicht irgendwann einmal, wenn ich sicher bin, daß es nicht mehr so weh tut.«

Fünfunddreißigstes Kapitel

Zwei Wochenenden nach Miles' Party saß Ashley im Wohnzimmer auf der Couch und schrieb an ihrer Hausaufgabe in organischer Chemie. Aus der Stereoanlage erklang leise das Saxophon von Stan Getz. Ashley beendete den letzten Abschnitt und klappte das Lehrbuch zu. Organische Chemie bereitete ihr häufig Kopfzerbrechen, aber sie hatte es wieder einmal geschafft und war stolz auf sich. Nachdem sie sich ausgiebig gestreckt hatte, ging sie zum Fenster. Dicke Tropfen prasselten auf den Vorgarten hernieder. Das Rauschen des Regens und der sanfte Jazz ließen sie schläfrig werden.

Ashley ging in die Küche, um sich eine Tasse Instantkaffee zuzubereiten. Während das Wasser heiß wurde, dachte sie über ihren Neuanfang nach. Sie war nervös gewesen, nach so langer Zeit wieder zur Schule und dann auf die Universität zu gehen, aber gleichzeitig hatte sie sich gefreut, ein ganz normales Leben führen zu können. Die Jahre auf der Flucht hatten sie zermürbt.

Das Wasser kochte, und Ashley löffelte etwas Kaffeepulver in einen Becher. Sie trank einen Schluck und kehrte dann ins Wohnzimmer zurück. Jerry war für ein paar Stunden ins Büro gefahren, um einige Schriftsätze vorzubereiten. Der Gedanke an ihn ließ Ashley lächeln. Seit sie zusammenwohnten, war sie glücklich. Seine Liebe und der Schlußstrich, der durch Maxfields Verurteilung gezogen worden war, hatten es ihr ermöglicht, den Tod und die Verzweiflung zu bewältigen, die ihr Dasein seit der Ermordung ihrer Eltern zur Qual gemacht hatten. Jerry hatte ihr das Leben zurückgegeben und die Perspektive auf eine Zukunft eröffnet.

Ashley hatte keine Lust, den Fernseher einzuschalten, und suchte das Bücherregal nach einer Lektüre ab. Einer der Titel sprang ihr förmlich ins Auge. Sie zögerte einen Moment und zog dann das signierte Exemplar von *Die schöne Schläferin* heraus. Schon allein die Berührung machte sie nervös. Sie nahm das Buch zur Couch mit und hielt es in beiden Händen. Die Vorstellung, es aufzuklappen, ängstigte sie. Die Morde an ihren Eltern standen darin, ebenso Tanya Jones' gedämpfte Schreie und ihre eigenen Begegnungen mit dem Tod. Sie wappnete sich und fing an, die Einleitung zu lesen.

Vor einer Weile hatte Ashley einen Bericht über eine Nahtoderfahrung gelesen, in der ein klinisch toter Patient schilderte, er habe über seinem eigenen Körper im Operationssaal geschwebt und verfolgt, wie der Arzt ihn reanimierte. Das eigene Leben aus dem Blickwinkel eines anderen dargestellt zu sehen war ein bißchen ähnlich. Manche der Szenen ließen sie erschaudern oder schwitzen, aber die gedruckten Worte sorgten für eine gewisse Distanz zwischen Ashley und den entsetzlichen Jahren, die mit der Ermordung ihrer Eltern begonnen und dem Verfahren gegen Maxfield geendet hatten.

Von vielen Aspekten des Falls erfuhr Ashley zum erstenmal. Die Fahndung nach Joshua Maxfield im Anschluß an seine Flucht aus dem Gerichtssaal faszinierte sie. Miles hatte mit Leuten vom FBI und Interpol geredet und detailliert die einzelnen Schritte beschrieben, die bei der Suche nach dem Flüchtling eingeleitet worden waren. Auch der eigentliche Ausbruch war erstaunlich. Ashley ertappte sich dabei, wie sie Maxfield für die präzise und phantasievolle Planung bewunderte, die es ihm ermöglicht hatte, seine Flucht zu bewerkstelligen. Joshua Maxfield war hochintelligent, und ihr wurde auf einmal klar, wieviel Glück sie hatte, noch am Leben zu sein.

Einige Kapitel drehten sich um Casey und um alles, was für sie im Verlauf ihres Komas getan worden war. Es bekümmerte Ashley, wie sehr Henry aus Sorge um seine Tochter gelitten hatte. Während der gemeinsamen Mahlzeiten hatte Caseys Vater sich stets tapfer gezeigt und Ashley nie merken lassen, wie es in Wahrheit um ihn stand. Ashley zweifelte nicht daran, daß die beständige Hilflosigkeit beim Anblick seiner Tochter Henrys Leben zusätzlich verkürzt hatte.

Nach einer Stunde kam Ashley zu dem Kapitel über ihre Flucht aus dem Wohnheim der Academy. Ihre Augen waren müde. Sie klappte das Buch zu. Er war fast Mittag, und sie hatte Hunger. Sie legte *Die schöne Schläferin* auf den Beistelltisch und ging mit ihrem Becher in die Küche, um sich noch einen Kaffee aufzusetzen. Während sie sich ein Sandwich machte, versuchte sie, eine vorläufige Bewertung des Buches vorzunehmen. Miles hatte auf erstklassige Art und Weise beschrieben, was ihr und ihrer Familie zugestoßen war, es dabei aber nicht geschafft, ihre furchtbare Angst in Worte zu fassen. Ashley konnte es ihm nicht verübeln. Nur jemand, der am eigenen Leib erlebt hatte, was eine Vergewaltigung oder ein Mordversuch mit dem Opfer anrichtete, vermochte so etwas wirklich nachzuempfinden. Niemand konnte sich vorstellen, wie verzweifelt, desorientiert und starr vor Entsetzen man war oder wie sehr einem das Herz bis zum Hals schlug.

Sie war im Begriff, Senf auf eine Scheibe Roggenbrot streichen, als sie mitten in der Bewegung erstarrte. Stirnrunzelnd legte sie das Messer hin. Einen Augenblick später saß sie wieder im Wohnzimmer und blätterte hektisch in dem Buch, bis sie fand, wonach sie suchte.

»Nein«, sagte sie laut. »Das kann nicht sein.«

Es war so lange her. Ihr Gedächtnis mußte ihr einen Streich spielen. Es gab eine logische Erklärung. Sie las den Absatz erneut. Ihr wurde flau im Magen, sie war völlig verwirrt. Falls das stimmte ... Nein, sie mußte sich irren. Es ergab keinen Sinn. Sie hatte Maxfield im Bootshaus gesehen, in der Hand das Messer, mit dem Terri ermordet worden war.

Was sollte sie tun? Sie konnte mit Jerry sprechen, aber sie wollte ihn nicht beunruhigen. Außerdem hatte sie noch nicht genügend Fakten. Um sicherzugehen, würde sie die Polizeiberichte und Prozeßprotokolle lesen müssen. Wie sollte sie an dieses Material gelangen? Natürlich mit Delilahs Hilfe. Niemand wäre besser geeignet, diese Sorgen mit ihr zu besprechen.

Nach dem dritten Klingeln ging Delilah ans Telefon.

»Hallo, hier ist Ashley.«

»Was für eine nette Überraschung! Haben Sie sich schon von der Party bei den Van Meters erholt? Ich habe noch nie so viele VIPs auf einem Haufen gesehen.«

»Casey weiß, wie man Feste feiert«, stimmte Ashley ihr zu. Dann hielt sie inne. Sie wußte nicht so recht, wie sie das Thema zur Sprache bringen sollte.

»Was gibt's?« hakte Delilah nach.

»Ich möchte mit Ihnen über eine bestimmte Sache reden.«

»Legen Sie los!«

»Haben Sie die Maxfield-Akte?«

»Ja, bei mir im Büro.«

»Befinden sich darin auch die Protokolle der Verhandlung und der Voruntersuchung sowie die Polizeiberichte über meine damaligen Aussagen?«

»Klar. Wieso?«

Ashley zögerte. Je mehr sie darüber nachdachte, desto überzeugter war sie, daß sie sich irrte.

»Ich habe *Die schöne Schläferin* gelesen. Zum erstenmal überhaupt.«

»Ich dachte, Sie wollten all die schlimmen Erinnerungen hinter sich lassen.«

»Das wollte ich auch, aber das Buch stand hier im Regal, und ich ... Miles hat da ein paar Dinge geschrieben, von denen ich noch nichts wußte. Ich bin neugierig geworden. Dürfte ich heute oder morgen einen Blick in die Akte werfen?«

»Sie möchten, daß ich in meiner Freizeit ins Büro fahre?«

»Es ist wichtig.«

»Inwiefern?«

Ashley antwortete nicht. Sie befürchtete, sich zum Narren zu machen.

»Worauf wollen Sie hinaus, Ashley? Was ist wirklich los?«

»Da paßt etwas nicht zusammen.«

»Wie darf ich das verstehen?«

»Das möchte ich lieber erst sagen, nachdem ich die Akte gelesen habe. Wahrscheinlich bilde ich mir alles nur ein, und ich möchte nicht unnötig Ihre Zeit verschwenden.«

»Ich kann Ihnen nicht folgen. Was genau paßt nicht zusammen?«

»Was ist, wenn wir uns alle geirrt haben und Joshua Maxfield ist gar nicht der Mörder?«

Delilah lachte. »Joshua Maxfield ist ein Verbrecher, da besteht kein Zweifel. Er sitzt vollkommen zu Recht in der Todeszelle.«

»Ich weiß, aber …«

»Hören Sie, der Mann wird hingerichtet, und das nicht zuletzt wegen Ihrer Aussage. Jeder normale Mensch bekommt wegen so einer Sache Gewissensbisse, sogar wenn der Verurteilte ein Ungeheuer ist. Deshalb sind Sie ja auch keine Serienmörderin; Sie haben nämlich Mitleid mit anderen. Doch lassen Sie sich von diesen Gefühlen nicht verwirren.«

»Delilah, ich muß diese Akte lesen. Bestimmt liege ich völlig daneben, aber falls nicht …«

»Kleines, dann reden Sie endlich Klartext. Lassen Sie mich hören, was Sie zu sagen haben. Vertreten Sie Ihre Position. Wenn Sie mich überzeugen, bringe ich Sie in einer Stunde in mein Büro.«

Als Delilah und Ashley die Räume der Staatsanwaltschaft betraten, saßen dort nur wenige Leute an der Arbeit, ansonsten war alles dunkel und verlassen. Delilah brachte Ashley in einen weitgehend leeren Raum, in dem ein großer Tisch stand, und kehrte fünfzehn Minuten später mit einem Rollwagen voller Kartons zurück. Ashley half ihr dabei, die Behälter auf den

Tisch zu verfrachten und auszupacken. Ein Karton enthielt Delilahs Akten, darunter eine katalogisierte Sammlung der Polizeiberichte. Die Protokolle von Maxfields Prozeß, der derzeit vor dem obersten Gericht des Staates Oregon einer Revision unterzogen wurde, nahmen insgesamt zwei große Kartons ein. In den restlichen Behältern waren die Beweisstücke des Falls verstaut, getrennt nach den offiziell vor Gericht registrierten Beweisen und jenem Material, das Delilah letztlich doch nicht verwendet hatte. Während Ashley den letzten Kasten leerte, verschwand Delilah erneut und tauchte gleich darauf mit einem Becher und einer Thermoskanne Kaffee wieder auf.

»Ich dachte mir, den können Sie gebrauchen. Es wird ein langer Tag.«

Delilah ließ sie allein, und Ashley machte sich ans Werk. Zuerst nahm sie sich das Protokoll vor. Da sie es auf eine ganz bestimmte Information abgesehen hatte, brauchte sie nicht alles zu lesen. Sie überflog die Eröffnungs- und Schlußplädoyers beider Anwälte, ihre eigene Aussage sowie die Zeugenvernehmungen von Larry Birch und Tony Marx. Als sie damit fertig war, wandte Ashley sich den Polizeiberichten zu und konzentrierte sich dabei auf die Gespräche, die Detective Birch mit ihr geführt hatte, sowie auf alle Zusammenfassungen der Sachlage. Zwei Stunden später hatte sie immer noch nicht entdeckt, wonach sie suchte, und das jagte ihr eine Heidenangst ein.

Auch wenn sie mit ihrer Vermutung recht hatte, blieben mehrere Fragen offen. Sie nahm das Manuskript von Maxfields unvollendetem Roman, das bei den Beweisstücken lag, und hoffte, darin vielleicht eine der Antworten zu finden. Delilah hatte nicht das gesamte Buch als Beweis eingereicht, sondern nur die Szenen, die sich auf die geheimgehaltenen Details der echten Morde bezogen. In der linken oberen Ecke jedes Blattes stand *Joshua Maxfield*. Ashley blätterte die etwa hundertsiebzig Seiten durch und war danach genauso schlau wie zuvor.

Sie kannte den Polizeibericht über Maxfields Cottage und wußte daher, daß auf einem Tisch in seinem Arbeitszimmer eine frühere Version des Romans gelegen hatte. Nach kurzer Suche fand sie das besagte Manuskript. Die Rohfassung war nicht mit Maxfields Namen versehen und unterschied sich deutlich von dem späteren Entwurf. Nachdem Ashley den Text gelesen hatte, glaubte sie zu wissen, was geschehen war. Um sich endgültige Klarheit zu verschaffen, blieb noch eine letzte Sache zu erledigen. Sie ging den Flur entlang und klopfte an den Türrahmen von Delilahs Büro. Die Staatsanwältin blickte auf.

»Delilah«, sagte Ashley, »ich muß mit Joshua Maxfield sprechen.«

Sechsunddreißigstes Kapitel

Das Staatsgefängnis von Oregon lag nahe der Interstate 5 in Salem, der Hauptstadt des Bundesstaates. Um zehn Uhr am Montag morgen bog Ashley auf den Besucherparkplatz ein. Ein von Bäumen beschatteter Weg führte an einer Reihe kleiner weißer Häuser vorbei, die dem Gefängnispersonal als Büros dienten. Am Ende des Weges erhob sich jenseits einer Asphaltfläche das Gefängnis mit seinen gelben, von Stacheldraht gekrönten Mauern und den Wachtürmen.

Ashley meldete sich am Besucherschalter an und setzte sich auf einen Stuhl im Empfangsbereich. Während sie darauf wartete, daß ein Justizbeamter sie namentlich aufrufen würde, hätte sie sich beinahe noch im letzten Moment eines anderen besonnen. Sie furchtete sich davor, Joshua Maxfield gegenüberzutreten. Delilah hatte das Gespräch möglich gemacht und angeboten, sie zu begleiten. Jerry hatte ebenfalls mitkommen wollen, nachdem es ihm nicht gelungen war, ihr das Treffen auszureden. Ashley hatte beide Angebote abgelehnt, denn sie glaubte, daß eine größere Chance bestand, den Häftling zum Sprechen zu bringen, wenn sie sich ihm allein stellte.

Der Aufseher bat Ashley, zum Metalldetektor vorzutreten. Nachdem sie beim Hindurchgehen keinen Alarm ausgelöst hatte, brachte er sie eine kurze Rampe hinunter zu einer Sicherheitsschleuse. Dort saßen mehrere seiner Kollegen hinter schußfestem Glas. Einer von ihnen drückte einen Knopf, ein lautes Summen ertönte, und das Gitter vor Ashley glitt beiseite. Sie betrat die Schleuse und schob ihren Führerschein durch einen Schlitz im Glas, während die Tür sich hinter ihr schloß. Sobald ihre Identität überprüft worden war, betätigte einer der Männer einen anderen Knopf, und die zweite Gittertür gab den Zugang zu einem schmalen Korridor frei, der ins Innere des Gefängnisses führte. Die Wände des Ganges ragten bedrohlich vor ihr auf, und das laut hallende Geräusch, mit dem das Gitter wieder einrastete, erinnerte Ashley daran, daß sie nun ebenfalls hier eingeschlossen war.

Wenig später blieb der Wärter vor einer dicken Metalltür stehen, die ein kleines Sichtfenster besaß. Ashley wartete, bis er aufgeschlossen hatte und sie in die Besucherzone eintreten ließ. Rechts befand sich ein großer offener Raum mit Sofas und niedrigen Holztischen. An der gegenüberliegenden Wand standen ein paar Verkaufsautomaten, und in Ashleys Nähe saß ein Posten auf einer erhöhten Plattform, die ihn den gesamten Bereich überblicken ließ. Ashleys Begleiter nannte seinem Kollegen ihren Namen und den Zweck des Besuchs. Dann kehrte er nach vorn zurück.

Während der Posten im Todestrakt anrief und darum bat, daß man Joshua Maxfield nach unten brachte, sah Ashley sich nervös um. Sie war zum erstenmal in einem Gefängnis und rechnete halb damit, hier tätowierte Bodybuilder und schmierige Rocker anzutreffen, die sie mit gierigen Blicken mustern würden. Statt dessen fand sie in dem Raum lauter ganz normal wirkende Männer in Jeans und blauen Baumwollhemden vor, die leise mit ihren Angehörigen und Freunden sprachen.

Ein Häftling mittleren Alters, mit dickem Bauch und zottigem Schnurrbart, saß auf dem Boden und spielte mit einem kleinen Mädchen, das Ashley auf ungefähr vier Jahre schätzte. Ein schüchterner Mann Ende Zwanzig hielt Händchen mit einer müde wirkenden jungen Frau, die im achten oder neunten Monat schwanger war. Weiter hinten lachte ein kleiner hagerer Farbiger über etwas, das eine dunkelhäutige ältere Frau gesagt hatte.

Nach etwa einer Viertelstunde betrat ein neuer Aufseher die Besucherzone und sprach mit dem Beamten auf der Plattform. Dann führte er Ashley in einen Bereich auf der anderen Seite des Korridors. Hier gab es nur harte Metallstühle, die vor Fenstern aus dickem Glas standen. Hinter den Scheiben saßen in engen Betonkammern jene Gefangenen, die als zu gefährlich galten oder bei denen eine zu hohe Fluchtgefahr bestand, um sie in den offenen Besuchsraum zu lassen. Der Wärter führte Ashley zu zwei Türen am Ende des Raums. Er öffnete eine, und Ashley fand sich in einer winzigen Kabine wieder. Auch hier stand lediglich ein Metallstuhl vor einer Glasscheibe. Am unteren Rand des Fensters ragte ein schmales Metallbord vor, und es gab einen engen Schlitz, durch den allenfalls ein paar Blatt Papier gepaßt hätten. Über dem Schlitz war ein kleines Stahlgitter eingelassen, damit die Personen auf beiden Seiten der Scheibe einander hören konnten.

»Man bringt Maxfield her. Er wird dort sitzen«, sagte der Aufseher und wies auf die identische Kabine jenseits der Scheibe. »Dies ist der einzige Ort, an dem Besucher mit den Insassen des Todestrakts sprechen dürfen. Wenn Sie hier fertig sind, melden Sie sich bei meinen Kollegen an der Schleuse. Wir schicken dann jemanden zu Ihnen, der Sie nach draußen begleitet.«

Der Mann ließ Ashley allein. Die Enge machte ihr zu schaffen. Die Luft in der Kabine war stickig. Delilah hatte ihr versichert, daß Maxfield keine Möglichkeit haben würde, an sie heranzukommen, aber Ashley fürchtete sich schon seit so langer Zeit vor ihm, daß sie sich diesen Umstand klar und deutlich vor Augen führen mußte. Maxfield hatte keine übernatürlichen Fähigkeiten. Eine Barriere aus Beton und dickem Glas stellte auch für ihn ein undurchdringliches Hindernis dar.

Die Tür zu der anderen Kabine öffnete sich mit metallischem Klicken. Ein Wärter schob den Sträfling herein. Maxfields Haar war teilweise ergraut, und seine Blässe verriet, daß er schon lange ohne Sonne auskommen mußte. Ashley erinnerte sich daran, wie fit er an dem Tag gewirkt hatte, als sie sich vor der Sporthalle begegnet waren. Einzig seine Augen hatten sich nicht verändert. Sie blieben ständig auf Ashley gerichtet, während der Aufseher ihm die Hand- und Fußfesseln abnahm.

»Was für eine erfreuliche Überraschung«, sagte Maxfield, sobald die Tür sich hinter dem Wärter geschlossen hatte. Dabei sah er jedoch keineswegs erfreut aus.

»Danke, daß Sie mit mir sprechen wollen, Mr. Maxfield.«

»Meine Neugier ist schuld daran. Außer meinem Anwalt hat mich seit meiner Verurteilung noch niemand besucht. Ich hätte nie vermutet, daß ausgerechnet Sie den Anfang machen würden.«

»Werden Sie gut behandelt?« fragte Ashley und bemühte sich mit aller Macht, ihre Angst zu verbergen.

»Der Todestrakt ist nicht unbedingt das Ritz, aber ich schätze, ich werde so anständig behandelt, wie es unter diesen Umständen möglich ist. Ich bekomme sogar Papier und einen Stift und darf schreiben. Wahrscheinlich geht man davon aus, daß ich mich fügsamer verhalte, wenn ich beschäftigt bin.«

Er lächelte, sein Gesicht blieb jedoch ernst. »Es dürfte Sie vielleicht interessieren, daß ich an einem Roman über einen Häftling schreibe, der unschuldig hinter Gittern sitzt. Ich habe meinem früheren Lektor ein paar Probekapitel nach New York geschickt. Er ist durchaus interessiert, will aber keinen Vertrag mit mir abschließen, sofern es bei der Todesstrafe bleibt. Die Verleger fürchten, ich könnte nicht lange genug leben, um das Buch zu vollenden. Aber genug von mir. Warum sind Sie hergekommen?«

»Ich wollte Ihnen einige Fragen stellen. Falls Sie wahrheitsgemäß antworten, kann ich Ihnen womöglich behilflich sein.«

»Behilflich wobei?«

»Dabei, hier herauszukommen.«

Maxfield legte den Kopf auf die Seite und betrachtete Ashley mit neuem Interesse. »Wieso sollten von allen Menschen dieser Erde gerade Sie mir helfen wollen?«

»Ich ... ich habe gewisse Zweifel an dem Schuldspruch.«

»Ein wenig spät, nicht wahr?« Maxfield lachte verbittert. »Dank Ihnen und Casey bin ich gewissermaßen ein toter Mann.«

»Sie haben da jemanden vergessen, der ebenfalls einen Teil der Schuld trägt.«

»Ach, und wer ist das?«

»Sie selbst, Mr. Maxfield. Sie haben in einigen wesentlichen Punkten gelogen. Falls Sie die Wahrheit gesagt hätten, wäre vielleicht alles anders gekommen.«

»Wovon reden Sie da?« fragte er mißtrauisch.

»Sie haben über die Vorfälle im Bootshaus gelogen. Das ist der erste Punkt. Ich weiß nicht, warum Sie es getan haben, aber Sie haben es getan. Und Sie haben im Hinblick auf Ihr Buch gelogen.«

Maxfield verlagerte unbehaglich sein Gewicht. »Mein Buch?«

Ashley nahm allen Mut zusammen und sah ihm direkt in die Augen. »Sie haben sich den Serienmörderroman nicht selbst ausgedacht, sondern bei jemand anderem abgeschrieben.«

»Wer hat das behauptet?« fragte Maxfield verärgert.

»Niemand. Ich bin von allein darauf gekommen. Eines hat nämlich schon immer an mir genagt. Sie sind sehr intelligent. Sie mußten es sein, um so gut schreiben zu können. Meine Mutter hat immer wieder von Ihren Büchern geschwärmt. Deshalb hat sie sich ja auch für Ihr Seminar angemeldet. Und ich konnte mir einfach nicht erklären, wie ein dermaßen intelligenter Mensch so dumm sein könnte, die Szene mit dem Imbiß des Täters ausgerechnet jemandem vorzulesen, der deren Bedeutung begreifen würde. Sobald ich jedoch die Möglichkeit in Betracht zog, daß die Szene gar nicht von Ihnen stammte, ergab alles einen Sinn. Sie wußten nicht, daß der Mörder meines Vaters bei uns ein Stück Kuchen gegessen hatte.«

Ashley hielt inne, um Maxfields Reaktion abzuwarten, doch er hatte sich unter Kontrolle und ließ sich nichts anmerken.

»Ich habe die beiden Manuskripte gelesen, Mr. Maxfield, und ich kenne Ihre Bücher. Von Ihnen stammt das Manuskript, auf dem Ihr Name steht. Es hat denselben Stil wie *Ein Tourist in Babylon* und *Der Wunschbrunnen*. Das andere Manuskript wurde von dem Mann geschrieben, der meinen Vater und Tanya Jones ermordet hat. Der Unterschied zu der zweiten Fassung ist so eklatant, daß der erste Entwurf von jemand anderem verfaßt worden sein muß.«

Maxfield sagte immer noch nichts dazu, fiel ihr aber auch nicht ins Wort.

»Ich war im Gerichtssaal, als Delilah Wallace die Kassette mit dem Verhör abgespielt hat. Sie klangen richtig schokkiert, als Detective Birch zu Ihnen sagte, die Szene, die Sie meiner Mutter vorgelesen hätten, entspräche den Ereignissen in unserem Haus. Sie hatten nichts davon gewußt. Sie hätten Birch erzählen können, daß das Buch nicht von Ihnen stammt, aber – so bizarr das auch scheinen mag – Sie würden offenbar lieber sterben, als zuzugeben, daß Sie nicht mehr schreiben können.«

»Das ist doch lächerlich.«

»Ach ja? Seit Ihrem ersten Roman haben Sie keinen einzigen Erfolg mehr gelandet. Ihre gesamte Selbstachtung basiert auf *Ein Tourist in Babylon*. Aus einem Versager wurde damals über Nacht ein verehrter, respektierter, reicher und weltberühmter Schriftsteller. Dann geriet *Der Wunschbrunnen* zu einer Pleite, und es gelang Ihnen nicht, einen weiteren Roman zu schreiben. Ihr Ruhm schwand, und Sie wollten ihn unbedingt wiederhaben. Der Serienmörderroman sollte Ihnen den Weg zurück nach ganz oben ebnen. Von wem stammt die ursprüngliche Version, Mr. Maxfield?«

»Sie glauben, ich könne nicht mehr schreiben? Sie beschuldigen mich, ich hätte die Arbeit eines anderen gestohlen?«

»Das weiß ich bereits mit Sicherheit, und ich glaube, Ihr Stolz hat Sie schweigen lassen. Wir alle haben Sie für diesen superintelligenten, genialen Autor gehalten, aber in Wahrheit sind Sie bloß eine literarische Eintagsfliege und würden eher sterben, als einzuräumen, daß Sie eine fremde Buchidee geklaut haben, weil Ihnen partout nichts Eigenes eingefallen ist.«

Maxfield senkte den Blick. Er sah zutiefst deprimiert aus.

»Die Kritiken, diese ersten Kritiken. Es hieß, ich sei der neue Hemingway, der neue Salinger, die Stimme meiner Generation. Das Geld floß in Strömen auf mein Konto, alles kam so unglaublich schnell.« Maxfield ließ nun alle Masken fallen. »Und genauso schnell hörte es wieder auf. Als *Der Wunschbrunnen* ein Mißerfolg wurde, sagte mein Lektor zu mir, das sei eben der typische Fluch des zweiten Romans. Für das nächste Buch solle ich mir mehr Zeit nehmen, und dann würde alles wieder gut werden. Leider gab es kein nächstes Buch. Mir fiel absolut nichts ein. Jeder Versuch endete vor einem leeren Blatt Papier. Dann war das Geld aufgebraucht, und mein Verlag hat mich verklagt. Nachdem ich am Eton College aufhören mußte, bekam ich keinen anständigen Job mehr. Alle wußten von meinem Alkoholproblem, dem gefälschten Lebenslauf und dem Vorfall mit der Schülerin. Ich mußte sogar an einer High School unterrichten, verdammt. Nur ein neues Buch konnte mir da wieder heraushelfen.«

»Wer hat Ihnen den Serienmörderroman geschickt?«

»Das weiß ich nicht. Ich habe gegen Gebühr Gutachten verfaßt, weil ich mit meinem Gehalt auch an der Academy kaum über die Runden kam. Das Buch traf anonym per Post bei mir ein, und die Bezahlung lag in bar bei. Als Rücksendeadresse war lediglich ein Postfach angegeben. Ich habe das Potential des Stoffes sofort erkannt. Der Schreibstil war eher primitiv, in dem Material aber steckte eine ungeheure Kraft. Jetzt weiß ich, warum. Alles war echt: die Greueltaten, die Reaktionen der Opfer und des Täters – der Verfasser hatte das alles selbst erlebt.«

»Der echte Autor hätte später womöglich Ihren Roman gelesen. Glauben Sie nicht, ihm wäre die Handlung bekannt vorgekommen?«

»Das war mir egal. Ich war auf dem Nullpunkt angelangt, und ich dachte, daß ich einen eventuellen Prozeß sowieso gewinnen würde. Sobald ich mit meinem Manuskript fertig war, wollte ich den anderen Text vernichten, und immerhin war von uns beiden ich der berühmte Schriftsteller. Ich dachte, ich hätte es mit einem Niemand zu tun.«

»Warum haben Sie das alles nicht nach Ihrer Verhaftung erzählt?«

»Einmal wollte ich es. Kurz vor meiner Aussage verriet ich meinem Anwalt, daß ich die Idee zu dem Buch gestohlen hatte. Er sagte, das würde mir ohnehin niemand glauben. Er hatte recht. Das Manuskript lag neben meinem Computer, versehen mit meinen handschriftlichen Notizen. Und auf jeder der Seiten stand mein Name.«

»Was ist im Bootshaus geschehen?« fragte Ashley leise.

Maxfield starrte zu Boden und sagte nichts.

»Was spielt es denn noch für eine Rolle?« fragte Ashley. »Sie sind bereits zum Tode verurteilt. Schlimmer kann es nicht werden.«

»Ja, das stimmt.« Er strich sich mit einer Hand über das Gesicht. »Ich habe Ihre Mutter nicht ermordet. Als ich das Bootshaus betrat, war Terri schon tot.«

»Fahren Sie fort.«

»Ich war ganz in der Nähe, als ich den ersten Schrei hörte. Dieser Schrei war furchtbar. Ich war wie gelähmt.«

Ashley wußte genau, was er meinte.

»Als sie zum zweitenmal schrie, bin ich zum Bootshaus gelaufen.«

»Haben Sie Randy Coleman wegrennen gesehen?«

Maxfield schüttelte den Kopf. »Nein, das war frei erfunden.«

Ashley war bestürzt. »Falls die Polizei Ihnen geglaubt hätte, wäre Coleman vielleicht wegen Mordes verurteilt worden.«

»Er hätte es verdient. Auf dem Parkplatz des Pflegeheims hat er versucht, Sie umzubringen. Das war keine Lüge. Und er hat Terri ermordet, als sie ihm bei Casey in die Quere kam.«

»Aber Sie haben ihn beim Bootshaus doch gar nicht gesehen.«

»Nein. Er hat sich vermutlich irgendwo dort versteckt und ist entwischt, als ich hinter Ihnen hergelaufen bin.«

»Was ist wirklich im Haus passiert?«

»Als ich hereinkam, kniete Casey bei Terri. Das Messer lag neben ihr auf dem Boden. Sie packte es und sprang auf. Dann rief Sie ›Du Mörder‹ und rannte auf mich zu. Sie sah völlig verängstigt aus. Sie dachte, ich hätte Terri getötet. Sie wollte mich erstechen. Alles ging dermaßen schnell, daß ich überhaupt nicht nachdachte, sondern einfach nur reagierte. Ich schlug zu und traf sie am Kiefer. Sie flog zurück und krachte mit dem Hinterkopf an diesen Stützbalken. Das Geräusch war widerlich. Ich wußte sofort, daß sie ernstlich verletzt sein mußte. Ich wollte nach ihr schauen, aber dann wurde mir klar, daß Terris Mörder sich vielleicht noch im Bootshaus versteckte. Zwischen dem zweiten Schrei und meinem Eintreffen war nur wenig Zeit vergangen, und ich hatte niemanden zur Vordertür herauskommen gesehen. Das Messer war Casey aus der Hand gefallen, als mein Schlag sie traf. Ich hob es auf, um mich damit verteidigen zu können. Eine Sekunde später bemerkte ich Ihr Gesicht am Fenster. Ich lief Ihnen hinterher, um Ihnen zu sagen, daß ich unschuldig war, aber Sie rannten so schnell, daß ich keine Chance dazu erhielt.« Er wandte den Blick ab. »Als ich begriff, daß Sie der Polizei erzählen würden, ich hätte Terri getötet und Casey niedergeschlagen, geriet ich in Panik und floh.«

»Warum haben Sie später niemandem erzählt, was tatsächlich geschehen ist?«

»Wer sollte mir nach Ihrer Aussage und meiner Flucht denn noch glauben?«

Ashley lächelte zuversichtlich. »Ich glaube Ihnen, Mr. Maxfield, und ich werde dafür sorgen, daß auch andere Leute Ihnen glauben. Ich weiß, wer meine Eltern ermordet hat.«

Siebenunddreißigstes Kapitel

Die Fahrt von Salem nach Portland dauerte eine Dreiviertelstunde. Ashley dachte die ganze Zeit angestrengt nach. Joshua Maxfield hatte die meisten der Lücken gefüllt, aber eine Frage war offengeblieben. Als Ashley von der Schnellstraße abfuhr, glaubte sie, eine Antwort gefunden zu haben.

Jerry erwartete sie in einer dunklen Nische des Restaurants, in dem sie sich zu einem Mittagessen verabredet hatten.

»Und?« fragte er, sobald Ashley Platz genommen hatte.

»Er hat sie nicht ermordet«, erwiderte sie, »und ich weiß, wer es getan hat.«

Den Rest des Treffens verbrachte Ashley damit, Jerry ihre Theorie zu erläutern. Er spielte den Advocatus Diaboli, aber sie konnte jedes seiner Argumente entkräften. Als sie fertig war, lehnte Jerry sich zurück und überlegte. Ashley sah ihn erwartungsvoll an. Schließlich schüttelte er den Kopf.

»Mein Gott, Ashley, ich glaube, du hast recht.«

Erleichtert atmete sie auf. Sie hatte gefürchtet, Jerry würde nicht mit ihr übereinstimmen oder einen Fehler in ihren Schlußfolgerungen entdecken. Es bedeutete ihr unendlich viel, daß er auf ihrer Seite stand.

»Eines ist mir allerdings immer noch nicht klar«, fuhr er fort. »Falls deine Theorie zutrifft, waren die Morde in eurem Haus kein Zufall. Woher wußte er, daß du Caseys Tochter bist? Das wurde doch erst bei der Vormundschaftsanhörung allgemein bekannt.«

»Erinnerst du dich noch an unseren Termin vor Gericht, in der Woche, in der ich nach Portland zurückgekehrt bin?«

»Na klar.«

»Du wolltest von der Kanzlei, die Henry Van Meters Interessen vertreten hat, die Akte über meine Adoption haben. Was ist daraus geworden?«

»Monte Jefferson konnte sie nicht finden.«

»Aus welchem Grund?«

»Er dachte, sie sei entweder falsch abgelegt oder versehentlich weggeworfen worden. Das alles ist mehr als zwanzig Jahre her. So etwas kommt vor.«

»Was ist, falls die Akte nicht verloren, sondern gestohlen wurde?«

Die Tragweite der Frage wurde Jerry schlagartig bewußt, und er erbleichte. Nun begriff er, wieso Ashley so aufgeregt war. Er sah sie entgeistert an.

»In dieser Akte standen die Namen von allen Personen, die wußten, daß du Caseys Tochter bist, darunter auch der Name meines Vaters.«

»Er wird nicht ungestraft davonkommen. Wer kriegen ihn. Er wird bezahlen. Aber wir brauchen Beweise. Also, sag schon, wo wurde meine Akte gelagert?«

Das mehr als siebzehntausend Quadratmeter große Lagerhaus der Firma Elite Storage lag in einem Industriegebiet im Norden Portlands. Rund um das Gebäude gab es in gleichmäßigen Abständen mehrere Laderampen, von denen aus breite metallene Rolltore den Zugang ins Innere freigaben. Jerry und Ashley fuhren an einigen Lastwagen vorbei, die vor den Rampen parkten.

Das Verwaltungsbüro lag in der nordöstlichen Ecke des Lagerhauses. Als Jerry und Ashley hereinkamen, saß dort am Schreibtisch ein Mann mittleren Alters über zahlreiche Papiere gebeugt. Er hatte schütteres Haar, trug ein buntkariertes Hemd und eine khakifarbene Hose. Ein Schild auf seinem Tisch verriet, daß er Raymond Wehrman hieß.

»Kann ich Ihnen weiterhelfen?« fragte er.

»Ich bin Jerry Philips, Mr. Wehrman, der Sohn von Ken

Philips. Die alten Akten aus unserer Kanzlei sind bei Ihnen archiviert.«

»Wenn Sie das sagen. Wir lagern hier die Dokumente von etwa siebzig Prozent aller Anwaltskanzleien der Stadt.«

»Es überrascht mich nicht, daß der Name Ihnen nichts sagt. Mein Vater ist verstorben, und nun bin ich der einzige Anwalt der Kanzlei. Brucher, Platt und Heinecken gehören ebenfalls zu Ihren Kunden, nicht wahr?«

»O ja. Das ist ein riesiger Laden. Den Namen kenne ich.«

»Meine Begleiterin ist Ashley Spencer. Die Kanzlei Brucher hat vor dreiundzwanzig Jahren ihre Adoption geregelt. Ich vertrete sie in einer Testamentsangelegenheit. Wir müssen dringend die Akte einsehen.« Jerry reichte dem Mann das von Richterin Gish unterzeichnete Dokument, in dem die Aushändigung von Ashleys Akte verfügt wurde. Nachdem Wehrman die Anordnung gelesen hatte, blickte er auf. »Warum sind Sie hier? Müßte denn nicht der Anwalt der Firma Ihnen die Unterlagen besorgen?«

»Ja, aber er hat gesagt, die Akte sei verschwunden.«

»Aus unserem Lagerhaus?«

»Ja. Wir haben uns gefragt, ob Sie versuchen könnten, sie zu finden. Es ist sehr wichtig.«

»Selbst wenn ich sie finde, kann ich sie Ihnen nicht geben. Ich darf sie nur einem Anwalt der Kanzlei Brucher aushändigen.«

»Das ist in Ordnung«, sagte Ashley. »Wir möchten nur wissen, ob sie hier ist.«

Der Mann sah auf die Uhr und dann auf die Papierstapel, die seinen Schreibtisch bedeckten. Er stand auf.

»Mal sehen, was sich machen läßt. Ich sitze schon den ganzen Tag hier und kann eine Pause gebrauchen.«

Wehrman führte Jerry und Ashley an endlosen Reihen dreieinhalb Meter hoher Regale vorbei, die von Neonröhren unter der Decke beleuchtet wurden. Als sie den Abschnitt erreichten, den die Kanzlei Brucher gemietet hatte, nahm Wehrman eine Leiter und stieg zu dem Fach empor, in dem sich auch die Akte von Ashleys Adoption befinden sollte. Nach einigen Minuten schob er die Leiter zu einer anderen Stelle und suchte dort. Schließlich gab er auf.

»Die Akte ist nicht hier«, sagte Wehrman.

»Was heißt das?« fragte Jerry.

Er zuckte die Achseln. »Das kann alles mögliche bedeuten. Die Akte könnte immer noch in der Kanzlei sein. Man dachte dort vielleicht, man habe sie zu uns geschickt, aber man hat sich geirrt. Oder wir haben sie falsch abgelegt, was zwar selten, aber immer mal wieder vorkommt. Oder jemand hat sie von hier abgeholt und vergessen, sie zurückzubringen.«

»Falls jemand sie aus dem Lagerhaus mitgenommen hätte, gäbe es dann einen Beleg dafür?« fragte Ashley.

»Ja, wir haben mittlerweile alles im Computer erfaßt, auch das alte Zeug. Das hat uns ein Vermögen gekostet.«

Als sie wieder in seinem Büro waren, gab Wehrman zunächst *Brucher, Platt und Heinecken* in den Computer ein, gefolgt von dem Titel der Akte.

»Hier steht, sie wurde vor sieben Jahren bei uns archiviert.« Er gab noch etwas ein. »Das ist ja komisch.«

»Was denn?« fragte Ashley.

»Die Akte wurde nie ausgeliehen. Sie müßte immer noch hier sein.«

»Wenn ich Ihnen eine Jahreszahl und einen Namen nenne, können Sie dann herausfinden, ob die betreffende Person in dem besagten Jahr eine Akte entliehen hat?«

»Klar. Ich starte einfach einen Suchlauf.«

Ashley nannte Wehrman das Jahr, in dem Ken Philips, ihre Eltern und Tanya Jones ermordet worden waren. Dann sagte sie ihm, nach welchem Namen er suchen sollte. Wenig später hatte Wehrman eine Antwort für sie.

»Miles Van Meter hat in dem Jahr eine Akte entliehen, aber das war nicht Ihre.«

»Das habe ich auch nicht vermutet«, sagte Ashley.

Lesereise

*

Gegenwart

Miles beantwortete nun schon seit fast einer Stunde die Fragen des Publikums. Jill Lane, die Eigentümerin von *Murder for Fun*, kam zum Podium. »Wir haben noch Zeit für ein oder zwei Fragen. Dann wird Mr. Van Meter Ihre Bücher signieren.«

Ein Mittvierziger in der ersten Reihe hob die Hand. Miles wies auf ihn.

»Mr. Van Meter, ich bin im Internet auf die Route der Lesereise gestoßen, die Sie mit der ersten Fassung von *Die schöne Schläferin* unternommen haben. Wußten Sie, daß in zwei Städten dieser Tour – nämlich in Cleveland, Ohio, und Ames, Iowa – Morde verübt wurden, die bis heute ungelöst sind und den Maxfield-Morden ähneln?«

»Nein, wußte ich nicht, aber die Reise umfaßte sechsundzwanzig Städte, und es wäre eher seltsam, wenn sich dort keine Morde ereignet hätten.«

»Bei diesen war die Ähnlichkeit aber verblüffend. Glauben Sie, daß Ihnen damals ein Nachahmungstäter gefolgt ist?«

»Das will ich doch nicht hoffen.« Miles lächelte und legte wie zum Gebet die Hände aneinander. »Bitte laß nicht zu, daß es mir wie Jessica Fletcher in *Mord ist ihr Hobby* ergeht. Ist Ihnen aufgefallen, daß überall, wo sie hinkam, Morde begangen wurden? Ich habe mich immer gefragt, warum die Polizei sie niemals verdächtigt hat, eine Serienmörderin zu sein.«

Die Zuschauer lachten, und Miles lächelte.

»Noch eine letzte Frage«, sagte Jill Lane.

Im hinteren Teil des Ladens trat eine Frau hinter einem Stapel Bücher hervor und hob die Hand.

»Miles«, sagte sie und ging auf ihn zu. Van Meter wirkte einen Moment lang verwirrt und fing dann an zu lächeln.

»Das ist ja kaum zu glauben«, verriet er dem Publikum. »Wir haben heute einen Ehrengast, nämlich Ashley Spencer. Was um alles in der Welt machen Sie hier in Seattle, Ashley?«

Bei ihrem Auftauchen war ein Raunen durch die Menge gegangen, weil manche der Leute sie anhand der Fotos im Buch oder früherer Fernsehberichte sofort wiedererkannt hatten. Als nun ihre Identität bestätigt wurde, brach das Publikum in stürmischen Beifall aus.

Ashley blieb einige Reihen vor Miles stehen und hielt sein Buch hoch. »Ich habe das Exemplar von *Die schöne Schläferin*, das Sie für mich signiert haben, endlich gelesen. Es war wirklich gut.«

»Aus Ihrem Mund ist das ein ganz besonderes Lob.«

»Ich habe jedoch eine Frage.«

»Nur heraus damit.«

»Sie haben sehr viel Rücksicht auf meine Gefühle genommen und mich nie gefragt, was in der Nacht geschehen ist, in der mein Vater und Tanya ermordet wurden.«

»Ich wußte, daß es Ihnen schwerfallen würde, darüber zu sprechen.«

»Demnach haben Sie all Ihre Informationen über diese Nacht den Polizeiberichten und den Aussagen während der Verhandlung entnommen?«

»Genau. Ich glaube, mich hat vorhin schon mal jemand danach gefragt.«

Ashley klappte ihr Exemplar des Buches auf. »Jetzt kommt meine Frage. Im ersten Kapitel schreiben Sie: ›*Ashley lag auf dem Bett und wartete auf ihre Ermordung. Dann schloß sich die Tür des Gästezimmers, und Maxfield – schwarz gekleidet, mit Skimaske und Handschuhen – kehrte zu ihr zurück. Ashley glaubte, er wolle nun auch über sie herfallen, aber statt dessen beobachtete er sie für einige Sekunden, flüsterte dann »Bis später« und ging nach unten. Kurz darauf hörte Ashley, wie jemand den Kühlschrank öffnete.‹«*

Ashley klappte das Buch zu und sah Miles an. »Woher wußten Sie, daß der Mann, der in unser Haus eingedrungen ist, zu mir ›Bis später‹ gesagt hat, bevor er in die Küche ging?«

Miles zuckte die Achseln. »Ich glaube, das stand in einem der Polizeiberichte. Vielleicht stammt es auch aus Ihrer Aussage vor Gericht.«

Ashley hatte die ganze Zeit gelächelt. Nun wich das Lächeln einem kalten, haßerfüllten Blick.

»Nein, Miles. Ich habe nie jemandem erzählt, daß der Mörder meines Vaters mit mir gesprochen hat, bevor er nach unten ging. Ich war nach dem Überfall dermaßen traumatisiert, daß ich dieses Detail völlig verdrängt habe. Ich wußte es sogar selbst nicht mehr, bis ich es plötzlich vor wenigen Tagen in Ihrem Buch las. Dann fiel mir alles wieder ein.«

Miles lächelte unbeirrt weiter. »Tja, aber irgend jemandem müssen Sie es erzählt haben.«

»Das dachte ich zunächst auch. Deshalb habe ich alle Polizeiberichte gelesen, in denen ich vorkam, außerdem die Protokolle meiner Aussagen während der Voruntersuchung und dem eigentlichen Prozeß. Dann habe ich mit Delilah Wallace und Larry Birch gesprochen. Keiner der beiden erinnert sich daran, daß ich je erwähnt hätte, der Mörder habe mit mir gesprochen.«

Ashley hielt inne und starrte ihn an. »Nur ich und der Mann, der in unser Haus eingedrungen ist, wissen, was in meinem Schlafzimmer gesagt wurde.«

Die Zuschauer fingen an, aufgeregt miteinander zu tuscheln. Miles hob eine Hand.

»He, Ashley, immer mit der Ruhe. Ich weiß nicht, was in Sie gefahren ist, aber Joshua Maxfield hat Ihren Vater und Tanya Jones ermordet. Das Gericht ist zu genau diesem Ergebnis gelangt.«

»Kommt Ihnen der Name Ken Philips bekannt vor?«

Miles schien über die Frage verwirrt zu sein. »Nein, sollte er?« erwiderte er.

»Er ist der Anwalt, der meine Adoption geregelt hat. Auch er ist eines Ihrer Opfer. Sie haben ihn kurz vor dem Einbruch in unser Haus ermordet.«

Einige der Zuschauer keuchten vernehmlich auf.

»Was sollen diese haltlosen Beschuldigungen?« fragte Miles.

»Was hatten Sie im Lagerhaus der Firma Elite Storage zu suchen, kurz bevor Ken Philips umgebracht wurde?«

Miles war verblüfft. »Das ist Jahre her, Ashley. Wie soll ich das heute noch wissen? Ich bin mir nicht mal sicher, ob ich überhaupt in dem Lagerhaus war.«

»Laut den Unterlagen der Firma haben Sie dort eine Akte entliehen. Ein paar Tage zuvor hatte Ihr Vater sich an einen Anwalt der Kanzlei gewandt, in der Sie arbeiten. Ich sollte als Begünstigte in sein Testament aufgenommen werden. Wenige Wochen später wurden erst Ken Philips und dann mein Vater und Tanya Jones ermordet.«

Miles lächelte gönnerhaft. »Wenn Sie unbedingt meinen«, sagte er. »Aber mir ist das zu sehr an den Haaren herbeigezogen, und ich bin sicher, dem Publikum geht es ebenso.«

Er rechnete mit der Unterstützung seiner Fans, erntete jedoch nur verwirrte und feindselige Blicke.

»Sie haben erfahren, daß Ihr Vater sein Testament ändern wollte«, sagte Ashley. »Ich vermute, daß Sie einfach in den Aufzeichnungen Ihres damit betrauten Kollegen nachgeschaut haben – wahrscheinlich nachdem alle anderen schon Feierabend hatten. Sie lasen, daß eine gewisse Ashley Spencer einen Teil von Henrys Vermögen erben würde. Sie hatten keine Ahnung, wer Ashley Spencer war, also haben Sie in der Kanzlei sämtliche Unterlagen durchsucht, die mit Henry zu tun hatten. Als Sie nicht fündig wurden, sind Sie zu Elite Storage gegangen, angeblich wegen irgendeiner anderen alten Akte.

Sie wußten, daß Ihre Schwester von meinem Vater schwanger gewesen war und das Kind in Europa zur Welt gebracht hatte, aber niemand hatte Ihnen erzählt, was aus dem Kind geworden war. Die Akte über meine Adoption war in dem Lagerhaus archiviert, und Sie haben sie von dort mitgenommen. Es muß ein Schock für Sie gewesen sein, daß mein Vater mich adoptiert hatte und ich in Portland lebte. Doch Sie erfuhren außerdem, daß meine Adoption geheimgehalten worden war und nur wenige Leute davon wußten. Anton Brucher war inzwischen gestorben, mein Vater, Terri und Ken Philips lebten jedoch noch.

Henry war stets grausam und diktatorisch gewesen, aber der beinahe tödliche Schlaganfall hatte ihn verändert. Sie fürchteten, er würde mich tatsächlich als gleichberechtigte Erbin einsetzen oder ich könnte Ansprüche auf sein Vermögen anmelden, sobald ich erfuhr, daß ich Caseys Tochter war. Vielleicht ist auch der alte Haß auf meinen Vater wieder durchgebrochen. Sie beschlossen daher, mich und jeden anderen zu töten, der wußte, daß ich Henrys Enkelin war. Den ersten Versuch dazu haben Sie in unserem Haus unternommen, den zweiten im Wohnheim der Academy, nachdem Maxfield geflohen war. Sie wußten, daß alle nur ihn verdächtigen würden.«

»Das ist doch Irrsinn, Ashley. Warum machen Sie das?«

»Weil Sie ein kaltblütiger Mörder sind.«

»Sie vergessen Joshua Maxfields Buch. Falls ich der Mann wäre, der in Ihr Haus eingedrungen ist, könnte er doch unmöglich wissen, daß der Täter in Ihrer Küche etwas gegessen hat.«

»Das läßt sich leicht erklären. *Die schöne Schläferin* ist Ihre erste Veröffentlichung, aber Sie schreiben schon seit einer ganzen Weile. Sie waren stolz auf die Morde, die Sie begangen hatten. Am liebsten hätten Sie laut damit geprahlt. Leider hätte Sie das in die Todeszelle gebracht, also wählten Sie die zweitbeste Lösung – Sie verfaßten einen Roman über Ihre Verbrechen, und um sich in stilistischer Hinsicht beraten zu lassen, schickten Sie ihn an Joshua Maxfield. Natürlich konnten Sie das Manuskript aus einleuchtenden Gründen nicht mit Ihrem Namen versehen, und die Rücksendeanschrift war ein Postfach. Was Sie nicht wußten, war die Tatsache, daß Maxfield seit geraumer Zeit an einer Schreibblockade litt und verzweifelt nach der Idee für eine Geschichte suchte. Er hat sich bei Ihrem Roman bedient und hatte vor, eine umgeschriebene Fassung als sein geistiges Eigentum auszugeben und an einen Verlag zu verkaufen.«

»Ashley, ich weiß, daß Sie viel einstecken mußten, und ich hatte gehofft, Sie könnten nach Maxfields Verurteilung einen Schlußstrich unter diese Tragödie ziehen. Nun aber muß ich Ihnen dringend raten, professionelle Hilfe in Anspruch zu nehmen, um Ihre Probleme in den Griff zu bekommen.«

»Sie halten mich für verrückt?« fragte Ashley.

Miles schüttelte bekümmert den Kopf. »Ich weiß genau, was Sie durchmachen. Vergessen Sie nicht, ich habe beinahe Casey verloren. Einen solchen Verlust zu erleben stellt seltsame Dinge mit einem Menschen an.«

»Das ist wahr, Miles, aber läßt es auch Ihre Fingerabdrücke an merkwürdigen Stellen wie der Rohfassung von Joshua Maxfields Buch erscheinen?« Miles erstarrte. »Die Szene, die Maxfield seinen Seminarteilnehmern vorgelesen hat, war die gründlich überarbeitete Version eines früheren Entwurfs. Bis vor kurzem dachten alle, auch dieser Entwurf stamme von ihm, doch sobald ich herausgefunden hatte, daß Sie der Verfasser sein könnten, ließ Delilah Wallace jede einzelne Seite auf Fingerabdrücke untersuchen.« Ashley deutete auf die Zuschauer. »Würden Sie diesen Leuten bitte erklären, warum sich auf mehreren Seiten des Manuskripts Ihre Fingerabdrücke befinden?«

Alle Blicke richteten sich auf Miles, der Ashley haßerfüllt anstarrte.

»Das FBI hat sich daraufhin einen Durchsuchungsbefehl für Ihr Haus besorgt«, fuhr sie fort. »In Ihrem Arbeitszimmer wurde das Gutachten gefunden, das Joshua Maxfield über Ihr Manuskript angefertigt hat. Was er geschrieben hat, war alles andere als ermutigend. Er wollte erreichen, daß Sie das Buchprojekt aufgeben, damit er unbehelligt Ihre Idee stehlen konnte.«

Miles wandte sich hastig um und machte einen Schritt auf das Hinterzimmer der Buchhandlung zu, aber im Gang standen zwei Männer und versperrten ihm den Weg. Auf ihren blauen Windjacken stand in großen gelben Buchstaben *FBI*.

»Keine Bewegung, Mr. Van Meter«, sagte Claire Rolvag. Sie stand direkt neben dem Autor. »Ich bin FBI-Agentin. Sie sind verhaftet.«

Noch während Claire sprach, eilten mehrere der Zuschauer, die im Verlauf der letzten Stunde Fragen gestellt hatten, nach vorn und umringten Van Meter. Er starrte sie verständnislos an und bedachte dann Ashley mit einem wütenden Blick.

»Das war eine Falle. Sie haben mir eine Falle gestellt«, sagte Miles ungläubig, während man ihm Handschellen anlegte.

Ashley ging zu ihm und sah ihm ins Gesicht. »Ja, das habe ich, du Arschloch.«

Miles erwiderte den Blick. Seine Augen blieben ausdruckslos. »Ich bin vollkommen unschuldig, Ashley«, sagte er leise und ohne jede Betonung, was wesentlich bedrohlicher wirkte als ein lautes Brüllen. »Wenn ich wieder auf freiem Fuß bin, werden wir uns ausführlich unter vier Augen über Ihren Irrtum unterhalten.«

»Glaubst du etwa, ich habe Angst vor dir?«

Miles beging den Fehler, sie affektiert anzugrinsen. Ashley wich ein Stück zurück und trat ihm mit Wucht zwischen die Beine. Als er zusammenklappte und nach Luft rang, hämmerte Ashley ihm ihr gebundenes Exemplar von *Die schöne Schläferin* ins Gesicht. Claire zerrte sie weg.

Das Publikum hatte alles mit angehaltenem Atem verfolgt und fing nun an, aufgeregt zu diskutieren.

»Das war nicht so klug«, sagte Claire zu Ashley, während Miles in den hinteren Teil der Buchhandlung gebracht wurde.

»Kann schon sein«, entgegnete Ashley, »aber ich würde es sofort wieder tun, wenn ich die Gelegenheit hätte.«

Jill Lane stand mit offenem Mund da und hatte eine Hand auf ihr Herz gelegt.

»O mein Gott«, sagte sie schließlich. »Das ist ja unglaublich.«

»Es tut mir leid, aber wir durften Ihnen nichts verraten«, sagte Claire. »Miles mußte unbedingt glauben, daß dies ein ganz normaler Leseabend sein würde. Nur so konnten wir ihn dazu verleiten, in aller Öffentlichkeit zuzugeben, daß er bei den Recherchen für das Buch nie mit Ashley gesprochen hatte. Außer Barbara Bridger war kein Außenstehender eingeweiht.«

»Sie brauchen sich nicht zu entschuldigen«, sagte Jill. »Das war der aufregendste Abend seit der Feier zu unserer Eröffnung.«

FÜNFTER TEIL

Konkurrenz unter Geschwistern

*

Zwei Stunden später

Achtunddreißigstes Kapitel

Ein FBI-Agent fuhr Ashley von der Buchhandlung zum Flughafen, von wo aus sie an Bord eines FBI-Jets nach Hause geflogen wurde. Am Airport von Portland erwarteten sie bereits Delilah Wallace und Larry Birch mit einem Wagen. Unterwegs teilte Delilah ihr mit, daß Randy Coleman verhaftet worden war und erneut zu den Vorfällen beim Pflegeheim *Sunny Rest* vernommen wurde. Es fiel Ashley schwer, sich zu konzentrieren. Die Begegnung mit Miles Van Meter hatte sie viel Kraft gekostet, seelisch und körperlich. Am liebsten wäre sie nun zu Jerry in das große bequeme Bett geschlüpft, um ausgiebig zu schlafen, doch zuvor mußte sie noch etwas erledigen.

Um kurz vor Mitternacht parkte Larry Birch seinen Wagen vor dem Anwesen der Familie Van Meter. Nach dem zweiten Klingeln ging im Haus das Licht an. Gleich darauf öffnete ein verschlafenes Dienstmädchen in Nachthemd und Bademantel die Tür. Birch zeigte seinen Dienstausweis vor. Die junge Frau war verwirrt.

»Wir müssen mit Miss Van Meter sprechen«, sagte Birch.

»Sie schläft schon.«

»Wer ist da, Angela?« rief Casey vom oberen Ende der Stufen. Sie trug einen blauen Seidenmantel über ihrem Nachthemd. Delilah schob sich an dem Dienstmädchen vorbei und blieb neben einer der Ritterrüstungen am Fuß der Treppe stehen.

»Ich bin's, Delilah Wallace. Ashley ist auch hier.«

»Was ist denn los?« fragte Casey. »Es ist mitten in der Nacht.«

»Ich weiß, und es tut mir leid, Sie belästigen zu müssen, aber es ist etwas Schreckliches mit Miles geschehen. Wir wollten es Ihnen persönlich mitteilen. Können wir uns irgendwo ungestört unterhalten?«

»Bitte erzählen Sie mir, was passiert ist«, sagte Casey, als sie alle in der Bibliothek saßen, in der Delilah vor vielen Jahren zum erstenmal mit Miles und Henry Van Meter zusammengetroffen war. Casey hatte auf dem Sofa Platz genommen, Ashley saß direkt neben ihr. Delilah und Larry Birch hatten sich für die beiden tiefen Lehnsessel entschieden, die gegenüber der Couch standen.

»Lassen Sie mich das tun, Delilah«, sagte Ashley. »Sie sollte es von mir erfahren. Ich bin ihre Tochter. Miles ist mein Onkel.«

»Was soll ich erfahren?« fragte Casey und schaute von Ashley zu Delilah und wieder zurück.

»Miles wurde verhaftet«, erklärte Ashley. »Nicht Joshua Maxfield hat meinen Vater oder Tanya Jones umgebracht, sondern Miles.«

Casey schüttelte ungläubig den Kopf. »Das ist doch lächerlich.«

»Ich weiß, Sie werden es kaum glauben können«, sagte Delilah, »aber Ihr Bruder ist ein Serienmörder.«

Casey lachte. »Ich weiß nicht, wer Ihnen das erzählt hat ... Es ist kompletter Schwachsinn. Miles ist kein Mörder.«

»Seine Eitelkeit hat ihn zu Fall gebracht«, sagte Ashley. »Erinnerst du dich noch an das Buch, an dem Joshua Maxfield gearbeitet hat?«

Casey nickte.

»In Maxfields Haus lag eine Rohfassung des Textes. Wie sich herausgestellt hat, war Miles der Verfasser, nicht Joshua. Er hat es Maxfield anonym zur Begutachtung geschickt, weil er es veröffentlichen wollte. Auf diese Weise hätte er mit seinen Verbrechen angeben können, ohne dafür belangt zu werden. Aber Joshua litt immer noch unter einer Schreibblockkade und hat verzweifelt nach einer guten Geschichte gesucht. Er hat Miles' Ideen gestohlen und den Entwurf umgeschrieben.«

Casey saß wie erstarrt da. Ihre Hände lagen verschränkt auf dem Schoß, ihr Rücken war kerzengerade. »Ich glaube kein Wort davon.«

Ashley beugte sich vor und legte ihr eine Hand auf das Knie. »Auf der Rohfassung waren überall Fingerabdrücke von Miles. Man hat sein Haus durchsucht. Dabei wurde ein Brief von Joshua gefunden, in dem er versucht hat, Miles das Buchprojekt auszureden.«

Ashley senkte den Blick. »Und es wurden Gegenstände sichergestellt, die Miles von seinen Opfern mitgenommen hatte. Auch Tanya Jones' Slip war ...«

Die Worte blieben Ashley im Hals stecken. Sie konnte nicht weitersprechen. Casey starrte sie mit offenem Mund an. Dann schüttelte sie abermals den Kopf.

»Wie kann das möglich sein? Ich hätte doch etwas davon bemerken müssen.«

»Machen Sie sich deswegen keine Vorwürfe, Casey«, sagte Delilah. »Miles hat uns alle an der Nase herumgeführt.«

»Er ist mein Bruder.« Casey atmete tief durch und bemühte sich verzweifelt, nicht die Fassung zu verlieren.

»Allerdings gibt es da noch ein Problem«, sagte Larry Birch. »Wir hatten gehofft, Sie könnten uns dabei vielleicht behilflich sein.«

Casey wandte sich ihm zu.

»Wir wissen, daß Joshua Maxfield weder Ashleys Vater noch Tanya Jones ermordet hat«, sagte Delilah. »Und sein einziges Motiv für den Mord an Terri Spencer wäre gewesen, sie daran zu hindern, der Polizei von seinem Buch zu erzählen. Da er das Buch aber gar nicht selbst geschrieben hat, hatte er auch kein Motiv, Mrs. Spencer umzubringen.«

»Wir wissen außerdem, daß Miles dreitausend Meilen weit weg war, als Sie und Terri im Bootshaus angegriffen wurden«, sagte Birch. »Wir haben mit den beiden Anwälten aus seiner Kanzlei gesprochen, die ihn nach New York begleitet haben. Es ist absolut ausgeschlossen, daß Miles in Oregon gewesen sein könnte, als Mrs. Spencer getötet wurde.«

»Und das ist unser Problem«, sagte Delilah. »Falls Miles und Joshua Maxfield diesen Mord nicht begangen haben, wer dann?«

Casey hielt kurz inne. Dann hob sie beide Hände. »Es muß Joshua gewesen sein. Er stand doch da.«

»Sie haben aber nicht mit eigenen Augen gesehen, wie er auf Terri Spencer eingestochen hat, nicht wahr?« fragte Delilah sanft.

Casey zögerte. Dann schüttelte sie den Kopf. Sie sah verwirrt aus. »Nein, habe ich nicht. Er war einfach da. Ich dachte ... O mein Gott. Ich fühle mich furchtbar.«

»Da wir nun wissen, daß Joshua Maxfield unschuldig ist, haben wir Randy Coleman verhaftet. Er war derjenige, der Ashley beim Pflegeheim *Sunny Rest* überfallen hat«, sagte Delilah. »Joshua hat ausgesagt, er habe einen Mann, der Randy Coleman ähnlich sah, vom Bootshaus weglaufen gesehen. Glauben Sie, Coleman könnte Terri Spencer getötet haben? Maxfield ist der Ansicht, er sei hinter Ihnen her gewesen und Terri habe sich bloß zum falschen Zeitpunkt am falschen Ort aufgehalten. Was meinen Sie?«

Casey rang die Hände. »Ich habe etwas Schlimmes getan«, flüsterte sie.

»Was denn, Mutter?« fragte Ashley.

Es irritierte Casey offenbar, »Mutter« genannt zu werden. »Du darfst nicht vergessen, daß ich sicher war, Joshua habe Terri und deinen Vater ermordet. Immerhin hatte er mich niedergeschlagen. Und Miles sagte ...« Casey schluckte. Sie sah elend aus. »Wissen Sie noch, daß ich Dr. Linscott gebeten habe, Besuche von Miles zu erlauben, nachdem ich aus dem Koma aufgewacht war? Er war mein erster Besucher.«

Delilah nickte.

»Miles hat mir erzählt, was während der vergangenen Jahre geschehen war. Er sagte, jedermann wisse, daß Joshua der

Mörder von Norman und diesem Mädchen sei. Er sagte, seitdem habe Joshua sogar noch zwei weitere Versuche unternommen, Ashley zu ermorden. Er sagte, Joshua habe auch Terri umgebracht. Ich erzählte ihm von Randy, aber er sagte, ich müsse mich irren, und daß ich statt dessen aussagen solle, Joshua sei es gewesen.«

»Was genau haben Sie Miles über Randy Coleman erzählt?« fragte Delilah.

Casey sah die Staatsanwältin an. Sie schien kurz davor zu stehen, in Tränen auszubrechen. »Ich wollte nicht lügen. Miles sagte, falls ich Joshua nicht beschuldigen würde, könnte er freigesprochen werden. Auch ich habe an jenem Abend Randy gesehen. Er kam aus dem Bootshaus, kurz bevor ich dort eintraf.«

»Sind Sie sich dessen sicher?« fragte Larry Birch.

Casey nickte. »Ich weiß, ich hätte es nicht verschweigen dürfen, aber er war mein Ehemann, und Miles ...« Sie senkte erneut den Blick.

»Sie haben also gesehen, daß Randy Coleman das Bootshaus verließ. Kurz darauf haben Sie dort Terris Leiche vorgefunden. Ist das so richtig?« fragte Delilah.

»Ja.«

»Weil er immer noch Ihr Ehemann war, haben Sie ihn gedeckt?«

Casey nickte.

»Dann stellt sich uns ein anderes Problem«, sagte Delilah. »Joshua Maxfield behauptet nämlich, er habe sich das alles nur ausgedacht. Er sagt, er habe nach den Schreien niemanden vom Bootshaus weglaufen gesehen. Es war keine weitere Person dort – außer Ihnen.«

Caseys Augen weiteten sich. Ihr Blick wanderte unstet von Delilah zu Birch und dann zu Ashley. Alle drei sahen sie durchdringend an.

»Da ist noch etwas, Miss Van Meter«, sagte der Detective. »Nachdem Miles verhaftet wurde, haben wir ein wenig mit ihm geplaudert. Wissen Sie, was er uns erzählt hat?«

Casey starrte ihn lediglich an.

»Er hat uns erzählt, daß Sie Terri Spencer ermordet haben.«

»Miles würde sich niemals gegen mich stellen«, beteuerte Casey.

Delilah lächelte bekümmert. »Sie lieben Ihren Bruder sehr, nicht wahr?«

Casey antwortete nicht.

»Sie tun mir leid«, sagte Delilah. »Das sollten Sie nicht, denn Sie sind eine kaltblütige Mörderin, doch es ist so. Ich hatte auch einen Bruder. Er ist tot, aber ich liebe ihn immer noch von ganzem Herzen. Man tut aus Liebe manchmal merkwürdige Dinge.«

Casey hatte sich nun unter Kontrolle. Ihre Miene ließ keinerlei Regung erkennen.

»Ich wette, Ihr Herz schlägt Ihnen gerade bis zum Hals, genau wie damals, als Terri Spencer Ihnen von ihrem Verdacht gegen Joshua Maxfield erzählt hat«, sagte Delilah. »Sie wußten, daß Ihr Bruder an einem Roman über seine Verbrechen schrieb. Und Sie wußten, daß Sie schnell etwas unternehmen mußten, um Terri zum Schweigen zu bringen, bevor sie mit ihren Verdächtigungen zur Polizei gehen konnte. Sie fürchteten, die Polizei würde Maxfield verhören und herausfinden, daß sein Text auf einer Vorlage von Miles basierte. Falls es Ihnen gelungen wäre, mit Ihrem Bruder zu sprechen, hätten Sie erfahren, daß er das Manuskript anonym losgeschickt hatte, aber er war in New York, und Sie konnten ihn nicht erreichen. Also gerieten Sie in Panik. Sie haben Terri ins Bootshaus gelockt und umgebracht.«

»Genau so ist es gewesen, nicht wahr, *Mutter*?« fragte Ashley kalt.

»Das ist alles erfunden«, sagte Casey. »Nichts davon ist wahr.«

»Dann kam Maxfield zur Tür herein, als Sie neben Mrs. Spencer knieten«, fuhr Delilah unbeirrt fort. »Sie nahmen das Messer wieder in die Hand und riefen ›Du Mörder‹, um ihn zu verwirren. Das hat Ashley ein Stück vom Bootshaus entfernt gehört, nicht wahr, Miss Van Meter? Es war Ihre Stimme.«

»Dies ist Ihre Geschichte, nicht meine«, entgegnete Casey.

»Sie haben gehofft, Maxfield würde durch den Anblick von Terris Leiche und Ihren Schrei so überrascht sein, daß Sie auch ihn erstechen könnten, aber er ist ein trainierter Kampfsportler und hat Ihnen einen Schlag versetzt. Der arme Joshua hat Sie nie verdächtigt, Mrs. Spencer getötet zu haben. Vor lauter Schuldgefühlen über Ihre schwere Verletzung und das Koma ist ihm nie in den Sinn gekommen, daß Sie eine Mörderin sein könnten. Meine Güte, wir alle hatten ja so viel Mitleid mit Ihnen. Sie haben uns zum Narren gehalten. Wir dachten, Sie wären eines der Opfer.«

»Ich war ein Opfer. Ich habe Terri Spencer nicht ermordet.«

Delilah seufzte. »Ich schätze, das werden die Geschworenen entscheiden müssen. Es sei denn, Sie möchten einen Prozeß vermeiden und sich selbst helfen, indem Sie gegen Miles aussagen.«

Caseys Züge verhärteten sich. »Das wird niemals geschehen.«

»Dann machen Sie sich auf jede Menge Ärger gefaßt. In dem Manuskript, das Ihr Bruder an Maxfield geschickt hat, gibt es ein Kapitel, in dem die Freundin des Täters ihm hilft, eine Anhalterin zu foltern und zu ermorden. Dort kommt sie zum erstenmal auf den Geschmack. An einer anderen Stelle bricht das Liebespaar in ein Haus ein, ermordet die Familie und hat Sex, nachdem alle tot sind. Die Leute von der Spurensicherung haben an einem Tatort in Connecticut in einem der Gästebetten Schamhaare gefunden. Man dachte, die stammten von dem Opfer. Ich frage mich, welches Ergebnis bei unserem Gentest herauskommen wird.«

Casey schluckte den Köder nicht. Delilah hatte auch nicht damit gerechnet.

»Henry war früher ein sehr grausamer Mann«, sagte die Staatsanwältin. »Ich glaube, daß Sie und Ihr Bruder sich sehr nahegekommen sind, um angesichts dieser Grausamkeit Trost zu finden. Denken Sie an Miles' brutalen Überfall auf Norman Spencer, nachdem Ihr Bruder erfahren hatte, daß Sie von dem Mann schwanger waren, und an all die halbwüchsigen Mädchen, die er vergewaltigt und ermordet hat. Glauben Sie, er hat auf diese Weise seinen Wunsch ausgelebt, mit Ihnen zu schlafen?«

»Das ist widerlich«, sagte Casey und durchbohrte Delilah mit einem vernichtenden Blick.

Die Staatsanwältin zuckte die Achseln. »Ich habe Jura und nicht Psychologie studiert, aber ich wette, Freud hätte einen Mordsspaß mit Ihnen und Ihrem Bruder gehabt. Eine solch verquere Liebe würde eine ungewöhnlich enge Verbindung nach sich ziehen. Es würde erklären, warum Sie sich scheuen, über Miles zu reden. Komischerweise hat es ihn nicht davon abgehalten, die lebenserhaltenden Maschine abschalten lassen zu wollen, als Sie im Koma lagen.«

Caseys starre Miene geriet für einen winzigen Augenblick in Bewegung.

»Henry hat das zu verhindern gewußt«, sagte Ashley. »Nach Henrys Tod hat Miles beantragt, zu deinem Vormund ernannt zu werden. Er machte kein Geheimnis daraus, daß er deinen Maschinen den Stecker ziehen würde, sobald es ihm möglich wäre. Auch Coleman wollte deinen Tod. Ich war die einzige, die wollte, daß du am Leben bleibst.«

»Das glaube ich nicht.«

»Es ist aber wahr«, sagte Ashley. »Er mußte dich loswerden. Niemand außer dir wußte, daß er ein Mörder war. Er konnte nicht abschätzen, was du sagen würdest, falls du plötzlich aufwachen solltest. Vielleicht hättest du ja alles gebeichtet. Das Risiko war ihm zu groß.« Sie straffte die Schultern und sah Casey Van Meter entschlossen ins Gesicht. »Du warst ihm genauso egal, wie du es mir bist.«

EPILOG

Lesereise

*

Ein Jahr später

»Das ist mir egal, Howard«, schrie Joshua Maxfield in sein Mobiltelefon. »Laut Vertrag steht mir die *beste* Suite in *jedem* Hotel der Lesereise zu. Das hier ist nicht die beste Suite. Die Aussicht ist beschissen, und die Taj-Mahal-Suite hat nicht nur die beste Aussicht, sondern ist außerdem größer.«

»Ich weiß nicht, was ich sagen soll, Joshua«, erwiderte Howard Martin, Verlagsleiter bei Scribe Publishing. »Margo hat bei der Buchung extra nachgefragt. Man sagte ihr, die Präsidentensuite sei die beste und größte. Auf jeden Fall ist sie die teuerste.«

»Und es stand eine Flasche fünfzehn Jahre alter Scotch in meinem Zimmer«, fuhr Maxfield fort, ohne auf Martin einzugehen.

»Wollten Sie das denn nicht? War es die falsche Marke?« fragte Martin.

»Die Marke hat gestimmt, aber es war fünfzehn Jahre alter Scotch. Ich habe diese Idiotin ausdrücklich gebeten, dafür zu sorgen, daß der Scotch mindestens fünfundzwanzig Jahre alt ist. Können Sie es sich nicht leisten, fähige Mitarbeiter einzustellen?«

»Wir sind da, Mr. Maxfield«, sagte Barbara Bridger vom Vordersitz der Limousine aus. Maxfield hob einen Finger, um sie verstummen zu lassen, und setzte seine Tirade fort. Der Chauffeur öffnete ihm die Tür und wartete geduldig. Schließlich unterbrach Maxfield die Verbindung und stieg aus, während er immer noch leise über die Inkompetenz von Scribes Pressechefin vor sich hin schimpfte.

Die Hintertür von *Murder for Fun* öffnete sich, und Jill Lane eilte nach draußen, um ihren Autor zu begrüßen.

»Mr. Maxfield, Sie ahnen ja gar nicht, wie sehr ich mich geehrt fühle, Sie kennenzulernen. Ich liebe Ihre Bücher.«

Maxfield setzte ein Lächeln auf und nahm ihre Hand. »Die Ehre ist ganz auf meiner Seite. Die Lesung in Ihrer Buchhandlung ist der Höhepunkt der ganzen Tour.«

Weder Jill Lane noch Joshua Maxfield sahen, wie Barbara Bridger die Augen verdrehte. Sie konnte es kaum erwarten, diesen egomanischen Mistkerl am Ende des Abends wieder loszuwerden, und überlegte hin und her, ob sie Jill wohl erzählen sollte, wie sehr Maxfield geflucht und gewütet hatte, weil man einem Künstler wie ihm die Schmach zumutete, in einer kleinen, auf Kriminalliteratur spezialisierten Buchhandlung auftreten zu müssen.

»Der Laden ist gerammelt voll, und die Presse ist auch da. Sie sind unser größter Publikumsmagnet seit ... na ja, seit Miles Van Meter.«

»Ich hoffe nur, ich werde nicht verhaftet«, scherzte Maxfield.

Jill lachte und führte ihn und Barbara hinein und in den vorderen Teil der Buchhandlung. Die Zuschauer applaudierten, sobald sie den Autor erblickten. Er nickte bescheiden. Jill trat an das Mikrofon.

»Vor etwas mehr als einem Jahr wurde hier in diesem Geschäft genau an dieser Stelle Miles Van Meter verhaftet, einer der teuflischsten Serienmörder aller Zeiten. Er hatte zuvor aus seinem Bestseller *Die schöne Schläferin* gelesen. Das Buch gab vor, die wahre Geschichte eines Verbrechens zu erzähen, doch inzwischen wissen wir, daß es sich um eine Ansammlung falscher Behauptungen gehandelt hat. Ziel der Beschuldigungen war unser heutiger Gast, aber begangen wurden die schrecklichen Morde von Miles und seiner Schwester Casey. Zum Glück sitzen die Van Meters mittlerweile beide hinter Gittern. Casey hat in Oregon gegen ihren Bruder ausgesagt und erhielt im Gegenzug eine lebenslange Haftstrafe ohne die Möglichkeit einer vorzeitigen Entlassung. Miles Van Meter wurde in Oregon wegen der Morde an Norman Spencer und Tanya Jones zum Tode verurteilt und bekam für die versuchte Ermordung von Ashley Spencer zudem mehrere Haftstrafen auferlegt. Daneben stehen Miles und seiner Schwester noch einige Prozesse in anderen Bundesstaaten bevor, bei denen ihnen ebenfalls die Todesstrafe droht.

Joshua Maxfield, unser Gast am heutigen Abend, hat eine lange Zeit im Gefängnis erdulden müssen, weil ihm fälschlich die Verbrechen der Van Meters angelastet wurden, aber er hat sein Martyrium in Kunst verwandelt. Noch in der Todeszelle hat er *Eingesperrt* verfaßt, einen Roman über die Qualen eines Mannes, der unschuldig im Zuchthaus sitzt. Das Buch wurde zwei Monate nach Mr. Maxfields Entlassung aus dem Staatsgefängnis von Oregon veröffentlicht und steht ein Jahr nach seinem Erscheinen noch immer auf der Bestsellerliste der *New York Times*.

Doch heute abend ist Mr. Maxfield nicht wegen *Eingesperrt* hier, sondern um *Reingelegt* vorzustellen, seinen autobiographischen Bericht über den Fall Van Meter und die Jahre hinter Gittern. *Reingelegt* kam Anfang der Woche auf den Markt, und wir haben soeben erfahren, daß auch dieser Titel sofort auf der Bestsellerliste der *New York Times* gelandet ist, und zwar auf Platz eins. Nun aber darf ich Ihnen ohne weitere Umstände Joshua Maxfield vorstellen.«

Das Publikum applaudierte, und Joshua genoß es, im Mittelpunkt des Interesses zu stehen. Er wollte nicht, daß der Beifall je wieder aufhörte. Es war ein so herrlicher Klang. Nach all den Jahren der Vergessenheit fand seine Begabung endlich die verdiente Anerkennung. Er war ein Genie, daran bestand kein Zweifel. Ein überragendes literarisches Genie, dessen Werke auf ewig fortleben würden. Die Jahre zwischen *Der Wunschbrunnen* und *Eingesperrt* hatten lediglich eine kleine Unterbrechung beim Aufstieg zum Gipfel des Erfolgs dargestellt. Sein Verlag schrie bereits gierig nach dem nächsten Buch, und er würde sofort im Anschluß an die Lesereise mit der Arbeit daran beginnen. Vorerst jedoch war er natürlich viel zu aufgewühlt, um sich Gedanken über ein mögliches Thema zu machen. Ehrlich gesagt, er hatte noch nicht mal den Hauch einer Idee.

Danksagung

Die folgenden Personen waren mir bei den Nachforschungen behilflich, so daß aus *Die schöne Schläferin* hoffentlich eine glaubhafte Geschichte geworden ist: Steve Lesser, Brian Ostrum, Dr. Nathan Selden, Dr. Howard Weinstein, Ashley Berman, Bridget Grosso, Mary Joan O'Connell und Christine Brown. Mein Lektor Dan Conaway hat dem Buch eindeutig zu besserer Lesbarkeit verholfen, und die Hilfe seiner unerschrockenen Assistentin Jill Schwartzman wußte ich ebenfalls sehr zu schätzen.

Herzlichen Dank auch den zahllosen Buchhändlern und ihren Mitarbeitern sowie den Autorenbetreuern, die sich während meiner vielen Lesereisen stets freundlich und hilfsbereit um mich gekümmert haben. Ich wette, ihr hättet nie geahnt, daß ihr mir unwissentlich bei der Vorbereitung auf *Die schöne Schläferin* geholfen habt. In diesem Zusammenhang gebührt Marie Elena Martinez und Elly Weisenberg ein ganz besonderer Dank, denn sie organisieren meine Lesereisen, und das stets zu meiner vollen Zufriedenheit.

Ich danke allen Mitarbeitern von HarperCollins sowie der Jean V. Naggar Literary Agency für ihre begeisterte Unterstützung.

Der letzte und größte Dank geht an meine Familie, an Doreen, Ami, Daniel und Chris, weil sie es mit mir aushalten.

Weibliche Spürnasen: Krimi-Spannung bei AtV

REGGIE NADELSON
Das andere Gesicht
Als Betsy am Flughafen in New York auf ein Taxi wartet, nimmt sie ein Fotograf mit und überredet sie, ihr seine Arbeiten zeigen zu dürfen. Widerstrebend läßt Betsy sich auf einen kurzen Besuch ein. Am nächsten Tag steht ein Polizist vor ihrer Tür. Der Fotograf ist ermordet worden. »Ein Thriller um Liebe, Sex und den Schein der ewigen Jugend. « BUCH AKTUELL
Roman. Aus dem Englischen von Wolfgang Thon. 327 Seiten. AtV 2020

LISA APPIGNANESI
Kalt ist die See
Die Journalistin Isabel Morgan ist als eine sprunghafte, unberechenbare Frau bekannt. Doch als sie nicht wie angekündigt in New York auftaucht und auch sonst kein Lebenszeichen von sich gibt, beginnt ihre Freundin Leonora sich Sorgen zu machen. Kurz entschlossen reist sie nach London, um Nachforschungen anzustellen. »Lisa Appignanesis Roman ist genau so, wie ein guter Krimi sein muß: glänzend konstruiert, mit glaubwürdigen Figuren und einem romantischen Touch. Bei der Lektüre wird bestimmt jeder Liebhaberin spannender Unterhaltung warm ums Herz.« ANNABELLE
Roman. Aus dem Englischen von Thomas Haufschild. 443 Seiten. AtV 2016

FRED VARGAS
Im Schatten des Palazzo Farnese
Drei exzentrische Pariser Studenten in Rom werden in einen Mordfall hineingezogen, bei dem es um ein sehr seltenes Mordinstrument geht: den Schierlingstrank. Wer war in der Lage, das antike Gift zu bereiten?
»Es ist unmöglich, von Vargas nicht gefesselt zu sein.« DIE ZEIT
Roman. Aus dem Französischen von Tobias Scheffel. 207 Seiten. AtV 1515

GIL PAUL
Insel der Lügen
Nicola Drew soll als Ärztin mit ihrem Verlobten nach Indonesien gehen, luxuriös untergebracht und gut bezahlt. Doch der Traum vom gemeinsamen Abenteuer platzt jäh, als Nicolas Verlobter ihr den Laufpaß gibt. Schockiert beschließt sie, ihr Glück allein im fernen Osten zu suchen. Doch in Jakarta folgt ein böses Erwachen und Nicola sieht sich als Opfer eines raffinierten Betrugs ... »Ein erotischer Thriller mit enorm viel Tempo!« EVENING EXPRESS
Roman. Aus dem Englischen von Elfi Schneidenbach. 444 Seiten. AtV 2049

Mehr Informationen über die Autorinnen erhalten Sie unter www.aufbau-verlag.de oder bei Ihrem Buchhändler

AtV

Luft anhalten und durch: Thriller bei AtV

RUSSELL ANDREWS
Icarus
Jack Keller, ein Star der New Yorker Gastronomieszene, muß mit ansehen, wie seine Frau Caroline brutal ermordet und aus dem Fenster geworfen wird. Selbst schwerverletzt und gebrochen, wird er plötzlich von den grausamen Gespenstern seiner Vergangenheit eingeholt. Der Killer scheint ihm immer eine Nasenlänge voraus und zieht seine Kreise enger – ein dramatischer Wettlauf auf Leben und Tod über den Dächern New Yorks.
Thriller. Aus dem Amerikanischen von Uwe Anton. 488 Seiten. AtV 2070

MAREK HALTER
Die Geheimnisse von Jerusalem
Tom Hopkins, Journalist bei der »New York Times«, will das Vermächtnis seines von der russischen Mafia ermordeten Freundes Aaron Adjashlivi erfüllen und macht sich auf den Weg in die Stadt Davids. Doch was wie eine kriminalistische Schatzsuche beginnt, entwickelt sich bald zu einer mörderischen Verfolgungsjagd mit hochbrisantem historischen Hintergrund.
Roman. Aus dem Französischen von Iris Roebling. 485 Seiten. AtV 2034

BRAD MELTZER
Die Bank
Die Brüder Charlie und Oliver Caruso planen den Coup ihres Lebens. Auf dem Konto eines offensichtlich verstorbenen Klienten liegen drei Millionen Dollar, die todsicher niemand vermissen wird. Leider hat die Sache einen kleinen Haken – auch der Sicherheitsmann der Bank ist schon auf die Idee gekommen, sich das Geld zu holen.
»Hier treffen Sie den neuen John Grisham!« MIAMI HEROLD
Aus dem Amerikanischen von Wolfgang Thon. 473 Seiten. AtV 1996

ELIOT PATTISON
Das Auge von Tibet
Shan, ein ehemaliger Polizist, lebt ohne Papiere in einem geheimen Kloster in Tibet. Eigentlich wartet er darauf, das Land verlassen zu können, doch dann erhält er eine rätselhafte Botschaft: Eine Lehrerin sei getötet worden und ein Lama verschwunden. Zusammen mit einem alten Mönch macht Shan sich auf, um den Mörder zu finden.
»Mit diesem Buch hat sich Eliot Pattison in die erste Krimireihe geschrieben.« COSMOPOLITIAN
»Der ideale Krimi für alle, die sich gern in exotische Welten entführen lassen.« BRIGITTE
Roman. Aus dem Amerikanischen von Thomas Haufschild. 697Seiten. AtV 1984

Mehr Informationen erhalten Sie unter www.aufbau-verlag.de oder bei Ihrem Buchhändler

AtV